# O HOTEL DOS SONHOS

LAILA LALAMI

# O HOTEL DOS SONHOS

*Tradução de*
Laura Folgueira

EDITORA RECORD
RIO DE JANEIRO • SÃO PAULO
2025

CIP-BRASIL. CATALOGAÇÃO NA PUBLICAÇÃO
SINDICATO NACIONAL DOS EDITORES DE LIVROS, RJ

L199h Lalami, Laila, 1968-
O hotel dos sonhos / Laila Lalami; tradução Laura Folgueira. – 1. ed. – Rio de Janeiro: Record, 2025.

Tradução de: The dream hotel
ISBN 978-85-01-92574-9

1. Ficção marroquina (Inglês). I. Folgueira, Laura. II. Título.

25-100069.0
CDD: Ma813
CDU: 82-3(64)

Carla Rosa Martins Gonçalves – Bibliotecária – CRB-7/4782

Título original:
*The Dream Hotel*
Publicado originalmente pela Bloomsbury Publishing Plc



Texto revisado segundo o Acordo Ortográfico da Língua Portuguesa de 1990.



Impresso no Brasil

ISBN 978-85-01-92574-9

*Para A. e S., que esperaram dez anos*

Você é uma boa pessoa. Se estivesse em posição de impedir uma tragédia, provavelmente o faria. Sempre que um feminicídio vira manchete, seu primeiro instinto é perguntar por que ninguém fez nada a respeito dos cortes e hematomas para os quais a mulher procurava assistência, do descumprimento frequente das medidas protetivas por parte do namorado, das mensagens assustadoras que ele mandava, detalhando o que planejava fazer. Quando o cadáver de uma criança é encontrado no parque, você questiona em alto e bom som se ninguém nunca tinha reparado no pai alcoólatra com pavio curto, no professor de educação física à espreita nos chuveiros do vestiário, no tarado num banco, de olho no parquinho. Imagine essas mulheres. Imagine essas crianças. E se você pudesse salvá-las desses monstros? Não precisa nem fazer nada. Você já concordou com os termos de uso.

# 1

O SONHO DÁ LUGAR À REALIDADE, OU TALVEZ SEJA O contrário, e ela se solta do emaranhado de lençóis e vai cambaleando até o corredor. Lá, espera, descalça no chão frio, até o alarme parar de tocar. Fica imóvel, braços e pernas bem esticados, olhos fixos num ponto à meia distância; se aprendeu alguma coisa em Madison, é que a obediência começa no corpo. O truque é esconder cada faísca de personalidade ou sugestão de diferença. De seus domos brancos no teto, as câmeras estão assistindo.

As outras se enfileiram ao lado dela, esfregando os olhos sonados, semicerrados sob a luz das luminárias cromadas. As instalações datam de 1939, quando Madison era uma escola pública de ensino fundamental e recebia até quatrocentos alunos a cada ano letivo. Na época, a cidade de Ellis tinha uma fábrica de ferramentas agrícolas, um cinema, um salão de bilhar muito frequentado, dois hotéis modestos e fontes naturais de água termal que atraíam turistas até de Los Angeles, a quase cento e cinquenta quilômetros dali. Um século depois, a fábrica havia fechado e as fontes estavam secas. A escola permaneceu vazia, as paredes manchadas de mofo, até o conselho municipal vendê-la para a Safe-X. Por causa de restrições legais para reformas, os novos donos de Madison precisaram manter a iluminação e as estruturas metálicas originais, mas jogaram fora os quadros-negros, arrancaram das paredes os mapas do estado e os pôsteres de alfabeto, leiloaram os móveis e converteram o segundo andar em uma enfermaria.

Quando a levaram ao seu catre no 208, o cheiro de limpador de piso industrial a deixou enjoada. Ela ficou tentando abrir a janela, os nós dos dedos brancos com o esforço, antes de notar que estava soldada. Mas hoje em dia o cheiro de pinho sintético já não a incomoda tanto. Viver com desconhecidas em quartos quase sem mobília, tomar banho lado a lado em cubículos abertos, ficar em filas nas cabines de comunicação — tudo isso a ensinou a ficar alerta a cheiros mais íntimos. Ela consegue sentir a mais de um metro de distância o perfume do creme que a colega de quarto passa na pele para tratar a alergia que desenvolveu na cadeia.

Os oficiais se irritam quando uma das mulheres chama Madison de cadeia. É um centro de retenção, dizem, não é prisão nem cadeia. Vocês não foram condenadas, não estão cumprindo pena. Só estão sendo retidas até sua observação forense ser finalizada. Até quando, alguém sempre pergunta. Depende, dizem os oficiais. Algumas retidas ficam só 21 dias; outras têm que continuar um pouco mais. Os oficiais jamais chamam as mulheres de prisioneiras. Dizem *retidas*, *residentes*, *inscritas* e, às vezes, *participantes do programa*.

Hinton entra pelo portão sete minutos após as seis. Deve ter pegado trânsito no caminho ou se deparado com algum atraso no briefing de segurança. Naquela manhã, o cabelo parece recém-cortado, destacando as maçãs do rosto altas e os olhos iluminados e famintos. Mas as feições delicadas são corrompidas pela cicatriz de queimadura que corre pela base do pescoço, logo acima do colarinho engomado do uniforme. A cicatriz é assunto de fofocas frequentes em Madison. Há quem diga que Hinton se feriu no incêndio do complexo Tujunga, que reduziu a cinzas sua casa e matou seu cachorro, supostamente um pastor-alemão. Outras apontam que a cicatriz parece antiga, então, deve ser marca de um acidente de juventude, um contratempo com uma bombinha, de repente, ou uma briga em torno de uma fogueira. Vai saber? Mas a cicatriz lhe dá substância, salva sua aparência de uma perfeição sem graça.

Sem pressa, ele caminha pelo corredor. No 202, repreende duas retidas por causa de uma toalha largada no chão. O fato de que deve ter escorregado do gancho na parede não importa; elas são responsáveis por manter a acomodação organizada. Tem mais um problema no 205, algo a ver com um cesto de lixo cheio. Mas é só no 207 que a vigilância dá frutos. Ele encontra, embaixo de um cobertor, uma luz de leitura à pilha, menor que uma unha. Ficar acordada depois das dez é contra as regras, todo mundo sabe disso.

— Vocês me surpreendem — diz ele, assoviando numa admiração fingida. Do bolso da camisa, puxa seu Tekmerion e toca a tela para enviar um relatório. — Parece que nem estão tentando abaixar seus scores.

Mais dois passos e ele estará no 208. Ela já sente o cheiro de miojo, feito com água quente da torneira e sorvido ruidosamente em sua mesa, antes do início do turno. Será que ele sabe que é objeto de tanta especulação? Será que se importa? Pode ser que também fofoque sobre as mulheres quando está almoçando com os outros oficiais ou quando estão zoando uns aos outros no vestiário, depois de um dia longo. Uma coisa é certa: Hinton tem orgulho de seu trabalho, sempre cuidando da checagem de dispositivos pela manhã, em vez de delegar a um oficial júnior. Nunca se apressa, mesmo quando todas as mulheres estão paradas no corredor, tremendo de frio.

Não importa quanto tempo leve para alcançá-la, ela não abaixa a cabeça para facilitar o acesso à parte de trás de sua orelha. É uma coisinha de nada, mas é o que pode fazer para sinalizar sua resistência. Ele aponta o scanner para a parte de trás de seu crânio, e o aparelho solta um bipe, indicando que a neuroprótese da Retida M-7493002 [nome de usuário: Sara T. Hussein] não foi violada durante a noite.

Ela está prestes a lhe dar as costas quando ele pergunta:

— O que aconteceu? — Seus olhos, diretos, não piscam. — Você está meio estranha hoje.

Como ele sabe? Mas ficar de boca fechada é outra coisa que Sara aprendeu em Madison. Uma resposta, por mais inofensiva que seja, pode ser usada contra ela. Sara espera, torcendo para o rosto parecer inexpressivo o bastante, até ele seguir para sua colega de quarto.

Agora, o dia pode começar.

É uma manhã gelada de outubro, a manhã de seu aniversário de 38 anos.

* * *

Diante do espelhinho acima da pia, Sara prende o cabelo num coque apertado. Emily já está calçada; foi designada para trabalhar na cozinha e tem que chegar cedo, antes do alarme do café da manhã. As mulheres que estão há algum tempo em Madison aprenderam a importância da rotina, mas as retidas mais novas em geral voltam para a cama depois da checagem de dispositivos. Ainda não conseguem aceitar sua situação, ainda repassando cada detalhe do que lhes aconteceu, esperando detectar o momento em que os cálculos do algoritmo se viraram contra elas. Ficam encarando a parede ou o teto, sem se perturbar com o som de passos pelo corredor ou o rugido do soprador de folhas lá fora. À noite, saem do quarto só pelo tempo de fazer uma refeição, aí retomam sua meditação silenciosa. Ajustar-se a Madison leva um tempo — não só ao local, mas à ideia por trás dele também.

O primeiro ajuste é ao tempo em si. Cada dia lembra o que veio antes, a monotonia piorando a apreensão das mulheres e as levando a tomar decisões que prejudicam seu caso. Algumas às vezes se recusam a submeter-se às avaliações de estado mental ou a fornecer amostras de urina quando exigido; outras se metem em discussões acaloradas com os oficiais. Mas os raros dias que quebram o tédio são difíceis à própria maneira: uma ligação de um ente querido ou uma visita de um advogado podem trazer consolo com a mesma frequência que trazem sofrimento. Então, a monotonia e a animação pesam de modos diferentes sobre as retidas. Sara conta o tempo não em dias ou em horas, mas em marcos.

Por exemplo, primeiros passos.

Brincar de "Cadê? Achou!".

A palavra "mamãe".

E agora seu aniversário.

Ela se lava, aí esquadrinha o quarto para garantir que tudo esteja guardado de acordo com o regulamento. Em sua prateleira, dentro de um porta-retratos de plástico comprado na lojinha, vê-se uma foto de seus filhos nos cadeirões. Mona sorri para a câmera, enquanto Mohsin olha as rodelas de banana em seu prato, os dedos pairando em cima de uma delas. A foto já está antiga, mas ela gosta demais da expressão dos gêmeos para trocar por uma nova. Ao lado do porta-retratos há uma pilha de cartas, um livro de contos de Jorge Luis Borges que ela pegou na biblioteca e seu caderno.

Sara resistiu à tentação do caderno pelo tempo que conseguiu. Escrever sobre sua vida em Madison lhe parecia uma forma de capitular — uma aceitação tácita de que sua retenção não era um mal-entendido que seria rapidamente corrigido quando as evidências apropriadas fossem apresentadas, mas sim resultado de suspeitas sensatas que a AAR talvez tivesse em relação a ela. Naturalmente, Sara também se preocupava que qualquer coisa que escrevesse pudesse ser usada contra ela por agentes que só ligavam para dados, não para a verdade. Dia após dia, ela se deitava no catre, ruminando como tinha acabado em Madison e como podia se provar inocente da violência que achavam que estava planejando.

Mas chegou um momento em que se cansou de olhar para paredes vazias e os antigos hábitos venceram. Ela é formada em história e especializada na África pós-colonial, em movimentos de independência e formação de fronteiras, mas, exceto por alguns anos lecionando na Cal State, não trabalhou na área. Passou a maior parte da carreira em arquivos digitais, um emprego que não exige preparar aulas, permite que ela escreva sobre assuntos que acha interessantes e oferece plano de saúde. Ou oferecia, pelo menos.

Enquanto espera o alarme do café da manhã, ela registra seus sonhos com o máximo de detalhes que consegue lembrar. No da noite anterior, ela está rolando seu feed do Printastic certo dia, durante o café, quando encontra uma foto de 1954 de militantes pela independência do Marrocos, identificados erroneamente como recrutas do exército francês. É um erro vergonhoso, que nem um estudante de história africana do primeiro ano cometeria, e logo ela descobre, completamente horrorizada, que foi postado de sua conta. Já há dezenas de comentários sarcásticos e ofensivos por conta da gafe. Mas, independentemente de quantas vezes ela aperte o botão de deletar, a foto continua em seu feed, e seu aparelho apita com novas notificações — o som agudo de sua desonra. A única forma de apagar a imagem é removê-la do *mainframe* que fica num bunker embaixo de seu prédio. Aparecem à sua frente degraus que ela desce de dois em dois, a mão mal roçando o corrimão na pressa de chegar ao porão. Aí, os degraus derretem, viram areia movediça, e os pés dela afundam.

Mais um sonho sobre humilhação. Anotá-lo a faz perceber que o que mais dói não é o momento de vergonha pública, mas o silêncio das pessoas que ela achava que a defenderiam. O sentimento de que está contaminada e deve ser banida é doloroso, lembrando-a de seus primeiros dias em Madison, quando esperava ficar sabendo que sua amiga Myra, com quem fazia trilha no Parque Estadual Will Rogers quase todo fim de semana, tinha saído em sua defesa. Por toda a subida até o Inspiration Point, Myra falava sem parar de como tinha nojo dos homens com quem saía e de seus planos de se mudar para a França assim que se qualificasse para um dos vistos para mulheres em idade reprodutiva. No mirante, porém, a superfície vítrea do Pacífico ensolarado a embalava num silêncio sonhador. Então, durante toda a descida, ela tagarelava sobre por que jamais conseguiria deixar para trás as pessoas que amava, pessoas como Sara. Era sempre um conforto ouvir que Myra dava valor à amizade de ambas. Mas, no fim das contas, só a família a procurou desde sua chegada a Madison; todos os outros têm medo de que entrar em contato com ela possa prejudicar seus scores de risco.

Agora, ela vai à janela. Se esticar o pescoço de um certo jeito e colocar as mãos em torno dos olhos para bloquear a luz do teto, consegue enxergar um trecho da estrada ladeada por mato de creosoto e, mais além, uma montanha. Não chega bem a ser uma montanha, provavelmente é mais uma colina, mas coberta de mato e arbustos floridos que tremulam com a menor brisa. Naquela manhã, o céu está nublado. Um bando de melros se reúne em formação, em seguida volta a se dispersar antes de desaparecer. Assim como Hinton, a velha está um pouco atrasada hoje. Ela se arrasta até o ponto de ônibus, sobrecarregada por cestas de palha, chapéus e esteiras, os brincos compridos de miçanga balançando a cada passo. Uma artista, é assim que Sara pensa na velha, emergindo de seu ateliê três dias por semana para vender suas peças originais nos mercados de produtores e artesãos em cidades vizinhas.

Então o ônibus chega, os freios gritando ao parar. A velha sobe, escaneia o rosto e coloca as coisas no bagageiro de teto. O motorista espera, olhando pelo retrovisor enquanto ela se senta na área de assentos preferenciais, de frente para Madison. Será que, daquela distância, consegue ver Sara? É impossível saber. Mas Sara gosta de pensar na velha como uma amiga, uma amiga simpática que vem algumas vezes por semana para ver como ela está.

Ela observa o ônibus sumir, e o cenário recupera sua tranquilidade. Um momento solitário é raro em Madison, e Sara tenta fazer aquele durar o máximo possível, mas desiste quando soa o alarme do café da manhã.

DESCENDO AS ESCADAS, ELA DOBRA UMA ESQUINA ILUMINADA pelo olho ciclópico de uma janela de escotilha. Os arquitetos de Madison queriam que o prédio fosse um avatar do mundo moderno: colocaram um telhado plano, balaustradas de canos de ferro e formas curvadas que evocavam grandes navios cortando o Atlântico numa velocidade alucinante. As paredes seriam elegantes e brancas, as molduras de janelas, azul-oceano. A Grande Depressão, as tempestades de areia de Dust Bowl, as favelas Hoovervilles espalhadas por uma paisagem estéril — tudo isso estava no passado. O futuro pertencia à ciência e ao progresso.

A caminho do refeitório, ela passa pelo mural da WPA, a Administração de Obras Públicas da época do New Deal, na entrada do auditório. É a única obra de arte de todo o local e, por isso, não é incomum encontrar uma ou duas retidas paradas à distância para admirar. Foi pintado por Victor Arnautoff e mostra uma cena rural dos anos 1930: trabalhadores de chapéu ajoelhados entre os sulcos de uma plantação, colhendo alface, enquanto, ao fundo, um supervisor de macacão azul se apoia num caminhão branco enferrujado. As cores estão impressionantemente preservadas; a tinta não fica exposta à luz direta. Para Sara, ficar parada sob o mural, mesmo que por um segundo, é como voltar cem anos no tempo. Sempre é meio atordoante ir da obra de arte para o corredor seguinte, onde uma das paredes é coberta de ponta a ponta com telas brilhantes de computadores mostrando as tarefas a serem feitas.

O refeitório fica mais cheio nas terças e quintas, quando servem ovo e batata no café da manhã. Hoje é segunda; a fila está curta. Sara espera que o sistema de reconhecimento facial a identifique, então pega uma bandeja. O mingau, ou o que parece um mingau, borbulha numa panela enorme com o logo da MealSecure. Emily põe uma concha do líquido acinzentado na bandeja de Sara, terminando de servir com um decisivo tilintar metálico na borda. Adiciona uma fatia tirada de uma cesta de torradas mal descongeladas e um copinho de salada de frutas do monte que fica na outra ponta do balcão.

— Especial matinal — diz ela a Sara, esfregando a erupção no rosto com a parte de dentro do braço.

Não importa qual pomada da lojinha Emily tente usar, a alergia desaparece e volta em alguns dias.

— Que sorte a minha.

Sara leva a comida a uma mesa vazia embaixo das janelas. O mingau é cinza e empelotado; para conseguir engolir, ela precisa procurar uma memória e se alimentar dela em vez disso. Um prato de panquecas de semolina bem fofas, mel de lavanda numa tigelinha, um bule de chá de hortelã — um café da manhã que a mãe fazia quando Sara precisava de consolo.

O relógio na parede mais distante diz que são 6h33. O dia à frente parece impossivelmente longo, mesmo com um segundo turno. A única coisa que a faz seguir em frente é a perspectiva de receber um cartão de Elias e dos gêmeos. Eles não têm permissão de lhe mandar nada que não seja comprado de um dos dois estabelecimentos comerciais aprovados pela Safe-X, mas desenhos infantis são uma exceção, e ela está torcendo para mandarem justamente isso. Mesmo que as linhas e rabiscos das crianças ainda não tenham ganhado formas facilmente reconhecíveis, os desenhos lhe parecem refletir suas personalidades, algo que as fotos por si só não conseguem capturar totalmente.

Onde está Toya, pergunta-se Sara, se apoiando nos cotovelos e inspecionando de novo o refeitório para ver se não deixou a amiga passar despercebida. Mais ou menos cinquenta mulheres estão tomando café da manhã no momento, a maioria é das antigas, já habituadas ao gosto da comida ou sem dinheiro suficiente na conta para comprar lanches na lojinha. Nem sinal de Toya, mas logo Lucy e Marcela chegam com suas bandejas, seus sorrisos mornos, sua conversa-fiada.

Entre colheradas do mingau, Marcela conta que tem uma garota nova.

— Chegou lá pela meia-noite.

Lucy arregala os olhos.

— Você estava acordada?

— Fui só usar o banheiro — responde Marcela, levantando a mão para se defender.

É raro alguém chegar à noite, pensa Sara. Em geral, os oficiais trazem novas mulheres durante o dia, quando a equipe regular de admissão está de serviço. Fazem um exame médico; colhem digitais, amostras de DNA e outras informações biométricas daquelas cujos arquivos ainda não as contêm; e explicam as regras que governam a vida no local. Nada de celulares nem dispositivos inteligentes. Nada de fumar. Nada de barulho alto. Nada de ficar perambulando pelos corredores. Nada de propriedades em excesso, definidas como qualquer item que faça o quarto da retida parecer desarrumado. (Oficiais de retenção têm poder discricionário total para avaliar a organização.) Nada de material artístico a não ser que seja aprovado previamente. Nada de documentos de identificação, cartões de crédito ou dinheiro vivo. Nada de bijuterias ou joias, exceto por alianças de casamento simples. Blusas por dentro da calça o tempo todo. Uniformes sujos devem ser entregues imediatamente para troca. Et cetera.

Leva duas horas para assistir ao vídeo que cobre os regulamentos, e depois as retidas recebem um manual de políticas e procedimentos que devem seguir. A ignorância de uma regra não é motivo para se eximir das consequências, e é por isso que as retidas são aconselhadas, durante a orientação, a ler o manual de cabo a rabo. Quebrar uma regra resulta em uma advertência, uma advertência eleva o score de risco, e um score de risco mais alto estende o período de retenção.

— E aí, cadê essa garota nova? — pergunta Sara, olhando ao redor.

— Sei lá.

— Certeza que não foi um sonho?

Marcela passa a mão pelo cabelo curtinho, cortado em degradê na nuca, ainda úmido do banho. Do cotovelo ao pulso, uma tatuagem diz SHARP JELLO, nome da sua banda, em letras laranja derretidas.

— Acho que vamos descobrir, né?

Lucy termina a salada de frutas, raspando o fundo do pote de plástico com a colher para pegar até a última gota.

— Bem que eles podiam ter dado mais para a gente hoje, já que é feriado.

— Que feriado? — pergunta Marcela.

— Dia de Colombo.

— É hoje? Acho que eles não ligam.

— Continua sendo feriado.

— Ninguém mais chama de Dia de Colombo. Agora é Dia dos Povos Originários.

— Eu ainda chamo de Dia de Colombo. Meu Deus, que fome.

Depois de um lampejo de hesitação, Marcela dá sua salada de frutas para Lucy. As duas são um par esquisito: não têm quase nada em comum. Marcela tem vinte e poucos anos; Lucy, quase sessenta. Uma é guitarrista de uma banda indie de Bell Gardens; a outra, auxiliar de contabilidade numa imobiliária em Sherman Oaks. Mesmo assim, desde que começaram a dividir um quarto, viraram aliadas. Nem sempre isso acontece em Madison. Houve discordâncias e até algumas brigas entre retidas, resultando em períodos de observação mais longos para as envolvidas.

— Valeu, garota — diz Lucy, tirando a cobertura de plástico com cuidado para não derramar nada do suco.

Seu rosto se alargou e, sem visitas regulares ao salão, o cabelo ficou branco. As mudanças a fazem parecer uma matriarca envelhecida, com dois ex-maridos e cinco filhos briguentos.

Finalmente, a garota nova entra no refeitório. É alta e magra, e caminha toda cheia de propósito na direção da estação de serviço. Só que está atrasada para o café da manhã, então, não recebe salada de frutas, só o mingau e uma única fatia de pão. Depois de pegar a bandeja, analisa o refeitório em busca de um lugar para sentar. Quando seu olhar pousa na mesa junto à janela, Lucy desliza para abrir espaço. Uma recém-chegada é uma agradável quebra na rotina.

— Lucy Everett — apresenta-se ela, depois de um minuto. — Esta aqui é a Marcela DeLéon. E aquela quietinha lá é Sara Hussein. Como é seu nome?

— Eisley Richardson — responde a garota nova. Tem voz de apresentadora de talk show; cada sílaba é enunciada claramente.

Ela ainda não aprendeu a falar num sussurro monocórdico, misturando a voz com a das outras ao redor para dificultar a captura de som. Sua primeira colherada de mingau causa uma expressão de puro nojo, mas, depois de um momento, ela come sua refeição resignada, como se completasse uma tarefa.

— A comida é péssima, mas sabe como é, o que não mata etc. e tal. — Lucy passava muito tempo no telefone com clientes e acha que isso a torna boa de papo. — E aí, de onde você é?

— Los Angeles.

— Não precisa berrar. Como você acabou aqui?

Eisley balança a cabeça.

— Eu não fiz nada.

— Jesus. Fale baixo.

— Eu não fiz nada. — Dessa vez, aos sussurros.

Lucy assente.

— Sim. Mas o que eles disseram que você *ia* fazer?

— Homicídio na direção de veículo automotor.

— Você vai ficar aqui quantos dias, então?

— Vinte e um.

Embora Marcela e Lucy troquem olhares deliberados, nenhuma delas conta à garota nova que poucas são soltas no fim da retenção forense. Essas são as sortudas, pensa Sara, porque quase imediatamente voltam a ser LIBERADAS. Mas a maioria das retidas são QUESTIONÁVEIS; não conseguem fazer seus scores de risco caírem o suficiente em 21 dias, por isso recebem extensões.

Sara levanta os olhos e vê Hinton as observando — como se as neuropróteses, os sensores de temperatura e as câmeras equipadas com o software de rastreamento de emoções Guardião não fossem o bastante. O sistema nunca está satisfeito com os dados que já possui. Sempre busca mais, em novos formatos ou de novas fontes, inclusive coletores humanos. Quando Hinton flagra algo que escapou das câmeras, relata em seu Tekmerion. Quanto mais créditos de denúncias ele acumula, mais tempo de férias ganha.

— Onde eles te colocaram? — pergunta Lucy à garota nova.

— No quarto 258.

— Não, quero dizer, em que trabalho?

— Eu só vou ficar três semanas.

Sara pega a salada de frutas e, com a palma da mão, tira a poeira da tampa. Quando foi admitida em Madison, também se negou a trabalhar em um dos trailers que ficam nas laterais do pátio de exercícios. Levou um tempo para entender que recusar um trabalho permitia que o algoritmo a marcasse como DESEMPREGADA. Em Madison, desemprego é um multiplicador negativo de scores de risco; torna cada violação das regras significativamente pior.

— É melhor você trabalhar — cochicha Sara. Olhando de relance para o relógio acima da estação de serviço, completa: — Se for se inscrever logo depois do café, ainda pode trabalhar no turno de hoje de um dos trailers.

Mas a garota nova fecha a cara para o conselho não solicitado. Continua comendo enquanto Lucy a interroga.

— Por que eles te trouxeram depois do horário, hein?

— Com que você trabalha?

— O que significa essa tatuagem no seu braço?

Cada pergunta é recebida com um dar de ombros ou um resmungo indecifrável. O que Lucy não entende é que a última coisa que qualquer uma quer quando entra em Madison é conversar, ainda mais com outras retidas. Se Eisley for parecida comigo, pensa Sara, ainda não consegue acreditar em sua retenção, convencida de que é só um erro que pode ser retificado em breve. Precisa de tempo para se acostumar com o lugar, só isso.

Elas terminam de comer em silêncio. A luz que entra pelas janelas é forte e bate nas mesas do refeitório em ângulos agudos. Lá fora, os jardineiros estão aparando os arbustos e limpando as folhas, perturbando os corvos que ciscam atrás de larvas. O centro de retenção ocupa um quarteirão inteiro em Ellis, mas, para qualquer carro que atravesse o portão de entrada, Madison parece igual ao que era antes da reforma. A Safe-X manteve até os palos-verdes da frente. As árvores ocultam parte do prédio principal e, especialmente quando estão florindo, dão um charme a mais. Não há torres de vigilância, portas de aço ou arame farpado. Mas, se Sara ultrapassasse o alambrado que cerca o pátio de exercício, sua neuroprótese revelaria a localização precisa aos oficiais.

Antes de Madison, ela não pensava muito no rastreamento de localização; estava ocupada demais vivendo sua vida. Àquela hora, estaria tomando café da manhã com os gêmeos, inventando músicas bobas sobre bananas e mirtilos, se aprontando para deixá-los na creche a caminho do trabalho. Elias estaria no metrô a caminho da County/USC, ouvindo música no fone de ouvido enquanto repassava os casos do dia. Depois que aquele vírus esquisito varreu o país no ano anterior, houve um pico de crianças com necessidade de fonoterapia, então a agenda dele ficou mais apertada. Ainda assim, ele falava com ela antes das consultas, perguntava como estava ou se era para comprar algo no mercado antes do jantar. Era uma vida comum. Para recuperá-la, Sara precisa mostrar melhoria no comportamento, demonstrar que é capaz de obedecer, que não é criminosa.

Sara carrega a bandeja até as prateleiras ao lado da estação de serviço. A garota nova a segue, colocando seus utensílios nos compartimentos certos e deixando a assinatura na estação de saída. Já está aprendendo as regras. As retidas têm que comer o que recebem, fazer o que mandam, dormir quando as luzes são apagadas, mas são consideradas LSO.

Livres, sob observação.

A confusão começou no Terminal B, na última sexta-feira antes do Natal. Por causa de uma falta de luz no início daquela manhã, o corredor de Alfândega e Imigração estava lotado de viajantes — aposentados de bonés combinando, adolescentes mal-humorados de calça de pijama xadrez, crianças pequenas andando atrás de pais desgrenhados. Ao sair da esteira rolante, Sara notou uma placa que anunciava uma saída com concierge por uma taxa vultosa, mas, como já havia gastado mais do que devia na viagem, resignou-se a esperar. A fila do controle de passaporte serpenteava pelo corredor até a parede dos fundos. *Parece que vai demorar*, disse ela por mensagem ao marido.

— Não pode usar celular — ladrou um policial, apontando para um aviso laranja que bania o uso de aparelhos. — Desligue seu telefone.

— Desculpe — disse ela, guardando o dispositivo no bolso traseiro do jeans. — É meu marido. Ele não está achando vaga para estacionar.

O policial não pareceu convencido. Sara sentiu seu olhar por muito tempo, mesmo depois que mais postos se abriram e a fila começou a andar num ritmo constante. Nos alto-falantes, uma voz masculina advertiu, primeiro em inglês e depois em espanhol, para jamais deixar seus pertences desacompanhados. Em algum lugar, uma criança chorava inconsolável. Quando chegou sua vez, Sara pegou a mala e foi arrastando os pés na direção do Sentinela, que a instruiu a colocar a mão no leitor de digitais, falar o nome ao microfone e olhar em seus minúsculos olhos verdes. Ela ficou com vergonha das câmeras; não usava maquiagem, e seu cabelo parecia uma massa emaranhada de cachos.

— Encaminhe-se à Fila B — disse o Sentinela.

Que coisa estranha.

Ela deu um passo atrás e se apresentou à IA pela segunda vez, mas o Sentinela recusou-se a processá-la.

— Encaminhe-se à Fila B — repetiu, com sua voz metálica.

Ao juntar-se à nova fila, Sara olhou ao redor para os outros viajantes selecionados para inspeção humana: um casal desleixado de mochileiros, uma mulher com um bebê adormecido, alguns idosos. Em raras ocasiões, a IA ainda mostrava mais de um rosto, o que significava que um agente precisava verificar a correspondência correta. Talvez o cabelo bagunçado de Sara naquela manhã tivesse causado algum bug no programa. Por sorte, a fila estava curta. Em seu bolso, o celular vibrou de novo, mas ela resistiu ao impulso de atender. Com o trânsito de feriado, Elias e os gêmeos levariam um tempo para contornar de novo o terminal e voltar à área de embarque e desembarque. Até lá, ela já estaria liberada. Entregou seu passaporte à agente do CBP, o serviço de imigração e fronteiras, uma mulher de meia-idade com um rosto sem rugas e sobrancelhas finas preenchidas de modo desigual com lápis.

— Sara Tilila Hussein — disse a agente, estendendo cada sílaba. — Eu pronunciei direito?

— Hmm. Sim.

— De onde a senhora está vindo hoje, Sra. Hussein?

— Londres.

— O que estava fazendo lá?

— Fui a um congresso.

— E o que a senhora faz?

— Sou arquivista. Trabalho no Museu Getty.

— Lá no topo do morro? Que bacana. Adoro os jardins de lá.

A agente escaneou a foto do passaporte, em seguida olhou sua tela, mudando de aba em aba. No posto ao lado, um casal idoso apresentou seus documentos, recebeu os carimbos e saiu para a retirada de bagagens. A alguns metros, um funcionário do aeroporto empurrava uma mulher de cadeira de rodas pelo portão de segurança.

— Algum problema? — perguntou Sara, tentando não demonstrar impaciência no tom.

— Não — respondeu a agente, embora ainda segurasse o passaporte, mantendo-o aberto com uma das mãos enquanto usava o mouse com a outra.

Ela parecia hipnotizada pela informação na tela do computador, o que Sara achou estranho. Nos últimos seis ou sete anos, tinha viajado a Londres para o mesmo congresso, voando pela mesma companhia aérea, saindo e chegando pelo mesmo aeroporto, mas jamais precisara passar por uma checagem de passaporte adicional. Não parecia que o problema era reconhecimento facial. Seria por ela ter quebrado as regras ao usar o celular? Sara soltou a bolsa e esfregou a mão dolorida. Ficar parada sob as luzes brancas do saguão de imigração a deixara com calor, então ela tirou o casaco e o cachecol, guardando-os dentro da bolsa. Depois de um momento, a agente se levantou e ficou na ponta dos pés, olhando para os outros postos além de seu cubículo com paredes de vidro.

— Hernandez — chamou ela.

Cacete. Sara ficou inquieta. Esse novo atraso significava que Elias teria que dar a volta no terminal pela terceira ou quarta vez, com os gêmeos de treze meses presos nas cadeirinhas. Àquela altura, já deviam ter acordado da soneca matinal e estar berrando pelas mamadeiras guardadas no minicooler, na parte de trás do carro, fora do alcance. O celular no bolso vibrou de novo, mas Sara não atendeu. Já imaginava a crescente frustração do marido por ela estar ignorando suas ligações e mensagens. Elias havia passado os últimos cinco dias cuidando das crianças; Sara sabia que ele estava desesperado para que voltasse para casa.

O agente Hernandez entrou no cubículo e parou ao lado da colega, cuja identificação, agora Sara notava, dizia Hastings.

— Então, dê uma olhada nisso — falou Hastings. Juntos, eles encararam a tela do computador. — Parece um 55-60, né? — perguntou ela, levantando os olhos para ele em busca de confirmação.

— Deixe eu ver. — Hernandez pegou o mouse e começou a clicar e descer, indo no mesmo ritmo glacial de Hastings. Enquanto isso, as pessoas que esperavam na fila olhavam e cochichavam entre si. Sara se sentia observada por uma plateia desaprovadora e, sua apresentação não tendo impressionado, as vaias da arquibancada começariam em breve. — É, 55-60 — confirmou Hernandez depois de um tempo. — É isso mesmo.

Com esse veredito, ambos se viraram para Sara. Ela ficou ansiosa na mesma hora, apesar de não ter feito nada de errado. Hastings falou:

— Sra. Hussein, a senhora precisa ir para a Inspeção e Prevenção. O elevador fica no fim do corredor, à sua direita.

— O que está havendo?

— É o procedimento.

— Que procedimento?

— Seu score de risco está alto demais.

— Como assim? Por quê?

A última vez que Sara vira seu relatório de risco foi quando ela e Elias compraram o apartamento, três anos antes. O banco havia exigido uma cópia do documento para aprovar um financiamento de cinquenta anos naquela vizinhança ideal para famílias. Na época, ela estava marcada como LIBERADA. Os dois estavam. Devia haver um erro em algum lugar. Mas por que tinha que acontecer justo no aeroporto, quando ela já estava tão atrasada?

— O agente da AAR vai explicar. Tem alguma bagagem para pegar?

— Não, só tenho a mala de mão.

— Ótimo. O agente Hernandez vai acompanhar a senhora.

— E meu passaporte?

— O agente Hernandez vai levar para você. Pode ir com ele.

Ah, não, uma inspeção secundária não, pensou Sara, depois de todos aqueles anos.

ENQUANTO OS OUTROS VIAJANTES FICAVAM ALI PARADOS, ASsistindo, o agente Hernandez saiu do cubículo com o passaporte de Sara e pediu que ela o seguisse. Ele a levou pelo elevador até o segundo andar, depois por um labirinto de corredores cinzentos até um escritório identificado como ADMINISTRAÇÃO DE

AVALIAÇÃO DE RISCO. Havia dois guardas armados, um de cada lado da porta, olhos vidrados no celular. Dentro do escritório, uma parede de vidro separava uma área de espera de uma sala de entrevistas, onde um jovem agente conversava com uma ruiva em um conjunto de moletom de veludo. Hernandez colocou o passaporte de Sara numa bandeja deslizante no balcão.

— Pode se sentar — disse a ela.

— Quanto tempo vai levar?

— Não muito. É o procedimento.

— Você ainda não me disse que procedimento é esse — reclamou ela.

Mas, nesse ponto, já estava resignada ao atraso burocrático e sentou-se em uma das cadeiras de vinil a fim de ligar para o marido.

Mas não havia sinal, mesmo depois de reiniciar o celular. Ela presumiu que Elias tivesse desistido de esperar na calçada e tentado estacionar novamente. Com sorte, ele teria encontrado uma vaga e estaria tirando as crianças das cadeirinhas e colocando no carrinho duplo, por mais difícil que fosse manobrá-lo no aeroporto. Chateada, Sara pensou no almoço que planejavam no Mimi's, um novo restaurante que supostamente tinha o melhor *lomo saltado* da cidade. Ela havia feito a reserva online na noite anterior, um pequeno gesto que esperava compensar o inconveniente de buscá-la no aeroporto de Los Angeles em um feriado prolongado. Agora se perguntava se conseguiriam chegar a tempo. Seu celular marcava 11h45. Não é impossível, pensou, com um otimismo deliberado. Se a entrevista durasse vinte ou trinta minutos e não houvesse engarrafamento na Sepulveda, eles podiam chegar lá às 13h30. Os gêmeos estariam cansados, mas ela podia distraí-los com jogos nos tablets.

Sara guardou o celular na bolsa e esperou. Revistas invasivas em aeroportos não eram exatamente novidade para ela, desde esfregões nas mãos em busca de explosivos nos pontos de controle do TSA, o departamento de segurança nos transportes, até detalhadas entrevistas de segurança com agentes hostis. Quando ela era criança, seu pai fazia a família chegar ao aeroporto com três horas de antecedência sempre que viajavam de férias, para ter tempo suficiente para as revistas extras. Ele gostava de se precaver para todas as eventualidades, um hábito que se devia menos à formação como físico do que ao medo crônico de qualquer imigrante em relação a pessoas de uniforme do governo. A mãe de Sara se ressentia dessa cautela — "Para que a gente se mudou pra cá, então?", reclamava — e regularmente encontrava maneiras de sabotá-la. Às vezes ela embrulhava um item inofensivo em três camadas de papel-toalha, forçando os agentes a remover cada uma antes de descobrir que estavam segurando uma escova de cabelo velha ou um estojo de óculos. Outras vezes, fazia um escândalo no posto de controle do TSA, repetindo em voz alta cada uma das solicitações do agente com seu sotaque carregado e oferecendo ajuda não solicitada. "Você esqueceu o bolso com zíper dentro", dizia ela. "Vou te mostrar onde fica." "E a minha sacola de roupa suja? Não quer revistar também?" Todo mundo ficava olhando.

*Mamãe era uma figura*, pensou Sara. *Uma figura maravilhosa.*

No entanto, nada do que o pai de Sara fazia para antecipar e aliviar o incômodo funcionava. Ele rotineiramente recebia cartões de embarque com o temido código SSSS, indicando inspeção secundária, ou era chamado ao portão para passar por revistas humilhantes à vista de todos os outros passageiros. Certa vez, quando ousou reclamar que uma segunda revista no portão era desnecessária, o agente de segurança descontou em Sara e no irmão dela, Saïd. Eles tinham oito e quatro anos na época, e estavam vestidos da cabeça aos pés com roupas novas de caminhada, animados para visitar o Grand Canyon, onde lhes prometeram que poderiam andar de mula. Uma mula grande, com sela e tudo.

— Tirem os sapatos — ordenou o agente.

Ela lembrava que as sandálias de trilha do irmão eram verdes, e as dela, azuis. Descalços, eles observaram o agente dobrar cada uma ao meio até quebrar. A fita adesiva que Sara usara para colar os sapatos grudava no arco dos pés, causando bolhas dolorosas que duraram dias. As bolhas eram a única lembrança que ela tinha do Grand Canyon.

Em outra ocasião, quando voltavam da viagem anual ao Marrocos, foram retidos no Aeroporto Internacional de Dulles por tanto tempo que perderam o voo de conexão para casa e, em seguida, foram liberados sem nenhuma explicação. O atraso fez com que o pai não pudesse comparecer a uma cerimônia na qual ele e três de seus colegas da Caltech seriam homenageados pelo trabalho em uma nova geração de *rovers* para Marte. O que tornava essas experiências difíceis não era o fato de que nada era encontrado e de que eram uma perda de tempo para todas as partes envolvidas, mas a sensação angustiante de que a capacidade de sua família seguir a vida ficava inteiramente a critério de oficiais fardados. Embora fosse apenas uma criança, Sara sentia um medo visceral toda vez que estava em um aeroporto.

Mas, depois que o governo implantou o Sentinela nos pontos de verificação de segurança, o constrangimento desapareceu. Sara estava no segundo ano do ensino médio na época e percebeu a diferença durante uma viagem de treinamento do time de futebol para o México. A única coisa que precisou fazer foi se apresentar ao Sentinela, e a IA acessou instantaneamente sua identificação de passageira, informações biométricas e antecedentes criminais. A luz ficou verde e ela foi liberada no posto de controle. Sem mais filas longas, sem mais perguntas. Uma nova era de policiamento digital havia começado, e a jovem Sara Hussein, por sua vez, a recebeu com satisfação. Tornava o trânsito nos aeroportos rápido e direto.

Até então, pelo jeito.

Sem mais nada a fazer, ela assistiu à entrevista que acontecia do outro lado do vidro à prova de som. A jovem ruiva falava com tanta emoção que seu rosto ficou vermelho. Tirou um pedaço de papel da bolsa e o acenou com grosseria na cara do agente. Mas ele manteve a calma. Examinou o papel por um instante, fez mais algumas perguntas e, em seguida, devolveu-o e carimbou o passaporte da mulher. Ela saiu da sala de entrevistas arrastando um conjunto de malas de couro combinando e o xingando baixinho.

Então chegou a vez de Sara. O agente pegou seu passaporte na bandeja deslizante e se aproximou da porta. Dessa vez, ela prestou atenção ao crachá: Segura. Mais tarde, lhe ocorreria que esse sobrenome combinava com o trabalho dele.

— Sra. Hussein?

— Sou eu — disse ela, levantando-se.

— Por favor, entre e sente-se.

Havia uma mesa grande com dois monitores de computador, mas nenhum objeto pessoal — nada de fotos emolduradas, vasos de plantas ou *gadgets* engraçados. Em uma das paredes, uma tela exibia um anúncio mudo de férias de luxo no Havaí, detalhe que intrigou Sara. Na outra, havia uma placa de bronze com um selo oficial e um lema pequeno demais para ser lido de onde ela estava sentada.

Agora que estava em frente ao agente Segura, ela percebeu que a farda do homem era de uma cor diferente da dos oficiais do CBP no andar de baixo — azul-escuro, em vez de preto — e que ele não portava nenhuma arma. O emblema costurado no braço da camisa dizia AAR. Ao lado do computador, havia uma pequena câmera com sensor de movimento apontada para o rosto de Sara.

— Então, você está voltando de Londres, certo? — perguntou Segura.

— Isso mesmo.

— E você mora em Los Angeles.

— Sim.

Ele perguntou seu endereço, ocupação e outras informações pessoais. Cada resposta que ela dava, o agente verificava no registro no computador. Seu cabelo espesso e brilhante estava penteado com gel, e ele usava um brinquinho de diamante na orelha direita. Sara podia facilmente imaginá-lo sem a farda, vestindo uma jaqueta moderna e calça jeans, sentado em um bar em Silver Lake. Isso a deixou com mais vergonha de sua aparência desalinhada. Ela estava vestida para o clima mais frio de Londres: jeans e uma camisa de flanela velha com um botão faltando na manga. Manchas de suor cresciam sob as axilas. Preocupada com o cheiro, ela cruzou os braços.

— O que aconteceu no voo de Londres? Aqui diz que a polícia foi chamada.

Então era por isso que ela fora levada para a segunda inspeção.

— Foi uma emergência médica — explicou ela. — Pouco antes de decolarmos do Heathrow, o senhor idoso no assento ao meu lado começou a apertar o peito, como se estivesse com dificuldade de respirar. Ele estava fazendo um som estranho, gutural. Achei que fosse um ataque cardíaco ou algo do tipo. Então chamei a comissária de bordo, que chamou um médico algumas fileiras à frente. O médico disse que ele precisava ser retirado do voo antes da decolagem, mas o homem se recusou. Ele queria muito viajar para Los Angeles, falou que ia conhecer os netos. Enfim, houve uma discussão com a tripulação e, no final, chamaram a polícia para levá-lo embora. O voo atrasou meia hora por causa dele.

— Que chato — comentou Segura.

E tinha sido alarmante também. O rosto do velho ficou vermelho como um tijolo, de tanto que ele se esforçava para respirar enquanto discutia com a tripulação. Quando o chefe de cabine o mandou desembarcar, Sara mal conseguiu esconder o alívio. A situação poderia piorar quando estivessem no meio do Atlântico, e aí o que aconteceria? Mas a raiva do passageiro com a ordem foi imediata e extraordinária. Ele se voltou contra Sara por ter relatado seu problema médico e, quando a polícia metropolitana o levou, gritou com ela por se intrometer em seus assuntos particulares. Será que ele a tinha acusado de alguma coisa? Talvez fosse por isso que o encontro com a polícia aparecera em seu relatório de risco, mesmo sem ter nada a ver com ela. De repente, Sara sentiu uma grande amargura em relação ao velho; estava tentando ajudá-lo e, em troca, ele a fizera ser levada para uma inspeção.

— E quem pagou sua viagem a Londres?

— A empresa. Eu estava em uma conferência de trabalho.

— Tudo bem — disse Segura, digitando diligentemente a resposta. Embora parecesse ter uns vinte e poucos anos, exibia a postura de um funcionário mais velho, com o maxilar cerrado e os ombros curvados. Mais dez anos assim, pensou Sara, e vai acabar com dores crônicas nas costas. Ele clicou em uma nova tela e, agora com a testa franzida, perguntou: — Pode verificar seus nomes de usuário nas redes sociais para mim?

— Minhas redes sociais? — Ela fez uma pausa, tentando descobrir que conexão poderia haver entre o encontro com a polícia no

Heathrow e suas redes sociais. Nenhuma, até onde sabia. — Bem, eu tenho uma conta no Nabe — disse ela —, mas quase nem uso hoje em dia. É SaraTHussein, sem hífen nem espaço.

Ele assentiu.

— Mais alguma coisa?

— Printastic. Mas pelo jeito você já sabe. Pode me dizer do que se trata exatamente?

— O algoritmo sinalizou você como um risco iminente — revelou Segura, com muita cortesia. Seu rosto não demonstrava emoção; ela não sabia se ele confiava no algoritmo ou estava só seguindo o protocolo.

— Risco iminente, eu? — respondeu Sara, com uma risada nervosa. Mesmo assim, o medo e a frustração que ela antes associava a aeroportos a envolveram, familiares como um casaco velho e mal ajustado. No Nabe, ela seguia páginas de diferentes museus, postava comentários ocasionais sobre aquele drama de época da BBC que todo mundo estava comentando e mantinha contato com amigos do ensino médio e da faculdade. No início do ano, havia entrado em uma discussão acalorada com um programador, um dos seus vizinhos quando ela estudava em Berkeley. Darren vivia se oferecendo para ser DJ nas festas que aconteciam no pátio do dormitório. Na época, ele parecia apolítico, nunca opinava sobre os esforços de sindicalização dos assistentes de ensino em que Sara estava envolvida, nem sobre os apelos à liderança da universidade para que se desfizesse das ações de empresas de água. Em muitos aspectos, era indistinguível dos outros estudantes do prédio.

Depois de voltar para casa em Los Angeles, Sara tinha mantido contato com todos os seus conhecidos de Berkeley através do Nabe, e foi assim que descobriu as postagens conspiratórias e a devoção fanática de Darren por armas de fogo. Quando comentou em um dos seus discursos raivosos sobre os chineses, fazendo uma correção, ele respondeu em segundos, iniciando uma discussão que durou a noite toda e foi desde o Levante dos Boxers até a Praça da Paz Celestial. Sara achou a interação tão cansativa que jurou não se meter mais com ele, mas isso não importou, porque Darren se tornou vingativo, denunciando duas de suas fotos de arquivo por nudez e fazendo com que ela fosse suspensa da rede por três dias. Assim que Sara recuperou o controle da conta, ele a denunciou de novo, dessa vez por spam, porque ela havia postado vários links para uma exposição de fotografia que ajudara a organizar em San Diego. Sara teve que bloqueá-lo para acabar com o assédio.

Mas todo mundo tinha histórias dessas, não? Era impossível estar nas redes hoje em dia sem encontrar trolls, bots, ciborgues, golpistas, fakes, caras com opinião sobre tudo ou teóricos da conspiração — gente que era melhor evitar, ignorar ou bloquear. Sara não era tola a ponto de postar ameaças ou incitações contra Darren, nem qualquer coisa remotamente relevante para um agente como Segura. Além disso, o perfil dela era fechado.

No Printastic, seu feed era público, mas puramente profissional, dedicado a imagens de arquivo sobre suas áreas de interesse acadêmico. Ela estava animada porque o Getty havia adquirido uma importante coleção de fotografias da Guerra do Rife, que ela tinha interesse em digitalizar e catalogar. Postou várias fotos de código aberto de combatentes rebeldes da época, na esperança de atrair seguidores que mais tarde pudessem se interessar pela exposição com a sua curadoria no museu. Ocasionalmente, postava breves artigos sobre momentos significativos da história árabe e *amazigh* do início do século XX. Também teriam pouco apelo para qualquer um fora de sua área.

Segura a olhou com seriedade.

— Sim, Sra. Hussein. Um risco iminente de crime.

— Com base em quê? — perguntou ela, com o coração acelerado. Sentia ainda mais calor do que lá embaixo, e queria poder tirar a camisa de flanela. — Como eu disse, o que aconteceu no Heathrow foi uma emergência médica.

— O software faz uma análise holística. Utiliza *várias* fontes diferentes. — A voz exibia um tom de orgulho, como se tivesse participado da coleta dos dados.

Sara franziu a testa. Não havia acontecido nenhuma mudança significativa em sua vida desde a última vez que vira o próprio relatório de risco. Ela não tinha perdido o emprego, nem sido despejada, nem deixado de pagar um empréstimo, nem recebido auxílio do governo, nem devia pensão alimentícia, não abusava de drogas, não tinha sofrido nenhuma crise de saúde mental, nada que pudesse ter aumentado seu score. E não tinha antecedentes criminais — não era esse o fator mais importante no cálculo da probabilidade de um crime futuro?

— Mas eu nunca fui presa — argumentou ela.

— Certo. Estou vendo isso — retrucou ele, voltando os olhos para a tela. Ele cantarolou enquanto avaliava as informações diante de si, depois se virou para ela novamente. — Me mostre seu celular.

Sara tinha lido em algum lugar que os agentes do CBP podiam legalmente revistar o celular de qualquer pessoa na fronteira, mas mesmo assim a ideia de entregar algo tão pessoal a deixava desconfortável. Além do mais, Segura trabalhava para uma agência totalmente diferente, o que a fazia questionar se a ordem dada era legal.

— Por que você precisa do meu celular?

— Só estou tentando descobrir por que a senhora foi sinalizada.

O tom do agente deixava claro que qualquer hesitação da sua parte só causaria mais atrasos. Com um suspiro, Sara desbloqueou o celular e o entregou. Era um modelo antigo, com uma tela rachada que ela ainda não tivera tempo de consertar. Segura não se deu ao trabalho de olhar suas contas nas redes sociais, apesar das perguntas anteriores, mas anotou cuidadosamente os aplicativos de Sara: três assinaturas de jornais, um serviço de entrega de mercado, um monitor de bebê, um sensor de temperatura, um jogo de palavras, um rastreador de sono e mais uma dúzia que ela nem lembrava que tinha. Então ele abriu a galeria de fotos e começou a rolar a tela. Se fizesse isso por tempo suficiente, veria os gêmeos rejuvenescerem, dos treze meses para trás, transformando-se lentamente nos bebês que eram antes, tão pequenos e frágeis que tinham dificuldade de pegar o bico do seio quando ela os amamentava. Rolando mais para baixo, ele a veria grávida, a barriga do tamanho do mundo, estrias se espalhando pelo corpo como videiras. Rolando um pouco mais, fotos de biquíni, nas últimas férias de casal que havia tirado com Elias. Rolando novamente — por que ele ainda estava vendo suas fotos?

Ela não sabia o que ele estava procurando e tinha quase certeza de que ele também não, então, todo o procedimento fez com que se sentisse profundamente violada, como se um estranho estivesse parado na janela do seu quarto, olhando para dentro. Ocorreu-lhe que o que Segura estava verificando não era tanto o celular, mas a obediência de Sara à ordem de entregá-lo. Será que ele teria usado aquilo contra ela se tivesse recusado?

— Eu sou arquivista de museu — comentou ela, após um momento. Não sabia bem por que mencionara seu trabalho; era um instinto, nascido da crença de que uma arquivista de museu não poderia ser considerada membro de uma classe que infringia a lei. Devia haver algum engano. Afinal, qual poderia ser sua utilidade para uma organização criminosa? Aconselhar os superiores sobre as melhores práticas para organizar seus registros? A ideia era absurda. — Já fiz essa viagem várias vezes sem problema algum — continuou. — O que está acontecendo desta vez?

— Não tenho certeza — disse ele, devolvendo o celular e voltando para a tela.

Ele parecia realmente intrigado com a presença de Sara em seu escritório. Abriu o passaporte e folheou.

— Quem te mandou aqui?

— O agente Hernandez me trouxe, acho que você o viu. Mas a agente que me indicou este lugar foi a Hastings.

— Ah, ela.

Ele balançou a cabeça devagar, como um monge idoso faria com um noviço zeloso. Por que estava demonstrando tão abertamente sua decepção? Sara sentiu que tinha tropeçado sem perceber em uma teia de políticas de escritório. A última coisa de que precisava era se envolver em intrigas. Segura folheou o passaporte outra vez. Ela teve a sensação de que estava prestes a carimbá-lo, porque estendeu a outra mão em direção à gaveta da mesa. Era assim que acontecia antigamente, quando seus pais eram chamados para uma inspeção: algumas perguntas, muita confusão e, no final, eram liberados. A perspectiva de ir embora fez seu estômago roncar alto.

Segura riu.

— Está com fome, hein?

— Desculpe. Não como nada desde ontem à noite.

Nesse momento, outro agente entrou sem bater.

— Ei, Segura. Wheeler quer falar com você.

— Agora? Achei que ele só ia decidir amanhã.

— Sim, agora. Eu te cubro.

— Posso ir, então? — perguntou Sara.

Mas Segura já estava saindo pela porta.

— Só um segundo — disse ele. — Volto já.

## ADMINISTRAÇÃO DE AVALIAÇÃO DE RISCO

A missão da AAR é manter as comunidades americanas seguras. Estamos empenhados em identificar riscos à segurança pública e investigar indivíduos suspeitos, a fim de prevenir crimes futuros. Utilizando ferramentas avançadas de análise de dados, mantemos os cidadãos americanos cumpridores da lei a salvo de perigos, ao mesmo tempo que protegemos a sua privacidade. Os nossos princípios fundamentais são o cuidado, o respeito e a responsabilidade.

A LUZ DA MANHÃ PRATEIA AS JANELAS DE VIDRO DA BIblioteca. Um aviso colado na parede acima da prateleira de devoluções diz SILÊNCIO. Os passos de Sara são abafados pelo carpete, mas o cheiro de mofo misturado com o de papel velho faz cócegas em seu nariz, e ela espirra.

— Saúde — diz alguém com voz forte às suas costas.

Assustada, ela se vira. A garota nova a seguiu até ali, como uma criança perdida que vai atrás do primeiro estranho simpático que vê.

— Desculpe — diz Eisley, baixando a voz para um sussurro. — Saúde. Eu queria perguntar: posso mandar um e-mail de um desses computadores?

— Não. — As cinco estações instaladas no canto mais distante permitem que as retidas acessem as notícias, explica Sara, e apenas as poucas fontes que a Safe-X considera aceitáveis. — Para mandar um e-mail, tem que pagar por uma conta no PostPal.

— Ah. — Eisley tem sobrancelhas ralas, nariz achatado e boca pequena. Um rosto como tela em branco; um rosto, as pessoas diriam, pelo qual não seria possível reconhecê-la se passasse ao seu lado na rua. Parece tão ameaçadora quanto um peixe em uma cama de gelo picado. — Eu só… queria mandar um e-mail para o meu marido.

— Claro. Mas vai precisar de uma conta no PostPal.

— É caro?

— Quatrocentos dólares a cada dois meses.

— Mas eu só vou ficar aqui três semanas.

— É assim que funciona o sistema de cobrança. E você tem que alugar um tablet para ler os seus e-mails. Eles explicam tudo na hora de abrir a conta.

Eisley observa o balcão de atendimento com painéis de madeira, as três mesas de leitura, as pilhas de livros antigos — alguns presos com fita adesiva, outros sem capa ou com páginas faltando — alinhados nas prateleiras.

— E eu também tenho que pagar para ler os livros?

— Não. — Os livros vêm de uma organização sem fins lucrativos sediada em Minnesota, que quer incentivar a leitura em todas as unidades de prevenção ao crime do país; ela compra o estoque que escolas e faculdades fechadas pretendem destruir, então redistribui para centros de retenção sem nenhum custo. A coleção em Madison é pequena, mil e quinhentos títulos, mas, por ser o único recurso público do centro de retenção, também é o mais precioso. — Isso é de graça.

Alguém ocupou outro lugar nos computadores.

— O PostPal fica no final do corredor, à sua direita.

Eisley finalmente vai embora.

Sara consegue o último lugar livre nos computadores. Ela gosta de ler os jornais nacionais com calma, com mais atenção do que antes de ser retida, quando vivia tão ocupada com os gêmeos que só dava uma olhada nas manchetes a caminho do trabalho. Naquela manhã, um escândalo financeiro envolvendo um deputado do Arizona no décimo mandato domina a primeira página do *Los Angeles Times*, junto com a cobertura dos incêndios florestais no Oregon, das inundações no Texas e de uma nevasca em Ohio. Nenhuma grande novidade. Mas, abaixo dessa seção, ela encontra uma reportagem sobre os planos da OmniCloud de comprar uma empresa de tecnologia educacional cujo software é usado em escolas de ensino fundamental e médio em todo o país. A OmniCloud quer explorar os dados para ajudar seus clientes corporativos a contratarem funcionários cujos históricos correspondam melhor às vagas disponíveis — ou a se livrarem daqueles que talvez não sejam ideais para os cargos que já ocupam.

A OmniCloud não para de crescer em um ritmo surpreendente, pensa Sara, tendo como única concorrente séria o conglomerado chinês que alguns senadores querem banir. A empresa está sempre faminta; só consegue funcionar alimentando-se continuamente. Não é a primeira vez que Sara se lembra dos censos coloniais empoeirados que consultou quando estava escrevendo sua tese em Berkeley, cada edição na estante mais grossa do que a anterior. Os primeiros censos eram contagens da população em diferentes territórios do Império Britânico, mas, com o passar do tempo, os volumes se expandiram e viraram um enorme acervo de informações sobre súditos coloniais, listando desde idade e ocupação até o estado civil e mesmo suas supostas enfermidades. Se ela precisasse descobrir quantos trabalhadores do sexo masculino fisicamente aptos havia na Gâmbia em 1930, só precisava encontrar a tabela certa.

Agora é a vez de ela entrar no censo, um passo digital de cada vez, deixando rastros que nunca pretendeu deixar. Um dia, quando seus filhos tiverem idade suficiente, também se tornarão linhas no gigantesco banco de dados da OmniCloud, com todas as facetas de seu comportamento catalogadas, quantificadas e vendidas para fins que ela nem consegue imaginar. Um instinto protetor feroz nasce dentro de Sara. Ela precisa sair daquele lugar; precisa protegê-los do olho único e dos inúmeros tentáculos da OmniCloud — mas como?

De seu assento perto da porta, o oficial de plantão está vigiando. Sara finge não notar e continua lendo as notícias. A viúva de um rapper de quem jamais ouviu falar está planejando leiloar a coleção de arte dele na Sotheby's. Uma crítica da nova peça de Lynn Nottage declara que é um retorno à forma para a velha dramaturga. Dois criadores de realidade virtual estão processando um ao outro pelos direitos autorais de seu último projeto, que foi adaptado para um jogo de tabuleiro. Sara faz um esforço para ler notícias sobre arte e cultura, embora haja dias em que não consegue nem imaginar voltar a se sentar em uma sala no museu, catalogando fotografias ou digitando mensagens que começam com *conforme meu último e-mail*.

Pelo menos não por enquanto. Nas fantasias de liberdade que alimenta tarde da noite em seu quarto, ela sempre volta para o lago Mirror, em Yosemite. Costumava visitá-lo há trinta anos, quando menina, mas ainda se lembra com impressionante clareza da sensação de sentar-se sob a vista da montanha Half Dome, ao som apenas do zumbido das abelhas e do chiado dos gafanhotos. Naquela época, ela era nova demais para ter celular; ainda podia se mover sem ser rastreada, falar sem ser gravada, brincar sem ser monitorada. Contemplando as encostas de granito da Half Dome, ela se sentia pequena e anônima como um grão de poeira. Será que algum dia será possível voltar a ser livre assim? É o que ela quer descobrir. Sara deseja se deitar naquela margem do lago novamente, e ver apenas a natureza de um horizonte ao outro.

Está prestes a começar a ler o *The New York Times*, que traz na primeira página uma reportagem sobre uma iminente disputa no Senado por causa da Lei de Prevenção ao Crime, quando Alice entra na biblioteca.

Imediatamente, Williams se levanta. Seu uniforme está impecável, a faixa bronze na manga ainda nova em folha.

— Hussein — chama ele —, o tempo acabou. Dê seu lugar para Carter.

— Não preciso do computador — diz Alice.

Alice usa na cabeça um lenço verde-claro, que conseguiu de volta após recorrer da decisão de Hinton de confiscá-lo semanas antes. Sobre o uniforme, veste um empelotado cardigã cinza e um cordão preto em que pendura os óculos de leitura. Vai até a seção de ficção, passando o dedo pelas lombadas enquanto busca sua próxima leitura.

Sara volta para o impasse no Senado sobre a renovação de uma cláusula fundamental da LPC.

— O limite é de vinte minutos — avisa Williams.

Não é verdade. As placas afixadas na entrada da biblioteca não dizem nada sobre limites de tempo nos computadores; listam apenas o horário de funcionamento e o tipo de material que as retidas podem acessar: jornais, revistas jurídicas, textos educacionais.

Da mesa de circulação, Ana observa, com a mão apoiada na barriga. Ela sabe que não há regras sobre limites de tempo, mas não pode contradizer um oficial, mesmo que seja um novato, e arriscar a confortável função que lhe foi dada na biblioteca por causa da gravidez.

— Hussein.

Williams é jovem; não deve ter mais de 21 ou 22 anos. Trabalhava como auxiliar em uma instituição de saúde mental antes de ser contratado ali, mas se adaptou rapidamente a Madison, impondo regras que ele inventa na hora.

Sara decide deixar para lá.

— É todo seu — diz.

Ela leva os contos de Borges para a prateleira de devoluções e vagueia entre as estantes, procurando algo novo.

Às 19h25, o sino toca. Sara escaneia o livro que selecionou e sai apressada.

As lâmpadas do teto do Trailer D são fracas. Sara caminha pela terceira fileira, onde as trabalhadoras estão sentadas umas atrás das outras em frente a telas, o rosto banhado de luz azul. Ela para em sua estação designada, espera que o sistema reconheça seu rosto e clica em iniciar. Um clipe começa a ser exibido. A pergunta que deve responder é sempre a mesma: ISSO É REAL? Sara tem que escolher uma das três respostas: SIM, NÃO ou NÃO SEI. O trabalho faz parte de um contrato entre a Safe-X e a NovusFilm, um estúdio de cinema que deseja melhorar as capacidades gerativas de seu software.

O clipe começa com uma tomada geral de uma casa, depois a câmera se aproxima da janela da cozinha, onde uma jovem lava pratos na pia. A cena é reencenada em diferentes paisagens e condições de iluminação — uma casinha ao pôr do sol, um bangalô em um dia ensolarado de verão, uma cabana de madeira mergulhada na escuridão. Repetidamente, a mulher é mostrada lavando pratos, com as sobrancelhas franzidas em concentração. Sara clica em um ritmo constante. Embora a IA do estúdio tenha um bom desempenho com formas geométricas e seja capaz de gerar estilos arquitetônicos de todo o mundo, tem dificuldade de criar padrões climáticos realistas. Sara percebe que a neve no telhado de sapê parece simétrica demais. A grama ao redor da casa de estrutura pré-fabricada é uniforme demais.

ISSO É REAL?

NÃO.

Na parte inferior da tela, um contador mede o tempo que Sara leva para responder a cada clipe. Tempos de reação mais longos sugerem que o intérprete humano está ficando inseguro ou pouco confiável, e é por isso que cada clipe precisa ser visto por uma segunda retida. A Safe-X é responsável por manter os altos padrões com os quais se comprometeu quando concordou em revisar oitocentos mil rolos para a NovusFilm.

O próximo conjunto de clipes mostra um homem dirigindo por uma estrada sinuosa em diferentes veículos. Uma moto azul. Um Volkswagen vintage. Um veloz carro esportivo. Os clientes da NovusFilm poderão escolher entre uma variedade de opções quando assistirem ao filme de ação/aventura que o estúdio lança a cada temporada. Sara clica em um ritmo constante.

ISSO É REAL?

SIM.

O tempo passa. Seus ombros e pescoço começam a doer. Às vezes ela tem dificuldade de distinguir se está olhando para alguém real, especialmente quando a pessoa está de frente para a câmera e a iluminação é boa. Além de seu tempo de reação, o contador na parte inferior da tela mede sua precisão. Se ela clicar na mesma resposta muitas vezes seguidas, pode ser considerada uma funcionária ruim — ou pior, uma sabotadora. Precisa analisar cada clipe com cuidado e dar uma resposta verdadeira. Isso significa procurar detalhes que chamem a atenção. Tipo aquele cara de capacete, suando enquanto sobe uma ladeira de bicicleta: as tranças dos dois lados da cabeça são muito paralelas, perfeitas demais.

ISSO É REAL?

NÃO.

O próximo clipe é de um bebê. Um menino de cabelos castanhos, sentado na cadeira de um barbeiro, envolto em uma capa de náilon. Ele parece apavorado; o chocalho amarelo que alguém fora do quadro está sacudindo parece ser uma tentativa de distraí-lo. ISSO É REAL? Mas agora Sara está de volta à sala de visitas de Madison, naquela tarde quente de janeiro, quando Elias levou os gêmeos para vê-la pela primeira vez. Naquela época, ele não sabia os melhores horários para marcar as visitas, então, ficou preso em um trânsito monstruoso saindo de Los Angeles.

— Desculpe o atraso — disse, levantando-se, quando ela entrou atrás de Hinton.

Mesmo com olheiras, Elias parecia cheio de vida, saturado de liberdade. De repente, ela percebeu o que a separava dele, de todos fora de Madison, e foi tomada por uma esperança imprudente de que o marido a tiraria daquele lugar. O que estão dizendo sobre mim não é verdade, queria dizer, me leva para casa com você, *por favor*, me leva para casa. E, quando Elias a abraçou, por um momento Sara teve a impressão de que ele atendera seu pedido, até que o cheiro de álcool em gel a trouxe de volta às paredes cinzentas da sala de visitas.

— Vai ficar tudo bem — dizia ele. — Vai ficar tudo bem.

— Você não acredita neles, né? — sussurrou ela.

Ele levantou o queixo de Sara com um dedo e a encarou. Prendendo a respiração, ela o observou contemplá-la. Será que ele se perguntava se, por baixo das feições plácidas que conhecia há anos, ela escondia impulsos violentos?

— Não — disse ele. — Claro que não.

Sobre o cobertor acolchoado que ele havia estendido no chão de cimento, Mona brincava com um conjunto de aros de plástico enquanto Mohsin tentava tirar uma das meias.

— Oi, meus bebês — falou ela, ajoelhando-se ao lado dos filhos. Pegou Mona primeiro, segurando-a com carinho e beijando-a repetidamente na bochecha. — Sentiram saudade da mamãe? — perguntou, limpando a boca da menina com um babador.

Em seguida, ela pegou Mohsin no colo também. Que saudade sentia do peso daqueles corpinhos agitados!

— Como eles estão cheirosos — comentou, descansando a bochecha na cabeça de Mohsin. Foi quando percebeu o cabelo recém-cortado. — Você cortou? — perguntou a Elias.

Antes de viajar para Londres, ela planejava levar o filho a um salão infantil. Queria guardar uma mecha de cabelo, tirar fotos e adicionar uma página ao álbum de lembranças do menino. A extensão do que lhe estava sendo roubado começava a se revelar, ameaçando trazer lágrimas a seus olhos, mas ela reprimiu o impulso; queria aproveitar a visita da família.

— Estava entrando nos olhos — explicou Elias, com a voz cheia de pesar. — E ele já está quase andando, não queria arriscar um tombo.

— Ah, sim. Claro. — Ela deu outro beijo na cabeça do filho, inspirando seu cheiro delicioso. — É que eu queria ter podido ir, só isso.

— Eu sei. — Elias colocou a mão no joelho dela. Perguntou como ela estava, se tinha se curado do resfriado que pegara quando foi retida, se precisava de mais dinheiro na conta da lojinha. — Eles disseram que, se a gente não tivesse dinheiro, eu podia vincular sua conta ao meu cartão de crédito.

Ela balançou a cabeça; não precisava de nada. Do outro lado da sala, Emily e a namorada estavam sentadas a uma mesa, inclinadas sobre um documento que discutiam, sussurrando para manter um pouco de privacidade. Alice estava parada perto das máquinas de venda automática, discutindo com o filho adolescente. Naquela época, Sara ainda considerava as outras retidas como estranhas — estranhas que talvez fossem cometer crimes — e tinha medo delas. Então era reservada, na esperança de que o isolamento a ajudasse a se proteger.

— Não vai demorar muito — disse Elias, tentando parecer encorajador. — É só ficar na sua e seguir as regras. Não se meta em mais problemas. Você vai estar em casa já, já.

— É que este lugar... — A voz de Sara foi sumindo.

Esse lugar é um pesadelo, ela queria dizer, mas era um pesadelo que todas as outras pareciam estar sonhando também. A mesa, as cadeiras, as paredes brancas da sala de visitas eram reais, mas a própria realidade havia se tornado instável. Nada parecia penetrá-la, devolvê-la ao mundo como ela o conhecia.

Os gêmeos começaram a ficar inquietos. Como ela pareceria aos seus olhos, Sara se perguntou, com um uniforme todo branco e o cabelo preso em um coque apertado, conforme exigido pelo manual da Safe-X? Até suas mãos pareciam diferentes, agora que os anéis, relógio e pulseira lhe haviam sido tirados.

Será que eles percebiam, à sua maneira limitada, que tinha acontecido algo de estranho com a mãe?

A culpa começou a incomodá-la. Culpa por ter se colocado nessa situação. Culpa por estar longe dos gêmeos, justamente quando já estavam quase começando a andar. Culpa por ter tempo para comer, ler e dormir, enquanto Elias tinha que ir trabalhar e voltar para casa a fim de cuidar de gêmeos já engatinhando e em fase de dentição. Mesmo com a ajuda dos pais, era demais para ele, com certeza.

Então Mohsin tentou descer do colo de Sara.

— Fica, meu amor — implorou, mesmo quando o filho a empurrou.

Ciente das câmeras na parede, Sara não ousou insistir. Só podia estender a mão e esperar que ele voltasse. Era o que os especialistas chamam de fome de pele. Mas a fome é comum, é algo que as pessoas sentem todos os dias. Pode ser satisfeita imediata e repetidamente. O que ela sentia era diferente; era inanição.

— Ele está meio irritado — explicou Elias, pegando o menino e o colocando de volta no cobertor. Vasculhando a sacola plástica transparente que a Safe-X o obrigara a comprar, ele tirou um papagaio de pelúcia. — A viagem foi muito longa.

— E você? — perguntou Sara à filha. — Não está cansada, né? — Mona fez um barulhinho fofo, deixando-se abraçar e beijar sem reclamar. Depois de um tempo, tentou ficar de pé com os pezinhos trêmulos. Parecia prestes a dar um passo, mas mudou de ideia e levantou os braços. Sara imediatamente a pegou no colo. — Ela também está quase andando.

— Foi gentil daquele oficial ajudar — disse Elias.

— Quem?

— O cara alto que trouxe você. Hinton?

— Hinton? O que ele fez?

— Ele me ajudou com o carrinho e arrumou o cobertor para mim.

Sara balançou a cabeça.

— Não pode ser ele. Deve ter sido outra pessoa.

— Não, foi ele, sim.

Isso não faz sentido, ela queria dizer. Hinton é incapaz de demonstrar gentileza, você deve estar enganado.

Mas a atenção de Elias já havia se voltado para Mohsin.

— Volta para a mamãe. Vai dizer oi.

Mohsin demorou um pouco para abandonar a segurança do cobertor. Sara tinha acabado de pegá-lo no colo quando uma voz metálica soou no alto-falante.

— Hussein. A visita acabou.

Sara fingiu não ouvir, segurando seu bebê até que o aviso se repetiu trinta segundos depois. Levantou-se enquanto Elias pegava as duas crianças e saía. Ela ficou ali por um minuto, olhando para a porta, com as mãos fechadas em punhos.

ISSO É REAL?

NÃO SEI.

## APESAR DO SUCESSO, OS DESAFIOS DA LEI CRIMINAL PERSISTEM

**A DISCORDÂNCIA SOBRE UMA PEQUENA, MAS IMPORTANTE, PARTE DA LPC REPRESENTA UMA OPORTUNIDADE DE CAMPANHA ANTES DAS ELEIÇÕES.**

*Alejandro Arteta e Lily Khan, com a ajuda do PressBot*

WASHINGTON — Está se formando uma disputa legislativa no Senado sobre a renovação de disposições importantes da Lei de Prevenção ao Crime, vinte anos após a aprovação da legislação histórica. A batalha deve se acirrar, com três membros proeminentes encarando a questão como tema de campanha antes das eleições presidenciais.

A LPC foi aprovada após o massacre no intervalo do Super Bowl em Miami, quando 86 pessoas foram mortas a tiros em transmissão ao vivo, antes que o sinal fosse interrompido pela CBS, e outras 32 foram mortas em off, antes que o atirador fosse preso.

O evento traumático, testemunhado por 113 milhões de americanos, levou a protestos históricos em todo o país. Legisladores democratas chamaram o tiroteio no Super Bowl de "momento decisivo" e exigiram um rigoroso controle de armas, enquanto os republicanos se aproveitaram das conclusões da investigação do FBI para argumentar que a culpa era exclusivamente do atirador, Luca Schmidt.

Schmidt, de Coconut Grove, Flórida, deixou um longo rastro de evidências que levaram ao crime: duas denúncias de violência doméstica registradas pela mãe; *bump stocks* e munição comprados com seu cartão de crédito pessoal; rancor contra um médico do time, para quem trabalhou como assistente de laboratório; mensagens raivosas sobre não ser respeitado pelos jogadores; e pesquisas online sobre maneiras de contornar a segurança do estádio.

A mineração de informações relevantes tornou-se o foco da LPC, que dá às autoridades amplo acesso a registros privados e permite que usem ferramentas comerciais de análise de dados como parte de suas investigações. O presidente Casey Graham encarregou a Administração de Avaliação de Risco de identificar e deter indivíduos com propensão a cometer crimes violentos.

Nos vinte anos desde que a lei foi aprovada, centenas de potenciais assassinos foram identificados e detidos em centros de segurança pública para investigação e processo judicial. O desmantelamento da notória gangue da Rua 53 em Chicago, cujos membros travavam uma guerra prolongada contra grupos rivais, foi uma das maiores histórias de sucesso da AAR.

A AAR também tem sido eficaz na prevenção de suicídios por armas de fogo e é responsável por salvar dezenas de milhares de vidas americanas por ano, graças ao seu sistema de alerta rápido.

Mas também houve falhas ocasionais, inclusive o caso de Lana Delgado, a querida atriz de teatro que foi erroneamente encaminhada para uma clínica de internação compulsória enquanto recebia tratamento para esclerose múltipla na NYU Langone, ou o de Milo Coleman, cinco anos, cujos pais receberam uma notificação de que deveriam levá-lo a um centro de segurança pública. Casos como esses, dizem os críticos, são evidências de que o escopo da LPC deveria ser mais limitado.

As pesquisas mostram que o público continua apoiando a legislação pré-crime, com a maioria (62%) a considerando uma ferramenta necessária para as agências de segurança pública, e pouco mais de um terço (34%) preocupado com seu alcance.

O atual conflito no Senado tem a ver com a capacidade das empresas privadas de detenção de prorrogar a estadia dos suspeitos sob sua custódia, sem a necessidade de aprovação do governo, e os tipos de dados que a AAR pode usar legalmente em seus algoritmos.

A batalha não se divide ordenadamente entre as linhas partidárias. A senadora Adriana Jimenez (D-Califórnia) se aliou ao senador Jamie Hutchinson (R-Oklahoma) para denunciar o alcance da LPC que, segundo eles, põe em risco direitos fundamentais e aumenta os gastos do governo. Os dois planejam apresentar uma emenda que limitaria a autoridade das empresas privadas e proibiria a AAR de usar certos tipos de dados privados.

Outros, incluindo a senadora Cora Jenkins (D-Texas) e o senador Vicente Torres (R-Texas), argumentam que a LPC estabelece um equilíbrio adequado entre segurança e liberdade em um momento em que criminosos podem desencadear violência em massa com velocidade extraordinária. "Ninguém que assistiu àquelas pessoas inocentes serem baleadas naquele dia fatídico de fevereiro pode ficar parado esperando por outro massacre", disse a senadora Jenkins aos repórteres.

Procurado para comentar, o Administrador de Avaliação de Risco James Wesley apontou a redução de 42,6 por cento nas mortes por armas de fogo nos últimos vinte anos. As mortes por suicídio caíram drásticos 48 por cento. "Acho que os números falam por si", disse ele.

O PASSAPORTE DE SARA ESTAVA EM CIMA DA MESA, TORTO. Se ao menos Segura o tivesse carimbado antes de ser chamado, ela já teria terminado a inspeção de segurança e estaria a caminho da área de desembarque. Mas ele saiu tão rápido que ela não teve tempo nem de argumentar que sua família a esperava lá embaixo, e que tinha uma reserva para almoço num restaurante badalado, em South Bay. O oficial que se intrometeu na entrevista perguntou se ela queria uma xícara de café; tinha uma jarra de café fresco no lounge da AAR.

— Não, obrigada — agradeceu a ele, mal conseguindo disfarçar a exasperação. Ressentia-se desse intruso, cuja aparição lhe causara mais um atraso. Quanto mais demorava o procedimento, mais longe ela ficava do almoço com Elias. — Eu não tomo café.

— Não toma café? — Ele afundou na cadeira à sua frente e bebeu um gole da caneca fumegante, fechando os olhos com prazer. — Cara, não sei como você consegue.

Ela deu de ombros. Desde que colocara um dispositivo para ajudar a dormir, raramente precisava de café, embora antes chegasse a tomar seis xícaras por dia. O sono reparador havia eliminado seu desejo de cafeína.

— O gosto não me agrada mais.

— O gosto é a melhor parte — disse ele, tomando um gole ruidoso de sua xícara.

Ele tinha cabelos castanhos ralos e um rosto com traços suaves: olhos redondos, bochechas rechonchudas, nariz bulboso. Seu crachá dizia Moss. Ao contrário de Segura, carregava uma arma enorme no coldre, o que o fazia parecer um pouco deslocado, especialmente com o casal queimado de sol se divertindo na tela grande logo acima. UM VISLUMBRE DO PARAÍSO, dizia o slogan.

O anúncio era uma provocação a Sara. Embora tivesse sido criada na Califórnia, onde as ilhas exerciam uma atração magnética nas férias de inverno e verão, ela jamais tinha visitado o Havaí. Todo ano, enquanto seus amigos viajavam para O'ahu ou Maui, seus pais levavam a família para o Marrocos, trocando as fantasias adolescentes de Sara sobre surfistas tatuados pela dura realidade de parentes intrometidos. De espectadora que aspirava a ser, Sara se via, da noite para o dia, um objeto a ser exibido. Cercada por tios e tias que não conhecia e primos com quem tinha dificuldade de se comunicar, ela passava algumas semanas por ano como uma ré em um tribunal, respondendo perguntas sobre seus hobbies, suas notas, seus amigos, ou ouvindo em silêncio enquanto os adultos comparavam, em detalhes minuciosos, a vida em um país com a vida no outro.

Para a lua de mel, Sara sugerira a Elias que fossem para Kauai, cujas trilhas verdejantes ela tinha vontade de conhecer havia muito tempo, mas ele queria visitar Praga. Até encontrou uma maneira de pagar a viagem com o dinheiro de uma bolsa que recebeu para seu trabalho de pós-graduação em fonoaudiologia.

— A única coisa que a gente precisa fazer — disse ele — é decidir as datas.

Aí, pegou o celular para consultar a agenda. Sara ficou surpresa, esperava que eles debatessem antes de decidir o destino, mas Praga também era uma ótima ideia, especialmente se não fosse muito caro.

— Tudo bem — concordou ela.

Eram bons tempos, quando uma discordância não passava de uma oportunidade de descobrir uma nova cidade juntos. Eles passaram uma semana em Praga, levantando-se tarde da cama do hotel para explorar o castelo ou passear por ruas milenares.

Com o passar do tempo, Sara achava cada vez mais difícil ignorar o hábito de Elias de tomar decisões sem consultá-la. Parte da culpa era dela, sem dúvida. Uma vez, enquanto postergava a escolha de uma nova lava-louça para substituir a que não parava de inundar a cozinha, ele comprou uma pela internet e instalou enquanto ela estava no trabalho. Mas, em outra ocasião, ele trocou o Toyota antigo por um Volvo zero sem avisar, e ligou da concessionária só para que ela assinasse a documentação do carro. Sara estava assistindo a um documentário na PBS e teve que colocar no mudo para ter certeza de que tinha ouvido direito.

— Você fez *o quê*? — perguntou ela. — Como você pode comprar um carro sem falar comigo?

— A gente conversou. Lembra que você comentou que o Toyota estava nas últimas? Precisava trocar, então eu troquei.

— Você não me disse que foi comprar um carro!

— Não é nada de mais.

— Não é nada de mais? Sério?

— Sara.

— O quê?

Houve um barulho de passos; Elias estava saindo para continuar a ligação.

— Trocamos as baterias do Toyota há seis meses. E agora precisa de uma transmissão nova. Não dá para continuar gastando dinheiro com consertos, não faz sentido. Você mesma falou isso outro dia.

— Tudo bem, mas a gente devia ter conversado antes. Você não pode simplesmente entrar na concessionária da Volvo e escolher um carro. Nós não temos dinheiro para isso, Elias. Não temos.

Com a expressão "*não temos*", a mente de Sara se voltou para o campo em vermelho na parte inferior do extrato do seu empréstimo estudantil. Quando eles foram aprovados para o financiamento do apartamento, o corretor brincou que o negócio estava sendo fechado com chiclete e cadarço de sapato. Será que Elias não entendia que precisavam ser cuidadosos com o dinheiro?

— Claro que temos. Eu consegui um ótimo negócio com Lauren.

— Quem diabos é Lauren?

— A vendedora da Volvo. Nós estudamos juntos no ensino médio. Lembra aquela foto do recital do último ano? Ela é a morena atrás de mim. Enfim, ela postou no Nabe sobre uma oportunidade incrível, eu mandei uma mensagem e ela me ofereceu o negócio. Preciso que você venha aqui para a gente poder resolver a questão do documento do carro. E pode trazer minha jaqueta azul? O ar-condicionado está ligado no máximo aqui, está ficando frio.

Essa impulsividade era uma fonte de tensão recorrente entre os dois, embora fosse o que havia atraído Sara em primeiro lugar. Ela gostava que ele tomasse decisões depressa, que não passasse horas delineando todos os cenários possíveis e suas prováveis consequências, que não se importasse em falhar ou fazer papel de bobo. O hábito da cautela estava profundamente enraizado nela, sem dúvida por ter sido criada por um cientista, mas com certeza agravado pelo simples fato de ser mulher. Se fosse assediada ou importunada enquanto corria, no dia seguinte escolhia um caminho diferente. Se um colega interpretasse erroneamente um comentário como uma cantada, ela analisava o que havia dito, tentando descobrir qual palavra ou frase poderia ter dado a ele a impressão errada. E, depois de sua experiência com o Nabe, Sara relia todas as postagens, por mais triviais que fossem, antes de publicá-las. Ser mulher era observar a si mesma não apenas através dos próprios olhos, mas também através dos olhos dos outros. Elias, por outro lado, não estava preso a nenhum julgamento além do próprio, o que ela achava exótico e irresistível ao mesmo tempo. Sara tentava silenciar a voz dentro de si que dizia que Elias não precisava dela — ou, pelo menos, da sua opinião.

Por isso, sempre que ele falava em ter filhos, ela ficava relutante. Não conseguia imaginá-lo cedendo em todas as grandes decisões que envolviam começar uma família, desde decidir o nome e encontrar um pediatra até escolher uma creche. Eles também precisavam pensar nas finanças; ela não tinha certeza se estavam prontos para assumir a responsabilidade de um filho. Além disso, eram jovens; deviam aproveitar noitadas, sexo matinal e viagens de última hora para fora do país, em vez de se sobrecarregar com mais responsabilidades.

Mas Elias não queria esperar. A fertilidade feminina começa a diminuir aos trinta anos, dizia, temos que começar a tentar, porque pode demorar um pouco. A discussão durou seis anos, durante os quais o assunto foi ficando cada vez mais delicado, às vezes terminando em brigas ou em longos períodos de silêncio desconfortável. Quando se esqueceu de levar a pílula anticoncepcional para um fim de semana no Novo México, Sara perguntou se não era uma forma inconsciente de abdicação; estava cansada das discussões sem fim.

A gravidez de gêmeos pegou os dois de surpresa. Sara teve enjoos matinais tão intensos que não conseguia sair da cama, e, nos raros dias em que conseguia, passava o tempo todo lutando contra a náusea. Elias, por outro lado, enfrentou o desafio com alegre desenvoltura; pintou o quarto de hóspedes, montou o quarto dos bebês, pesquisou carrinhos e cadeirinhas online. Você já tem muito com que se preocupar, dizia à Sara à noite, massageando suas costas e ajudando-a a reajustar a cinta de apoio recomendada pelo obstetra. Como outras mulheres desenvolviam aquele brilho da gravidez? Sara não conseguia nem se olhar no espelho. Sua pele estava pálida, os tornozelos, inchados. Toda manhã, saindo do quarto para a cozinha, ela olhava para a tela do Nimble acima da bancada, que listava os dias até o parto, e sofria ao ver quantos ainda faltavam. Os lembretes constantes do Nimble sobre sua baixa ingestão de ferro e ácido fólico só aumentavam seu estresse. O último mês de gestação foi pura agonia. Até entrar em trabalho de parto, ela não conseguia dormir, não conseguia andar, não conseguia descansar. Quando viu Mohsin, com a cabeça coberta de placenta e o rosto contorcido em uma careta de desaprovação ao mundo em que estava entrando, ela entendeu, como nunca havia entendido antes, por que o procedimento era chamado de *trabalho* de parto. Mona nasceu três minutos depois, gritando a plenos pulmões assim que o médico a tirou do útero.

Se um bebê era um milagre, dois eram uma revelação. Nada poderia ter preparado Sara para o quanto sua vida mudaria após o nascimento dos gêmeos. A impossibilidade de acalmar um enquanto o outro berrava. A culpa esmagadora também, pois como ela podia ignorar o choro de um bebê? Como se estivessem cientes de quanto tempo o pai tinha esperado por eles e quanto os desejava, os gêmeos se acalmavam facilmente quando Elias estava no comando, adormecendo em seu colo em questão de minutos. Mas com ela não. Aquelas criaturinhas dependiam de Sara, e, ainda assim, ela não conseguia alimentá-las, fazê-las arrotar, trocá-las e colocá-las de volta para dormir sem cometer pelo menos cinco erros ao longo do caminho.

O tempo não era mais algo que ela possuía em abundância, para gastar como bem entendesse, mas um bem precioso que precisava ser distribuído com cuidado. Algo tão comum quanto uma refeição ou um banho exigia planejamento, organização e execução com precisão militar. Como uma recruta ao som da corneta, ela enfrentava cada dia com uma mescla de terror e resignação.

Sara pegou o celular novamente. Embora a tela rachada distorcesse os números, viu que cinquenta minutos haviam se passado; eles não conseguiriam chegar ao Mimi's a tempo. Ela estava faminta e se arrependeu de ter dormido enquanto serviam o café da manhã no avião.

Do outro lado da mesa, enquanto isso, o agente Moss tomava seu café tranquilamente.

— Você acabou de começar o turno? — perguntou ela, mais por tédio que por interesse.

— Sim. É meu último dia de plantão esta semana.

— Deve ser ótimo.

— Tem planos para o fim de semana?

A informalidade da pergunta irritou Sara. Claro que ela tinha planos — almoçar tranquilamente com Elias, tomar um longo banho quando chegasse em casa, brincar com Mohsin e Mona, ler para os dois antes de dormir —, planos que aquele agente e seu colega da AAR estavam atrapalhando. Sua irritação rapidamente se transformou em raiva.

— Tem algum supervisor com quem eu possa falar?

— Um supervisor? Para quê?

— Estou aqui há mais de uma hora — disse ela. — O outro oficial já ia carimbar meu passaporte quando foi chamado. Realmente não entendo o motivo dessa demora.

— Não vai demorar muito mais. É só um procedimento.

— Um procedimento porque meu nome é Hussein?

— Senhora. Somos todos profissionais aqui.

— Então por que você não carimba meu passaporte?

— Eu não analiso relatórios de risco.

— Achei que você tivesse dito que era profissional.

Moss não falou mais com ela depois disso. Assim que terminou o café, começou a enviar mensagens pelo celular, sorrindo ocasionalmente para a tela. Quando um adolescente com um enorme cachecol no pescoço foi levado para a sala de espera, Moss reposicionou a cadeira para poder manter o adolescente e Sara em sua linha de visão. O que ele achava que ela ia fazer? Fugir? Era tudo tão ridículo. Ela tentou enviar outra mensagem para o marido, mas sem sucesso.

Elias devia estar tentando entreter os gêmeos enquanto esperava por ela na área de desembarque. Sara se sentia mal pelo atraso. Tinha passado quatro dias em Londres com tudo pago pela empresa, ido ao Tate Modern e ao V&A, desfrutado de jantares e conversas com outros adultos. Não podia culpá-lo se estivesse cansado ou até mesmo ressentido.

A porta se abriu e Segura reapareceu.

Moss se levantou.

— Como foi?

Segura balançou a cabeça, como se para dizer que conversariam mais tarde, quando estivessem a sós.

— Sinto muito, cara. Enfim, essa aí é toda sua. — Moss se dirigiu para a porta. — Ah, e a Sra. Hussein aqui acha que está sendo discriminada.

Segura lhe lançou um olhar magoado, como se ela o tivesse ofendido profundamente ao reclamar de ficar detida por uma hora sem motivo.

— Somos todos profissionais aqui.

— É o que eu tenho ouvido — rebateu Sara. Devia parar por aí, aconselhou uma voz interna, mas foi abafada pela exasperação crescente com os recorrentes atrasos. — Mas vou te dizer, tenho minhas dúvidas.

Ele arregalou os olhos com a insolência.

— Posso pegar meu passaporte agora?

— Ainda não — disse ele, em tom mais severo. Segura voltou a entrar no computador e fez questão de clicar em todas as abas da tela. Do outro lado do vidro, uma mulher vestida com um *shalwar kameez* azul entrou sob escolta, seguida, minutos depois, por um homem idoso com dreadlocks e um gorro de tricô. Sara tinha consciência da plateia cada vez maior, que observava sua entrevista com tanta curiosidade quanto interesse próprio. — O problema — disse Segura — é que seu score de risco está acima do limite aceitável. As pessoas são sinalizadas sempre que o score ultrapassa 500. O seu está em 518. Deve haver uma razão.

Mas é uma diferença tão pequena, pensou Sara. Apenas uma hora antes, ele não parecia muito preocupado e estava prestes a carimbar seu passaporte. Agora, esse mesmo score era um problema que exigia uma explicação satisfatória da sua parte. Era absurdo. No entanto, o novo tom do agente a intimidava. Acalme-se, disse ela a si mesma, e dê a volta por cima antes que a situação saia do controle. A Lei de Prevenção ao Crime permitia que algoritmos previssem atividades criminosas, mas ainda dava aos oficiais da AAR, como Segura, um certo poder discricionário.

Se ao menos ela pudesse tomar um copo de água e comer alguma coisa, se sentiria revigorada e conseguiria lidar melhor com a situação. Ainda não sabia por que seu score de risco estava acima de 500. Teria furado um sinal vermelho sem perceber? Esquecido de pagar uma multa de estacionamento? Saído do supermercado sem passar todos os itens no caixa? Seu celular havia sido localizado perto de um protesto político ou algum tipo de perturbação pública? Ela quebrou a cabeça, mas foi incapaz de imaginar por que seu score teria subido acima do limite legal.

— Eu não tenho antecedentes — disse ela, agora em tom conciliador. — Você mesmo viu.

Segura a ignorou. Parecia determinado a provar o quanto era meticuloso no trabalho. Depois de um momento, perguntou:

— Qual é a sua relação com Zach Miller?

— Ele é meu primo.

— Bem, *ele* tem antecedentes criminais.

Aquilo era novidade para ela, e Sara precisou de um instante para processar a informação.

— Não o vejo há pelo menos vinte anos — admitiu. — Não sei o que ele fez para ser preso, mas não tem nada a ver comigo. Como você sabe que somos parentes?

— Banco de dados de DNA. Como eu disse, o algoritmo é holístico.

Sara nem se deu ao trabalho de perguntar como a AAR tinha acesso ao seu material genético. Seus pais a haviam obrigado a fazer um daqueles testes de DNA que a escola enviou para casa com todos os alunos do quinto ano — a ideia era que as crianças pudessem ser identificadas em caso de terremoto, tiroteio em massa ou até mesmo sequestro. Mas os dados foram coletados e agora estavam sendo usados para ligá-la ao idiota do primo. Zach estava com quantos anos, 41 ou 42? Eles eram amigos na época do ensino fundamental, em Pasadena. Ela se lembrava dele como um garoto mais velho e agressivo, que adorava brincar de "zumbi", uma brincadeira que consistia principalmente em derrubar ela e o irmão, Saïd, no chão e tentar mordê-los. Um dia, ele a empurrou com tanta força que ela caiu de cara no chão da garagem, cortou o lábio e quebrou o dente da frente. Os gritos de dor de Sara fizeram a mãe e a tia saírem de casa de pantufa.

— O que aconteceu? — gritou a mãe dela.

Segurando a boca ensanguentada com uma das mãos, Sara apontou para o culpado com a outra.

— Ela caiu — disse Zach, com as palmas das mãos levantadas em sinal de defesa. — A gente estava só brincando.

— Então foi um acidente — disse a mãe dele.

Com um sentimento de grave injustiça a inundando, Sara observou sua tia Hiba minimizar o ataque de Zach. Era só brincadeira, disse ela, as meninas deviam aprender a ser mais resistentes. Uma quedinha não era o fim do mundo. A mãe de Sara a levou às pressas ao dentista para um tratamento de emergência, mas o material da resina não combinava com a cor do dente e a fratura continuou visível. Durante semanas após o incidente, Sara se recusou a sorrir, selando sua raiva com uma expressão estoica.

Alguns anos depois, o pai de Zach vendeu umas ações que mantinha havia uma década e mudou-se com a família para a Flórida. Por que a Flórida?, perguntaram todos. Impostos, respondeu ele. Comprou três prédios residenciais e se aposentou com a renda, mas em poucos meses teve um caso extraconjugal e tudo começou a desmoronar. Zach, no ensino fundamental na época, já estava se metendo em encrencas: faltando às aulas, respondendo à mãe, brigando com as irmãs. A polícia foi chamada algumas vezes. Quando o tio de Sara morreu, alguns anos antes, Zach herdou um dinheiro considerável, mas pouca astúcia. Começou a abrir negócios a um ritmo alucinante, geralmente os fechando alguns meses depois, quando perdia o interesse. A última notícia que teve do primo foi que ele havia comprado uma concessionária de carros antigos, em Orlando.

— Espere um pouco — disse Sara. — O que o meu primo ter sido preso tem a ver comigo? Você não pode querer que eu seja responsável por algo que não fiz.

— Isso aumenta as suas chances de ser presa no futuro. É uma informação relevante.

— Não é, não. Ser parente de alguém não é crime.

Ali, ela teve certeza de que estava sendo detida sem motivo. Moss e Segura também sabiam disso. Seu erro — seu erro tolo, sem dúvida causado pela fome e pelo jet lag — tinha sido protestar contra o que estava acontecendo com ela; esperavam que ficasse quieta e dócil ao lidar com os agentes, independentemente do que estes dissessem ou fizessem. A constatação renovou a pressão que ela sentia para acalmar a situação, uma pressão que só piorava sua ansiedade.

— Sra. Hussein, não ajuda em nada fazer declarações falsas às autoridades.

— Que declaração falsa?

— Sua empresa não pagou a passagem aérea.

— Ah — disse ela, percebendo, assim que a palavra saiu da sua boca, que a câmera devia ter gravado o seu choque. — Bem, isso eu posso explicar. O Getty não disponibiliza um cartão de despesas para uso em conferências. Tenho que pagar a passagem aérea com meu cartão Amex pessoal, depois solicitar o reembolso. Mas só vou ser reembolsada na semana que vem, porque o escritório está fechado durante o Natal. Posso garantir que o museu está pagando por essa viagem. Eles pagaram todas as minhas conferências anteriores.

Um longo momento se passou, durante o qual o único som foi o clique do mouse. Sara sentia gotas de suor escorrendo pelas costas; agora era impossível disfarçar o cheiro. Ela se perguntou quem estaria observando do outro lado da câmera, analisando suas expressões faciais em busca de sinais de que estava mentindo.

— Você vai mesmo considerar isso uma declaração falsa?

— O algoritmo leva tudo em consideração. Eu já expliquei.

— Eu *não* fiz uma declaração falsa. Foi só uma maneira de falar. O museu vai pagar pela viagem assim que eu entregar os recibos.

Ele a silenciou e se inclinou para mais perto da tela. Esse comportamento desconcertou Sara. Teria se equivocado ao responder com sinceridade a todas as perguntas? Deveria ter sido mais cuidadosa, percebeu com horror crescente. Agora era tarde demais; ele estava usando suas próprias palavras contra ela. Um segundo depois, Segura se virou para ela novamente, com uma expressão preocupada.

## SAFE-X, INC.

Divisão de Unidades para Observação Forense de Curta Duração
Unidade: Madison
Local: Ellis, Califórnia
Data e hora: 08-10-09-34

Minutas compiladas por: MeetingPro

A reunião de equipe da Safe-X foi iniciada às 9h34.

*Presentes:* Oficial-Chefe de Retenção █████. Oficial Sênior Hinton. Oficiais Jackson, Yee e Ortega. Oficial Júnior Williams. Gerente de caso Gardner. Assistente administrativo Doyle.

*Ausente:* Enfermeira Flores.

*Convidados:* Nenhum.

### APROVAÇÃO DAS MINUTAS DA REUNIÃO DE SETEMBRO

Em moção do OCR █████, com apoio do Oficial Sênior Hinton, as minutas da reunião de 8 de setembro foram aprovadas unanimemente.

### RELATÓRIO DO OCR

Um envio de medicamentos para unidades da Safe-X na Califórnia foi perdido em um engavetamento de caminhões automatizados na rodovia 5. OCR █████ esteve trabalhando com a enfermeira Flores para adquirir substitutos para necessidades essenciais, mas espera-se que haja desabastecimento.

OCR █████ recebeu quatro propostas para a reforma e expansão da ala leste, todas de empresas locais de Ellis. Dada essa situação competitiva, ele acredita que consiga completar o projeto a um custo razoável, especialmente com a receita adicional da pesquisa de residentes deste mês. As obras começarão nas próximas duas a três semanas.

O contrato com o PostPal para serviços de comunicação foi renovado por mais dois anos. OCR █████ orgulhosamente informa que conseguiu um aumento de 0,2% na cota da Safe-X das receitas de ligações.

O treinamento de consciência de cibersegurança deveria ser feito até 5 de outubro, mas até agora apenas os Oficiais Hinton e Yee o completaram. OCR █████ lembrou que o treinamento é obrigatório para todos os funcionários da Safe-X.

## RELATÓRIO DOS OFICIAIS

Oficial Sênior Hinton relatou que a checagem de segurança para terremoto, enchente e incêndio florestal foi finalizada em 1º de outubro. Os agentes de segurança designados notam que há pouca quantidade de alguns suprimentos de emergência, inclusive luvas de nitrila, máscaras faciais e lonas plásticas. Oficial Hinton disse que tem uma lista completa e solicitou financiamento para comprar os itens.

OCR █████ disse que levaria em consideração cada item, já que o orçamento está apertado.

Oficial Jackson relatou que os contratos de trabalho estão em dia.

OCR █████ perguntou quantos turnos estão vagos no momento.

Oficial Jackson respondeu que eram sete.

OCR █████ elogiou Oficial Jackson por melhorar os números no último mês, mas lembrou a todos que o objetivo é zero. Os oficiais devem ser mais proativos em encorajar as residentes a fazer turnos extras.

Oficial Yee relatou que a câmera do refeitório voltada para o norte está transmitindo vídeos tremidos para o deque de observação principal, e solicita uma substituição.

OCR █████ perguntou o que aconteceu.

Oficial Yee respondeu que as Residentes Toya Jones e Sara Hussein estavam tentando matar uma barata voadora. A Residente Jones jogou o sapato e atingiu a câmera.

OCR █████ perguntou se pelo menos ela conseguiu matá-la.

[Risadas]

Oficial Yee disse que sim.

OCR disse que encomendaria a substituição e cobraria o custo da Residente Jones.

NOVA QUESTÃO

OCR relatou ter se deparado com um vídeo postado por Oficial Júnior Williams no Printastic, em que ele parecia estar fazendo piadas sobre esta unidade. Oficiais Ortega, Jackson, Yee e Hinton também apareciam no vídeo. OCR exigiu uma explicação.

Oficial Júnior Williams respondeu que o vídeo foi feito em seu tempo livre no Ray's Bar and Grill, em Ellis, e, portanto, não constitui uma violação da política da empresa.

OCR perguntou ao Oficial Júnior Williams se ele é especialista na política da empresa.

Oficial Júnior Williams respondeu que o vídeo não inclui referências explícitas a Madison.

OCR perguntou aos oficiais quais termos eles usaram e por quê.

Oficial Ortega disse que sempre chamou Madison apenas do que é, uma Unidade de Observação Forense de Curto Prazo.

Oficial Jackson disse que chama a unidade de "a casa de detenção", pois é do Brooklyn e também porque Madison era uma escola pública.

Oficial Júnior Williams disse que a chama de "o asilo" por hábito, já que trabalhava numa instituição de saúde mental antes de vir para Madison.

Oficial Yee disse que não se lembra de chamar de nada e que só estava no jantar porque o ensaio geral de sua peça tinha sido cancelado.

Oficial Sênior Hinton disse que a chama de "o hotel".

OCR perguntou por que ao Oficial Sênior Hinton.

Oficial Sênior Hinton respondeu que gosta de tornar a estadia de cada mulher memorável.

[Risadas]

OCR █████ disse que não se importava que os oficiais relaxem um pouco às sextas, mas não podia permitir gravações nem postagens de vídeos que reflitam negativamente esta unidade, mesmo que por meio de apelidos, já que poderia ser prejudicial à reputação da empresa.

OCR █████ disse ainda que os oficiais podem ser processados *in personam* [clique para adicionar palavra ao dicionário] por violar os acordos de privacidade da empresa.

Oficial Williams disse que apagaria o vídeo.

OCR █████ lembrou a todos que vai dar um churrasco em homenagem à volta do filho do serviço militar no exterior, no sábado à tarde. Todos estão convidados.

## ENCERRAMENTO

Sem haver mais assuntos a discutir, OCR █████ propôs que a reunião fosse encerrada. A moção foi apoiada pelo Oficial Hinton e aprovada por unanimidade. A reunião foi encerrada às 10h06.

A LAVANDERIA ESTÁ PARTICULARMENTE ÚMIDA ESSA TARde. Sara leva um minuto para se acostumar com o cheiro, mas Toya já está trabalhando, separando os sacos de malha no carrinho. Ela cumprimenta Sara com um aceno de cabeça. Embora não seja muito falante, quando decide conversar, Toya tem muitas informações interessantes sobre uma grande variedade de assuntos. Ela sabe quanto vale um Tesla de dez anos com poucos quilômetros rodados, quanto custa substituir uma janela quebrada ou com que frequência um determinado bairro é inundado, detalhes que aprendeu ao longo de uma carreira de vinte anos como avaliadora de sinistros de seguros. Após o complexo incêndio florestal em Tujunga, há três anos, foi encarregada de supervisionar a verificação de sinistros na Sanctuary Insurance, uma responsabilidade enorme que deveria ter levado a uma promoção, mas ela estava atuando em um sindicato e a promoção foi para outra pessoa — um descuido que ainda a amargura.

Sara se junta a Toya nas máquinas de lavar e a ajuda a desempacotar os sacos de uniformes brancos. Quem escolheu o branco não se preocupou muito com a praticidade, pensa Sara; em cada carga, ela precisa despejar duas colheres cheias de um alvejante aprovado pela empresa. Por outro lado, o branco reforça a ideia de que Madison não é uma prisão ou uma cadeia. Se os uniformes fossem vermelhos ou laranja, as retidas poderiam ser vistas como detentas perigosas, do tipo que deve ser alojado com assassinos condenados ou traficantes de drogas. Se fossem marrons ou listrados, poderiam parecer pequenas assaltantes, ladras de loja ou fraudadoras.

Mas o branco permite outras interpretações.

Branco é insosso, estéril, terapêutico. Branco significa que seus crimes ainda podem ser evitados.

Ela traz mais sacos para as máquinas. Antes de ser retida, odiava lavar roupa, mas agora as duas tardes por semana em que é designada para a lavanderia são suas favoritas; trabalhar com as mãos permite que a cabeça vague livremente. Toya mexe no termostato na parede, tentando manter a lavanderia fresca. Mesmo que os números na tela diminuam para dezoito graus, não há nenhuma mudança perceptível na temperatura. Quando as secadoras começam a funcionar, as duas estão encharcando os uniformes de suor. Ainda assim, o barulho constante das máquinas significa que elas podem ter conversas privadas, o que é quase impossível em qualquer outro lugar em Madison.

— Não te vi no café da manhã — diz Sara.

— Eu estava na enfermaria — responde Toya. — Tentando repor meu remédio para pressão. — Da última vez que tinha tentado, a enfermeira Flores dissera que aquele medicamento específico estava em falta. — Pesquisei vários substitutos na biblioteca.

— Que inteligente.

— Desesperada, na verdade. Mas aceito inteligente também — diz Toya, com um sorriso.

O espaço entre os dentes da frente a faz parecer muito mais jovem. Ela gasta seus míseros tostões em tintura de cabelo da lojinha; os cachos que emolduram seu rosto são pretos como carvão. Sara jamais perguntou a idade de Toya, porque suspeita que seja um assunto delicado.

— Quando é sua audiência? — pergunta Sara.

— Terça-feira, às 15h30.

Vinte e duas retidas foram soltas desde que Sara chegou a Madison. Quase todas tiveram audiências no início da manhã, às 8h ou 8h30. A partir desse pequeno conjunto de dados, cada uma tirou conclusões diferentes. Há quem ache que os agentes da AAR tendem a ser mais lenientes quando acabaram de começar o dia. Outras acreditam que as retidas com reuniões mais cedo estavam bem descansadas logo pela manhã, o que lhes permitiu ter um melhor desempenho nas avaliações de estado mental. Outras ainda acham que as retidas liberadas causaram boa impressão porque usavam uniformes imaculados, em comparação com aquelas que tiveram que ir direto do trabalho na cozinha ou no pátio para a sala de entrevistas. A retenção faz todo mundo virar supersticioso.

— Eu posso te cobrir — oferece Sara.

— Já me disseram que tenho que cumprir meu horário de trabalho até o início da audiência. Mas valeu, obrigada.

Sara esfrega os olhos. Quando trabalhava no Getty, usava óculos especiais que protegiam da luz azul da tela do computador, o que tornava mais fácil ficar sentada à mesa por horas a fio, estudando fotografias granuladas da década de 1920. Àquela altura, Jim Klass já deve ter tirado seu nome da lista de contatos do escritório e designado outra pessoa para o projeto. Atualmente, é a substituta de Sara que pega o bondinho para subir a colina, apreciando a vista das montanhas de Santa Monica em uma manhã fria de outono, e depois sai para a praça do Getty, ainda vazia, onde o barulho de uma fonte de água lhe dá as boas-vindas a um dia repleto de arte e beleza. Que vida aquela! Sara não consegue acreditar que já reclamou da viagem do bondinho que aumentava seu trajeto para o trabalho, do preço da salada caprese na lanchonete ou mesmo dos turistas que frequentemente entravam no instituto de pesquisa à procura de um banheiro. Mas, pensando bem, talvez esteja errada. Talvez sua estadia em Madison tenha dado ao museu a oportunidade de cortar o orçamento do departamento, deixando sua vaga em aberto.

De qualquer forma, o mundo continua sem ela.

Agora ela abre o livro de capa dura que pegou emprestado na biblioteca, um livro de não ficção chamado *Quando nos unimos: o legado da WPA*. Toya está lendo um romance policial de Chester Himes. Ela folheia as páginas, de onde tira algo que depois desliza pela mesa.

— Feliz aniversário — diz.

É um marcador de livro feito à mão, cortado no formato de um rolo de filme fotográfico.

— Não acredito que você lembrou! — exclama Sara, a alegria elevando o tom de sua voz. — Obrigada. — Ela segura o marcador contra a luz para admirá-lo. — Parece tão real. Deve ter demorado uma eternidade para fazer os furos. Onde você arrumou papel-cartão?

— Na embalagem do sabão em pó.

— Amei — diz Sara. — Muito obrigada.

Ela coloca o marcador no livro.

Um silêncio confortável se instala entre as duas enquanto leem. O resto do turno transcorre sem incidentes, com apenas uma pequena interrupção de Hinton, que faz questão de verificar a lavanderia enquanto faz sua ronda. Sara não tem certeza do que ele está procurando; não há chance de atividades ilícitas em uma sala apertada como aquela, equipada com câmeras e sem porta dos fundos ou cantos escondidos. Mas Hinton gosta de ser meticuloso.

APÓS O TURNO NA LAVANDERIA, SARA SE FORÇA A IR PARA O pátio de exercícios. Ao redor do perímetro, ainda há vestígios do playground da escola — marcas onde ficava o trepa-trepa, uma linha na parede usada para treinos de handebol, um poste de onde pendia uma bola de espirobol. A passagem coberta ainda tem azulejos com impressões de mãos, resquícios de um projeto de arte do jardim de infância chamado SÓ EXISTE UM EU. Há apenas trinta anos, quando manter a escola aberta não era considerado um passivo fiscal para o distrito, o playground era tomado pelo barulho alegre das crianças. Agora, está praticamente silencioso, mesmo com dezenas de retidas no intervalo; elas têm ordens estritas para não atrapalhar o trabalho nos trailers que ocupam o lado norte do gramado.

Sara dá algumas voltas na pista, dizendo a si mesma que aquilo conta como exercício, depois senta-se em um banco ao sol. Marcela está usando a outra extremidade para alongar as pernas. É uma garota simpática. É difícil acreditar que existe uma medida protetiva contra ela.

Segundo Marcela, seus problemas começaram quando denunciou os vizinhos por manterem uma creche sem licença. Ela se opôs por uma questão de princípio, não era nada pessoal. Mas, depois que a prefeitura fechou o negócio do casal e multou os dois, Marcela começou a receber ligações da polícia por perturbação da ordem pública sempre que ensaiava com sua guitarra ou bateria. Nos fins de semana, seus vizinhos lhe bloqueavam a porta da garagem com o carro, o que era um problema porque Marcela chegava tarde dos shows e era obrigada a dar voltas no quarteirão, à procura de vaga na rua. Um dia, quando cortaram seu bordo-japonês, ela surtou e quebrou a cerca do casal com um taco de beisebol. As imagens na câmera da campainha permitiram que eles obtivessem uma medida protetiva — e aumentaram o score de risco de Marcela. Algumas semanas depois, enquanto dirigia a van da Sharp Jello, ela foi parada por furar um sinal vermelho e encaminhada à AAR. Os sonhos violentos que vinha tendo com os vizinhos a levaram à retenção.

Com todo o tempo confinada em Madison, Sara também tem pensado sobre seu passado, revivendo um ou outro acontecimento que o algoritmo poderia ter usado contra ela, dando-lhe mais importância do que merecia: uma piada postada nas redes sociais em um momento acalorado, uma briga por vaga no estacionamento de um supermercado, uma passagem não paga porque ela estava com pressa de pegar o metrô. Na época, Sara achava que eram incidentes triviais, isso quando sequer pensava neles, mas tinham sido gravados em smartphones, documentados em prints ou assistidos por câmeras de segurança ocultas e, em seguida, armazenados em bancos de dados online. Ela não tem como apagar nem escapar de seu passado: os incidentes permanecem no OmniCloud, para serem lidos, pontuados e interpretados segundo o propósito dos criadores do algoritmo. Culpamos o algoritmo pela nossa situação, pensa ela, mas o algoritmo foi escrito por pessoas. Foram elas que nos colocaram em Madison. Pessoas, não máquinas.

Marcela senta-se no banco.

— Posso te perguntar uma coisa?

Sara olha para o posto de guarda sob a passagem coberta onde Jackson está sentada, de braços cruzados, as listras prateadas de sua camisa quase invisíveis na sombra. Ela fica fora do sol o máximo possível, por causa das manchas de vitiligo nos cotovelos, o que significa que está longe demais para ouvir a conversa das duas. A câmera Guardião mais próxima fica no topo do poste de luz, a seis metros de distância, mas o barulho do tráfego da rodovia deve interferir na qualidade do som.

— Você é professora, certo? — pergunta Marcela.

— Não mais — responde Sara, levantando-se e esticando a perna direita. Na verdade, ela não precisa se alongar, mas faz com que pareça mais ocupada do que amigável. Mesmo sem som, aprendeu que as imagens da câmera podem transmitir significados não intencionais.

— Mas você sabe escrever cartas oficiais — insiste Marcela. Ela se inclina para a frente. — É o seguinte. Pedi para enviarem minha guitarra para cá, mas me disseram que eu precisava escrever um pedido oficial e explicar por que preciso dela. É como, sei lá, me perguntar por que preciso de ar para respirar.

Sara muda o peso do corpo para a perna esquerda. Mais cedo ou mais tarde, toda retida se depara com a burocracia da Safe-X. É um encontro arriscado, que pode levá-la a quebrar uma regra enquanto tenta seguir outra.

— Enfim. Escrevi a porcaria da petição, mas eles disseram que eu não dei justificativa suficiente. — Marcela faz aspas no ar ao dizer "justificativa suficiente". — E, como você conseguiu aprovar sua petição para o espaço ecumênico, pensei que talvez pudesse me ajudar a escrever a minha. Tem que ser uma petição convincente. Eu preciso muito da minha guitarra. Preciso mesmo.

— Eles não estão nem aí para isso.

Depois de mais um ciclo de alongamentos, Sara senta-se no banco ao lado de Marcela. A verdade é que ela não se importaria de ajudar com a carta, mas não sabe se é contra as regras ajudar uma colega retida com uma petição. Precisa verificar o manual primeiro.

— Vamos fazer o seguinte — sussurra ela. — Deixe eu pensar um pouco.

* * *

Sara volta para o segundo andar exausta, embora não tenha se esforçado muito. Deve ser a monotonia; seu corpo acha tudo tão cansativo quanto sua mente. A tarde está particularmente lenta. Ao entrar no 208, ela encontra a colega de quarto trabalhando em sua história em quadrinhos. Emily gasta todo o seu dinheiro em lápis e papel, mas não tem o suficiente para comprar várias cores, o que é uma fonte constante de frustração. Ela vive dizendo a Sara quais tons de vermelho ou amarelo teria usado se tivesse, o quanto teriam acrescentado ao tom ou à profundidade da obra. A história em quadrinhos apresenta uma mutante vestida com roupas justas, que luta contra supervilões usando o poder do fogo em suas mãos, que se acende segundo sua vontade, disparando chamas a até trinta metros de distância. Emily é bombeira; ela se orgulha do fato de que suas representações de chamas e todos os danos que um incêndio pode causar são realistas. Por que uma bombeira está escrevendo uma história em quadrinhos sobre uma mutante piromaníaca? Sara nunca perguntou. Toda mulher precisa de paixões secretas. Além disso, ela acha o som do lápis no papel relaxante.

Sara joga água fria no rosto e senta-se em seu catre, apoiando as costas na parede. Emily levanta os olhos do bloco de desenho.

— Tem uma garota nova — anuncia ela.

— Sim, eu a conheci hoje de manhã.

— Como ela é?

— Não sei bem. Ela não falou muito.

De onde está sentada, Sara consegue ver Eisley no corredor, parada na porta do 207, a mão apoiada no batente. Será que ela está com alguma dúvida sobre as regras? Não, parece que está perguntando onde fica a sala de televisão.

— Acho que ela está bem.

Sara volta para sua história da WPA. A seção que ela está lendo é sobre como o Projeto Federal de Escritores começou a coletar histórias orais de milhares de ex-escravizados. As narrativas foram gravadas e editadas, na década de 1930, por pessoas de fora, a maioria branca e de classe média, resultando em um arquivo que é valioso, mas irremediavelmente limitado em sua capacidade de documentar como os escravizados sobreviveram sob perseguição brutal. O capítulo é envolvente, mas, quando se aproxima a hora da checagem dos dispositivos, Sara sente mais dificuldade de se concentrar no texto.

Finalmente, o alarme toca. Sara e a colega de quarto saem para o corredor, acompanhadas, um segundo depois, pelas mulheres que voltam dos trailers de trabalho. Naquela tarde, o oficial de plantão é Yee, um cara mais jovem, com sobrancelhas grossas, que caminha pelo corredor com passos longos e tranquilos. Enquanto faz a ronda com o scanner, ele murmura um agradecimento educado cada vez que a neuroprótese de uma retida emite um bipe. Sara fica impressionada com aquela capacidade de manter o bom humor; compartimentar nunca foi seu forte.

Assim que a varredura da neuroprótese é concluída, Yee recita rapidamente uma lista em seu tablet com os nomes de quem recebeu correspondência do PostPal e se vira para sair.

— Yee — chama Sara, alcançando-o. — Tem algo para mim?

— Hoje não.

Ela muda o peso do corpo, lutando contra a vontade de pegar o tablet do PostPal e verificar com os próprios olhos.

— Você não tem nenhuma correspondência para mim, talvez um pacote?

— Nada hoje. Você estava esperando alguma coisa?

— Sim.

Nem é pelo aniversário. Faz quase um mês que ela não tem notícias de Elias, e suas ligações e e-mails não foram respondidos. No início, ela achou que ele tivesse perdido o celular, ou que estivesse com uma gripe forte, ou ocupado com um projeto especial no trabalho, mas, à medida que os dias se transformaram em semanas, ficou mais difícil interpretar o silêncio do marido, decidir se era a reserva inofensiva de um pai ocupado ou um sinal precoce de afastamento. Ela estava ansiosa por notícias de Elias, notícias de casa.

As mensagens de Elias são a única crônica que ela tem de tudo o que está perdendo enquanto está em Madison. Da última vez que o marido escreveu, contou que a associação de moradores estava reclamando porque ele havia sublocado um quarto, dizendo que Elias devia ter consultado a associação e permitido que avaliassem os candidatos. Ele havia terminado de colocar trava de segurança para os bebês nos armários da cozinha e também nas janelas. Os gêmeos estão andando, sabem usar colher e brincam com carrinhos de brinquedo. Ele acha que estão prontos para começar a aprender a usar o banheiro, porque acordam da soneca com a fralda limpa. Os dois também estão falando, dizendo palavras como *copo*, *leite* e *papai*.

Quanto ao pai de Sara, todas as cartas são variações do mesmo tema: ele a incentiva a comer bem, fazer exercícios e descansar, a trabalhar duro e ficar longe de problemas, e a manter distância das outras retidas, a fim de evitar qualquer envolvimento que possa ter ramificações legais para o caso dela. Os conselhos fazem Sara estremecer; seu pai jamais encontrou um problema que não tentasse resolver imediatamente com esforço pessoal. Responsabilidade — e seu corolário, culpa — foram os princípios sobre os quais ele construiu a vida e, após a morte da mãe de Sara, havia alguns anos, ficou ainda mais comprometido com eles. Mas, embora suas mensagens nunca deixem de provocar crises de culpa, Sara ainda gosta de recebê-las, gosta de saber que ele está pensando nela. Especialmente em um dia como aquele.

— É, hmm... Era para eu receber algo hoje.

Yee examina a lista em seu tablet novamente, depois balança a cabeça.

— Não, você não está aqui.

— Obrigada por verificar.

Uma onda de decepção toma conta de Sara enquanto segue de volta pelo corredor, passando por Emily a caminho da sala de leitura.

## ANÚNCIO DO OCR — TRANSCRIÇÃO DA GRAVAÇÃO DE ÁUDIO — DATA E HORA: 08-10-18-01

Boa noite, residentes. Aqui é o seu oficial-chefe de retenção. Em homenagem ao Dia dos Povos Originários, exibiremos um novo documentário sobre o Parque Nacional Mesa Verde na sala de entretenimento. Os horários são 20h e 21h. Lanches estão à venda na loja.

A água nos quartos 225 e 227 foi cortada devido a um vazamento na tubulação. As residentes designadas para esses quartos deverão usar os banheiros do vestiário.

A partir de amanhã, as residentes designadas para os trailers A e B trabalharão em um novo contrato da Vox-R pelas próximas quatro semanas, com turnos noturnos disponíveis para quem desejar fazer horas extras. Os trailers C e D continuarão seu trabalho com a NovusFilm.

Agradecemos a cooperação.

A sala de entrevistas pareceu repentinamente menor para Sara, as paredes próximas o bastante para tocá-las. O choque a tirou do corpo e, por um momento, ela sentiu como se estivesse flutuando, observando de cima a conversa com Segura. Como aquilo tinha tomado um rumo tão terrível? Preciso parar, pensou ela ao voltar a si. O suor escorria pelas suas costas em um fluxo contínuo, acumulando-se no cós da calça jeans.

— São seus dados de sono — disse Segura, olhando para ela com nova suspeita. — E não posso ignorar isso, não com os outros sinais que estou vendo no seu arquivo e suas respostas durante esta entrevista. Infelizmente vou ter que emitir uma ordem de retenção.

Ele tirou um saco de provas da gaveta de baixo e começou a escrever o nome de Sara em letras maiúsculas na etiqueta.

— Espere um minuto — pediu Sara, levantando a mão. — Espere. Do que você está falando? — Sua neuroprótese registrava a hora em que ela ia dormir e a hora em que acordava, mas esses dados dificilmente significariam alguma coisa. Que importância tinha para os agentes de segurança se ela dormia às onze? Ou se acordava às quatro para amamentar os gêmeos? Ou mesmo se tirava cochilos ocasionais de trinta minutos no sofá do escritório? Aquilo não era da conta de ninguém. — O que meus dados de sono têm a ver com crime?

— Algumas entradas mostraram um alto risco de violência.

— Entradas? Você quer dizer sonhos?

A mente de Sara girou, pensando nos formulários de consentimento que assinara no dia em que recebeu o implante. Não diziam nada sobre a venda de sonhos a terceiros, muito menos a uma entidade governamental. Se diziam, esse detalhe tinha sido ocultado em jargão jurídico incompreensível.

— Sim, Sra. Hussein — respondeu Segura, com voz cheia de condescendência. — Sonhos.

A vida toda, Sara dormira bem, pegando no sono rápido e acordando oito, nove ou às vezes dez horas depois, sem nenhuma interrupção. Mesmo em voos longos, espremida em um assento do meio sem encosto de cabeça ajustável, sempre conseguia dormir um pouco. A gravidez tinha mudado tudo. Ela não conseguia dormir mais do que algumas horas esparsas por noite, porque tinha dores nas costas, cãibras nas pernas ou inchaço nos pés. Lutar contra os travesseiros para encontrar uma posição confortável acelerava seu coração.

Quando ela e Elias trouxeram os gêmeos do hospital, concordaram em se revezar para dar mamadeira à noite. Mas Elias tinha um Dreamsaver, então, assim que ia para a cama, adormecia e acordava de seu cochilo de quatro horas revigorado como se tivesse dormido oito. Sortudo. Ele alimentava os bebês com todo o leite que ela tirava, cantava para os dois e trocava as fraldas sem nunca perder a paciência ou o bom humor. Enquanto isso, Sara ficava acordada, com os mamilos doloridos e em carne viva, esperando a próxima mamada ou se preocupando com tudo o que podia ter feito de errado.

Foi só aí que ela começou a entender — não, a experimentar — a privação de sono. Não conseguia manter os olhos abertos durante o dia, por mais café que tomasse, e começou a se esquecer de tudo. Da água no fogão. Das roupas na secadora. De onde colocou a chupeta de Mona ou o creme para assaduras de Mohsin. Se comeu as sementes de feno-grego que a especialista em lactação recomendou. Ela desistiu de amamentar, o que lhe permitiu recuperar um pouco de suas forças, embora não tenha ajudado em nada a resolver a insônia.

O que será que está acontecendo comigo?, ela se perguntava. Passava o dia como se estivesse em transe. Brigava com Elias pelas coisinhas mais insignificantes. Uma vez, ela pediu comida em um restaurante indiano a alguns quilômetros do apartamento e esqueceu de pegar, porque estava discutindo com Elias sobre quem havia pedido ao Nimble para comprar dez caixas de água com gás a serem entregues na porta de casa. Outra vez, colocou Mohsin na cama enquanto ia buscar um pacote de fraldas, se distraiu com Mona chorando no outro quarto e se esqueceu completamente do menino.

Não dava mais para continuar assim, simplesmente não dava. Ela relutava em adquirir um Dreamsaver porque tinha reservas quanto ao procedimento, mas, quando marcou a consulta, apareceu em sua caixa de correio um folheto que acalmou seus medos. O dispositivo original havia sido projetado na década de 2000, para tratar apneia do sono, e era implantado em uma cirurgia delicada, que exigia vários dias de recuperação. Naquela época, os únicos pacientes dispostos a correr o risco eram aqueles com quadros agudos, correndo risco de vida devido à interrupção da respiração. Mas, com o passar dos anos, o procedimento ficou mais seguro, e o tempo de recuperação, mais curto. Estudos longitudinais dos primeiros implantados mostraram que seu sono não apenas melhorou, mas também se aprofundou, proporcionando ciclos REM mais longos. Eles tinham melhor desempenho em testes de memória, se recuperavam mais rápido de ferimentos e fraturas ósseas e se sentiam mais descansados e enérgicos durante o dia.

Esses benefícios chamaram a atenção de Eric Hollins, um empresário da área médica do Vale do Silício. Sua equipe desenvolveu uma nova versão da neuroprótese que transformou o efeito colateral dos ciclos REM mais longos em propósito, produzindo um dispositivo pequeno, barato e fácil de implantar. Ele proporcionava um sono mais profundo e em menos horas. No folheto, Hollins posava de pijama branco, com uma auréola ao redor da cabeça e a palma da mão voltada para cima em um gesto de oferta. Nela havia um minúsculo implante, que ele chamou de Dreamsaver. Imagine o que você poderia fazer com mais tempo, propunha ele.

Os insones que recorriam ao Dreamsaver escreviam avaliações com cinco estrelas, nas quais pareciam apóstolos de uma nova religião, ansiosos para anunciar as boas novas ao mundo. De enfermeiros de pronto-socorro a seguranças, quem trabalhava no turno da noite era muito fã do dispositivo, cujos efeitos incluíam aumento da produtividade e redução dos acidentes de trabalho. Elias havia colocado um, havia alguns anos, porque estava frequentando aulas noturnas para melhorar suas certificações e precisava de horas a mais para estudar. O Dreamsaver veio a calhar quando os gêmeos nasceram. Era hora de Sara colocar um também.

Dois dias após a implantação, ela começou a dormir tranquila e regularmente. Conseguiu voltar a funcionar como antes. Não perdia a paciência quando Mona se recusava a ser colocada no berço ou quando Mohsin sujava a fralda dois minutos depois de ela tê-lo trocado. Cada fase do desenvolvimento dos bebês virava motivo de comemoração, em vez de alívio. Quando chegava ao trabalho pela manhã, sentia-se revigorada e pronta para tudo o que o dia lhe reservava. À noite, ficava animada para brincar com os filhos ou conversar com o marido. O Dreamsaver realmente teve um efeito drástico em sua vida — cem por cento positivo.

— São só sonhos — disse a Segura. Ocorreu-lhe que talvez estivesse alucinando. Sua boca estava tão seca que ela tinha dificuldade de engolir, e a fome estava deixando-a zonza. — Não são reais.

— Se são reais ou não, não é da minha conta, Sra. Hussein. Essa é uma questão filosófica que você pode abordar no seu tempo livre. Só sei que eles estão entre as duzentas fontes de dados usadas pelo algoritmo de previsão de crimes e elevaram seu score de risco acima do limite aceitável. — Ele colocou o passaporte de Sara em um saco de provas etiquetado. — Você não me deixou escolha.

As mãos de Sara estavam tão suadas que o celular escorregou e caiu no chão. A tela rachou de novo, em um lugar diferente.

— Você não pode estar falando sério — disse ela, pegando o celular e enfiando-o na bolsa. A conversa estava tomando um rumo que Sara estava desesperada para corrigir. — Sonhos são aleatórios.

— Nada é aleatório — respondeu ele, com uma convicção assustadora.

Ela por acaso não sabia que os sonhos eram janelas para o subconsciente? Mostravam conexões entre nossos pensamentos e nossas ações, sem mentiras ou justificativas. Revelavam nossos medos, desejos e ciúmes mesquinhos com mais sinceridade do que jamais permitiríamos em nossos momentos de vigília. Eram valiosos justamente porque expunham as partes mais íntimas de nós, desde memórias reprimidas até planos futuros.

— Tá, tudo bem, mas não são crimes.

— Eles podem *se transformar* em crimes. Essa é a questão. — A empresa que tinha criado o Dreamsaver coletou dados de milhões de usuários e treinou uma IA para procurar padrões e fazer previsões. Ele pigarreou. — Agora, depois de analisar as evidências, determinei que você é um risco imediato e é por isso que estou te encaminhando à Safe-X para um período de observação de vinte e um dias.

— Eu sou um risco? — Ela queria gritar. — Para quem?

— Elias Rosales — respondeu Segura, com outro olhar para a tela. — Seu marido.

— Meu *marido*? Isso é ridículo. Eu amo meu marido. Por que eu seria um risco para ele? Inclusive, ele está me esperando lá embaixo...

— Então você entende a urgência.

— Que urgência? Eu nunca faria mal a ele.

— Bem, precisamos ter certeza disso. É por isso que você está sendo retida, Sra. Hussein.

— Retida?

— Confinada, isolada, quarentenada. Pode chamar como quiser.

O agente Moss entrou novamente, como se Segura o tivesse convocado por um botão invisível.

— Sra. Hussein — disse ele —, me acompanhe.

Sara olhou de um agente para o outro. Por um breve momento, se perguntou se era uma pegadinha elaborada, encenada para divertir seus colegas na sala da AAR, que assistiam do outro lado da câmera. Mas a expressão de Moss destruiu qualquer esperança de tal possibilidade, por mais humilhante que esta também o fosse.

— Vocês não podem fazer isso! — Ela conseguiu dizer. Para deixar claro que não tinha intenção de ir a lugar algum com Moss, Sara recostou-se na cadeira e cruzou os braços. — Quero falar com um supervisor.

— Eu *sou* o supervisor — disse Moss com um sorrisinho, a mão apoiada no coldre.

Sara percebeu então que o havia julgado mal, que a suavidade nos traços não indicava compaixão em suas funções nem relutância em relação a armas de fogo.

— Pode explicar o que está acontecendo, então? Por que ele está dizendo que eu tenho que ser retida se meu score é só 518?

— Bem, você mesma respondeu à sua pergunta. Seu score está acima do limite legal. Agora levante-se e venha comigo. Temos muita gente para processar hoje e já estamos atrasados.

— *Agora* você está com pressa? — perguntou Sara, tentando, sem sucesso, evitar que a voz se elevasse. — Já esperei mais de uma hora. Não vou sair daqui até fazer uma ligação. Preciso falar com meu marido. Ele está me esperando na saída da retirada de bagagem e não tem ideia de onde estou. Ou, melhor ainda, ligue você mesmo. Meu marido pode confirmar que não sou um risco para ele nem para ninguém. Só ligue para ele. Você pode resolver tudo agora mesmo.

— Tem um telefone lá embaixo — respondeu Moss. — Também vamos enviar uma notificação oficial para ele. Agora pegue sua mala e venha comigo.

— Por que você não liga para ele daqui?

Moss deu um suspiro.

— Este não é um bom começo para sua retenção, Sra. Hussein. Como eu disse, a senhora pode fazer uma ligação lá embaixo. Mas esse comportamento não vai ajudar no seu caso. No momento, está fazendo o contrário. Pense no seu score.

Do outro lado do vidro, os outros viajantes pareciam fascinados pela conversa. A mulher de *shalwar kameez* azul estava com a mão na bochecha, e o adolescente, inclinado para a frente, cotovelos apoiados nos joelhos, a encarava fixamente. Sara se perguntou se eles conseguiam entender o que estava acontecendo. Ela mesma não tinha muita certeza.

— Ande. Vamos embora — disse Moss.

Levando a mala, Sara o seguiu pela área de espera, percebendo ao longo do caminho os olhares preocupados dos outros viajantes, unidos pelo medo de acabar do mesmo jeito. Moss desceu com ela no elevador, conduzindo-a a uma pequena sala branca onde dois funcionários hostis da Safe-X imediatamente tiraram seu celular, carteira e chaves, colocando-os em envelopes etiquetados.

— Preciso fazer uma ligação — disse ela a um deles.

— Este é o nome correto? — respondeu ele, mostrando-lhe a etiqueta em um dos envelopes.

— Sim, mas preciso fazer uma ligação.

— Em um minuto.

Somente depois que sua bagagem foi revistada, e cada item, catalogado e armazenado em uma caixa da Safe-X, Moss a acompanhou até um telefone. O aparelho ficava em uma cabine no corredor, onde os funcionários da AAR e os agentes da Safe-X que passavam por ali podiam ouvi-la. Ela ligou para o marido, mas, após alguns toques, a chamada foi para a caixa postal. Ela ligou uma segunda vez, mas novamente Elias não atendeu.

— Ele não está atendendo — disse ela a Moss. — Talvez esteja sem sinal no celular.

— Tem mais alguém para quem você possa ligar? — perguntou ele. Pela primeira vez, parecia estar tentando ajudar. — Temos mais alguns minutos.

Sara queria tentar ligar para o pai, mas ele havia trocado de telefone e, embora tivesse salvado o novo número no celular, ela não o sabia de cor; conseguia lembrar o código de área e o prefixo, mas, por mais que tentasse, não recordava os últimos quatro dígitos. Passou a implorar a Moss:

— Não tem nada que você possa fazer? Meu score está só um pouco acima do limite. Sério, seu amigo lá em cima ia carimbar meu passaporte antes de ser chamado. Você não pode me dar uma advertência ou algo assim?

— Sinto muito — lamentou Moss. — Eu não reviso relatórios de risco.

— Sim, você já disse isso. — Não chore, ordenou a si mesma. Faça o que fizer, não chore. — Mas você é o supervisor, não é?

— São só vinte e um dias — disse ele, tocando seu cotovelo como se para consolá-la. — E é um centro de retenção para sonhadoras, é quase, tipo, um acampamento de verão. Você entra, eles ficam de olho para garantir que não faça nada e, depois de três semanas, você sai. Não é tão ruim assim. Tem até quem considere férias. Quero dizer, se fosse eu, não ligaria de dar um tempo na rotina, entende o que estou dizendo?

— É que... — disse Sara, engolindo em seco. Então ela voltou a discar. — Vou tentar ligar para meu marido de novo.

— Tarde demais — falou Moss, olhando para as portas duplas atrás dela. — O transporte chegou.

O ÔNIBUS QUE PAROU NA CALÇADA PARECIA TER SIDO comprado em um leilão de sucata, pintado às pressas de preto e estampado com o logotipo da Safe-X. Através das janelas gradeadas, as outras retidas observavam Sara ser levada para dentro do veículo. Assim que ela se sentou, uma mensagem foi reproduzida no aparelho de som, anunciando que a Safe-X estava agindo *in loco magistratus*. A empresa tinha permissão para conduzir uma observação forense das retidas e, se necessário, discipliná-las em nome do governo. Faremos várias paradas, continuou a voz sem corpo. Seu nome será chamado quando chegarmos ao local designado. Não será permitido conversar no ônibus. Se tiverem dúvidas sobre seus arquivos, podem perguntar ao seu gerente de caso após passarem pelo processamento.

Sara foi a última a ser deixada, em Ellis. Quando entrou em Madison, suas pernas mal conseguiam sustentá-la. Sentada no que mais tarde descobriu ser o ginásio, ela teve dificuldade de seguir as ordens que lhe eram dadas pela enfermeira, pelo funcionário da recepção e pelos oficiais responsáveis pela orientação. Queriam que ela fornecesse amostras de sangue, urina e cabelo, lavasse a cabeça com um xampu medicinal e agachasse e tossisse enquanto a observavam, sendo que ela só queria saber por que estava ali e quando poderia fazer uma ligação. Registraram seu peso, sua pressão arterial e a data da última menstruação, e ela só perguntava por que tinha que ficar três semanas inteiras.

Era como se os agentes falassem uma língua estrangeira, na qual o único modo era o imperativo e o sujeito nunca era mencionado. Ela não sabia falar essa língua; só sabia obedecer.

Ah, mas agora tudo estava tão claro. Ela devia ter sido paciente com Segura e Moss; em vez disso, tinha demonstrado pressa. Devia ter ficado quieta; tinha respondido. Devia ter seguido as instruções; tinha resistido. Sara havia perdido tantas chances de demonstrar sua docilidade que só podia culpar a si mesma pelo que aconteceu. Mas, ainda assim, não fazia sentido que seu score estivesse acima do limite legal. Segura não disse que o algoritmo usava dados de duzentas fontes? Ela já havia corrigido as informações sobre o encontro com a polícia no Heathrow. Certamente havia um erro em outro lugar. Não tinha outra explicação.

Então ela percebeu que nunca deveria ter acreditado na palavra de Moss e permitido que a levassem escoltada da sala de entrevistas. Agora, estava sob a custódia de uma empresa privada, nem um pouco interessada em seu caso jurídico. A única coisa que lhes importava eram as regras de retenção, que precisavam ser seguidas à risca. Depois que a orientação foi concluída, eles disseram que era tarde demais para fazer uma ligação e que ela teria que esperar até de manhã.

Em vez disso, a acompanharam até o 208 e lhe disseram para ir jantar.

Mas ela havia perdido o apetite, e o cheiro do produto de limpeza do chão a deixava enjoada. Ela brigou com a janela por um tempo, depois desistiu e deitou-se na cama, coberta com a colcha fina que lhe deram. Como era possível que tanta coisa pudesse mudar em um único dia? Parecia que fazia meses desde que ela havia acordado em Londres.

Tente manter a calma, disse a si mesma, mesmo quando o medo sussurrava em seu ouvido uma sequência de cenários horríveis. Tente não entrar em pânico. Sua experiência como arquivista lhe ensinara que o erro humano era uma parte inevitável de qualquer programa de manutenção de registros e que isso poderia levar a mal-entendidos, alguns triviais e outros trágicos. Devia ter sido o que aconteceu. No entanto, o tempo não estava a seu favor. A menos que a informação fosse corrigida rapidamente, poderia tornar-se legítima só por estar nos registros.

Àquela altura, Elias já devia ter descoberto o que tinha acontecido. Será que ele acreditaria nas alegações ridículas que fizeram sobre ela? Não, ele a amava, sabia que ela nunca lhe faria mal. Trataria a ordem de retenção da AAR como o mal-entendido que era e contrataria um advogado para libertá-la o mais rápido possível. Com a ajuda de um bom advogado, seu caso seria arquivado. Ela não tinha feito nada de errado — um fato que seria fácil de provar.

Uma mulher baixinha e atarracada entrou no quarto naquele momento e sentou-se na cama de solteiro em frente à dela. Seu pescoço estava em carne viva de tanto coçar e, no bíceps direito, tinha uma tatuagem de um bombeiro com um capacete.

— Como é seu nome? — perguntou ela em um sussurro. — Eu sou Emily. Emily Robbins.

Sara virou-se para a parede. Não conseguia se obrigar a responder. Só conseguia pensar em como dar um jeito de sair daquele lugar terrível, cheio de pessoas que podiam ser perigosas. Tentou acalmar seus pensamentos frenéticos. Quanto mais cedo adormecesse, mais cedo chegaria a manhã. Então poderia falar com um advogado, descobrir o que havia acontecido e pedir sua liberação imediata.

Mas tinha medo de se render ao sono. Como poderia ter a certeza de que os seus sonhos não a incriminariam ainda mais? A blusa do uniforme que lhe tinham dado era um tamanho abaixo do seu e a deixou tão desconfortável que teve de despi-la e colocá-la sobre o corpo para se aquecer. Ela nunca devia ter ido àquela conferência em Londres. Se tivesse ficado em casa com os filhos, nada disso teria acontecido. Ela ficou deitada em seu catre por horas, com os olhos bem abertos, até que as luzes se apagaram. Mais tarde, não conseguia se lembrar do que havia sonhado; ainda não tinha um caderno para anotar seus sonhos. Só se lembrava de acordar apavorada com o som do sino das seis horas.

Emily já estava acordada, lavando o rosto na pia e espirrando água por todo o chão.

— Você vai se acostumar — disse ela, quando o sino parou de tocar.

Bem, Sara não tinha intenção de se acostumar; não pertencia àquele lugar. O sono a revigorou e agora ela estava ainda mais determinada a resolver a confusão em que se metera e sair dali. Ela vestiu a blusa e seguiu a colega de quarto até o corredor.

Emily estava em posição de sentido.

— Não importa o que aconteça, não irrite Hinton.

Sara voltou o olhar para o cara bonito que descia o corredor. Era um pouco mais velho do que os dois oficiais que haviam conduzido a orientação e se comportava com uma seriedade que as três listras douradas em sua manga pareciam corroborar. Aparentemente, estava se recuperando de um resfriado, pois tossiu algumas vezes, cobrindo a boca com o braço, enquanto passava de um quarto a outro, informando à mulher do 203 que ela teria uma visita à tarde e à do 205 que seu pedido para começar um zine havia sido negado. Quando finalmente chegou ao 208, examinou a nuca de Emily com um aparelho que parecia um termômetro de ouvido. Assim que uma luz verde piscou, ela voltou para dentro do quarto.

Então Hinton acenou para Sara.

— Dra. Hussein, imagino. — Ele olhou para a cela atrás de Sara, onde Emily já estava arrumando seu catre. — O 208 é muito bom, tem janela.

— Houve um engano — começou ela.

— Ah, não tem engano nenhum.

— Mas eu nunca...

— O algoritmo sabe o que está pensando em fazer, antes mesmo de você. É um fato científico. A retenção forense é para o seu próprio bem, impede que aja por impulso.

Hinton apontou o scanner para a parte de trás da cabeça de Sara enquanto continuava seu pequeno discurso. Ela teria que ficar ali até que sua observação comportamental fosse concluída. Seu advogado, se tivesse um, poderia se encontrar com ela no refeitório durante o horário comercial, mas, fora isso, só poderia receber visitas depois de sete dias.

— Isso não pode ser legal.

— Claro que é. — O scanner emitiu um bipe e ele deu um passo para trás. — Pode pesquisar, doutora.

— Mas vocês não podem me manter presa. Eu não fiz nada.

— Acalme-se. Isto aqui é um centro de retenção, não o Castelo de If.

Sara deve ter ficado surpresa com a referência, porque Hinton soltou uma risada amarga.

— O que foi, acha que eu não leio? — disse ele, encarando-a com seus olhos famintos.

— Não, não. — Ele não gosta de mim, pensou ela. Mais tarde, lembrando-se desse momento, perceberia que ele interpretara sua surpresa como desdém e desenvolvera uma hostilidade imediata por ela. — É que... — disse ela, mudando rapidamente de assunto — ainda não consegui fazer minha ligação.

— Lá embaixo — respondeu ele. — Você tem três minutos.

UMA HORA DEPOIS, ELA ESTAVA EM UMA CABINE DE COMUNICAÇÃO com paredes de vidro, pré-equipada com uma câmera de segurança e um sistema de áudio. Para ativar o painel do telefone, ela teve que passar o dedo indicador por um monitor de sinais vitais, que registrava sua frequência cardíaca. Ao discar o número de Elias, sentiu uma consciência profunda de que estava sendo observada, que tudo o que dissesse poderia ser usado contra ela e que precisava aproveitar ao máximo o tempo que lhe fora concedido. Essas limitações eram estressantes e contraditórias, de modo que ela errou os números algumas vezes, antes de conseguir estabilizar a mão e tocar nas teclas certas.

Assim que ouviu a voz da mulher, Elias começou a fazer perguntas preocupadas.

— Onde você está? — perguntou ele. — O que aconteceu? A gente te esperou durante horas no aeroporto. Passamos a noite toda ligando para hospitais. Você está bem?

Ao fundo, Sara ouviu uma cadeira sendo empurrada e o zumbido do exoesqueleto Ambulator que seu pai usava nas pernas desde que sofrera um derrame, quatro anos antes.

— É ela? — perguntou ele. — Onde ela está?

— Você não recebeu um aviso da AAR? — questionou Sara.

— Não. Não ficamos sabendo de nada. Estamos superpreocupados.

— Fui detida no aeroporto — disse ela, com a voz embargada. Ser ouvida com compaixão foi um alívio tão grande que a humilhação das últimas vinte e quatro horas começou a dominá-la. Ela se encostou na divisória, mas se assustou com uma voz masculina no sistema de áudio mandando se afastar do vidro. A ordem foi repetida em espanhol, e ela teve que esperar vários segundos preciosos antes de poder ser ouvida do outro lado da linha. — Fui detida — repetiu ela, mais firme dessa vez — e estão me mantendo sob observação.

— Como assim? Onde?

— Numa cidade chamada Ellis, no condado de San Bernardino.

— Ellis? Nunca ouvi falar.

O pai de Sara soltou um som estranho, gutural. Ao ouvi-lo abafar um grito, ela percebeu que o havia decepcionado, como tantas vezes antes. Durante toda a vida, ele tentara incutir em Sara o hábito de cautela dos imigrantes, lembrando-a de seguir as regras, evitar atenção desnecessária e ponderar cuidadosamente as decisões que tomava. Mas, outra vez, ela havia pisado na bola e merecia a culpa.

— Mas por que estão te prendendo aí? — perguntou Elias, agora pela segunda vez.

— Estão dizendo que meu score de risco está alto demais. Que sou suscetível a cometer um crime. Vão me deixar em observação por vinte e um dias.

— Três semanas inteiras? Isso é loucura.

— Os agentes... — Sara queria chamá-los de idiotas, babacas e filhos da puta, mas sabia que sua ligação estava sendo monitorada e já tinha problemas demais. — Os agentes disseram que eu era um risco iminente para você. Você! Dá para acreditar? Tentei fazer com que te ligassem para você poder falar diretamente com eles, mas não deixaram. Enfim, você consegue me arranjar um advogado? Não quero passar três semanas aqui.

— Um risco para mim? — Ele parecia confuso.

Houve um barulho, como se ele estivesse mudando o telefone de um ouvido para o outro.

— Eu estava pensando que talvez você pudesse pedir àquele professor cuja filha você tratou há um tempo. Você disse que ele dava aula na faculdade de direito, né? Ele talvez esteja disposto a ajudar ou, pelo menos, conheça alguém que possa. Não é um caso complicado. Quero dizer, eu não fiz nada. Quero que entrem com um pedido de liberação imediata.

A linha ficou muda.

— Alô? — perguntou Sara.

— Estou aqui, só estou tentando processar tudo. Isso é uma loucura.

— Eu sei, desculpe. Só arrume um advogado, quero sair daqui. Como estão os gêmeos?

— Acho que bem. Estavam exaustos quando chegamos em casa ontem à noite. Mona ainda está dormindo. Mohsin está aqui, na cadeirinha. Comendo banana.

— Mas por que três semanas? — perguntou o pai de Sara ao fundo.

— Não sei — respondeu Elias. — É isso que estou tentando descobrir.

A tela do telefone piscou com uma mensagem, avisando que ela tinha apenas trinta segundos restantes na ligação.

— Ouça — disse Sara, a voz elevando-se apesar de seus esforços para mantê-la estável. — Ouça, você pode contratar um advogado para ver se conseguimos resolver isso? Eu estava pensando...

Então a ligação caiu.

NENHUM ADVOGADO APARECEU NAQUELE DIA NEM NO SEGUINTE. Tomada pela dúvida, Sara foi procurar assistência jurídica no escritório de gestão de casos. Ficava no que costumava ser a sala dos especialistas, onde vários terapeutas e professores de educação especial se reuniam em particular com os alunos. Naquele dia, o escritório estava decorado com guirlandas coloridas de Natal, que iam de uma ponta à outra do balcão. Um rádio tocava rock clássico em volume baixo em uma prateleira. Ao lado, uma vela aromática queimava em seu suporte de vidro. O cheiro fez Sara espirrar assim que se aproximou do balcão. O gerente de casos afastou-se da mesa em sua cadeira com rodinhas, fazendo questão de evitar qualquer germe que ela pudesse trazer.

— Desculpe — disse Sara. — Sou alérgica a velas perfumadas.

— O que você quer? — perguntou ele. Tinha olhos pesados que o faziam parecer sonolento, mas o efeito era contrabalançado pelo queixo protuberante. A jaqueta que usava cobria o crachá em seu uniforme; Sara não sabia se era intencional. Depois que ela explicou o motivo de sua visita, o gerente digitou seu nome no teclado e, um momento depois, balançou a cabeça. — Não vejo nenhum advogado na agenda para você.

— Tem certeza? — perguntou Sara. — Pode verificar a grafia, por favor?

Enquanto ele digitava, ela pensava em todas as maneiras como seu sobrenome poderia ser transliterado — Hussein, Hosain, Hossein e Hüseyn eram as variantes mais comuns que tinha encontrado ao longo dos anos. Havia facilmente uma dúzia de possibilidades, mesmo sem a adição de um artigo definido ou partículas nominais. Acrescente diacríticos e hífenes, e erros ortográficos eram inevitáveis.

Independente de como fosse escrito, o nome tinha uma musicalidade que escapava à maioria dos falantes de inglês. Quando entrou na Caltech para um estágio em astrofísica, o pai de Sara tentou explicar aos colegas americanos como pronunciar seu nome marroquino idiossincrático, Omar Ait-Elhoussine. Mas as consoantes fricativas e as vogais cortadas causavam pânico até mesmo nos colegas mais liberais, seguido por tentativas corajosas, mas quase sempre fracassadas, de pronúncia. Quando se tornou cidadão, ele mudou o nome para Omar Hussein. Sara estava na pré-escola na época e mal tinha aprendido a soletrar Ait-Elhoussine quando teve que aprender a escrever Hussein. A mudança parecia inútil agora, pois ali estava ela, pedindo a um funcionário da Safe-X para verificar a grafia mais básica.

— Meu nome é Sara Hussein. H-u-s-s-e-i-n.

Do fim do corredor, ouviu-se o barulho de sapatos de borracha. Era Hinton, fazendo a ronda. Um momento depois, ele estava ao seu lado.

— O que está acontecendo? — perguntou ele.

— Estou só verificando meu advogado — respondeu ela.

— Ah — disse ele, e deu meia-volta.

Mas rapidamente mudou de ideia e voltou a se postar ao seu lado, como se também estivesse curioso para saber se a família havia lhe contratado um advogado. Mechas do cabelo de Sara haviam caído sobre o balcão, e ele as afastou delicadamente.

— Você não está na agenda — disse o gerente de casos, balançando a cabeça. — Afaste-se do balcão.

— Como está escrito meu nome no seu arquivo? — insistiu ela, com o coração cheio de esperança de que aquele fosse o motivo da confusão que a levara até ali.

Eles a tinham confundido com outra Hussein. Deviam ser os sonhos *da outra* que eles consideravam perigosos, não os de Sara.

— Afaste-se do balcão — disse o gerente de caso.

Ele saiu do computador e foi até o arquivo.

Ela se debruçou no balcão para poder ver a tela.

— Só estou tentando...

O choque elétrico da arma de Hinton tirou o fôlego de Sara. Ela caiu no chão, contorcendo-se. Estava tão concentrada na discussão sobre seu caso que esqueceu que era um corpo, carne e osso, que podia ser subjugado com o toque de um botão. Todos os seus nervos latejavam e um gemido de impotência escapou de sua garganta enquanto tentava recuperar o controle de si. Enquanto isso, os dois oficiais observavam, à espera.

No dia seguinte, quando o advogado contratado por Elias chegou, informou a Sara que sua observação forense em Madison havia sido prorrogada por mais quarenta e cinco dias porque Hinton tinha registrado três advertências contra ela: uma por ter um penteado não autorizado, uma segunda por resistir às ordens do gerente de casos, e uma terceira por vagar pelo corredor.

Sentado em frente a Sara na cafeteria, o advogado falava com a voz suave de um homem mais velho, embora parecesse ter a idade dela. Explicou que era especialista em direito imobiliário, mas que o caso de Sara era bastante simples, pois ela não tinha antecedentes criminais, tinha um lar estável, um emprego em tempo integral e dois filhos. E embora fosse extremamente raro alguém com um score abaixo de 550 acabar em observação forense, a AAR tinha plena autoridade para mantê-la sob custódia porque os tribunais definiam a retenção como precaução, não como punição.

— É só seguir as regras — aconselhou ele. — Reduza seu score e nós te tiramos daqui em alguns meses.

Sara ainda está esperando, 291 dias depois.

## DREAMSAVER, INC. TERMOS DE SERVIÇO

(TRECHO)

§ 5.2

Ao usar este produto, você concede à DI uma licença mundial, não exclusiva e isenta de royalties para hospedar, acessar, usar, interpretar, reproduzir, processar, adaptar, modificar e transmitir seus dados de sono com a finalidade de operar e melhorar nossos serviços; medir e analisar a eficácia de nossos produtos; e desenvolver novas tecnologias consistentes com estes termos. Não compartilhamos seus dados privados com terceiros, exceto quando exigido por uma autoridade legal ou seu representante designado. Seu conteúdo permanece seu, e você mantém os direitos de propriedade intelectual sobre ele.

# 2

ELES CHEGAM AO TOPO À TARDE. ENQUANTO ELIAS TIRA fotos, Sara deixa a mochila no chão, perto da placa enferrujada que diz PICO HULM, e avança, os joelhos bambos, em direção à grade. Para além do íngreme declive, o vale é um mar verde, com majestosos pinheiros-ponderosa que se estendem por quilômetros em todas as direções. A visão das árvores de trezentos anos jamais deixa de lhe trazer clareza. Por maiores que pareçam, seus medos, alegrias, arrependimentos e desejos são efêmeros, no final das contas. Ela estica os braços, esfrega as costas doloridas. Dos bolsos de tela da mochila, tira uma garrafa de água e um saco de mix de castanhas.

— Quer um pouco?

— Obrigado — agradece Elias, pegando um punhado de castanhas. Em seguida, volta o olhar para o horizonte, onde a luz do sol começa a se dissolver atrás das nuvens brancas. — Está ficando tarde.

Um mosquito zumbe no ouvido de Sara, e ela o espanta antes de se sentar em uma pedra próxima.

— Eu disse que era má ideia fazer aquele desvio. Acabou nos atrasando em pelo menos duas horas.

— Mas foi bonito, não foi? — Ele desamarra e amarra novamente uma de suas botas de caminhada, dando um nó duplo. — Enfim, melhor voltar.

— Mas a gente acabou de chegar.

Ela se apoia na rocha e passa a mão por um pedaço de musgo, se perguntando como se chama aquela variedade. Outro dia, ouviu um programa no rádio falando que existem milhares de espécies de musgo. Empoleirado em uma árvore próxima, um pássaro azul a observa cheio de curiosidade, a cabeça inclinada em sua direção.

Enquanto isso, Elias caminha pelo perímetro do mirante, tirando algumas fotos com a câmera do celular. Toda vez que os dois fazem alguma trilha, ele tira dezenas de fotos; é como se tivesse medo de não se lembrar da paisagem. Ele diz novamente que é melhor voltarem.

— A trilha fecha ao pôr do sol e não queremos ficar presos no estacionamento. — Quando ela não responde, ele insiste: — Sara, a gente realmente precisa ir. Vem, eu carrego sua mochila.

Com um suspiro, ela se levanta e o segue. Se o marido tivesse lhe dado ouvidos, eles poderiam ter feito uma caminhada tranquila, em vez do que quer que seja aquilo. Uma corrida até o topo? O objetivo de uma trilha é aproveitar a natureza. Pelo menos agora eles estão descendo, embora ela precise tomar cuidado para não andar rápido demais e acabar forçando os joelhos.

É uma tarde quente durante a semana, então a trilha está vazia. O zumbido dos mosquitos, o chilrear e o barulho dos animais nos arbustos, o rangido da terra sob os sapatos — tudo isso lhes faz companhia enquanto chegam ao rio. A água corre rápido, cheia da descarga fluvial da recente tempestade de neve nas montanhas. Elias pisa na ponte, uma estrutura velha feita de tábuas irregulares que remonta ao século passado, com corrimãos de corda que parecem ter sido acrescentados quase como um adendo tardio. Pegando o celular do bolso, começa a tirar fotos de novo.

— Preciso de uma pausa — reclama Sara, ainda na margem.

Seus braços estão cheios de picadas vermelhas; ela precisa reaplicar repelente. Ela se coça, arranhando a pele até sangrar.

— Vamos — grita Elias, fazendo sinal para ela se apressar. — Precisamos ir.

Por que ele é assim? Não vê como ela está sofrendo? É tarde demais para o repelente, ela precisa do gel calmante que está em uma das mochilas.

Ela entra na ponte e agora ele aponta a câmera do celular para ela.

— Sorria!

A última coisa que Sara quer é uma foto; sua pele está em chamas.

— Tire isso da minha cara — diz ela, batendo na mão dele.

O movimento faz o celular cair no chão, e Elias cambaleia para o lado. Por instinto, ele tenta se segurar na corda, mas as duas mochilas nas costas o desequilibram e, em um piscar de olhos, ele cai na água, dez metros abaixo.

— Elias! — grita Sara enquanto corre para o guarda-corpo. — Elias!

O rio corre ruidoso, abafando seus gritos, tão rápido que espuma como leite ao redor das pedras. Não há sinal de Elias em lugar algum; é como se a água o tivesse engolido. O medo aperta o estômago de Sara. Quem vai acreditar em mim agora, pensa ela, andando de um lado para o outro em pânico. Ela precisa mergulhar no rio, mesmo tendo um medo terrível de água, precisa salvá-lo. Mas, assim que coloca o pé na corda, ela se assusta com uma mão em seu ombro.

— Levante — diz Emily. — Hinton está quase chegando.

Sara se agita. As luzes estão acesas por toda parte; ela não ouviu o alarme tocar. Levanta-se bem a tempo para a verificação dos dispositivos e depois volta para a cama. Os passos pesados das mulheres a caminho do banho ou do turno da manhã lhe dizem que ela também deveria se levantar, seguir sua rotina, parar seus pensamentos antes que saiam do controle, mas, em vez disso, puxa o cobertor por cima da cabeça e se encolhe de lado, desejando poder dormir para sempre — ou pelo menos até seu calvário acabar. Quer voltar no tempo, estar com o marido e os filhos, fazer um trabalho que seja significativo para ela, sair para passear ao sol quando quiser. Com os olhos fechados, ela ainda consegue ver cada detalhe daquela vida, desde o trem de brinquedo quebrado no tapete da sala até os vasos de suculentas na janela do banheiro. Embalada por essas imagens, volta a cochilar.

O som do soprador de folhas do lado de fora a acorda de vez. Sara se força a sair da cama, lava o rosto e senta-se com seu caderno, sem saber como escrever sobre o sonho. A verdade é que ela jamais reclamaria de um desvio nem ficaria para trás, muito menos precisaria que carregassem sua mochila — é uma trilheira muito mais experiente que o marido, já escalou todas as principais montanhas da Califórnia.

Esse sonho, escreve ela após alguns momentos de deliberação, deve refletir sua angústia pelo fato de Elias ter sido sobrecarregado com enormes fardos desde que sua retenção começou, há dez meses — fardos emocionais, financeiros e familiares que são demais para suportar sozinho. Ele tem que cuidar de tudo sem ajuda, e o menor acontecimento perturba seu frágil equilíbrio. Mas ela ainda quer ajudá-lo, não é? Porque ela tenta mergulhar atrás dele, mesmo arriscando a própria vida. Seja qual for o crime que o algoritmo previu que ela cometeria contra o marido, Sara sabe que é inocente.

Mas, apesar do pedido de Adam Abdo, o advogado que Elias contratou depois que o primeiro abandonou o caso, a AAR se recusou a entregar sua equação preditiva, alegando que vem de fontes proprietárias. Abdo tem que defender o caso com os dados que Sara disponibiliza e com o relatório de risco da Administração. O algoritmo no meio — ou seja, o mecanismo que converte dados brutos em previsões de atividade criminosa — continua sendo uma caixa-preta. Abdo pode corrigir informações se conseguir provar que estão incorretas, mas não pode contestar como um ou outro dado é mensurado em relação a outros no arquivo de Sara.

Manter um diário dos sonhos tem sido um conforto nos últimos meses. Ensinou-a a conversar consigo mesma, a prestar mais atenção ao funcionamento interno de sua mente, a perceber onde, na emoção ou no intelecto, a imaginação se origina. O que não lhe mostrou é como discernir o futuro. Depois de meses registrando meticulosamente seus sonhos, Sara não está mais perto de descobrir o que vai lhe acontecer nem quando será solta.

Talvez ela não tenha esse tipo de insight porque é historiadora, tem os olhos voltados para o passado a fim de explicar o presente. Precisa voltar seu olhar para o futuro, começar a pensar como cientista ou, melhor ainda, como engenheira de software. Os historiadores observam o mundo e os cientistas tentam explicá-lo, mas os engenheiros o transformam. Passo a passo, eles substituíram os casamenteiros da aldeia por aplicativos de namoro, os mensageiros pelas redes sociais e os médicos locais por ferramentas de diagnóstico. Chegou a hora dos sábios, místicos e profetas cederem lugar à IA.

Dessa forma, a história segue em frente.

— Veja só quem finalmente acordou — diz Emily, enquanto reabastece uma panela de ovos mexidos na estação de serviço.

A touca puxa seu rosto para trás, dando-lhe uma aparência congelada, mesmo com as bochechas coradas pelo calor da cozinha.

— Não ouvi o alarme — responde Sara. — Obrigada por me acordar.

O barulho da colher de servir é suficiente para lhe dar dor de cabeça, e o cheiro de óleo de fritura não ajuda. Tudo naquele dia parece um pouco estranho. Ela olha para a câmera, espera a luz indicadora ficar verde e pega uma bandeja. Essa manhã, há algumas maçãs disponíveis como itens premium por oito dólares cada, mas, depois de um lampejo de tentação, ela decide que não pode comprar.

Sara segue até a estação de bebidas, onde pega água e chá de ervas. (Não há bebidas com cafeína em Madison, uma privação que ela nem percebeu quando foi admitida, mas que agora parece mais uma crueldade desnecessária.) A luz das janelas é cinzenta, contribuindo para a tristeza geral das mesas de aço inoxidável, das paredes nuas e da estação dos oficiais. Carregando sua comida pelo refeitório barulhento, ela procura as amigas, sentindo uma onda de alívio quando as vê a uma mesa junto à parede oposta.

Estão conversando sobre livros, uma pausa agradável das fofocas que geralmente animam a mesa. Alice está falando animada sobre um romance de Octavia Butler que acabou de ler, declarando que é o melhor livro que leu em muito tempo. Desde agosto, ela tem acompanhado os trabalhos escolares dos filhos lendo as obras que os professores indicam para a turma. Descobriu aquele livro em particular através do mais novo, que o está estudando na aula avançada de inglês e literatura.

— Chama *Kindred.* Vocês têm que ler. É ficção científica, mas é sobre pessoas reais, sabe? Pessoas tipo vocês e eu, não reis, príncipes, ciborgues ou escolhidos.

— Eu morava do lado da Octavia — comenta Lucy.

Essa referência à fama atrai todos os olhares para ela, que dá uma grande mordida na torrada e sorri como o gato de Alice no País das Maravilhas.

— Sério? — pergunta Alice. — Você está de brincadeira.

— Por que eu mentiria sobre uma coisa dessas?

Que coisa estranha de se dizer, pensa Sara. Existe uma diferença entre dizer que a pessoa está brincando e chamá-la de mentirosa. Mas a retenção tende a deixar as pessoas paranoicas; elas ouvem acusações mesmo quando não há intenção alguma de fazê-las.

— Imagino que você seja de Pasadena, né? — pergunta Sara, pegando seu garfo de plástico. — Eu cresci lá.

— Sim, mas isso foi bem antes do seu tempo, com certeza. Meus pais se mudaram quando os preços começaram a subir, e eu moro em Crenshaw há trinta e cinco anos.

— Mas Crenshaw também é caro — argumenta Toya, balançando a cabeça. — Não dá mais para encontrar nada por lá. Meus primos foram expulsos pelos preços, tipo, vinte anos atrás. Estou me segurando por um fio.

— Em que parte de Crenshaw? — pergunta Lucy.

— Na parte negra — responde Toya. — Onde mais seria?

Alice tenta retomar o rumo da conversa.

— Então, como era a Octavia Butler?

— Ah, muito simpática — diz Lucy, assentindo com a cabeça. — Eu estava no ensino fundamental na época, e ela sempre dava tchauzinho quando me via indo para a escola de bicicleta ou pulando corda com a minha irmã no jardim da frente. Foi em 1997 ou 1998. Ela já era famosa, sabe. *Kindred* já tinha sido lançado havia algum tempo, e o primeiro livro da série Parábolas também. Mas aí a mãe dela morreu e ela foi embora da cidade. Outra família se mudou para a casa ao lado.

Os ovos em pó reidratados estão ainda mais sem graça do que o normal. Sara toma um gole de água, com cuidado para não beber rápido demais. A conversa à mesa passa para adaptações, com Lucy dizendo que gostaria que um estúdio de realidade virtual fizesse uma nova versão de *Kindred*, porque, na sua opinião, a antiga era violenta demais.

Toya bufa.

— Violenta demais?

Marcela tenta incluir a garota recém-chegada na conversa.

— Você já leu *Kindred*?

— Não — responde Eisley. — Não gosto de ficção científica.

Isso chama a atenção de Lucy.

— E o que foi mesmo que você disse que fazia da vida?

Eisley não responde. Ela prova as batatas, mal conseguindo conter o nojo.

Lucy apoia o cotovelo na mesa, observando, à espera. Dessa vez, não está insistindo com Eisley, está deixando o silêncio se prolongar.

— Sou personal trainer — diz Eisley depois de um minuto.

Sara encara a garota com curiosidade antropológica. Seu rosto está queimado de sol, os bíceps são impressionantes. Ela poderia passar por jogadora de vôlei de Hermosa Beach, uma daquelas pessoas que sabem fazer uma vitamina deliciosa ou onde comprar uma bicicleta pelo melhor preço, mas não faz ideia de quem é o prefeito. Essa primeira impressão é enganosa, porém, porque seus olhos transmitem uma mundanidade cansada.

— Estou aqui só por três semanas — continua ela, acenando com a mão — e depois volto ao trabalho.

— Ah, sim. Claro.

— E aí, você tem algum cliente famoso? — pergunta Alice.

— Não, só gente normal — responde Eisley, com um sorrisinho. Depois de um momento, ela acrescenta, quase relutante: — Trabalho para a FitClient.

Sara inclina a cabeça, surpresa.

— E gente normal tem dinheiro para uma personal trainer da FitClient?

— Não é uma questão de dinheiro — responde Eisley, com evidente irritação. Ela soa como se tivesse tido que explicar a questão centenas de vezes, e perdido a paciência com aquela ideia equivocada. — Tenho clientes em diferentes faixas de renda. Na verdade, é uma questão de prioridades. Meus clientes se preocupam com a boa forma e, se você se preocupa com uma coisa, dedica tempo e recursos a ela. É uma questão de responsabilidade.

Toya se anima.

— Responsabilidade? Não tem nada a ver com responsabilidade. Não dá para conseguir um convênio decente sem um bom score SF de uma das grandes empresas, então tem muito mais demanda por personal trainers licenciados hoje em dia.

— Eu pagava três mil por mês por um plano de saúde básico — diz Alice, de repente cheia de paixão. Sua voz cai uma oitava e ela faz uma pausa para se recompor e reajustar o tom. — O corretor disse que eu não era elegível para um plano melhor, que cobrisse meus remédios, porque não registrava passos suficientes por dia.

— Viu? — diz Toya. — São os planos de saúde que mantêm vocês na ativa.

— Tá, sim, beleza. Tem gente que precisa melhorar o score de Saúde e Fitness por qualquer motivo, mas não há nenhuma desvantagem em se exercitar. Faz bem. — Eisley se vira para Alice, que está encurvada na cadeira. — Veja o seu caso, por exemplo. Poderia se exercitar *depois do* trabalho, se quisesse mesmo. Aí, seu score de saúde aumentaria e seu prêmio diminuiria.

— Eu conduzo comboios de caminhões autônomos — argumenta Alice, tomando o último gole de seu chá. — Você quer que eu faça polichinelo na beira da rodovia às quatro da manhã?

Todas riem.

— No fim de semana, então.

— Eu não tenho fim de semana, necessariamente. E, de qualquer forma, nos meus dias de folga, tento descansar e passar tempo com meus filhos.

— Mas, veja, o exercício aumentaria sua resistência. E também faz bem para a saúde mental, então por que não fazer?

— Porque qual é a graça? — responde Lucy, sua voz elevando-se acima do sussurro habitual por pura irritação. — Se você tem que fazer uma coisa, é uma obrigação, deixa de ser divertido. Ninguém quer ser um hamster em uma roda.

— Bem, na verdade, os hamsters *gostam* de correr em rodas.

Que matraca, pensa Sara. E com opiniões tão fortes logo sobre fitness. Mesmo depois de Alice reclamar que o namorado teve que adiar a cirurgia de hérnia para o ano seguinte, quando espera conseguir um convênio melhor, Eisley rebate que uma postura correta e exercícios orientados por um personal trainer poderiam ter evitado ou amenizado sua condição. Ela se recusa a deixar para lá. Quem liga para boa forma quando todas estão presas ali, sem previsão de saída?

Mas discussões mesquinhas como aquelas são uma forma de entretenimento em Madison; todo mundo se entrega a elas. Enquanto Eisley fala, o olhar de Sara é atraído para o outro lado do refeitório. Victoria Aguilar, uma garota magra de braços tatuados, está interpretando uma cena para as outras à sua mesa. É algum tipo de mímica em que ela corre para pegar um trem. Ela sobe dois degraus de cada vez, corre pela plataforma, acena para o condutor quando colide com um poste e cai de cara no chão. Cuidadosamente, ela se senta e, com os olhos vesgos, começa a andar na direção oposta. As colegas de mesa caem na gargalhada. Ela faz uma reverência e volta para o seu lugar.

Sara não consegue decidir se está impressionada ou horrorizada. Apesar de tudo o que aconteceu, Victoria encontra alegria em uma representação pública de sua vida privada, usando-a como entretenimento para as amigas. As câmeras Guardião na parede não a impediram de se comportar exatamente como faria fora daquelas paredes, fazendo comédia ao exagerar detalhes de sua história. Parece não se importar em chamar atenção ou em fornecer aos oficiais informações que possam ser usadas contra ela. Sara imagina que Hinton esteja assistindo à pequena apresentação de Victoria, mas o flagra olhando para Eisley, que trouxe consigo algum tipo de comprimido, em embalagem individual, e se prepara para terminar sua refeição com ele.

Hinton tem o dom de perceber até os menores detalhes; é um pouco inquietante. Naquela manhã, seu cabelo castanho-mel está penteado para o lado, segundo a moda recente. Ele cuida bem da aparência e deve achar seu uniforme cinza sem graça, um empecilho para a expressão de seu estilo. De repente, ele volta os olhos perspicazes para ela, que baixa o olhar, o rosto quente.

Da janela passa-prato vem o barulho metálico de bandejas sendo empilhadas. O refeitório está se esvaziando lentamente, com todas a caminho de suas funções. Sara está limpando os últimos restos de ovo com seu pão torrado quando Marcela a cutuca.

— E aí, você pensou? Pode me ajudar com aquela carta?

— Que carta? — pergunta Sara.

Sara enfia o pão na boca, se dando um minuto para pensar. O manual da Safe-X, que ela verificou ontem à noite, afirma que uma retida pode apresentar qualquer petição que desejar, desde que seja pertinente apenas ao seu caso. Ela acha que tem alguma ambiguidade na formulação. A regra não diz que ajudar uma colega retida é proibido, apenas que não é permitido apresentar uma petição em nome de outra pessoa. Mas zonas cinzentas como aquela já lhe causaram problemas no passado, fazendo com que fosse repreendida mesmo sem saber que infringia uma regra. Ela não pode correr esse risco.

— Você precisa de ajuda para escrever para o seu namorado? — pergunta Lucy.

— Pelo menos eu tenho um namorado — responde Marcela, irritada.

Isso é meio cruel, pensa Sara. Afinal, Lucy é viúva. Seu marido morreu em um acidente de carro terrível, que também a deixou gravemente ferida. Eisley Richardson não sabe disso, porém, e, ao ouvir a resposta de Marcela, joga a cabeça para trás e ri.

— Ei, eu só estava brincando. — Lucy levanta as mãos em sinal de defesa. — Não quis dizer nada com isso, garota.

— E pare de me chamar assim. Eu não sou criança.

— Tá bom, tá bom. Desculpe.

Sara fica surpresa. Lucy e Marcela nunca tiveram uma discussão como aquela antes. O que poderia ter causado essa animosidade repentina? A conversa na mesa para. Irritada, Marcela leva sua bandeja até a estação de serviço e sai. O alarme toca um momento depois e as outras limpam a mesa, sob o olhar atento das câmeras.

* * *

O AR-CONDICIONADO ESTÁ LIGADO; ESTÁ FRIO. SEM DIZER nada, Ortega indica à Sara sua estação. Ela se apressa, passando por Eisley, que está olhando para a tela, movendo os lábios silenciosamente enquanto lê as instruções sobre como usar o software. (Então a garota nova é inteligente, ela se inscreveu para um emprego na hora!) Sara pega o último lugar na terceira fileira, embaixo das bolhas na parede que apareceram depois de uma tempestade forte, julho passado. Ela espera o sistema reconhecer seu rosto e, em seguida, inicia o programa da NovusFilm.

O silêncio é monástico. O único movimento vem de Ortega, que circunda o trailer a cada hora, embora tenha o cuidado de não fazer muito barulho. Se precisa falar com uma retida por qualquer motivo, ele lhe dá um tapinha no ombro e cochicha em seu ouvido. Nada deve distrair as trabalhadoras de suas tarefas.

Naquela manhã, Sara não consegue deixar de pensar no último e-mail que recebeu de Elias, havia mais de um mês. Ela já o releu tantas vezes que quase o decorou. Como sempre, começa com notícias das crianças. Os gêmeos estão fazendo mais progressos com as consoantes oclusivas, diz ele, distinguindo o *b* do *p* e o *d* do *t* na fala cotidiana; Mohsin ficou mais exigente para comer do que Mona, mas continua atingindo os marcos do crescimento; os dois estão começando a mostrar interesse por insetos. Em seguida, ele faz comentários aleatórios. Os documentos da segunda hipoteca que ele fez sobre o apartamento foram aprovados, e ele conseguiu pagar a conta do advogado, inclusive as multas por atraso.

No entanto, há algo estranho no e-mail, falta um toque de cotidiano. Os pais de Elias cuidam dos gêmeos quatro dias por semana, mas não são mencionados, assim como o pai de Sara, embora deva visitá-los de vez em quando. Não há reclamações sobre o vizinho barulhento do andar de cima, por exemplo, ou sobre o colega de trabalho de Elias que tem o hábito de deixar pratos sujos na cozinha compartilhada. É como se o marido e os filhos vivessem separados de todo mundo. Pode ser que ele esteja tentando limitar o compartilhamento de informações pessoais, já que os e-mails recebidos são lidos pelos algoritmos da Safe-X antes de serem liberados para as retidas, mas os detalhes sobre os gêmeos têm uma precisão quase clínica, como se Elias estivesse descrevendo estranhos em vez dos filhos.

Essas lacunas e silêncios a incomodam; estão começando a se transformar em uma percepção barulhenta e perturbadora: Elias está se afastando dela. Da última vez que conversaram, não havia o fluxo normal entre parceiros, apenas o rancor de duas pessoas que se viram envolvidas em um caso que se arrastava desnecessariamente por meses.

Além disso, faz algum tempo que ele não reserva um horário na Sala Conjugal Virtual. Ele sempre escolhia lugares de encontros divertidos, como uma manta xadrez à sombra de um carvalho ou um canto escuro em um movimentado café parisiense. O custo dessas visitas é exorbitante, mas antes ele dava um jeito de pagar, então, por que não faz mais o esforço?

O antigo Elias não era tão distante. O antigo Elias mantinha uma conversa constante com ela, mandando mensagens aleatórias durante o dia para dizer que a amava, ou enviando uma foto de Mona dormindo em seu peito, ou ligando para lembrá-la de comprar pão no caminho de casa. O antigo Elias era afetuoso, engraçado e disponível, qualidades que se destacaram desde o momento em que se conheceram, um ano depois de se formarem na faculdade. Ela havia voltado a morar com os pais e começado a trabalhar meio período na loja de presentes do Huntington Gardens, um emprego para o qual não tinha muito talento, mas que pagava o suficiente para sustentá-la enquanto decidia o que fazer a seguir. A mãe de Sara, Faiza, ficava feliz em ter ajuda em casa. Pedia a Sara que pegasse as roupas na lavanderia, que consertasse o ventilador do teto do quarto ou que levasse Mshisha, a velha gata da família, ao veterinário.

— Por que não pede ao Baba? — respondia Sara, a voz carregada de irritação.

A risada estrondosa de Faiza vinha da varanda, onde ela se sentava para fumar Marlboro Lights e ler o jornal à tarde. Na maioria das vezes, a risada se transformava em tosse — um dos primeiros sintomas do câncer que acabaria tirando sua vida.

— Seu pai é muito ocupado — dizia ela.

O pai de Sara, Omar, passava a maior parte do tempo pensando em foguetes espaciais. Mesmo quando chegava do trabalho, sua mente ainda estava no escritório, na Caltech. Não havia espaço para mais nada — nem mais ninguém. Durante anos, Faiza assumiu quase sozinha as responsabilidades da maternidade: não apenas levar as crianças à escola, ir às reuniões da associação de pais e mestres ou às consultas médicas, mas também se voluntariar como treinadora assistente de futebol todo verão. Por isso, ela achava natural que a filha ajudasse em casa agora, especialmente porque Sara passava a maior parte das tardes sem fazer nada. Vencida pela culpa, ela ia buscar a roupa na lavanderia, consertar o ventilador de teto ou levar Mshisha à consulta.

Um dia, a mãe encontrou uma foto de Saïd bebê nas páginas de um livro antigo. Mandou Sara ir à loja comprar um porta-retratos, recusando-se a pedir um online, mesmo depois que Sara apontou que seria muito mais barato e conveniente. A loja não tinha mais muita variedade, e os poucos porta-retratos disponíveis ficavam em uma prateleira baixa nos fundos. Sara estava de joelhos, tentando alcançar um, quando foi atingida por um carrinho em movimento.

— Ah! Desculpe. Você está bem?

Sara se levantou e esfregou o tornozelo onde o carrinho a atingiu, limpando um filete de sangue.

— Estou bem.

— Desculpe mesmo. — A voz pertencia a um homem alto e magro, com sobrancelhas grossas e um sorriso fácil. — Eu não te vi.

— Acontece muito.

Ela tinha um e cinquenta e cinco, estava acostumada a ser ignorada.

— Pelo menos me deixe ajudar.

Ele pegou os itens da mão de Sara e se apresentou como Elias Rosales. Quando descobriu que ela estava fazendo uma tarefa para a mãe, ele riu e apontou para o próprio carrinho, cheio de caixas que o avô o tinha mandado buscar. Eles continuaram conversando na fila do caixa, depois no estacionamento e, mais tarde, ao telefone.

Mas o novo Elias é diferente. O novo Elias foi forçado a se tornar o único provedor da família, pai solo e defensor legal. Assumiu esses papéis da melhor maneira possível nos últimos dez meses: quando ficou claro que a retenção de Sara duraria mais do que o esperado, ele cancelou a creche, convenceu seus pais a cuidar dos gêmeos e alugou um dos quartos do apartamento. Mas talvez isso tenha feito sobrar pouco tempo para Sara. Ela sente falta da cumplicidade nos comentários, da ilusão de que consegue ouvir a voz dele enquanto os lê. E, com a perda, há também a preocupação — que ela não consegue mais ignorar agora que Elias não entra em contato há um mês — de que ele tenha desistido e seguido em frente sem ela.

A tela pisca; seus tempos de resposta e padrões de cliques indicam que ela não estava prestando atenção durante essa série de vídeos. Ela deseja reiniciar?

É engraçado como tudo em Madison é apresentado como uma escolha, mesmo que a resposta correta [SIM] já esteja destacada em verde. A única coisa que ela precisa fazer é clicar.

SUA COLEGA DE QUARTO PERGUNTA SE ELA NÃO SE IMPORTARIA de posar; precisa desenhar sua super-heroína mutante em uma posição agachada, esperando para pular em um oponente. Uma boa distração, pensa Sara, enquanto esperam a entrega do correio. Não há muito espaço para se mover entre as camas, mas Emily insiste em dirigir Sara, levando-a pelo braço até um local sob a janela, onde a luz é mais natural.

— Aqui mesmo — diz ela, posicionando os braços e joelhos de Sara como se estivesse manuseando uma marionete.

Em seguida, ela volta para o bloco e começa a desenhar, os traços do lápis preenchendo o silêncio.

— Por que você chamou sua personagem de Rina? — pergunta Sara, depois de um minuto.

— Rina Campoia. É um anagrama para piromaníaca.

— Mas ela é uma super-heroína, certo?

— Fodam-se os super-heróis.

A paixão repentina na voz de Emily intriga Sara. Ela descansa uma das mãos no chão, tirando um pouco do peso dos joelhos.

— Não se mexa.

— Desculpe — diz Sara, retomando sua posição. — Por que você não vê Rina como uma super-heroína?

— Porque ela sabe que não pode salvar todo mundo nem ser amada por todo mundo. O que Rina quer mesmo é encontrar outras pessoas como ela, que possam ajudar a descobrir como ter uma vida normal. Seu superpoder é uma maldição, entende? Ela não pode tocar algo sem incendiá-lo, o que significa que ela não pode ficar com a namorada, não pode abraçar a mãe, não pode sair com ninguém sem correr o risco de transformar todo mundo em churrasco.

O cheiro do creme medicinal que Emily passa na pele chega até Sara. É um aroma agradável, de limão. Sorte que não é uma fragrância mais forte que desencadeie as alergias de Sara, senão ela teria que pedir para mudar de quarto, o que ficaria registrado e poderia ser interpretado como um sinal de mau comportamento.

— Como você começou nos quadrinhos? — pergunta ela.

— Eu sempre li, desde criança. Fiz um curso de desenho no ensino médio, mas o professor obrigava a gente a desenhar naturezas-mortas e eu tinha medo de dizer que queria desenhar outra coisa. Só depois que comecei a trabalhar como bombeira é que tentei de verdade. Clara diz que eu tenho talento. Ela diz que dá para ganhar bem com quadrinhos e que eu não teria que arriscar a vida o tempo todo.

Os campi universitários e museus de arte onde Sara passou a maior parte de sua vida profissional não lhe ensinaram nada sobre o tipo de trabalho que Emily faz para ganhar a vida. Ela não tem ideia de como foi o treinamento da colega de quarto, por exemplo, ou que licença é necessária, mas sabe que Emily começou sua formação aos 17 anos, quando estava presa no condado de Lassen, cumprindo uma pena de três anos por agressão e lesão corporal. Depois que saiu da cadeia, ela concluiu o ensino médio, obteve um diploma de tecnóloga e começou a trabalhar no setor privado, para uma empresa sediada em Los Angeles chamada NaarPro. Tudo estava indo bem até que um sistema de reconhecimento facial da OmniCloud a flagrou fugindo de um estádio de beisebol onde havia começado um tumulto, e seu score de risco subiu para 620. A AAR foi atrás dela por causa de um sonho recorrente no qual Emily agredia a mãe.

— Mas você gostava de ser bombeira, né?

— Ah, sim, no começo. É uma sensação incrível quando você evacua pessoas com segurança ou salva a casa de alguém. Não tem sensação igual no mundo, sério. Mas eles ficam nos pressionando por causa de salário, mesmo que a gente não ganhe nem perto do que ganham os caras do estado. Então para que isso, sabe? Por que arriscar minha vida se não ganho nem o suficiente para colocar comida na mesa? Clara me ajudou a entender que desenhar era mais que um hobby, que eu devia fazer disso uma carreira.

— E dá para viver de quadrinhos? — pergunta Sara, tomando cuidado para não deixar a descrença transparecer na voz.

As dificuldades dos primeiros anos na academia a tornaram cética em relação a confiar nas suas paixões. Ela ama história — estudar, interpretar, ensinar —, mas, depois da faculdade e da pós-graduação, o melhor emprego que conseguiu foi um trabalho de meio período na Cal State. Ela não tinha como pagar o aluguel.

— No começo, não. Mas Clara disse que me ajudaria.

Clara isso, Clara aquilo. Será que Emily precisa mencionar o nome da namorada em todas as conversas? Nem todo mundo tem uma parceira que torce por você, te visita toda semana ou te escreve o tempo todo. Da foto emoldurada na prateleira, Clara as observa com um sorriso.

Sara mantém a pose por mais um minuto antes de se levantar.

— Você já tem o que precisa para trabalhar, certo?

— Por enquanto — diz Emily. — Obrigada.

Sara descansa um braço na parede e espera a circulação voltar às pernas. Lá fora, o céu está da cor de um hematoma recente; logo vai escurecer. Além da estrada, os arbustos que pontilham a colina parecem secos e quebradiços. Não vai demorar muito para começar o próximo incêndio.

O alarme toca. Sara e sua colega de quarto saem a fim de se juntar às outras retidas para a checagem de dispositivos da tarde. Ao longo do corredor, as câmeras Guardião zumbem enquanto se ajustam às posições das mulheres. Aonde quer que vão, elas são observadas por lentes no teto, seu comportamento é examinado em busca da menor infração, suas conversas, monitoradas em busca de pistas de intenção. Um aceno, um sussurro, uma piada: nas circunstâncias certas, qualquer coisa pode ser transformada em algo sinistro para engrossar seus arquivos. À noite, seus sonhos são coletados dos Dreamsavers, oferecendo mais evidências de tudo o que há de obscuro e suspeito em sua natureza.

O fato de não terem cometido nenhum crime é irrelevante. Afinal, o crime é relativo, sua definição muda a serviço das pessoas no poder. Antigamente, adultério e miscigenação eram crimes, agora não são. Queimar bandeiras e coletar água da chuva já foram atos legais, agora não são. Crime não é o mesmo que transgressão moral. A lei define o primeiro, nunca a segunda. *Eu não fiz nada de errado*, pensa Sara. *Simplesmente a linha da legalidade mudou, e agora estou do lado errado.*

Antes de ser retida, ela raramente pensava em como o crime evolui, embora as evidências estivessem ao seu redor. A bisavó de Elias, Róisín, chegou a Ellis Island como uma adolescente assustada, na cabine de quarta classe de um navio lotado vindo da Irlanda. A lei a declarou imigrante e permitiu que se estabelecesse em Nova York para perseguir o sonho americano (a mais sedutora das fantasias). Vinte anos depois, o avô de Elias, Hernán, cruzou a fronteira na parte de trás de um caminhão. Tinha a mesma idade que Róisín antes, fugia das mesmas circunstâncias, mas, nas décadas que se passaram, a lei havia mudado. Agora ele era descrito como um estrangeiro passível de remoção, um peso para os recursos públicos, um portador de doenças, um criminoso em potencial que deveria ser detido e deportado sem demora.

A lei separa o permitido do proibido, mas não exige que um crime seja cometido antes que os agentes que atuam em seu nome utilizem todo o seu poder. Os policiais costumavam patrulhar bairros que chamavam de "perigosos", parando e revistando pessoas que consideravam suspeitas. Agora, vasculham sonhos.

Yee está descendo o corredor, examinando as retidas, uma após a outra. Seu rosto está corado, como se ele estivesse envergonhado de alguma coisa. Uma das mulheres mais velhas do 217 brinca com ele, perguntando se é porque a viu se trocar; outra diz, deixe de se achar. Yee balança a cabeça diante das brincadeiras, reprime um sorriso. Assim que termina a verificação dos dispositivos, pega seu tablet do PostPal e lê os nomes de quem recebeu correspondência.

Aguilar, começa ele.

Brown.

Guerrero.

Kamau.

Sara se retira para o quarto, segurando as lágrimas.

De: SaraTHussein@PostPal.com
Para: atendimentoaocliente@PostPal.com
Data e hora: 26-12-10-02
Número do ticket: 3962

Descreva o problema: Minhas ligações feitas caíram após 30 segundos, mas fui cobrada por 3 minutos. Isso aconteceu quatro vezes seguidas, e usei 12 dólares dos fundos que meu marido me enviou, sem de fato falar com ele por muito mais de um minuto. Eu gostaria de um reembolso dos minutos não usados. Obrigada desde já por sua ajuda.

* * *

De: atendimentoaocliente@PostPal.com
Para: SaraTHussein@PostPal.com
Data e hora: 03-01-11-38
Número do ticket: 3962

Resolução do problema: Pedimos desculpas pela interrupção do serviço, que estamos tentando resolver. Infelizmente, não podemos reembolsar sua conta porque a cobrança mínima para qualquer ligação feita de uma cabine de comunicação PostPal é de 3 minutos. Se isso não atender suas necessidades, recomendamos usar um e-mail do PostPal, que não tem limites de extensão. Por favor, note que se aplica uma taxa de utilização de 10 dólares por 30 minutos aos tablets nas salas de leitura. Obrigado por usar o PostPal.

* * *

De: SaraTHussein@PostPal.com
Para: atendimentoaocliente@PostPal.com
Data e hora: 12-02-16-03
Número do ticket: 4218

Descreva o problema: Uma visita presencial de meu marido foi cancelada porque o PostPal me lista incorretamente como internada na enfermaria. Esperei duas horas antes de ser informada do cancelamento, e mais ainda até um dos oficiais me contar sobre a confusão. Podem por favor corrigir meu status no sistema? Não estou doente e quero ver meu marido.

* * *

De: atendimentoaocliente@PostPal.com
Para: SaraTHussein@PostPal.com
Data e hora: 13-02-11-12
Número do ticket: 4218

Resolução do problema: Pedimos desculpas por qualquer inconveniente. Investigamos esse problema e corrigimos seu status no sistema. Obrigado por usar o PostPal.

* * *

De: SaraTHussein@PostPal.com
Para: atendimentoaocliente@PostPal.com
Data e hora: 26-02-16-33
Número do ticket: 7462

Descreva o problema: Seu sistema está de novo me listando como indisponível para visitas presenciais. Eu não estou doente!!! É a segunda vez que meu marido e meus filhos vêm até aqui e descobrem que não podem me visitar. CORRIJA MEU STATUS. Chequei com a enfermeira e ela disse que o erro não é da parte dela. Então, por favor, só corrija meu status.

* * *

De: atendimentoaocliente@PostPal.com
Para: SaraTHussein@PostPal.com
Data e hora: 27-02-11-06
Número do ticket: 7462

Resolução do problema: Pedimos desculpas pelo erro. Seu status está ajustado. Obrigado por usar o PostPal.

* * *

De: SaraTHussein@PostPal.com
Para: atendimentoaocliente@PostPal.com
Data e hora: 05-03-10-01
Número do ticket: 8606

Descreva o problema: O sistema de agendamento está fora do ar pela segunda vez nesta semana. Sua empresa por acaso não quer ganhar dinheiro? Por que seu serviço é tão merda? Não consegui receber uma visita do meu advogado, o que tenho quase certeza que constitui uma infração da lei. Conserte seu sistema de agendamento!

* * *

De: atendimentoaocliente@PostPal.com
Para: SaraTHussein@PostPal.com
Data e hora: 09-03-15-12
Número do ticket: 8606

Resolução do problema: Estamos vendo aqui uma visita de um advogado para 18 de março. Este ticket está marcado como resolvido. Obrigado por usar o PostPal.

* * *

De: SaraTHussein@PostPal.com
Para: atendimentoaocliente@PostPal.com
Data e hora: 20-04-12-11
Número do ticket: 12106

Descrição do problema: Ligações de saída caíram após 30 segundos.

* * *

De: SaraTHussein@PostPal.com
Para: atendimentoaocliente@PostPal.com
Data e hora: 21-06-12-30
Número do ticket: 13813

Descrição do problema: Ligação de saída caiu após 30 segundos.

* * *

De: atendimentoaocliente@PostPal.com
Para: SaraTHussein@PostPal.com
Data e hora: 23-06-08-02
Número do ticket: 12106

Resolução do problema: Estamos trabalhando para resolver interrupções no serviço. Obrigado por usar o PostPal.

* * *

De: SaraTHussein@PostPal.com
Para: atendimentoaocliente@PostPal.com
Data e hora: 27-06-18-15
Número do ticket: 12145

Descreva o problema: Meu saldo de repente mostra $0. Eu tinha $27 ontem.

* * *

De: atendimentoaocliente@PostPal.com
Para: SaraTHussein@PostPal.com
Data e hora: 28-06-08-05
Número do ticket: 12106

Resolução do problema: Seu saldo foi corrigido. Obrigado por trazer isso à nossa atenção.

* * *

De: SaraTHussein@PostPal.com
Para: atendimentoaocliente@PostPal.com
Data e hora: 09-10-18-01
Número do ticket: 17887

Descreva o problema: Podem checar se minha conta continua ativa? A não ser por uma carta do meu advogado, não recebo correspondência há um mês. Deve ter algum problema com a minha conta.

* * *

De: atendimentoaocliente@PostPal.com
Para: SaraTHussein@PostPal.com
Data e hora: 10-10-19-05
Número do ticket: 12106

Resolução do problema: Estamos vendo que sua conta está ativa. Obrigado por usar o PostPal.

DURANTE A NOITE, OS VENTOS DE SANTA ANA SOPRARAM do leste, arrancando galhos das árvores e jogando-os contra as janelas. O ar está seco e cheio de poeira. Esse clima deixa algumas pessoas inquietas, com enxaqueca, e as faz perder as chaves ou brigar com quem ama, mas Sara acorda sentindo-se estranhamente descansada. Com a cabeça ainda apoiada no travesseiro, ela respira fundo, saindo lentamente do sonho. Está a quilômetros e anos de distância de Madison, sentada a uma aconchegante mesa de um bistrô francês, esperando o marido chegar. Está extremamente escuro lá dentro, deve ser a ideia do jovem maître de iluminação ambiente. Ela não consegue ver muito além da mesa e está até com dificuldade de ler o cardápio, mas o cheiro de carne refogada no molho de vinho é um prenúncio de uma ótima refeição. Deus do céu, como ela está com fome. Estava tão ocupada no trabalho que não teve tempo de almoçar. Não importa o que tem no cardápio, ela comeria qualquer coisa.

— Desculpe pelo atraso — diz o marido, sentando-se ao seu lado.

— Tudo bem — responde ela. — Acabei de chegar.

Ela se inclina para beijá-lo. É um beijo profundo, um beijo que mostra como ela está feliz em vê-lo depois de um dia exaustivo no museu, onde a exposição que ela ajudou a pesquisar está prestes a ser inaugurada.

— Senti sua falta — fala ele em seu ouvido, e a beija novamente, a boca quente contra a dela. Um momento depois, ele brinca com as dobras da saia de Sara.

É incomum ele fazer isso em público, mas a toalha de mesa esconde sua mão e, de qualquer forma, está tão escuro no restaurante que ela acha que ninguém vai notar. Ele passa os dedos lentamente pelas coxas de Sara e, quando chega à calcinha, ela se recosta, permitindo que ele a deslize para o lado. Delicadamente, ele a abre. Ela já está molhada, e ele começa a tocá-la com movimentos lentos e circulares. Ela está tão excitada que vai chegar ao clímax rápido, já está sentindo. Mas, à medida que seus olhos se ajustam à escuridão do restaurante, ela percebe que o homem que está lhe dando prazer não é seu marido.

É Hinton.

Ela se esforça para puxar a saia para baixo e recuperar a compostura. "Como você ousa?", quer gritar, mas o que sai da sua boca é um gemido alto e impotente, enquanto o êxtase se espalha por todo o seu corpo. Em uma mesa próxima, uma senhora de casaco preto percebeu o que está acontecendo; ela sussurra algo no ouvido da amiga e aponta para Sara. Enquanto isso, Hinton está beijando o pescoço de Sara, dizendo o quanto a deseja, o que ainda quer fazer com ela, e ela se vê procurando o cinto dele.

Sara se senta na cama, agora totalmente consciente. O que aconteceu com ela? Tem se sentido solitária nos últimos dias, solitária e infeliz — mas será que *tanto* assim? Ficar presa em Madison por tanto tempo a deixou fora de sintonia consigo mesma. Quando lembra que aquele sonho embaraçoso também foi gravado, ela esconde o rosto entre as mãos. Tudo o que deveria permanecer separado está se misturando; ela está perdendo o contato com a realidade. Então o alarme toca, assustando-a.

Sara odeia a checagem matinal dos dispositivos, odeia a ideia de que precisa ser lembrada de sua retenção no minuto em que acorda, de que qualquer trégua da prisão deve ser imediatamente destruída. Ela não se sente pronta para encarar Hinton. Quando ele aproxima o scanner de seu implante, ela tem que se esforçar para não recuar. Por alguma razão, ele cheira a ar livre naquela manhã, a folhas ou talvez casca de árvore, evocando imagens de um piquenique no parque, em uma tarde ensolarada. É um homem bonito, sem dúvida, e a cicatriz em seu pescoço adiciona um toque de mistério ou talvez perigo. Mais uma vez, a lembrança do prazer que ele lhe deu retorna. Com medo de que seu rosto a traia, ela baixa o olhar para o chão.

Foi só um sonho, diz para si mesma, alguns bilhões de neurônios disparando no cérebro, falando numa linguagem pictográfica que ninguém poderia afirmar que domina, nem mesmo os criadores do Dreamsaver. Talvez os ventos de Santa Ana a estejam afetando, o pico de íons positivos mexendo com seu humor. A verdade é que, exceto pela aparência, ela acha tudo em Hinton repulsivo, especialmente a satisfação que ele parece extrair de seu trabalho. Que tipo de homem gosta de trabalhar em um lugar como aquele?

Mas que tipo de mulher, pergunta uma voz dentro dela, sonha com um homem como ele?

Se a retenção tirou tudo de Sara, também lhe deu algo que ela não percebia que tinha perdido: tempo para ler. Antes do café da manhã, entre os turnos, durante o recreio, depois do jantar — minutos e às vezes horas passadas com o nariz enfiado em um livro, mesmo que apenas para afastar os pensamentos sobre Madison. Ela sempre sente dois impulsos contraditórios: evitar pensar em seu cativeiro e pensar naquilo o tempo todo. Essa manhã, está no terceiro capítulo de *Quando nos unimos*, que trata da Historical Records Survey, um programa de pesquisa pouco conhecido que coletou registros estaduais, municipais e locais, e arquivou as informações em microfilmes — na época, uma tecnologia de ponta. A HRS era barata, mas o valioso trabalho que realizava foi interrompido abruptamente quando a WPA foi dissolvida, em 1943. Por causa disso, ainda há lacunas nos arquivos nacionais.

Esse tipo de detalhe faz a historiadora em Sara sorrir. Se uma coleção de registros da magnitude da HRS, financiada pelo governo federal e empregando milhares de arquivistas, não consegue fornecer um retrato completamente preciso do passado, por que ela deveria acreditar que o banco de dados mantido pela AAR é confiável? É um arquivo automatizado, mas, assim como os arquivos antigos, também deve ter lacunas. Para começar, faltam informações da AAR sobre todos os tipos de pessoas: imigrantes sem documentos, pessoas sem endereço fixo, os poucos idosos ou deficientes que não usam dispositivos inteligentes, além de excêntricos, eremitas, boêmios e objetores.

Pensando bem, a namorada do colega de casa de Sara, em Berkeley, era uma objetora. Quando Sara a conheceu, ela estava fazendo doutorado em reconhecimento facial e não parecia diferente de qualquer outra estudante de pós-graduação na Bay Area. As coisas mudaram quando ela ganhou uma grande bolsa da Fundação Scott. Todo mundo achava que ela usaria o dinheiro para montar o próprio laboratório, ou até mesmo dar entrada em um apartamento, mas, em vez disso, ela comprou quatro hectares no sopé da Serra Nevada, com uma cabana de dois cômodos que mal tinha água encanada e eletricidade. Começou a passar todo o seu tempo ali, reformando o lugar modestamente, comprando eletrodomésticos não inteligentes em brechós e, aos poucos, se desconectando da rede. Abriu mão até do telefone. Sempre que queria fazer uma ligação ou enviar um e-mail, tinha que ir de bicicleta até a cidade mais próxima. O colega de Sara, Leo, tinha certeza de que essa situação era temporária.

— Ela está escrevendo a tese — dizia ele —, só precisa de paz e tranquilidade para se concentrar.

Ele continuou repetindo aquilo até que a namorada desistiu do doutorado. Só então percebeu que ela estava comprometida com a vida analógica — e terminou o namoro.

Isso foi há doze anos. Na época, Sara achava que a namorada de Leo era paranoica, mas agora a simplicidade da solução da garota para o problema da vigilância é evidente. A AAR não pode alegar que ela representa um risco criminal para ninguém; ela jamais acabaria em um lugar como Madison, porque eles não teriam muitas informações sobre seu comportamento, se é que tinham alguma.

Agora, Sara se pergunta o que uma pesquisa na internet poderia revelar sobre ela — se ao menos conseguisse se lembrar do nome. Começava com *D*. As linhas no livro de Sara ficam borradas enquanto sua mente vaga por aqueles anos longínquos. Uma vez, a namorada de Leo ajudou Sara a consertar um bug no computador e, quando descobriu que os pais de Sara eram do Marrocos, começou a falar sobre seu avô, que emigrou de Fez para Montreal e acabou se estabelecendo em

Los Angeles, onde se casou com uma argelina, assim como ele uma imigrante determinada a fazer sucesso no Golden State.

A curiosidade leva Sara à biblioteca, onde ela espera por um computador vago. Embora não consiga lembrar o nome da objetora, lembra o nome do colega de casa, então começa por aí. Digita "Leo Keane" e "Berkeley", e descobre que ele agora trabalha para uma empresa de gestão de ativos em Nova York. Tem a cabeça raspada, usa óculos da moda e facetas dentárias — um contraste gritante com o barbudo maconheiro que Sara conheceu. Ela adiciona diferentes anos aos termos de pesquisa até encontrar fotos de viagem que Leo postou há quinze anos, quando foi para o Colorado, nas férias de primavera. E lá está a objetora, ao lado dele, apertando os olhos contra a luz do sol. A legenda diz que o nome dela é Dani. É isso! Dani Senoussi. Em posse dessa informação, Sara faz uma nova busca, usando diferentes termos em que consegue pensar — "Berkeley", "reconhecimento facial", "ciência da computação" —, mas, fora os artigos que Dani publicou quando ainda estava na pós-graduação, não há nada.

É como se Dani tivesse desaparecido. Sara coloca a foto das férias de primavera no ImageBank, focaliza o rosto de Dani e clica em ENVIAR. Existem centenas de milhões de fotos em todos os tipos de bancos de dados, então, leva trinta segundos para o mecanismo de busca encontrar uma correspondência. Vem de uma matéria sobre um acidente em Sacramento, há dez anos. Um motorista atropelou uma ciclista e dois pedestres, um dos quais ficou gravemente ferido. Na foto, dois paramédicos estão levando uma maca para o pedestre enquanto a ciclista está ao lado da bicicleta, segurando um braço com a mão oposta. É Dani, de cabelo mais curto e roupas mais largas, só que a legenda diz que o nome é Mary Brown.

Então ela deu um pseudônimo. Um nome comum que vai confundir os resultados da pesquisa. Para preservar um pouco da sua privacidade, teve que vestir o uniforme cinza de uma identidade genérica. Ela usa documentos falsos em todos os lugares. Compra celulares descartáveis e os joga fora periodicamente. Usa óculos escuros ou máscaras faciais sempre que há câmeras por perto, ou seja, o tempo todo. A única razão pela qual Sara conseguiu encontrar uma foto de Dani é que o acidente a pegou de surpresa — a bandana em volta do rosto escorregou enquanto ela examinava o ferimento no braço. Um erro possivelmente cometido nos primeiros anos de sua nova vida.

O custo dessa liberdade é alto. Dani abriu mão da conveniência de viajar de carro, avião ou metrô. Parou de fazer compras em supermercados que aceitam apenas pagamentos eletrônicos, ou seja, quase todos. Não recebe alertas do governo sobre enchentes, incêndios florestais e terremotos. Não pode pedir grandes quantias de dinheiro emprestadas a um banco nem fazer transações significativas de qualquer tipo. Renunciou até aos prazeres de sentar-se em um banco de parque com o sol no rosto ou nadar em uma piscina pública num dia quente. É uma vida difícil. Sem falar na solidão.

Mas, depois de todos esses anos, Dani pode ter encontrado uma solução para isso também.

Talvez ela tenha entrado em uma dessas comunidades offline que surgiram em cidades menores. São chamadas de "Vinte e Três", porque só acessam a internet quando necessário, sempre por uma conexão segura e nunca por mais de uma hora ao dia. Para minimizar sua pegada digital, os habitantes trocam serviços e compartilham recursos, socializam quase exclusivamente com pessoas que compartilham suas crenças e, sempre que saem, usam roupas que distorcem suas características. A mídia trata os membros das Vinte e Três principalmente como objetos de fascínio ou, mais frequentemente, de ridicularização. A polícia, claro, suspeita abertamente deles, afinal, quem se daria a todo esse trabalho só para evitar a tecnologia comum?

Mas, para Sara, a própria existência das Vinte e Três é uma fonte de esperança.

Toya está parada em frente ao termostato novamente. A temperatura está ajustada em quinze graus e uma seta para baixo pisca no visor, mas a sala parece estar passando dos trinta.

— Esta porcaria de lugar — murmura enquanto se afasta.

Ela abre um saco de roupa suja e despeja o conteúdo na primeira máquina de lavar, sem se preocupar em tirar manchas ou verificar se há itens proibidos. Coloca sabão sem medir e fecha a tampa com força.

— Será que a gente devia tentar aumentar em vez de diminuir? — sugere Sara. — Ajuste para vinte e três e vê o que acontece.

— Vamos tentar.

Mas não parece fazer diferença; assim que todas as máquinas passam a funcionar, as duas começam a suar em seus uniformes. Sentam-se à mesa. Toya está com seu romance policial aberto à frente, mas Sara percebe que não está lendo, pois não virou uma única página.

— E aí, como foi a audiência?

Toya balança a cabeça. Menos de um minuto depois, está segurando as lágrimas.

— Quando entrei — diz ela —, eles estavam conversando sobre beisebol, brincando uns com os outros como se fosse um dia normal. Acho que era, para eles. Mas, quando começamos, eles expuseram toda a minha vida diante de mim, trazendo à tona coisas que eu tinha esquecido, tipo os e-mails que enviei para o meu primo há vinte e dois anos, pedindo que ele me transferisse três mil e quinhentos dólares. Eu expliquei que ele *me devia* esse dinheiro porque eu tinha lhe pago uma viagem para Nova York para fazer um curso, e eu precisava muito do dinheiro para o Natal. Mas o cara na mesa estalou a língua, como se não acreditasse em uma palavra do que eu disse. Aí ele começou a falar sobre minhas dívidas de jogo.

— O quê?

— Eu sei — diz Toya. — Mas eu disse a eles: ter dívidas é ilegal? Eu perdi o memorando? Tá, eu me empolguei nas máquinas caça-níqueis em Las Vegas no ano passado, mas não infringi nenhuma lei. Não é da conta de ninguém o quanto eu devo. Bem, eles não gostaram disso. Um deles mencionou um sonho que eu tive várias vezes, em que eu incendiava minha casa para receber o dinheiro do seguro. Ele disse que minha experiência profissional era um risco.

— Eles te mostraram o sonho?

— Não, só o descreveram. Mas eu me lembro mesmo assim, porque tive esse sonho algumas vezes naquele verão. Estou sentada na varanda com um grupo de amigos, tomando cerveja e comendo hambúrguer. Mais tarde, depois que todo mundo vai embora, eu derrubo a churrasqueira ali mesmo na varanda, e deixo o fogo fazer o resto. Mas por que eu faria isso na vida real? Amo minha casa. Meus pais se mataram para comprar e eu não tenho dinheiro para morar em outro lugar. — Ela fecha o romance policial, alisando a capa com a palma da mão. — Tentei explicar a eles que estava muito estressada com as indenizações que tive que resolver no ano passado. Sério, tive que ouvir tanta gente falando sobre tudo o que perderam no incêndio de Tujunga que vivia deprimida e ansiosa o tempo todo. Mas eles não estavam nem aí. Disseram que o risco era real e que a briga que eu tive no pátio de exercícios no mês passado aumentou meu score. Então, fui negada de novo.

Sara se inclina sobre a mesa e aperta o braço de Toya. É uma coisa terrível ter negada a liberação, terrível mesmo. Ela compõe o rosto cuidadosamente antes de falar, porque não faz ideia se o que está prestes a dizer é verdade.

— Você vai sair daqui.

É o único consolo que pode oferecer. E, na verdade, ela mesma também precisa ouvir aquilo. Mas o que ela realmente quer dizer é que entende.

Para deixar o constrangimento para trás, Sara volta ao termostato.

— Você sentiu alguma diferença?

— Não.

— Parece que está fazendo quarenta graus aqui dentro.

— Pelo menos.

— Então por que colocaram esse treco? Se eles vão ajustar a temperatura do outro lado, por que se dar ao trabalho de botar esse visor aqui, e deixar a gente pensar que pode ajustar a temperatura?

— Não faz sentido. Mas pensando bem...

— Eles estão só fodendo com a nossa cabeça. — Sara bate no termostato, pressiona o botão de seta até o fim e bate outra vez.

Nada disso faz diferença. Tem momentos em que ela se sente como uma cobaia em um experimento de laboratório, forçada a se submeter a todos os testes que os cientistas criaram. De que outra forma explicar a decisão da Safe-X de aquecer uma lavanderia? Ou por que a água do chuveiro só fica quente à tarde? Ou aquela semana em fevereiro quando, sem aviso nem explicação, o mesmo jantar foi servido por oito noites seguidas? Só depois que uma briga começou no refeitório é que a MealSecure voltou ao cardápio normal. — Foda-se — diz Sara, irritada.

Ela tira a blusa, liberando um cheiro de grama, e se senta só de sutiã.

Toya decide tirar a blusa também, usando-a para limpar o suor dos ombros e do peito.

— Queria que a gente tivesse um pouco de água.

Sara volta a ler *Quando nos unimos*. Algumas linhas depois, em uma seção sobre artistas visuais, ela se depara com uma menção a Victor Arnautoff, o artista que pintou o mural na entrada do auditório. Fica surpresa ao saber que uma litografia que ele fez em 1955, enquanto lecionava em Stanford, gerou polêmica nacional. A obra mostrava Richard Nixon carregando um pincel e um balde com a palavra "mancha", e deveria ser exibida no Festival de Arte de São Francisco, mas foi retirada depois que os curadores receberam um telefonema do FBI. Em determinado momento, Arnautoff chegou a ser entrevistado pelo Comitê de Atividades Antiamericanas por suspeita de simpatia pelo comunismo, uma acusação que se devia, pelo menos em parte, ao fato de ele ter nascido na Rússia e sido aprendiz de Diego Rivera. Sessenta e cinco anos depois, o trabalho de Arnautoff gerou outra polêmica, dessa vez quando um mural de uma escola retratando George Washington como conquistador dos nativos e escravizador dos africanos foi denunciado como humilhante para as vítimas. Circulou uma petição para tirar a pintura da escola.

Crítico demais de um presidente, depois não crítico o suficiente. Como a reputação de um artista muda ao longo de meio século! Sara está acostumada a reavaliações históricas, das mais brandas às mais radicais. Quando escreveu sua dissertação, criou novos argumentos a partir de fatos antigos, usando como material de ligação quaisquer evidências ou contextos que outros estudiosos não tivessem considerado antes. A reavaliação de reis, presidentes ou líderes rebeldes lhes minou a reputação como nobres estadistas e ajudou a fazer os estudos acadêmicos avançarem. Mas, ao longo dos anos, ela viu esse processo se expandir, com mais paixão e menos rigor, para outras figuras públicas, de atores e músicos a atletas e jornalistas. E agora que cada momento de nossas vidas é monitorado e documentado, Sara acha que isso acontece com todos nós. Todo mundo pode ter um momento Arnautoff. Pior: todo mundo vive na expectativa de um momento Arnautoff. Ela está tendo o seu agora.

O zumbido constante das máquinas, combinado com o calor, deixou Toya apática. Ela desiste do livro e se debruça sobre a mesa, com a cabeça entre os braços. Sara decide deixá-la descansar enquanto coloca novas cargas de uniformes e dobra os secos. Mais uma hora se passa.

Está quase no fim do turno quando Hinton passa pela lavanderia em sua ronda.

— Jesus — diz ele da porta —, está mais quente que o inferno aqui.

Sua voz tem o efeito de um alarme. As duas se sentam e rapidamente vestem as blusas.

— O termostato não funciona — explica Toya.

— Isso não é desculpa para tirar a blusa.

— Não é contra as regras — responde Toya.

Se alguém sabe o que o manual de Madison diz sobre blusas, é Toya Jones. O trabalho com seguros no passado a treinou para prestar muita atenção às letras miúdas.

— Veja só — diz Hinton com uma risada divertida. — Você sabe o manual de cor?

— Precisamos usar blusa nas áreas comuns. Esta é uma área restrita, ninguém pode entrar aqui sem autorização.

— E não tem ninguém aqui — acrescenta Sara.

Na hora, ela percebe que piorou as coisas. Algo nela — será sua personalidade? Seus modos? Sua forma de falar? — parece irritar Hinton.

Ele entra na lavanderia e dá uma olhada ao redor. O chão está varrido, as caixas de sabão na prateleira, os sacos de malha pendurados nos ganchos da parede. Uma pilha de uniformes limpos está sobre a mesa dobrável. Em seguida, seu olhar se fixa em Sara, sentada com o livro aberto à sua frente.

— Então você está dizendo que eu não sou ninguém?

— Eu... Não. Só quis dizer que não quebramos nenhuma regra.

— Aqui está uma regra: ninguém precisa ver seu peito. É nojento.

Sara baixa o olhar para o chão.

Mas aí Hinton pega uma blusa limpa da pilha. Ainda está quente da secadora.

— Vista essa também — ordena ele a Sara.

Ela encara Toya. O que está acontecendo?, quer perguntar.

— Por que você está olhando para ela? Ela não tem como te ajudar.

Sara respira fundo, prestes a perguntar por que está sendo obrigada a vestir uma segunda blusa. Mas ela percebe que não há motivo, e a última coisa de que precisa é chamar a atenção de Hinton. Então pega a segunda blusa e a veste, embora tenha dificuldade de colocá-la por cima da outra, ela se sente sufocada.

— Continue — diz ele, entregando-lhe mais uma.

Dessa vez, a blusa fica presa na altura da cintura. Seu rosto fica quente, o cabelo se solta, os braços parecem nadadeiras.

— Isso aí, garota.

Hinton sai, com as chaves chacoalhando no cinto.

Depois que seus passos se afastam pelo corredor, Toya ajuda Sara a tirar a camisa de força improvisada.

— Pelo menos ele não te deu uma advertência — diz ela, consoladora.

Quando terminam de tirar as blusas extras, Sara está com hematomas nos braços. Seu rosto está molhado de suor, mais pela raiva agora do que pelo calor. Não importa quantas vezes tenha passado por situações como aquela, não consegue controlar a fúria que lhe despertam. Tem que fazer o que mandam, mesmo que as ordens possam mudar sem aviso prévio.

Hinton gosta de dizer que Madison não é uma prisão, mas age como se ela tivesse feito algo para ser enviada para lá. Cada desvio da conduta perfeita confirma suas suspeitas sobre a natureza secreta e violenta de Sara. Se ela protesta que foi vítima de discriminação, ele aponta para o algoritmo, que trata as pessoas como uma coleção anônima de pontos de dados e não pode ser acusado de falha nem preconceito. O algoritmo é objetivo, não sabe quem você é nem como você é, diz Hinton, ele pontua todos usando os mesmos parâmetros.

Mas, apesar de toda essa insistência na imparcialidade do algoritmo, Sara tem certeza de que o que realmente a levou para Madison foram seus comentários insolentes a Moss e Segura, que se sentiram desrespeitados e queriam lhe dar uma lição.

O que a retenção lhe ensinou nos últimos meses?

Que o mundo inteiro pode se reduzir a uma sala.

Que o tempo é o deus de todas as coisas.

Que as regras não precisam fazer sentido.

Que, por mais injusto que seja o sistema, espera-se que ela se submeta a ele para provar que merece estar livre de seu controle.

SARA ENCONTRA MARCELA EM UM ESPAÇO GRAMADO NO PÁTIO, curvada em uma postura de triângulo. Ela é dedicada à prática de ioga, arranja tempo mesmo quando está fazendo turnos duplos ou quando a temperatura gira na casa dos trinta graus, como naquela tarde. As outras retidas se refugiaram na sombra da passagem coberta, exceto Eisley Richardson, que está fazendo abdominais a poucos metros de distância, contando as repetições em voz alta.

— Você ainda quer ajuda com sua petição? — pergunta Sara.

Levantando-se lentamente da postura de ioga, Marcela cruza os braços, piscando para Sara. Leva um momento para entender a pergunta.

— Mas você disse...

— Eu vou fazer.

— Agora?

— Sim, agora.

A biblioteca está cheia, mas, depois de esperar uma hora, Sara consegue um lugar em um dos computadores, com Marcela ao seu lado. Enquanto digita, Sara descobre que Marcela DeLeón nasceu em Bell Gardens, filha de dois professores que a colocavam para assistir a reprises de *Vila Sésamo* enquanto corrigiam provas. Quando ela fez quatro anos, pediu um violino — igual ao do Elmo. A música foi ao mesmo tempo uma paixão e uma revelação. Quando terminou o ensino médio, ela já tocava em festas no quintal e compunha as próprias músicas.

— Está ótimo — elogia Marcela.

— Isso é só a introdução — responde Sara. — Temos que explicar por que você precisa do seu instrumento e por que precisa ser agora.

Antes de ser retida, Marcela tocava guitarra sete ou oito horas por dia, então, perdeu centenas de horas de ensaio. Desde que está em Madison, ela perdeu as turnês de primavera e verão da Sharp Jello, além de sua parte nas vendas de produtos promocionais e um cachê num festival popular, em Oregon. A banda acabou contratando outro guitarrista, que vai participar da gravação do novo álbum, no mês que vem. Mesmo que Marcela fosse liberada agora e, por algum milagre, conseguisse retomar seu lugar, levaria muito tempo para ela recuperar o tempo perdido, compor novas músicas e estar pronta a tempo da próxima turnê da banda. Se ela não puder fazer a turnê, não vai ter como se sustentar. Ter seu instrumento de volta é a única maneira de manter suas habilidades e estar pronta para voltar à banda e ganhar dinheiro quando for liberada.

— Você acha que eles vão concordar? — pergunta Marcela.

— Vale a pena tentar. — Sara também acrescenta um parágrafo sobre como a música reduz o estresse, melhora o funcionamento do cérebro e ajuda a dormir melhor. Afinal, não é por causa do sono que elas estão ali? É praticamente do interesse da Safe-X devolver o instrumento a Marcela; no final, vão conseguir mais dados da retida. Estudos mostram, escreve Sara com a confiança de quem sabe que é possível encontrar estudos para apoiar quase qualquer afirmação, que ouvir música antes de dormir resulta em um sono melhor e mais longo. — Pronto. Talvez funcione.

— Obrigada — diz Marcela. — Agradeço muito.

Ela salva o documento em sua conta da Safe-X.

— Vou pedir autorização para enviar agora mesmo.

— Não tem pressa — responde Sara.

A análise de petições pode levar semanas. Demorou quase quatro meses para devolverem o lenço de Alice.

Elas saem da biblioteca juntas, a petição tendo estabelecido uma espécie de vínculo entre as duas. Marcela está a fim de conversar. Ela diz a Sara que agradece pela ajuda, que é bom saber que existem pessoas decentes em Madison, que *algumas mulheres* não são tão inocentes quanto parecem ser.

As dicas obscuras confundem Sara.

— Desembuche de uma vez — diz ela. — De quem você está falando?

— Da Lucy Everett.

— Mas você é amiga dela, não? O que aconteceu?

— Somos colegas de quarto — corrige Marcela. — Eu achava que ela era uma senhora simpática. Mas, na verdade, é uma golpista.

É difícil conciliar essa acusação com Lucy, uma viúva que gosta de entreter todo mundo na hora das refeições com suas histórias sobre a Los Angeles de sua juventude, e que sempre anima o ambiente quando alguém está triste.

— Sei que é difícil acreditar — continua Marcela, percebendo a descrença no rosto de Sara —, mas é verdade. A Lucy roubou nomes e números de previdência social da imobiliária em que trabalhava e abriu linhas de crédito.

— Tem certeza disso?

— Absoluta. E ela foi esperta, viu, só começou a usar os nomes e números *depois* de sair do emprego e começar a trabalhar para outra empresa, em Sherman Oaks. Por isso, a polícia demorou um pouco para descobrir. Mas aí ela se envolveu naquele acidente de carro e o caso se arrastou enquanto ela estava no hospital. E no fim acho que o promotor retirou as acusações contra ela.

— Mas como você sabe que ela fez tudo isso?

— Porque ela está sendo processada por uma das vítimas.

— Não, quero dizer, como você descobriu?

— O que aconteceu foi que ela deixou a papelada na cama quando foi mostrar a Eisley onde ficavam as cabines de comunicação. Normalmente, ela guarda tudo na prateleira, mas acho que estava tão ansiosa para fazer amizade com a garota nova que se descuidou. Achei que os papéis fossem algum tipo de petição, então dei uma olhada, só para ver como era, sabe, porque eu tinha que escrever uma. Acabou que era uma carta do advogado dela.

Não importa quantas vezes aconteça, é sempre uma surpresa descobrir que as pessoas são mais do que sua imagem pública, que elas têm imbróglios privados dos quais não sabemos nada.

Mas por que contar a Sara sobre os problemas legais de Lucy? Sara não é promotora, não há nada que possa fazer. Ela também não é vítima de qualquer esquema que Lucy supostamente estivesse tramando. Então, no fim das contas, de que adianta compartilhar tudo isso com ela?

— Beleza — diz Sara quando chegam à escada. — Vejo você mais tarde, tá?

Marcela para no meio do caminho.

— Tá. Vou atrás da autorização para a minha petição. Obrigada.

Sara sobe as escadas até o quarto e, felizmente, encontra-o vazio; já chega de conversa por hoje. A luz do final da tarde alonga as sombras no chão e o calor começa a aumentar. Ela tenta ler, mas a sua mente está inquieta. A revelação sobre Lucy obriga-a, mais uma vez, a desenrolar a cadeia de acontecimentos que levou à sua retenção. Talvez seus sonhos tenham se tornado suspeitos por causa de uma infração que ela esqueceu ou considerou sem importância. Emily cumpriu uma pena de prisão quando era adolescente. Marcela tem uma ordem de restrição contra si. E agora Lucy está envolvida em um processo civil.

Mas Sara não tem nada parecido em seu histórico. Até o agente Moss levá-la embora, a última sexta-feira antes do Natal tinha sido um dia normal, cheio de obrigações tediosas, pequenos prazeres, pequenos contratempos e frustrações. Se realmente há alguma atividade suspeita em seu histórico, deve ser anterior a isso. Na audiência de Toya, os agentes mostraram e-mails de vinte anos antes. É tempo demais para vasculhar o passado de alguém, procurando palavras ou ações que possam ganhar novos significados. Sara não tem ideia do que eles poderiam encontrar em seus próprios registros se procurassem tão longe.

Então ela sente que está chegando — o momento que passa tanto tempo tentando evitar. A dor de sentir falta da sua antiga vida começa como uma facada no estômago e se espalha por todo o corpo. Se ao menos Elias tivesse escrito, ela teria suas palavras para se apoiar ou para lembrar, e a liberdade não pareceria tão distante como parece agora. Mas seu aniversário já passou e ela ainda não teve notícias do marido. Será que ele está começando a acreditar nas mentiras que estão contando sobre ela?

Da última vez que falaram ao telefone, ele parecia aliviado por terem contratado uma nova fonoaudióloga no consultório, pois isso aliviaria sua agenda sobrecarregada. Talvez ele esteja ocupado com a tal fulana. Talvez eles estejam juntos agora. O ciúme a atinge bem no peito. Pare com isso, diz a si mesma. Pare agora mesmo. Ela se concentra na respiração, embora o calor sufocante dificulte. A única coisa que pode fazer é permanecer com a dor, deixar seu corpo absorvê-la, esperar que diminua o suficiente para que ela consiga voltar a se mover.

De: AdamAbdo@kreidlercampwalla.com
Para: SaraTHussein@PostPal.com
Número CR: M-7493002
Unidade: Madison
Data e hora: 20-02-09-17
Alertas: LEGAL
Status: liberado

Prezada Sara,
Meu nome é Adam Abdo e sou advogado da Kreidler & Campwalla. Sua família me contratou para representá-la depois que o Prof. Reese teve que se recusar a participar do caso porque está noivo da juíza Lim. Infelizmente, isso significa que sua audiência foi cancelada e precisará ser remarcada para uma data posterior. Sei que é uma notícia decepcionante e lamento por esse atraso inesperado. Entrarei em contato assim que tivermos uma nova data para a audiência.
Com os melhores cumprimentos,
AA

* * *

De: AdamAbdo@kreidlercampwalla.com
Para: SaraTHussein@PostPal.com
Número CR: M-7493002
Unidade: Madison
Data e hora: 04-03-14-12
Alertas: LEGAL
Status: liberado

Prezada Sara,
Eu estava ansioso por nossa visita esta semana, mas soube que você não está se sentindo bem. Espero que não seja nada grave. Recebi uma cópia do seu relatório mais recente da AAR e devo enfatizar mais uma vez a importância de manter um score abaixo de 500. Queremos estar prontos para sua audiência!
Um abraço,
AA

* * *

De: AdamAbdo@kreidlercampwalla.com
Para: SaraTHussein@PostPal.com
Número CR: M-7493002
Unidade: Madison
Data e hora: 25-03-11-44
Alertas: LEGAL
Status: liberado

Prezada Sara,
Foi bom vê-la na semana passada. Como mencionei na ocasião, às vezes acontece de os oficiais aplicarem as regras de maneira um pouco diferente de um local para outro, ou de alguns serem mais rigorosos do que outros, mas infelizmente não há nada que possamos fazer. Depois que um oficial registra uma advertência disciplinar no Tekmerion, ela é salva no sistema e ponderada no seu score. Então, por favor, tente seguir as regras.
Atenciosamente,
AA

* * *

De: AdamAbdo@kreidlercampwalla.com
Para: SaraTHussein@PostPal.com
Número CR: M-7493002
Localização: Madison
Data e hora: 08-05-11-02
Alertas: LEGAL
Status: liberado

Prezada Sara,
Como você deve saber, a paralisação do governo está afetando a AAR, e nenhuma audiência pode ser agendada até que seja alcançado um acordo entre as duas partes.
Informaremos assim que tivermos uma nova data. Lamento muito pelo atraso.
Atenciosamente,
AA

* * *

De: AdamAbdo@kreidlercampwalla.com
Para: SaraTHussein@PostPal.com
Número CR: M-7493002
Unidade: Madison
Data e hora: 01-06-15-22
Alertas: LEGAL
Status: liberado

Olá, Sara.
Escrevo com boas notícias. Sua solicitação de acesso à sala ecumênica foi concedida, embora não para o horário que você pediu, que é durante o expediente. O espaço fica aberto somente após o primeiro turno, portanto, você terá acesso às sextas-feiras, entre 15h e 16h.
O acúmulo de casos finalmente está começando a diminuir e espero que sua audiência seja marcada nas próximas semanas. Mais uma vez, devo enfatizar a importância de seguir as regras e manter seu score sob controle.
Atenciosamente,
AA

* * *

De: AdamAbdo@kreidlercampwalla.com
Para: SaraTHussein@PostPal.com
Número CR: M-7493002
Unidade: Madison
Data e hora: 07-07-11-38
Alertas: LEGAL
Status: liberado

Acabei de receber a notícia de que o computador central da AAR foi infectado por malware durante o feriado prolongado. Quase 12 mil arquivos de casos foram danificados ou perdidos. Infelizmente, o seu está entre eles. O administrador-chefe estima que levará até um mês para restaurar os arquivos e, então, voltaremos ao cronograma normal.
AA

O TEMPO PASSA. NA SEXTA TENTATIVA, ADAM ABDO consegue uma audiência para Sara na sexta-feira seguinte, às oito da manhã — um horário excelente, embora Sara só seja avisada com um dia de antecedência, porque o gerente do caso na Safe-X estava doente na semana anterior e só atualizou os arquivos quando voltou. Não importa, diz Sara para si mesma, não há nada a preparar. No jantar, ela mal consegue comer o ensopado de frango em sua bandeja, apesar de ser um dos melhores pratos do cardápio da MealSecure.

— Não fique nervosa — aconselha Toya. — Não adianta nada.

De manhã, Sara pede emprestado o secador de Emily e passa longos minutos em frente ao espelho, alisando o cabelo, alheia às conversas que acontecem atrás dela no vestiário.

A audiência acontece em uma das salas de pré-escola, no primeiro andar. Os ganchos para casacos na altura das crianças perto da porta e armários com brinquedos alinhados na parede abaixo da janela ainda estão lá. No entanto, a sala tem ar-condicionado, um bom alívio em relação ao andar residencial ou ao refeitório. Três pessoas estão sentadas à mesa, com cartões de identificação à frente. No centro da mesa está Andrew Nicosia, cujo cartão o identifica como agente da AAR. Ele usa óculos da moda, tem um queixo pouco marcante e é a autoridade máxima no caso. À esquerda está Pauline Ford, uma agente sênior da Safe-X. Ela tem ao seu lado um Tekmerion, maior do que o tipo usado pelos oficiais para relatar violações do código de conduta. Completando o júri está Jamie Yuen, cujo nome está escrito à mão no cartão, como se ele fosse um substituto ou uma adição de última hora. Sua afiliação não está listada.

— Sra. Hussein? — chama Nicosia quando Sara se aproxima da mesa. — Sente-se.

A cadeira é de estrutura de aço e empilhável, projetada para audiências com uma ou várias retidas ao mesmo tempo, um detalhe que Sara acha estranho. Ainda assim, ela está ansiosa para continuar, explicar o que for necessário. Um único pensamento ocupa sua mente: garantir sua liberação.

Com um olhar para o líder do júri, Pauline Ford pergunta:

— Podemos começar?

Nicosia consulta suas anotações.

— Acho que estamos esperando o advogado da Sra. Hussein.

— Ele deve estar chegando a qualquer minuto — diz Sara.

Onde está Adam Abdo? Atrasado, justo hoje. Elias o escolheu porque, embora ainda seja um associado júnior da Kreidler & Campwalla, compensa a relativa inexperiência com uma formação em uma clínica de litígios de direitos civis. Ela tem ficado frustrada com o fracasso do advogado em garantir moções de liberação antecipada, mas sempre foi grata por ele acreditar em sua inocência. Quando conversaram sobre a audiência, ele parecia bastante confiante nas chances de Sara — embora tenha chamado de "nossas chances".

Ford fixa o olhar no relógio de parede, como se quisesse que o tempo passasse mais rápido. Sua expressão amarga é desconcertante; Sara espera que ela não a culpe pelo atraso do advogado. Pelo menos, Yuen não parece se importar: está rabiscando em seu bloco de notas. De onde Sara está sentada, dá para ver que está desenhando a sala em que estão, incluindo os armários de madeira e as luminárias vintage. Sua mão se move com a confiança de um desenhista experiente. Como ele acabou virando júri de casos de retenção?

A porta se abre alguns instantes depois, e Adam Abdo entra, pedindo mil desculpas. Parece diferente do normal, embora Sara não consiga identificar o motivo. De alguma forma, ele parece mais alto naquela manhã, ou talvez seja o efeito do terno azul bem cortado que está vestindo.

— Desculpe, pessoal — diz ele, colocando a pasta no chão e pendurando o paletó na cadeira. — Houve um acidente na rodovia. — Ele se senta ao lado de Sara e coloca a mão em seu braço. — Tudo bem, Sara?

— Na 60? — pergunta Yuen. — Eles realmente precisam consertar aquela pista estreita. Quase bati outro dia.

Abdo tira uma mecha de cabelo do rosto. Suas unhas estão bem cuidadas e ele usa uma elegante pulseira de malha de metal no pulso esquerdo. Não há aliança.

— Isso, na 60 — responde a Yuen. — Foi um engavetamento enorme, com um caminhão grande e um barco.

— Um barco! O lago está seco há cinco anos.

— Sempre tem um idiota a mais na estrada do que a gente imagina.

— A morte, os impostos e os idiotas na estrada — diz Yuen, sorrindo para Abdo.

Ford pigarreia.

— Bem, que bom que o senhor enfim se juntou a nós. Vamos começar?

— Por favor — diz Abdo.

Ele se recosta na cadeira, cruza as pernas, mas não faz nenhum movimento para tirar qualquer documento da bolsa. A confiança com que se comporta é contagiante. Sara se sente encorajada, embora mal consiga respirar, a ansiedade lhe comprimindo o peito.

— Vamos começar com o relatório da Safe-X — diz Nicosia.

— Certamente — responde Ford. Ela desliza a tela e começa a ler. — Sara Hussein está retida neste local desde 22 de dezembro do ano passado. Seu exame físico mostra que está com boa saúde, seus exames laboratoriais estão normais até o momento e sua avaliação psicológica não mostra sinais de doença psiquiátrica. No entanto, seu histórico comportamental continua preocupante. Ela recebeu duas medidas disciplinares de Classe A em dezembro, outra de Classe A em fevereiro e uma de Classe C em abril.

Espere. Sara não recebeu uma Classe C em abril — ou pelo menos não foi informada disso. Ela se vira para Abdo, esperando que ele conteste o relatório de Ford. O advogado tira o celular do bolso. Sara deve ser antiquada, porque esperava que ele mantivesse as anotações do caso em um tablet ou até mesmo em um arquivo de papel, não em seu dispositivo pessoal. Ele provavelmente vai abrir o relatório mais recente da Safe-X, que não lista nenhuma Classe C em abril, e aproveitar a oportunidade para salientar que nenhuma das medidas disciplinares de Sara envolveu ameaça de violência. Seu histórico nos últimos quatro meses está impecável, seu score de risco é 502 e ela cumpriu todas as prorrogações. Abdo toca na tela do celular e começa a rolar a tela.

— Algum outro problema desde abril? — pergunta Nicosia.

— Espere um pouco. — Sara levanta a mão. — Meu advogado precisa de um momento.

Mas Abdo continua rolando a tela do celular, procurando o arquivo. Ford continua com seu relatório, como se Sara não tivesse interrompido.

— Nenhuma questão desde abril — admite ela. — No entanto, dado o número de ações disciplinares no histórico da Sra. Hussein, suas associações com fraudadoras conhecidas e suspeitas de incêndio criminoso, além da gravidade do crime sob investigação, recomendamos uma prorrogação, a fim de minimizar o risco para outras pessoas.

— Isso é absurdo — diz Sara. Ela está compartilhando o espaço com outras retidas, não está conspirando com elas. Além disso, Ford está errada sobre seu histórico; nenhuma ação disciplinar foi movida contra ela em quatro meses. Pela lógica da AAR, Sara deveria ser liberada imediatamente. Ela se vira para o advogado, esperando que conteste o raciocínio de Ford, mas ele está escrevendo uma mensagem ou um e-mail. — Você não vai dizer nada? — sussurra ela.

Abdo parece não a ouvir.

— Obrigado por isso, Pauline — diz Nicosia. — Jamie?

Yuen para de rabiscar.

— Os dados dos sonhos que tenho até agora estão de acordo com o que eu esperaria de uma pessoa em confinamento. Vejo inúmeras imagens de céu claro, montanhas, naves espaciais, voos e assim por diante. Mas, infelizmente, continuam surgindo alusões ao crime previsto, a mais recente em setembro. Aliás, é bastante gráfica. Enviei uma cópia para vocês.

Yuen trabalha para a Dreamsaver Inc., Sara se dá conta. Será que ele é engenheiro de dados? Neurocientista? Psicólogo clínico? Adam Abdo deveria perguntar sobre isso. Mas ele ainda está no celular. O que está acontecendo? Se Sara não disser nada, a oportunidade de apresentar seu lado do caso vai desaparecer. No entanto, ela não tem perspicácia jurídica para montar uma resposta eficaz e tem medo de piorar as coisas para si mesma, caso diga a coisa errada. Um nó se forma em sua garganta. Não, ela tem que falar alguma coisa, não pode ficar sentada e deixar que prolonguem sua retenção.

— Eu não cometi nenhum crime — diz ela, mal reconhecendo o som da própria voz. Vem se agarrando a esse simples fato há meses, e sente a necessidade de repetir: — Eu não cometi nenhum crime. E, além disso, eu não tinha uma infração de classe C em abril. Por que vocês estão me prendendo aqui?

— Porque a senhora é uma assassina, Sra. Hussein — responde Nicosia.

A acusação é tão ultrajante que Sara se levanta, jogando a cadeira para trás — e acorda ao cair da cama para o chão.

Ela leva um bom minuto para se situar. O ombro esquerdo dói onde se chocou contra o chão, o coração bate a mil por hora. Esfregando o ombro, ela volta para a cama e se deita no escuro, encarando o teto, sobre o qual o luar delineia os galhos dos palos-verdes. Exceto pelo uivo distante dos coiotes, Madison está silenciosa àquela hora. Mas ela não consegue se acalmar, dúvidas se agitam em sua mente.

Sara, assassina?

Mesmo em momentos de pura raiva, e Deus sabe que ela já teve alguns na vida, nunca pensou seriamente em fazer mal a alguém. O mais perto de cometer uma violência que já esteve foi há mais de vinte anos, quando cursava o segundo ano do ensino médio. Com duas colegas do time de futebol, conseguiu ingressos para assistir a um show do Roaring Tweedies no Forum, em Inglewood.

Durante semanas, elas não falaram de outra coisa, e, como o show começava tarde, mentiram para as mães, dizendo que iam dormir na casa uma da outra. Só que, no dia do show, o carro que as levaria ficou preso no trânsito do centro da cidade, e, quando chegaram ao local, a banda de abertura já estava tocando. Agora não conseguiriam chegar perto do palco. Pior ainda, Sara teve dificuldade de passar o ingresso no leitor.

— Mande uma mensagem quando entrar — disseram as outras duas garotas, abandonando-a na porta com impressionante facilidade.

Sara tentou pedir ajuda, mas o controlador de acesso olhou para o ingresso em seu celular e a mandou se afastar, pois este já havia sido usado. Era um homem mais velho, com verrugas no pescoço e olhos estreitos, que parecia esperar o pior das pessoas.

— Você não pode entrar.

— Eu tenho um passe. Veja.

— É falso. Acha que eu não sei?

Com a bravata de uma adolescente de 15 anos, ela o xingou.

No momento seguinte, as botas de camurça preta que Sara havia economizado durante meses para comprar estavam raspando no chão enquanto ele a arrastava pelo colarinho em direção ao portão principal. Ela ficou sem fôlego com o choque da agressão, mas se recuperou e lhe deu cotoveladas até que a soltasse.

— Tira as mãos de mim, seu idiota.

Se o confronto tivesse terminado ali, teria sido algo comum, que sempre acontece em shows, mas Sara ficou tão brava por ele ter estragado suas botas que o empurrou. Ela era meio-campista no time de futebol, acostumada a dar e receber carrinhos. Mas o homem acabou se mostrando mais frágil do que ela esperava, e caiu com a força do empurrão, batendo o braço na grade de metal, antes de se estatelar no chão.

Vários espectadores pararam para olhar.

— Segurança! — gritou alguém, e um minuto depois dois homens corpulentos apareceram, perguntando o que estava acontecendo.

— Ela me atacou — disse o fiscal.

Ele mal tinha um arranhão, mas agora estava segurando o braço como se Sara o tivesse quebrado. Ela contou aos seguranças que ele havia colocado as mãos nela primeiro, e mostrou o ingresso, mas, embora tenham admitido que era válido, eles a acompanharam até o portão principal.

— Você tem sorte de não chamarmos a polícia — disse um deles.

Sara tinha um temperamento forte, seria a primeira a admitir. Mas, com o passar dos anos, a faculdade e a mudança de carreira, aprendeu a manter a calma, mesmo que fervilhasse de raiva. Respire fundo, dizia a si mesma. Conte até três antes de dizer qualquer coisa. De que outra forma teria conseguido manter um emprego no ambiente burguês de um museu? Agora raramente cede ao primeiro impulso. Aprendeu a ser cautelosa; esse foi o preço do ingresso.

O algoritmo vê outra coisa em Sara, porém, algo indisciplinado e violento, e espera que ceda a esses instintos. Seus criadores diriam que o algoritmo a conhece melhor do que ela mesma — uma ideia que lhe dá vontade de dar um soco na parede.

Mas ela não vai dar, não vai.

O CAFÉ DA MANHÃ ESTÁ ESPECIALMENTE BARULHENTO NAQUELE dia. Da cozinha vêm o chiado de uma geladeira velha, o borbulhar da água na pia, o barulho das bandejas de metal. Um funcionário da manutenção, empoleirado em uma escada, repara a câmara solta na parede do fundo com uma furadeira. Debaixo das janelas, há um caminhão de serviço estacionado, o rádio toca música alta. Mas o barulho não parece incomodar ninguém na mesa — todas conversam normalmente. Lucy reclama que a comida gordurosa de Madison a fez engordar; daria qualquer coisa por refeições mais frescas e saudáveis. Ao ouvir isso, Eisley se anima, mas Lucy levanta a mão para impedi-la.

— Nem vem. Não estou falando de exercício, estou falando da comida.

Sara toma um gole de seu chá de ervas. Naquela manhã, está mais forte e com um travo mais suave, sem o sabor amargo ao qual ela se acostumou.

— É uma marca nova?

Alice experimenta.

— Para mim, está com o mesmo gosto.

Marcela aspira o aroma de sua xícara e fecha os olhos.

— Hmm-mm. Que mistura delicada — diz ela —, com notas perfeitas de cloro e sabão.

As outras riem.

Mas Sara acha o chá revigorante e até saboroso. Ela já está acostumada com carnes processadas e frutas artificiais, então, é só mais uma adaptação. Do que mais vai começar a gostar por puro hábito? Do combo de pia e vaso sanitário dentro do quarto? Do chuveiro que desliga automaticamente após cinco minutos? Com um clangor, ela deixa a xícara de metal cair em seu lugar na bandeja.

— Não ligo muito para chá — diz Lucy, cutucando as batatas fritas com um movimento rápido e repetitivo. — Além de comida decente, o que mais sinto falta é de uma boa bebida. Uma taça de vinho no jantar, um pouco de amaro depois, um drinque de vez em quando. Mantém o motor funcionando, sabe como é?

Marcela funga.

— Conheci alguém assim quando trabalhava como garçonete em um bufê. Ela adorava tomar uma bebidinha com o jantar, ou três. Lembro que sempre fazia o mesmo brinde. *Que o teto acima de nós nunca desabe e como amigos jamais nos desentendamos.* Ela era muito divertida, uma das melhores garçonetes com quem trabalhei. Nunca reclamava quando os clientes eram grossos ou a festa se prolongava. Aí ela foi pega roubando joias e foi demitida.

— Isso acontecia muito? — pergunta Eisley.

— Roubar no trabalho? Não, claro que não. É por isso que todo mundo ficou tão surpreso.

Se é uma referência maliciosa às acusações contra Lucy, pensa Sara, parece estar funcionando, porque a mulher ficou quieta. Ela enfia o garfo na comida com vigor renovado, parecendo que preferia estar em outro lugar. Mas mudar de mesa chamaria a atenção dos oficiais, então ela fica sentada, cabisbaixa, durante toda a refeição.

O caminhão parado do lado de fora parte com um rugido. Por um segundo de pura felicidade, Sara pensa que foi embora para sempre, mas o veículo para em outro lugar da rua e o barulho do motor recomeça. Não é possível ter um momento de paz naquele lugar? Ela se vira para Alice.

— Cadê Toya?

— Não quis descer para o café da manhã. Ganhou mais três meses e está bem mal.

— Ela deve ter feito alguma coisa — argumenta Eisley, balançando a cabeça.

Sara franze a testa.

— Nenhuma de nós está aqui pelo que fez, lembra?

— É. Mas, quero dizer, se a estão *segurando* aqui por tanto tempo, devem ter alguma coisa contra ela.

Sara reprime o impulso de retrucar, pois ela também já foi a novata, sabe como é se agarrar à crença de que o sistema funciona, apesar das alarmantes falhas. Eisley está desesperada para sair quando seu período de 21 dias terminar, logo, as únicas pessoas que ficam mais tempo em Madison devem ter feito algo para merecer isso. Ela ainda está em negação, pensa Sara.

— O quanto você acha que é difícil fazer uma de nós parecer culpada? — pergunta ela. — Nós já estamos sob suspeita. Quando o algoritmo tem um caso para provar, ele escolhe as evidências de que precisa a partir dos dados aos quais tem acesso.

— Espere aí. Você é engenheira?

— Não.

— Então você não sabe como os algoritmos funcionam.

Eisley olha ao redor da mesa, como se esperasse que todas concordassem com ela. Mas ainda é nova por ali, e as outras retidas esperam para ver como a discussão vai acabar.

— Não, mas eu sei como arquivos funcionam. Quando você tem um banco de dados com milhões ou trilhões de itens, não é possível entrar às cegas. Você tem que encontrar uma maneira de consultar os registros. Por exemplo, pode começar com um nome, um ano ou um assunto, e ver quais materiais encontra e que história contam.

O problema é que, se houver materiais contraditórios e eles estiverem indexados com termos que você não usa ou não conhece, não vai conseguir a história completa. Tenho certeza de que o algoritmo faz a mesma coisa. Ele procura dados relacionados aos nossos sonhos suspeitos, mais nada.

Eisley parece surpresa com a resposta e leva um momento para se recuperar.

— Mas, obviamente, se seguraram sua amiga por tanto tempo, devem ter provas de que ela é um sério risco para outras pessoas. Quero dizer, onde há fumaça há fogo.

— De que provas você está falando?

— Não sei. Eles devem ter algum tipo de registro sobre ela.

— Você não está entendendo.

— Ah, é? — Eisley apoia o queixo na mão. — Por favor, me explique.

A petulância dessa mulher! Não sabe nada sobre Toya Jones, ela a conheceu há apenas uma semana e não para de fazer insinuações sobre sua culpabilidade.

— O que estou dizendo — alega Sara, a voz agora aguda de irritação — é que a AAR com certeza deixa passar provas exculpatórias porque não está procurando por elas.

Quatro pares de olhos se fixam em Sara. Embora as mulheres possam discutir por horas a fio sobre assuntos frívolos, qualquer menção à culpa ou inocência real as deixa desconfortáveis. É um assunto muito delicado, suscetível de trazer à tona passados imperfeitos e futuros tensos.

Além disso, com Hinton por perto, quem iria querer criticar a AAR?

— Quem está falando alto agora? — pergunta Eisley. Ela dá uma mordida nas batatas e, em seguida, escondendo a mastigação atrás de uma delicada mão, vira-se para Alice. — Você não me disse que eles acusaram alguém há alguns meses?

— Sybil Wyatt.

— Viu?

— Não, eu não disse isso. — A polícia chegou quando Sara estava fazendo o turno da noite no Trailer D, mas já ouviu a história tantas vezes das outras que sentia como se a tivesse testemunhado. — Falaram que ela estava retida por colocar crianças em risco, mas, quando chegaram, eles a acusaram de fraude hipotecária, depois que um dos sócios a denunciou. Então a acusação não teve nada a ver com o algoritmo.

— Como você pode dizer que não teve nada a ver? Ela cometeu fraude! O algoritmo estava certo, ela é uma criminosa. E a tal que foi presa por agressão? Gordon.

— Você quer dizer Gorda. E é o apelido dela, aliás. O nome verdadeiro é Angie Moreno. Aconteceu aqui, eles a prenderam no andar residencial. Ela cortou a colega de quarto durante uma briga. — Sara sente o calor subir às bochechas. — Mas o que estou dizendo é que o algoritmo não previu nada. Foi este maldito lugar que a levou à violência.

— Como você sabe que ela não teria atacado alguém fora de Madison?

Sara não tem resposta para isso. A própria lógica daquele lugar é proteger pessoas inocentes. Cada prisão confirma a necessidade da observação forense, e cada liberação prova que o cumprimento das regras é a única coisa necessária para reingressar na sociedade.

— Vocês duas são um raio de sol pela manhã — sussurra Lucy.

Em algum momento durante a discussão com Eisley, o caminhão ocioso se foi. O funcionário da manutenção consertando o suporte da câmera terminou; está carregando a escada até a porta, tentando não bater em nenhuma mesa ao sair. Enfim, o silêncio voltou a reinar.

— Só estou dizendo — murmura Sara.

— Normalmente, a gente não consegue arrancar uma palavra dessa garota — diz Marcela —, e agora ela está falando sem parar sobre arquivos.

Alice a cutuca.

— Você está escondendo seu talento da gente, professora. O que mais você sabe?

— Nada.

Sara queria defender Toya, mas também estava se defendendo, caso alguém a desacreditasse pelas costas. Não importa o que a AAR diga, ela não planeja cometer um crime.

O sinal toca. Sara estava ocupada demais conversando, não comeu nada.

O CORREDOR ESTÁ MAL ILUMINADO, A PAREDE, FRIA AO TOQUE. À medida que a fila para as cabines de comunicação do PostPal avança, trechos de conversas chegam aos seus ouvidos: uma mulher pergunta sobre as inscrições da filha adolescente para a faculdade, outra sussurra para o marido, uma terceira implora ao irmão por notícias sobre seu processo judicial. Uma hora se passa antes de chegar a vez de Sara. Ela espera que o sistema exiba seu rosto e número de identificação, depois disca para o celular de Elias. Ele atende no quarto toque, aceita a chamada a cobrar. Em seguida, seu rosto enche a tela.

— Tudo bem? — pergunta ele, cumprimentando-a.

— Tudo — responde ela, por reflexo. Não está tudo bem, nem de longe. Ainda assim, ela sufoca suas reclamações e tenta começar a conversa com algo positivo. — Como você está?

— Trabalhando. — Ele está andando por um corredor enquanto segura o celular, passando por paredes cheias de pôsteres emoldurados de arte abstrata, a maioria de Klee, ao que parece. A visão é quase exótica para Sara agora, acostumada com as paredes nuas em Madison. Elias vira uma esquina e ela tenta não pensar na tontura que câmeras portáteis costumam lhe causar. Diz a si mesma para se concentrar nele. — E aí? — pergunta ele, já franzindo as sobrancelhas grossas em antecipação a algum problema.

— Nada — responde ela. — Só queria ouvir sua voz. Faz tempo que não conversamos. — Ele abre uma porta e se senta a uma mesa que ela não reconhece. Finalmente, a imagem para de se mover. Elias está vestindo a camisa social azul que ela lhe deu de aniversário no ano passado. Tem um crachá preso no bolso do peito. Ele parece queimado de sol, saudável, recém-barbeado. — Você cortou o cabelo? — pergunta Sara.

— Na semana passada — responde ele, passando a mão pela cabeça. — Estava ficando muito comprido.

— Você está ótimo. Mas onde você está? Não parece o seu escritório.

— Estou no campus principal, substituindo um colega que está de licença médica. E hoje é terça, então tenho horário de atendimento com a nova funcionária. — Ele pigarreia. — Tem certeza de que está tudo bem? O advogado entrou em contato ou algo assim?

— Não, não tive notícias dele.

— Então, o que está acontecendo?

— Eu já disse, só queria falar com você. Preciso ter um motivo para ligar?

— Não, só perguntei.

Um telefone toca em algum lugar do escritório. Ele olha para cima, espera alguém atender e volta a prestar atenção na tela.

Sara percebe que está segurando a borda de plástico da cabine. Fique calma, diz a si mesma, respire fundo.

— Como estão as crianças?

— Estão bem.

— Só isso? Só bem?

— Sara — começa ele, com um suspiro —, agora não é um bom momento para conversar. Estou muito ocupado no trabalho e...

— Você não me escreve nem me visita há quatro semanas. E esqueceu meu aniversário. Imagine só. Você esqueceu meu aniversário. É motivo suficiente para você tirar cinco minutos da sua agenda cheia para falar comigo?

Ele olha para cima, preocupado que alguém possa ter ouvido a voz irritada de Sara. Então se levanta, e o movimento nauseante recomeça. Ela desvia o olhar, mantendo a tela do PostPal na visão periférica, até que o marido fecha a porta do escritório e se senta novamente à mesa.

— Eu ia te mandar um presente, só não tive tempo ainda. Entre o trabalho e as crianças, ando muito ocupado.

— Não é por isso — diz ela, engolindo bile. — Eu não ligo para presente, você sabe disso. Só quero ter notícias suas de vez em quando, porra, receber um bilhete ou uma visita. É que eu me sinto...

— Ser esquecida em Madison talvez seja o seu maior medo, tão raramente reconhecido que sua voz falha. O mundo já continuou sem ela. E se o marido também estiver seguindo a vida? — Quero sentir — diz ela em um sussurro — que sou importante para você.

As retidas na fila atrás de Sara estão ouvindo; a discussão é um entretenimento para as que nunca tiveram brigas assim e um consolo para as que já tiveram. Mas, para ela, é só mais uma humilhação para se somar a todas as outras que Madison lhe causou.

Elias aperta os lábios.

— Bem, sinto muito — diz ele, agora levantando a voz. — Sinto muito por ter tanto trabalho que não tive tempo de te visitar ou escrever. Tive minha avaliação de desempenho no trabalho. O inquilino entupiu a pia da cozinha duas vezes este mês. E eu tive que levar as crianças ao pediatra.

— Espere, elas estão doentes? Você disse que estavam bem.

— Elas precisavam tomar vacina.

— Ah, entendi.

— Sabe, essa situação também não é fácil para mim. Talvez você devesse ter pensado nisso antes de se meter em confusão.

— Não foi minha culpa. Eu não fiz nada de errado.

— Não foi sua culpa da *primeira* vez. Você não devia ter sido enviada para Madison. Mas a única coisa que você precisava fazer era seguir as regras, Sara. É tão difícil assim obedecer a instruções? Você não estaria aí há tanto tempo se tivesse seguido as regras, como eu venho dizendo esse tempo todo.

A acusação na voz do marido tira o fôlego de Sara. Sua vida foi roubada, mas, em vez dos ladrões que a levaram, é a ela que o marido culpa. É por isso que não escreve há um mês? Está começando a acreditar no que a AAR diz sobre ela, que é secretamente uma delinquente, que pode ser um perigo para ele? O choque que ela sente rapidamente se dissolve em desespero. Se ela fosse acusada de um crime, seria fácil contestar as alegações, negá-las ou fornecer uma explicação alternativa. Mas, sem um crime real, ela não pode provar sua inocência — nem mesmo para o marido, aparentemente. E se o próprio marido tem dúvidas, como ela pode esperar convencer um júri de estranhos a libertá-la?

— Ouça, não foi isso que eu quis dizer — fala ele, depois de um momento. — Só estou cansado e, além de tudo, absurdamente sobrecarregado no momento.

— Então vou deixar você voltar ao trabalho.

Ela desliga sem se despedir. Mesmo com a tela apagada, a raiva continua lhe subindo à garganta.

SAFE-X, INC.

Divisão UOFCD
Unidade: Madison
Local: Ellis, Califórnia

RELATÓRIO DE VISITA MÉDICA

Paciente: Sara T. Husseyn — Idade: 38
Queixa: Ansiedade. Solicita benzodiazepina — Data e hora: 16-10-13-03

| ALERGIAS | | |
|---|---|---|
| **Alérgeno** | **Início** | **Comentários** |
| Vacina dTpa | 21 anos | Inchaço no braço |
| Pólen, grama | 15 anos | Tratada com anti-histamínico |
| Fragrância | 15 anos | Tratada com anti-histamínico |
| Poeira | 15 anos | Tratada com anti-histamínico |

| SAÚDE FEMININA | |
|---|---|
| Data da última menstruação | 12-10 |
| Número total de gestações | 2 |
| Dilatação e curetagem | 1 |
| Número de nascidos vivos | 2 [gêmeos] |
| Complicações de gestação | Nenhuma registrada |

| HISTÓRICO COMPORTAMENTAL | | | |
|---|---|---|---|
| **Categoria** | **Comentários** | **Risco (pré-retenção)** | **Risco (na retenção)** |
| Uso de tabaco | nunca fumou | -3 | 0 |
| Uso de drogas | não, último uso há dezesseis anos | +1 | 0 |
| Uso de álcool | sim, 3-5 doses por semana | +3 | 0 |
| Estado civil | casada | -3 | 0 |
| Parceiro(s) sexual(is) | Pré-retenção: 1 (homem), regular<br>Na retenção: 1 (mulher), casual | -3 | +3 |
| Anticoncepcional | sim | -3 | 0 |
| Abuso(s) sexual(is) | 19 anos, vítima | +3 | +3 |

| HISTÓRICO FAMILIAR | | |
|---|---|---|
| **Doença/transtorno** | **Relação** | **Idade de início** |
| Câncer (linfoma) | Mãe | 57 |
| Psiquiátrico (depressão) | Pai | 45 |
| Doença cardíaca | N/A | N/A |
| Degeneração macular | N/A | N/A |

| HISTÓRICO MÉDICO | | |
|---|---|---|
| **Diagnóstico** | **Idade de início** | **Status** |
| Transtorno de ansiedade generalizada | 15 | Corrente |
| Nefrolitíase | 27 | Sem recorrência |

Impressão & Plano de cuidados

Sara Husseyn é uma paciente de 39 anos de idade apresentando queixas de ansiedade. Solicita uma dose de benzodiazepina (Frontal. Risco +3).

Sinais vitais da paciente foram verificados. Nível de oxigenação do sangue normal. Pressão dentro da faixa normal. Batimentos cardíacos elevados.

A benzodiazepina foi negada, já que os estoques são reservados para sedação em casos críticos.

Sara Husseyn teve a oportunidade de fazer perguntas, e todas as perguntas foram respondidas da melhor forma possível. Encorajei-a a me enviar e-mail se tiver mais questionamentos ou preocupações.

Assinado: Adelina S. Flores.

Sexta-feira à tarde. Ela está ajoelhada, os olhos fechados, recitando as *áyahs* que se lembra de ter aprendido quando criança. Seus membros estão tensos, e seu peito, tão apertado que dói respirar. Mesmo assim, ela tenta deixar de lado seus pensamentos ansiosos e concentrar a atenção nos versículos da Fātiha. Seria mais fácil se tivesse companhia para rezar, mas, desde que Amani foi liberada em agosto, ela tem uso exclusivo do espaço de culto durante uma hora, às sextas-feiras.

A Safe-X é legalmente obrigada a acomodar as necessidades religiosas das retidas, e faz isso dando acesso a uma sala de armazenamento sem janelas e a um NuSpirit de antiga geração. Ele fica em uma mesa encostada na parede, esperando para transmitir sermões em qualquer religião ou idioma que corresponda ao rosto e ao arquivo registrado. No entanto, é um aparelho temperamental e naquele dia não emite som algum, não importa quantas vezes Sara aproxime o rosto.

Na vida anterior, ela não era de rezar, mas, à medida que sua detenção se prolongava de dias para meses, começou a sentir fome do divino. Em um lugar onde tudo o que ela faz é quantificado e alimentado por um algoritmo, onde mais poderia encontrar consolo senão nas palavras que agora brotam de sua boca em sussurros? Depois da Fātiha, ela recita Surat al-Falaq e, em seguida, al-Ikhlas, com pronúncia lenta e clara. Sempre se concentra na língua, cujas sílabas rítmicas transbordam poesia e mistério.

E também na oniromancia, pensa ela. Afinal, Abraão teve uma visão em que Deus lhe ordenava que sacrificasse seu filho primogênito; talvez o tivesse feito, se o anjo não tivesse aparecido com um carneiro. José sonhou que o Sol, a Lua e onze estrelas se curvavam diante dele. Anos mais tarde, seu pai, sua mãe e seus irmãos estavam de joelhos na corte do Faraó. Maomé viu-se entrar em Meca como peregrino, prevendo seu próprio retorno triunfante da Hégira. Sistemas de crenças inteiros extraíram instruções morais desses sonhos, usando-os para ensinar aos fiéis sobre a natureza da fé ou a promessa da redenção.

Repetidas vezes, os sonhos mudaram o mundo.

Então quem é ela para dizer que seus sonhos não têm significado? Se seus sonhos sobre Elias suscitaram preocupações junto à AAR, talvez ela devesse procurar a razão dentro de si e parar de culpar o algoritmo pelos próprios impulsos. Sara tem que admitir — pelo menos para si mesma, já que nunca admitiria para os outros — que se ressentia do marido no passado, por sua impaciência em constituir família, por sua liberdade do fardo de gestar gêmeos e até mesmo por seu talento em cuidar deles.

— Você é um pai tão bom — dizia a mãe dele toda vez que visitava, toda santa vez, o significado implícito alto o suficiente para Sara ouvir.

Parte do motivo pelo qual Sara comprou um Dreamsaver foi para ser uma mãe melhor, acompanhar Elias. Então, sim, ela guarda rancor do marido. E no mundo dos sonhos, onde sua alma passeia livremente, ela deve ter feito algo terrível.

Mas certamente, uma voz dentro dela diz, a premonição só tem valor por ser tão rara. Todas as noites, as pessoas têm vários sonhos, a maioria dos quais sem significado. São pouco mais do que atividade elétrica no cérebro, evidência de que o eu adormecido está vivo, em ação. Quantos sonhos José teve além daquele que previu sua ascensão ao poder no Egito? Imagine se os sábios tivessem criado religiões em torno deles também. Ela não consegue conter um sorriso ao pensar no assunto e abre os olhos rapidamente. As câmeras giram para se ajustar ao seu movimento, e Sara logo se recompõe.

Ela aprendeu a usar uma máscara de indiferença, tornou-se tão hábil que teme que, um dia, se torne seu único rosto.

* * *

O CÉU ESTÁ NUBLADO, MAS O CALOR ESTÁ AUMENTANDO. Victoria e três das retidas mais jovens jogam cartas em uma mesa no pátio, tão absortas no jogo que nem levantam os olhos quando um esquilo passa correndo por baixo de uma cadeira para pegar um pedaço de cenoura que caiu no chão. Eisley Richardson parece ter convencido Alice a experimentar sua rotina de exercícios; as duas estão fazendo flexões juntas em um trecho de grama. Eu deveria correr, pensa Sara ao pisar na pista, deveria fazer um treino decente, para variar. A primeira volta é tolerável, mas na segunda ela já sente dificuldade. O que aconteceu com ela? Sara jogava futebol no colégio e, já adulta, viajava de mochilão e fazia trilhas com regularidade, deveria ser capaz de dar algumas voltas na pista. Ao chegar na curva, vê um caminhão dando ré ao lado do prédio principal. A porta traseira se abre com um rangido triste, e dois homens de uniforme azul saltam. Deve ser uma entrega de suprimentos para a lojinha.

Ao se aproximar, porém, ela percebe que estão descarregando tábuas de madeira e painéis de drywall. Para que tudo aquilo? Se tem algum dano que precisa ser reparado em algum lugar da unidade, o OCR não mencionou em seus anúncios.

Marcela a chama da grama.

— Quer companhia?

— Claro.

Marcela acompanha Sara. Os sapatos que receberam quando foram admitidas não são próprios para exercícios; cada passo no asfalto causa dor nos pés, tornozelos e joelhos. Ela tem certeza de que estão prejudicando as articulações, mas ficar sentada durante o tempo de lazer também não é uma boa alternativa.

— Então... meu pedido foi negado — diz Marcela, depois de um minuto.

— Sinto muito.

— Como eles conseguiram decidir tão rápido? Faz só uma semana.

É uma resposta incomumente rápida, de fato.

— Eles deram um motivo?

— O formulário só dizia "PRIVILÉGIO NEGADO. ARQUIVO INSATISFATÓRIO".

Pelo jeito, então, manter as habilidades profissionais não é motivo suficiente para permitir que Marcela tenha seu instrumento musical. Há uma lógica perversa nessa recusa, afinal, nenhuma mulher que ficou em Madison além dos 21 dias iniciais conseguiu manter seu emprego no mundo livre. Por que uma musicista deveria ser tratada de forma diferente de uma funcionária administrativa ou de uma caminhoneira? Sara sente uma pontada de arrependimento por ter se envolvido. Agora, a decepção de Marcela também é sua.

— Você sempre pode tentar de novo — argumenta ela, ofegante —, e dar um motivo diferente.

— Parecia uma resposta automática. Não sei nem se eles chegaram a ler o que você escreveu.

O suor escorre pelo rosto de Sara e sua respiração fica cada vez mais ofegante. Depois de terminar mais uma volta, ela decide diminuir o ritmo e deixar Marcela continuar sozinha.

Os dois operários estão descarregando placas de drywall, enquanto o encarregado atende uma ligação no celular, dando instruções em voz alta para quem quer que seja sobre como chegar a Madison.

— *El giro está un poquito escondido detrás de unos palos verdes* — diz ele —, *así que debes estar atento a la bandera.*

Um segundo depois, ele pula na parte de trás do caminhão e pega uma escada. Sara percebe que os operários não estão consertando nada, mas construindo algo.

Madison está se expandindo, ela percebe com horror. A escola não foi projetada para abrigar pessoas, muito menos tantas assim. O tempo de espera para as audiências já é longo. Como será quando trouxerem mais gente? E as filas para os telefones, os chuveiros, a comida?

Mas, uma vez que os sonhos se tornaram uma mercadoria, um novo mercado se abriu — e os mercados são projetados para crescer. As vendas devem ser aumentadas; iniciativas, desenvolvidas; canais, ampliados. A AAR paga à Safe-X para abrigar, alimentar, vestir e vigiar as retidas por seus sonhos. O lucro também flui para essa empresa de outra forma: as retidas pagam para fazer ligações, receber correspondência ou obter suprimentos pessoais. Então faz todo o sentido que a Safe-X queira se expandir.

Ela observa Marcela fazer a curva na pista, enquanto fica para trás. Ela não tem se sentido bem ultimamente, e o pesadelo da noite anterior piorou as coisas. No sonho, ela está parada na janela da cozinha, observando a neve cair em grandes flocos do lado de fora. Um tempo assim pede uma sopa quente. Ela coloca uma panela no fogão, despeja um pouco de azeite e espera que se espalhe. Cada vez que ela quer adicionar um ingrediente, este aparece como por magia em sua mão direita. Uma cebola picada, três dentes de alho, meia colher de chá de sal, um punhado de cenouras em cubos. Quando as cebolas ficam transparentes, ela despeja água, que jorra como uma fonte entre seus dedos. E agora o ingrediente final: uma xícara cheia de anticongelante. Aí o sonho termina.

O que Sara deveria pensar? Ela não vê neve desde os três anos. Quer acreditar que os flocos representam a confusão incomum em que se encontra, o que tornaria o anticongelante uma tentativa de solução, mas e se o ato de cozinhar for mais sinistro e ela realmente estiver tentando envenenar o marido? Ser vigiada o tempo todo, mesmo enquanto dorme, deixou-a insegura sobre o que acreditar em relação a si mesma; ela não sabe mais como separar suas emoções das expectativas que os outros têm sobre elas. Talvez seja verdade o que Hinton diz, que o algoritmo a conhece melhor do que ela mesma.

Marcela completou sua volta e alcançou Sara novamente.

— Quer saber? — diz ela. — Vou pedir de novo.

— Tudo bem.

— Vou me oferecer para dar aulas de música para as outras retidas. Eles não vão recusar um programa educacional.

— Vai nessa.

— Você não vai me ajudar?

— Bem, não adiantou nada da última vez. Pode até ter te prejudicado.

— Não acho que foi você. Meu score subiu três pontos. — Um tom de autoculpa se infiltra na voz de Marcela. — Pode ser que as câmeras tenham captado alguma coisa.

Os operários terminaram de descarregar as placas de drywall. Agora estão sentados na carroceria do caminhão, esperando novas instruções. Um deles acende um cigarro, dá uma tragada profunda e exala com floreio. O outro olha para o lado oposto do pátio, para as retidas que jogam cartas, fazem abdominais e correm na pista. Ele percebe que Sara o está encarando e desvia o olhar rapidamente.

Ela volta para dentro. A mudança repentina de luz e temperatura faz seus ouvidos zumbirem. Ela coloca a mão na parede para se equilibrar, mas, quando ouve o barulho dos sapatos de Hinton no corredor, não tem escolha a não ser continuar andando. (Ficar longe de Hinton é a tarefa mais importante a que se propõe todos os dias.) Depois que ele dobra a esquina e seus passos se afastam até desaparecer, Sara para em frente à tela na qual as tarefas de trabalho estão listadas por local — cozinha, lavanderia e zeladoria; trailers A, B, C e D; jardinagem e manutenção.

Uma nova linha foi adicionada: limpeza da obra.

Em pé sob o chuveiro, Sara até se sente revigorada. Ela deveria mesmo criar o hábito de correr, ainda que o único momento em que possa se exercitar seja à tarde, quando a pista recebe o sol em cheio e geralmente está calor demais. Mas a energia extra vale a pena. Ela não se sentia tão bem havia muito tempo. Sara se flagra criando uma lista mental do que quer fazer antes que o dia termine: enviar um e-mail para o advogado a fim de pedir uma atualização sobre sua solicitação de audiência, escolher algo novo para ler na biblioteca, passar na lojinha para comprar pasta de dente.

No caminho de volta para o quarto, ela encontra Toya, Lucy e Marcela no corredor. Lucy carrega uma sacola de malha com o que parecem ser seus pertences: algumas pastas de arquivo, uma foto emoldurada, dois suéteres e alguns produtos de higiene pessoal. Será que Marcela havia exagerado nas provocações? Talvez Lucy tivesse pedido para trocar de quarto, mesmo que isso resultasse em uma anotação em seu arquivo e aumentasse seu score de risco.

— O que está rolando? — pergunta Sara, jogando a toalha sobre o ombro e se juntando ao grupo.

Imediatamente, o perfume de Lucy a faz espirrar.

— Saúde — diz Lucy, sorrindo para Sara. — Você não soube?

— Não, o que foi?

— Vou ser liberada.

— Agora? — pergunta Sara, sem entender.

— É. Assim que terminarem de processar minha documentação na recepção.

Sara olha para as outras... não pode ser a única surpresa com essa reviravolta. Lucy está ali faz um tempão, já teve a liberação negada várias vezes. O que mudou dessa vez?

— Mas quando foi sua audiência? — pergunta Sara. — Você nem nos contou que tinha uma audiência.

— Hoje à tarde. Não falei nada porque não queria agourar.

— Hoje à tarde?

Lá se vai a teoria de que as audiências matinais são mais bem-sucedidas. Lucy também não parece ter se preocupado muito com a aparência.

Toya franze a testa.

— Mas como você os convenceu a te liberarem?

— Foi o que eu perguntei também — diz Marcela.

— Não sei — responde Lucy, dando de ombros. De repente, ela fica tímida. Sua sorte é ainda mais evidente agora, sob o olhar invejoso das três retidas. — Eu só respondi às perguntas.

— Ah, vai — insiste Marcela. — Conte para a gente como foi.

— Ah, *agora* você quer falar comigo? Você ficou uma semana sem me dirigir a palavra. — Lucy fulmina a colega de quarto com o olhar, depois se vira para Toya. — Ouça, eu já contei. Respondi às perguntas.

Só que agora Sara também quer saber. Ela quer descobrir como deve falar quando se dirigir ao concelho. Quais detalhes deve enfatizar e quais deve omitir. Aprendeu da maneira mais difícil que não basta ser inocente, é preciso demonstrar sua inocência de forma convincente.

— Dê detalhes para a gente.

— O que eu quero saber é: — começa Toya, com a voz afiada como uma faca — o que tornou essa audiência especial?

— Não teve nada a ver com ser especial. Essa é a questão. Eles perceberam que sou só uma pessoa normal, não uma criminosa, e aprovaram minha liberação.

— Então você acha que nós somos criminosas? — pergunta Toya entre os dentes. Desde que seu remédio para pressão alta acabou, ela está sensível como um fio desencapado. — Foi você que cometeu estelionato.

— O quê? De onde você tirou essa ideia?

— Você não está sendo processada por uma das suas vítimas?

— Sim, mas eu não roubei a identidade de ninguém. Estou sendo processada por uma cliente que teve as informações comprometidas, depois de uma violação do banco de dados no meu antigo emprego. Ela está processando *todo mundo* da empresa por violação do dever fiduciário, dizendo que somos todos responsáveis por suas perdas financeiras porque não protegemos suas informações. Mas o processo é uma baboseira. Eu nem era responsável pelo banco de dados, era outro departamento.

— Você não abriu cartões de crédito no nome da mulher?

— Não, foi outra pessoa da empresa. Você não devia dar ouvidos a fofocas.

— Então eles não te perguntaram isso?

— Eles me perguntaram todo tipo de coisa, inclusive isso. Mas, como eu disse, todos os outros funcionários do meu antigo emprego foram processados, não fui só eu.

— E os sonhos que você teve no mês passado? — pergunta Marcela, a voz quase inaudível. — Acho que eles pensariam duas vezes antes de liberar uma pedófila.

A palavra tira o fôlego de Sara. Mas a acusação parece tocar um ponto sensível, porque Lucy deixa cair a sacola de malha com seus pertences, como se estivesse pronta para deixá-la para trás. Seus olhos se dirigem para o corredor, em direção à saída.

— Espere — diz Sara, lembrando-se de algo. Três semanas antes, quando Lucy foi pedir o secador de cabelo de Emily, ficou olhando a foto dos gêmeos na prateleira. Sonhos não são reais, lembra Sara a si mesma. Não importa o que a AAR diga, sonhar não é crime. Mas, quando se trata de crianças, seus próprios filhos, ela não tem certeza se pode ser tão inflexível. — Espere. Foi por isso que você me perguntou sobre meus filhos outro dia?

— Que coisa doentia — sibila Marcela. — Você é *doente*.

— Não, não, não, eu só estava conversando — argumenta Lucy, levantando a mão em sinal de defesa. Em seguida, com a voz mais aguda, ela acrescenta: — Quer saber? Eu não tenho que dar explicações para nenhuma de vocês. Vou embora daqui, é só isso que importa.

O efeito revigorante do banho já passou; Sara está suando agora, a toalha em seus ombros pesada como um tijolo. Nada do que está ouvindo faz sentido. Como podem liberar alguém como Lucy e mantê-la presa ali? Ela tem a sensação de que algo deu ou está prestes a dar errado, mas não pode fazer nada para impedir.

Marcela tenta agarrar o braço de Lucy, mas Toya a puxa para trás bem a tempo.

— Não fizemos nem metade das merdas que ela fez — diz Marcela, afastando a mão de Toya — e é ela que vai sair. Faz algum sentido para você? — Lucy está indo embora agora, mas Marcela corre atrás dela. — O que você disse para eles, hein? — Sua voz ecoa pelo corredor.

— Só respondi às perguntas — diz Lucy por cima do ombro. — Foi só o que eu fiz.

— Sua X9. — Marcela a empurra, e dessa vez Lucy perde o equilíbrio e cai no chão.

Hinton e Yee já passaram pelo portão, apitando e chacoalhando as chaves. Todas as retidas no corredor ficam de costas para a parede.

— Mas o que está acontecendo aqui? Everett, você precisa descer para cuidar da papelada.

— DeLeón me atacou — denuncia Lucy, se levantando. — Foi isso que aconteceu. Ela me atacou, está surtada.

— Surtada? — repete Marcela. — Surtada? Mal toquei em você!

— Eu estava no meu quarto — explica Toya, na esperança de evitar outra advertência. — Everett entrou para dizer que estava sendo liberada.

— Eu estava voltando do chuveiro — explica Sara.

Não importa. Hinton pega seu Tekmerion e aponta para cada uma das mulheres, mal disfarçando o prazer.

## QUESTIONÁRIO DE SEGURANÇA SAFE-X

(10-BÁSICO)

| Se você marcar a caixa SIM numa pergunta abaixo, precisa fornecer detalhes na tela pop-up. | Sim | Não |
|---|---|---|
| 1. Você está ciente de alguma retida que planeja machucar alguém nesta unidade? | ☐ | ☐ |
| 2. Você está ciente de alguma retida que planeja machucar alguém fora desta unidade? | ☐ | ☐ |
| 3. Você está ciente de alguma retida que planeja machucar a si mesma nesta unidade? | ☐ | ☐ |
| 4. Você está ciente de alguma retida (ou retidas) que planeje fugir, se rebelar ou encorajar outras a fugir ou se rebelar? | ☐ | ☐ |
| 5. Você está ciente de alguma retida (ou retidas) que planeje colocar fogo nesta unidade ou danificá-la de algum modo? | ☐ | ☐ |
| 6. Você está ciente de alguma retida que esteja usando narcóticos, álcool ou alguma outra substância controlada nesta unidade? | ☐ | ☐ |
| 7. Você está ciente de alguma retida que esteja em posse de contrabando, incluindo celulares, dispositivos inteligentes, cigarros, cigarros eletrônicos, isqueiros ou fósforos? | ☐ | ☐ |
| 8. Você está ciente de alguma retida em posse de armamentos, incluindo armas, facas, lâminas ou instrumentos afiados? | ☐ | ☐ |
| 9. Você está ciente de alguma retida em posse de documentos ou material de leitura proibidos? | ☐ | ☐ |
| 10. Você está ciente de alguma conduta inapropriada por parte de um oficial nesta unidade? | ☐ | ☐ |

☐ Reconheço que minhas respostas são voluntárias e não foram coagidas por equipes ou visitantes.

☐ Entendo que as respostas a este questionário podem aumentar ou diminuir o período de retenção de qualquer indivíduo mencionado, inclusive eu.

Nome: ______________________

Assinatura: ______________________

DUAS SEMANAS SE PASSARAM DESDE QUE OS VENTOS DE Santa Ana sopraram dos cânions, mas o céu continua cinzento. As flores silvestres na encosta estão murchas, o letreiro do ônibus, coberto de poeira. Sara está parada na janela, à espera. Na hora de sempre, a velha senhora aparece, subindo a rua com seus produtos, mas hoje usando um vestido azul-turquesa, com um corpete bordado e uma saia longa de babados. Às vezes ela parece ser a única prova que Sara tem de que o mundo livre ainda existe, com toda a sua capacidade de beleza. Quando o ônibus chega, a senhora entra, coloca as coisas no bagageiro e senta-se. Então ela levanta os olhos e agora está olhando diretamente para a janela. Ela acena.

Com o coração batendo mais forte, Sara acena de volta. O momento dura apenas um ou dois segundos, mas é a melhor coisa que lhe aconteceu nos últimos dias, aquele olhar passageiro de alguém do lado de fora.

Agora ela está sentada com seu diário. Só se lembra de um sonho da noite anterior, um sonho incomumente longo que se desenrola em detalhes minuciosos assim que começa a escrevê-lo. Ela está em um hotel chique, na Riviera Italiana, esperando o recepcionista verificar a disponibilidade de um quarto. *Mi dispiace*, diz ele, o sistema não para de desconectá-lo. *Scuse*, só mais um minuto. Ela espera, espera e espera. Não seria mais fácil se ela mesma reservasse o quarto? Sara pega o celular e abre o aplicativo do hotel, mas, com uma voz cantada, o recepcionista finalmente anuncia que fez uma reserva em nome de Sara para um quarto com vista para o mar da Ligúria. Ela agradece e sai correndo do lobby, ansiosa para continuar seu dia. Lá fora, encontra a mãe à sua espera, com a mesma aparência de quando Sara era criança: pequena, ágil, cabelos negros e olhos marcantes delineados com kohl.

— Mamãe, você conseguiu! — Sara dá um forte abraço na mãe. — Viu, este lugar não é tão remoto quanto você pensava. Dá para chegar em quatro horas.

Mas, com apenas um olhar para o sofisticado hotel, o semblante de Faiza se nubla.

— Não devíamos ficar aqui. Podemos ir para outro lugar?

— Tudo bem. Claro.

Sara volta à recepção, onde o recepcionista está comendo cenouras baby enquanto vê televisão. Assim que ela diz que precisa fazer o check-out mais cedo, a atitude dele muda. O homem joga uma nota de dólar amassada no balcão e diz que é o único reembolso que pode oferecer. A cortesia desapareceu, sua postura é objetiva.

— Mas o contrato diz que o quarto é totalmente reembolsável. — Ela pega o celular para mostrar o e-mail de confirmação que ele mesmo enviou, alguns minutos antes. — E por qualquer motivo.

O recepcionista sorri, revelando dentes amarelados pelo café. Tem um pedaço de cenoura preso entre os incisivos.

— Não é o que o contrato significa.

Por um longo tempo, ela tenta argumentar com ele: lê em voz alta a parte que diz que pode cancelar uma ou mais noites se notificar o hotel até o meio-dia, depois aponta para o relógio na parede. Mas ele se recusa a ceder.

— Essa reserva não é reembolsável.

— Pare de tentar me manipular. — Quando ele a ignora novamente, ela o agarra pelo colarinho e enfia o celular na cara dele. — Só leia o que está escrito.

Os óculos do recepcionista caem no balcão; ele se afasta dela.

Então o sonho termina.

Não é incomum que a mãe de Sara a visite em sonhos, embora isso tenha acontecido com menos frequência com o passar dos anos desde sua morte. Ainda assim, vários detalhes da história são incongruentes. Sara nunca esteve na Riviera Italiana, por exemplo. Não depende de funcionários de hotel para fazer reservas. E a Itália fica a mais de doze horas de distância, não quatro. A menos, é claro, que estivessem viajando do Marrocos, e não da Califórnia. No sonho, Sara levou a mãe de volta para seu país natal, o que não foi possível quando ela morreu, porque ficou doente demais muito rápido. Eles foram surpreendidos pelos acontecimentos e tiveram que enterrá-la em Rose Hills. Sara nunca se recuperou da perda, que foi ainda mais dolorosa por ter acontecido só alguns meses antes de a FDA aprovar a vacina contra o câncer de pulmão. Ela sente muita saudade da mãe.

Talvez esse sonho seja parte fantasia, parte medo. A fantasia é conseguir ver Faiza novamente. Sara era mais próxima da mãe do que jamais foi do pai, que se isolou em um silêncio ressentido, no verão em que ela completou nove anos. Naquele ano, os Miller compraram uma casa nova, com um quintal enorme, onde sempre davam festas, muitas vezes de última hora. Um dia, em maio, convidaram os Hussein para um churrasco para comemorar o ingresso da filha mais velha na Universidade Georgetown. Faiza não pôde ir, estava com enxaqueca. Omar disse que tinha um prazo para entregar uma proposta de subsídio, mas concordou em levar as crianças, no caminho para o laboratório.

— Cuide do seu irmão — disse ele a Sara.

A casa nova era enorme. Uma dúzia de balões azuis e cinzas pendiam do teto, soltos da decoração da entrada, e em todas as mesas havia buquês murchando com o calor. Espetinhos de cordeiro chiavam na grelha. Havia música também, os adultos dançavam e bebiam no terraço. As crianças mais novas nadavam na piscina e, como de costume, Zach estava brincando de forma violenta, mergulhando Sara na água e segurando-a até seus pulmões arderem. Ela emergia, ofegante, piscando devido ao brilho do sol.

— Pare com isso! — implorava.

Em uma traição dolorosa, Saïd começou a imitar Zach, mirando a irmã na vez seguinte que pulou na água. Ela ficou aliviada quando um dos pais mandou que saíssem da piscina e fossem brincar de esconde-esconde.

Sara correu para o armário do corredor. Saïd tentou entrar junto, mas ela o chutou para fora.

— Encontre seu próprio esconderijo — disse com satisfação, fechando a porta lentamente para não ranger.

Ela ficou sentada em silêncio por muito tempo. Os casacos e jaquetas pendurados cheiravam a cigarro e perfume, e de vez em quando Sara apertava o nariz para evitar um espirro. Quando ouviu Zach chamando seu nome do terraço, ela relutou em sair, pensando que era mais uma das suas travessuras. O tempo passou. Ela estava começando a cochilar quando os gritos de tia Hiba a tiraram do armário.

Esse é o momento em que sua memória fica confusa e ela não tem certeza se está se lembrando do que viu ou do que os adultos lhe contaram mais tarde. Seu tio estava na piscina, vestido, tirando Saïd da água. Alguém gritou:

— Liguem para a emergência!

Ajoelhado no cimento, o tio pressionava as mãos enormes no peito de Saïd, contando, contando, contando, depois soprava em sua boca. De repente, o terraço ficou lotado e a música parou. Mas o que Sara lembra, com uma clareza dura e afiada como um diamante, é a voz dentro de si que dizia, *Você devia ter deixado ele se esconder no armário com você.*

Os convidados se afastaram para deixar os paramédicos passarem com uma maca. Eles também tentaram reanimar o irmão mais novo, mas não conseguiram. Os investigadores da polícia disseram que Saïd devia estar escondido no flamingo rosa inflável, na beira da piscina. Que ele devia ter perdido o equilíbrio ao tentar sair. Que bateu a cabeça na borda de cimento e afundou. Que ninguém o ouviu por causa da música.

Depois disso, o pai de Sara se tornou um homem diferente. Um estranho que morava na casa deles. Sara agora entende que ele não sabia como lidar com a perda, mas seu silêncio prolongado parecia tingido por uma culpa não expressa em relação a ela. Ele começou a passar todo o tempo na Caltech. Quando chegava em casa, ia direto para o quarto, passando pela filha sem demonstrar o menor interesse, e saía alguns minutos depois, vestindo seu *qashaba*. Depois, desaparecia no escritório pelo resto da noite. Sara não podia ver televisão nem ouvir música quando ele estava trabalhando, ou seja, o tempo todo. A menor interrupção podia irritá-lo. Ele reclamava que estava atrasado em todos os prazos, que precisava de paz e silêncio para terminar, que ninguém naquela casa o entendia. Quantas vezes suas explosões faziam Sara se debulhar em lágrimas!

Com o tempo, ela aprendeu a não envolvê-lo em sua vida. Era à mãe que ela recorria para pedir ajuda com o projeto de ciências, ou para contar que o professor de inglês olhava de um jeito malicioso para as meninas na sala de aula, ou para ser consolada quando não marcou nenhum gol durante toda a temporada de futebol do primeiro ano do ensino médio. Anos se passaram antes que Omar saísse do abismo da dor, e, a essa altura, a relação de Sara com o pai já estava contaminada. Ela o deixava mimar Mona e Mohsin, claro, mas não conseguia diminuir a distância que se abriu entre eles depois da morte de Saïd.

Enquanto escreve, Sara percebe o quanto ainda sente saudade da mãe. Se soubesse quanto tempo lhe restava com Faiza, teria se sentado com ela na varanda, todas as tardes daquele último verão. A mãe ficava assim, à sombra da magnólia, com um cigarro em uma das mãos e o celular na outra, lendo as notícias de seu país. Antes de se mudar para os Estados Unidos, ela trabalhava como repórter para uma revista popular no Marrocos, publicando reportagens cada vez mais alarmantes sobre a corrupção no governo. Certa vez, expôs um ministro que estava desviando equipamentos médicos destinados a hospitais rurais para sua clínica particular. A matéria viralizou, levando a uma denúncia de um leitor que deu início a outra investigação, dessa vez sobre uma fábrica de montagem de automóveis que recebia subsídios para educar os trabalhadores, mas usava o dinheiro como bônus para os executivos. Quase da noite para o dia, a DGSN, uma das forças policiais do Marrocos, se interessou por ela. Eles a seguiam quando ela estava resolvendo coisas na rua, grampearam seu telefone, enviavam agentes secretos a jantares para os quais era convidada. Ficou impossível encontrar pessoas dispostas a falar abertamente com ela, ou viajar sem ser assediada por policiais que haviam sido alertados sobre seus planos. Então ela conheceu Omar, um físico formado pela EMI, a Faculdade de Engenharia Mohammadia, que havia recentemente conseguido uma bolsa de estudos na Califórnia.

Depois de se mudar para Los Angeles, Faiza continuou acompanhando as notícias do país, com o cinzeiro ao seu lado enchendo-se à medida que as horas da tarde passavam. Quando ela falava sobre uma notícia, a história que desenrolava acabava quase sempre se mostrando mais caótica ou mais conturbada do que o artigo dava a entender. Talvez tenha sido então que começou o interesse de Sara por história, na varanda onde sua mãe fumava cigarros, perdida nas memórias das pessoas que conhecera em outro país. Esta é a imagem que Sara sempre evoca quando pensa na mãe: uma mulher presa ao passado. Mesmo no sonho, voltou a ela.

Mas talvez o sonho seja uma sugestão do medo de Sara de estar presa em Madison, assim como estava presa naquele hotel, na Riviera Italiana. Nada do que ela tentou funcionou. É como diz a música do Eagles, Hotel California: você pode fazer check-out quando quiser, mas nunca pode ir embora. Talvez seu subconsciente a esteja repreendendo: ela devia ter lido com mais atenção o contrato que assinou quando comprou o Dreamsaver, devia ter percebido que iriam comercializar seus sonhos, vendê-los para quem estivesse disposto a comprar. Sara também se culpou muitas vezes por esse lapso quando estava acordada, mas, na época que colocou o implante, sua privação de sono era tão aguda, tão debilitante que teria feito qualquer coisa para obter algum alívio. Ninguém espera que uma pessoa faminta leia as informações nutricionais em um pacote de batatinhas, então, como esperar que insones leiam termos de serviço com quinze páginas?

Além disso, mesmo que ela não implantasse a neuroprótese, ainda assim não estaria a salvo da AAR. Se o seu carro tivesse detectado sinais de que ela estava dirigindo sob influência de álcool, poderiam ter suspendido sua carteira de motorista. Se tivesse se envolvido em transações financeiras consideradas suspeitas, poderiam ter bloqueado as contas bancárias que era autorizada a manter. Se tivesse interagido nas redes sociais com pessoas que eles haviam marcado, poderiam ter impedido que ela comprasse uma passagem de avião. Afinal, de que outra forma conseguiriam impedir um crime antes que acontecesse?

Sua mente vai para sua vida paralela, aquela que ainda teria se não houvesse colocado o implante, se não tivesse sido detida no aeroporto de Los Angeles ao voltar de Londres. Nessa vida, ela luta para manter os olhos abertos enquanto coloca os gêmeos no cercadinho com um conjunto de blocos magnéticos e alguns bichinhos de pelúcia. A cafeteira na cozinha apita. Ela se serve uma xícara e se apoia na bancada, tomando um gole enquanto olha pela janela para o novo dia. A chuva da noite anterior deixou a rua limpa. O vizinho está passeando com seu labrador, esperando pacientemente na calçada enquanto o cachorro cheira a grama, abanando o rabo. Uma mulher corre na calçada, o rosto vermelho e pingando suor, sem perceber a SUV que desvia para não acertá-la. As folhas do carvalho se agitam quando o vento aumenta. Quando Sara termina seu café, o tema do *Morning Edition* começa a tocar no aparelho de som.

Ou esqueça a cena.

Não chove há dez meses e as folhas do carvalho estão secas e amareladas. O azulejo do chão da cozinha parece quente sob os pés de Sara. Não seria bom dar um mergulho? A YMCA do bairro tem uma piscina olímpica ao ar livre, com algumas raias reservadas para natação, e não fica muito cheia pela manhã. Ela talvez tenha tempo de ir e voltar antes de precisar participar da reunião de equipe, às onze. Assim que começa a tomar seu café, Mohsin e Mona brigam pelo golfinho azul que os pais de Elias lhes deram no mês passado. Os gêmeos têm uma dúzia de bichos de pelúcia no cercadinho, mas claro que estão brigando por aquele golfinho idiota, que faz um barulho que eles adoram. *Clique, clique, clique.* Mohsin consegue pegá-lo, mas, em vez de brincar, bate com ele na cabeça de Mona, que cai no chão e solta um grito de arrepiar, como se o irmão a tivesse acertado com um tijolo. "Ei, carinha", diz Sara, desligando a NPR antes que o noticiário comece. "Não pode bater na sua irmã."

— A construção civil é o setor com o maior número de acidentes fatais.

Atordoada, Sara levanta os olhos do livro. Ela está na sala de jogos, sentada perto da janela com Toya, um saco de chips de cenoura aberto entre as duas. Do andar de cima, na ala leste, vem o som de pedreiros chamando uns aos outros enquanto arrumam suas coisas para terminar o dia.

— O quê?

— A construção civil é o setor com o maior número de acidentes fatais — repete Toya. — Mais que transporte rodoviário ou armazéns de carga.

— Acho que faz sentido, com todas as ferramentas — argumenta Sara.

— Mas, com um número maior de sinistros, também há mais casos de fraude. Lembro que, quando eu estava começando, um cara entrou com um pedido dizendo que havia machucado o cotovelo trabalhando na construção civil. A papelada parecia legítima, ele tinha todos os atestados médicos e comprovantes de dias de trabalho perdidos. Liguei para a casa dele só para verificar um detalhezinho, e alguém atendeu. Acho que era a filha adolescente. Não consegui entender o que ela dizia por causa da música que tocava ao fundo. Perguntei se podia abaixar o volume, mas ela explicou que não, porque o pai estava construindo uma casa na árvore no quintal, e o controle remoto estava lá com ele. Sério, o cara podia pelo menos ter esperado até o pedido ser aprovado.

Ela ri, uma risada sincera que mostra o espaço entre os dentes da frente. Está com um humor melhor agora que finalmente recebeu um substituto para o medicamento de hipertensão.

Sara fecha o livro, pois não vai conseguir ler. Quando Toya começa a tagarelar, é impossível fazê-la se calar.

— Você viu muitos casos de fraude durante o tempo em que trabalhou na Sanctuary?

— Não muitos. Mas o suficiente, você sabe.

— O suficiente para...

— Bem, para me deixar cética. A maioria das pessoas é honesta, sabe, mas sempre tem aqueles que tentam burlar o sistema. Eu aprendi a não acreditar em nada à primeira vista, mesmo que tenha documentação. A primeira coisa que as pessoas fazem quando apresentam pedidos fraudulentos é anexar documentos que acham que provam suas mentiras. Mas, assim que começo a investigar, encontro falhas nas histórias ou contradições na papelada, coisas que não batem.

Sara pega outro chip de cenoura.

— Mas o que te leva a investigar?

— O software seleciona casos suspeitos para mim, mas aí eu analiso o perfil do cliente, o valor do pedido de indenização, a data em que a apólice foi emitida. Por exemplo, se alguém contrata uma apólice de valor alto e, menos de doze meses depois, registra um pedido de indenização. Esse tipo de coisa. Mas, às vezes, é só um pressentimento de que há algo errado.

— Você está zoando, né? Você investiga com base em um pressentimento?

— Bem, sim, às vezes.

Um movimento do lado de fora da janela chama a atenção de Sara. Um oficial saiu para o pátio, tirando o celular do bolso de trás da calça. Quando ele vira o rosto para a luz do sol, ela vê que é Ortega. Por um momento, ele fecha os olhos, aquecendo o rosto ao sol, depois volta a atenção para o celular.

— E você não percebe por que isso pode ser um problema? — pergunta Sara, voltando a concentrar-se em Toya.

— Meu trabalho era investigar — responde Toya. — Eu fazia ligações ou visitas domiciliares e depois decidia sobre as indenizações. Eu não punia ninguém.

— É, tá bom — diz Sara, relutante em ceder.

Ela não consegue explicar por que está tão incomodada com o que parece ser um procedimento normal na profissão de Toya. E daí que não havia punição legal? Fazer as pessoas passarem por um processo demorado e desagradável com base apenas em um palpite não é justo. Algumas pessoas podem nunca dar continuidade aos seus pedidos por causa do incômodo, perdendo o dinheiro que lhes é devido. Isso também é uma espécie de punição.

— Caso não tenha percebido — acrescenta Toya —, eu trabalho aqui agora. Aquela outra vida acabou.

De repente, a irritação de Sara desaparece; ela comenta que Toya pode voltar para a Sanctuary quando sair.

— Você é obviamente boa no que faz.

— Eles não estavam felizes com a conversa sobre o sindicato, então não iam me querer. Mas, mesmo sem isso, não me contratariam com a lacuna no meu currículo. Na verdade, ninguém na área atuarial me contrataria. — Toya ri baixinho, balançando a cabeça diante da ironia. — Quando eu sair daqui, vou ter que mudar de área.

— Talvez eu também.

— É mesmo? No que você está pensando?

— Não tenho certeza. — Sara não consegue imaginar que o Getty teria uma vaga para ela quando saísse e, com uma longa retenção em seu histórico, um emprego como professora está fora de questão. Ela vai ter que encontrar outra coisa. Só sabe que não pode voltar a viver como um urso em uma reserva natural, sem saber que está sendo observado por câmeras escondidas enquanto pesca salmão ou toma sol em uma rocha. Certamente, ela é mais que isso. Quer liberdade, não um monte de direitos restritos. — Só quero ficar o mais longe possível daqui.

Pela primeira vez, não há fila no computador. Sara pega um lugar livre ao lado de Victoria. As manchetes ainda mencionam as acusações de corrupção contra o deputado do Arizona, mas agora a cobertura inclui fotos da estrela pop com quem ele estava curtindo em Saint-Tropez, no verão passado. A história está lentamente passando de escândalo para entretenimento, o que significa que, no final, provavelmente ele não vai enfrentar nenhuma consequência. A seca em Wyoming e Colorado talvez esteja chegando ao fim, com uma forte tempestade prevista para essa semana. Uma empresa japonesa revelou sua nova geração de próteses biônicas, com um design engenhoso e barato que permitirá ajudar milhares de sobreviventes de guerra com deficiências. Em seguida, uma breve notícia no *The Washington Post* chama a atenção de Sara: James Wesley, o administrador-chefe da AAR, está noivo.

Durante meses, Sara pensou no homem apenas como o funcionário público que afirma manter a segurança dos cidadãos americanos por meio da aplicação de decisões algorítmicas inteligentes . Em entrevistas, ele parece perspicaz, tranquilo e razoável. Se pressionado por um repórter insistente, às vezes admite alguns problemas na abordagem atual do governo em relação à avaliação de riscos, mas jamais deixa de promover o policiamento algorítmico como a única solução sensata para os problemas de segurança pública em uma sociedade onde terroristas domésticos, atiradores em massa e outros criminosos perigosos podem atacar com velocidade e violência sem precedentes. A AAR impede o crime antes que aconteça, diz ele. Parece estar ensaiando slogans em preparação para uma candidatura a um cargo eletivo.

Mas Sara nunca pensou em James Wesley como um homem de carne e osso, com família, amigos e, aparentemente, agora uma noiva. O relatório diz que a noiva é de Pasadena, um detalhe que pega Sara de surpresa. Elas estudaram na mesma escola, a noiva formando-se três anos depois, embora Sara não a reconheça na foto de noivado publicada no jornal. O casal feliz deve estar fazendo a lista de convidados, discutindo qual DJ contratar, verificando a disponibilidade do Huntington Gardens ou do clube de campo em La Cañada. A ideia enche Sara de raiva contra Wesley, que foi um dos primeiros defensores dos algoritmos de avaliação de risco e agora supervisiona todo o sistema de retenção dos Estados Unidos. Mas o que ela pode fazer com essa raiva? Wesley não está ali. Dia após dia, seu caso é tratado por agentes da Safe-X, funcionários contratados que dizem estar apenas seguindo as regras estabelecidas pela empresa.

Williams, por exemplo. Parece um daqueles universitários sem rumo a quem Sara costumava dar aula, o tipo de aluno que parece um sonâmbulo a maior parte do semestre e só ganha vida algumas semanas antes da entrega das notas. No momento, está sentado em sua cadeira perto da porta, tentando manter os olhos abertos. Falta um botão na camisa do uniforme e seu cabelo parece sujo: deve estar tendo uma manhã difícil.

Ah, Sara se lembra de manhãs difíceis. Significavam saídas à noite, um encontro com alguém novo, um jantar com velhos amigos, no qual brindes eram feitos e decisões questionáveis eram tomadas. Ela se lembra de ficar acordada até tarde, sem tempo para tomar banho ou vestir uma roupa limpa no dia seguinte. Teve muitas manhãs difíceis na idade de Williams. Anos mais tarde, depois que ela e Elias tiveram os gêmeos, tinha um tipo diferente de manhã difícil, que trazia um tipo diferente de prazer. Mona balbuciando enquanto Sara trocava sua fralda, Mohsin bocejando enquanto ela o embalava para dormir. A maneira como os dois chutavam com os pezinhos sempre que ela tentava colocá-los nos macacões. Ao pensar nesses momentos perdidos, a raiva de Sara cresce dentro de si, até escorrer como pus de uma ferida.

Eisley Richardson entra e senta-se ao lado de Sara. Agora Williams fica vigilante.

— Aguilar — chama. — O tempo acabou.

— Já? — Victoria olha para o relógio acima da entrada. — Eu cheguei às 7h15. Ainda tenho cinco minutos.

Ela volta para a tela e fica instantaneamente concentrada no que está lendo.

Sem dizer nada, Williams pega seu Tekmerion. Talvez a noite difícil que teve o tenha deixado de mau humor, ou talvez os ventos de Santa Ana estejam afetando seus nervos, ou pode ser que ele goste do prazer sádico de negar a uma retida o direito de ler sobre o que está acontecendo no mundo livre. Quem sabe? Ele aponta a câmera para Victoria e espera que o sistema abra o arquivo. Dar uma advertência a uma retida de vez em quando deixa claro para as outras que é melhor se comportarem.

— O que você está fazendo? — pergunta Victoria de seu assento.

De olho no dispositivo, Williams não responde.

— Sério — diz Victoria. — Cheque o relógio. Eu tenho cinco minutos sobrando.

— Já mandei encerrar.

— Ah. — Victoria levanta as sobrancelhas como se dissesse, *Eu não devo ter te ouvido*. Ela se levanta rapidamente e caminha até Williams, sorrindo enquanto ajeita uma mecha de cabelo atrás da orelha. É mais alta que ele e usa um uniforme diferente, mas parecem ter a mesma idade. — Me desculpe. Eu estava lendo sobre o Lakers e acho que perdi a noção do tempo. Não vai acontecer de novo.

Williams parece perturbado com a bela garota subitamente debruçada sobre ele.

— Não quis causar nenhum problema — continua Victoria, tocando o braço dele. Ela olha para as estações de computador, como se percebesse seu erro, e então volta o olhar para ele. — Mas você pode cancelar, né?

Williams se senta mais ereto.

— Tá bom. Só desta vez.

Que performance, pensa Sara com relutante admiração. Tão simples, tão eficaz. No entanto, em todo o tempo que está ali, jamais conseguiu fazer algo assim; o orgulho a impede.

O PACOTE CHEGA EM UM DIA EM QUE SARA TEM UM TURNO DUPLO no Trailer D, então ela só o recebe tarde da noite. Rasga o plástico transparente com o logotipo do PostPal e, em seguida, um envelope verde que indica que se trata de um item premium pelo qual Elias teve que pagar mais. Quando o cartão de parabéns cai em sua cama, a primeira coisa que faz é levá-lo ao nariz. Respira fundo, mas, embora consiga detectar o cheiro de papel, tinta e algo pungente, não há nada que possa associar à sua lembrança de casa. Qualquer cheiro familiar que pudesse ter permanecido no cartão foi perdido durante o processo de digitalização e liberação da correspondência. Com os dedos trêmulos, ela abre o cartão.

Ao redor e por cima dos votos de FELIZ ANIVERSÁRIO, Mohsin e Mona desenharam pequenas figuras que parecem girinos, com cabeças enormes e braços finos como palitos. Os desenhos foram feitos com giz de cera verde e amarelo, mas ela não consegue distinguir quais foram feitos por Mohsin e quais por Mona. As figuras parecem femininas para ela, como se os gêmeos tivessem sido instruídos a *desenhar a mamãe*. Será que eles trataram aquilo como uma brincadeira, terminando de desenhar na mesa bagunçada perto da janela da sala, ou será que foi mais uma tarefa que tinham que terminar antes do jantar, sem entender o propósito? Os girinos são cheios de energia, com olhos redondos e, pelo menos em um, o que parecem ser dentes. O detalhe a faz sorrir — e então lágrimas brotam de seus olhos; ela está perdendo tanta coisa enquanto está presa ali.

Na parte inferior, Elias conseguiu escrever algumas linhas à mão: *Estamos com muita saudade, Sara. Volte logo para casa.* Ela fecha o cartão, sentindo-se ao mesmo tempo eufórica com esse pequeno presente e decepcionada com a brevidade do prazer que lhe proporcionou. Agora, demora-se na obra de arte estampada na frente do cartão, uma reprodução de uma serigrafia de borboleta feita por Yayoi Kusama. Quando estava grávida, ela e Elias foram a uma exposição especial no Broad, caminhando por salas de galeria cobertas de espelhos, cada um refletindo abóboras com bolinhas. Depois, almoçaram em um restaurante próximo e caminharam lentamente de mãos dadas até a estação de metrô. Também é um presente, ela percebe: a lembrança daquele dia comum. É como um bálsamo na ferida da discussão dos dois.

Além de tudo isso, Elias colocou um pouco de dinheiro na conta de Sara, o suficiente para comprar alguns lanches. Ela corre para a lojinha, feliz como uma criança.

De: ZachSMiller@freemail.com
Para: SaraTHussein@PostPal.com
Número CR: M-7493002
Unidade: Madison
Data: 21 de outubro
Alertas: FORÇAS DE SEGURANÇA PÚBLICA
Status: liberado após revisão

Querida Sara,

Faz muito tempo que não entramos em contato, mas eu quis te escrever assim que soube que você está em detenção preventiva. Estive em Los Angeles ontem para pegar um Ford Bronco vintage que o vendedor se recusou a enviar pelos canais normais e aproveitei a oportunidade para visitar tio Omar. Quase não fui, porque não conseguia lembrar o endereço, mas sabia que sua casa ficava a poucos quarteirões do antigo cinema, em Pasadena, então consegui me orientar sem meu celular. O bairro está tão diferente de quando éramos crianças, especialmente com os telhados incombustíveis e o revestimento metálico que colocam nos prédios hoje em dia. Mas sua casa não mudou muito.

Estacionei o Bronco e subi a entrada de tijolos, sentindo como se estivesse voltando no tempo. Lembro que a gente brincava na rua enquanto mamãe fumava cigarros com tia Faiza na varanda. A mesma trepadeira subia pela cerca. A mesma porta da frente rangeu ao abrir. Seu pai também parecia praticamente o mesmo, fora os cabelos grisalhos e o exoesqueleto das pernas que precisa usar por causa do derrame. Eu nem sabia que ele tinha tido um derrame, de tanto tempo que não o via. Mas ele é muito bom em se locomover com aquele aparelho e, ao contrário da minha mãe, ainda está com TODOS os parafusos no lugar.

Ficamos no sofá xadrez da sala, bebendo chá de hortelã e conversando sobre os velhos tempos. Ele me mostrou fotos das nossas mães quando estavam no ensino médio e um retrato de todos nós, crianças, em uma viagem ao lago Mirror, quando Saïd ainda estava vivo. Lembro que você estava brava porque ele tinha quebrado seu dente da frente, então, quando fomos pescar, seu pai te colocou comigo. Lembra da truta-arco-íris enorme que a gente pescou? Mas foi só quando perguntei como você estava que ele me contou o que aconteceu no aeroporto de Los Angeles. Sempre odiei aquele aeroporto, sabia, é tão desorganizado e mal administrado.

Sara, vou ser sincero com você. Seu pai acha que tudo isso aconteceu porque você é uma mulher difícil, igual à sua mãe. Ele disse que a maneira como ela falava com os agentes da TSA te influenciou, e que você deve ter dito ou feito algo durante a entrevista que os levou a te prender. Ele não tem a mesma experiência que eu com as autoridades, então acho que entendo por que ele pensa desse jeito. Mas mesmo assim. Eu disse para ele que uma prisão não significa que você fez algo errado. Veja o que aconteceu comigo, falei. Um cliente me fez ser preso por falsificar sua assinatura em um contrato, mas, seis meses depois, o filho dele admitiu que tinha assinado os papéis. Quem pagou por essa confusão no final? Não foi a polícia, posso te garantir. Ainda estou tentando limpar meu nome.

Mas eu não queria discutir muito com tio Omar, porque ele parecia muito frágil. Ele ficava me contando histórias do passado, às vezes pegando uma das fotos emolduradas na mesinha atrás dele. Escaneei uma nossa no lago Mirror, já que não tenho essa foto, e outra da minha mãe quando ela estava grávida de mim. Estar na sua casa me fez sentir, não sei, que eu perdi alguma coisa. Queria que não tivéssemos nos mudado para a Flórida quando eu tinha dez anos. Teria sido bom manter todos os meus amigos, crescer cercado pela família, fazer aqueles churrascos que a gente organizava, com jogos, música e dança. Nunca entendi direito por que nos mudamos para o outro lado do país, nem por que não mantivemos contato depois disso.

Quando saí da casa do seu pai, estava meio nostálgico, então decidi dar uma volta pelo bairro. Aí Mel me ligou. Eu tinha remarcado um dos meus fins de semana com as crianças para viajar até Los Angeles, mas ela ainda estava brava com a mudança e queria gritar comigo mais um pouco. Era uma viagem de trabalho e, de qualquer forma, ela havia concordado com a mudança! Agora ela estava furiosa com isso. Fiquei com tanta raiva que poderia explodir. A terapeuta de casais com quem nos consultávamos antes do divórcio disse que eu precisava aprender a controlar minha raiva. Adivinhe só, ela sugeriu caminhar. Algo relacionado aos níveis de serotonina. Ou era dopamina? Não lembro. Cara, como eu caminhei. Caminhei por uma hora seguida, tentando controlar a raiva, até que começou a escurecer e eu tive que dar meia-volta.

Enfim, estou voltando para a Flórida agora. Com sorte, talvez eu consiga chegar no domingo de manhã e passar um dia inteiro com minhas filhas. Estou escrevendo para você de um quarto de motel a uns 160 quilômetros da fronteira com o Novo México. A paisagem aqui não é nada do que eu esperava. É um pouco mais verde, acho que por causa da altitude, embora a cidade não atraia mais muitos turistas. Três dos resorts servem como abrigos climáticos e os outros fecharam de vez.

Preciso dormir um pouco antes da próxima etapa da viagem, mas queria escrever para você e oferecer minha ajuda. Tem alguma coisa que eu possa fazer? Talvez colocar algum dinheiro na sua conta da lojinha? Ou entrar em contato com alguém para você? Sei por experiência própria que ter alguma ajuda externa, ou mesmo um pouco de incentivo, pode fazer uma diferença enorme. Pense e me avise.

Um abraço,

Zachariah

* * *

De: ZachSMiller@freemail.com
Para: SaraTHussein@PostPal.com
Número CR: M-7493002
Unidade: Madison
Data: 28 de outubro
Alertas: LEGAL
Status: liberado após revisão

Querida Sara,

Não tive notícias suas depois do meu e-mail, então quis entrar em contato de novo. Realmente não tive a intenção de ofender quando contei da conversa que tive com seu pai outro dia. Só estava tentando te dar uma ideia do quanto ele ainda está em choque com o que aconteceu. E também queria reiterar minha oferta de ajuda. Fico feliz de adicionar dinheiro à sua conta ou entrar em contato com um advogado ou uma organização de direitos humanos para você, se bem que tenho certeza de que seu marido já providenciou isso. Meu único conselho é: fique invisível. Não fale com os oficiais, não faça amizades. Fique na sua. Fique quieta até a audiência.

Enfim, finalmente cheguei a Orlando depois de quase uma semana de atraso nas rodovias e estradas secundárias do nosso país. O Ford Bronco que comprei em Los Angeles acabou tendo um problema no motor, e demorei uma eternidade para consertar e levar na concessionária. Tive que entrar no aplicativo MyCourt para pedir arbitragem, porque o vendedor se recusou a assumir a responsabilidade por ter feito uma descrição incorreta do carro. Por sorte, eu tinha toda a documentação necessária e o vendedor acabou cedendo, após apenas dois e-mails do árbitro.

Graças a Deus, esse problema com o Ford Bronco acabou, porque Mel estava reclamando outra vez que eu estava usando isso como desculpa para não visitar as meninas. Dá para acreditar? Eu amo minhas filhas, queria poder passar ainda mais tempo com elas. Por que eu escolheria ficar preso com um carro quebrado no meio do nada, em Louisiana, em vez de estar em casa com elas? Que mulherzinha, sério. Tem algo profundamente errado com ela. Minha mãe sempre a odiou, e agora entendo por quê.

Mas o lado positivo é que tenho boas notícias: minha empresa vai ser reconhecida pela Câmara de Comércio no mês que vem, por serviços extraordinários prestados à comunidade. Há três anos a gente patrocina o time de futebol feminino e oferece transporte gratuito nos dias de jogo, e acho que alguém notou. Vai haver uma cerimônia chique no Transcontinental, no centro da cidade, com o prefeito e tudo mais. Estou muito animado.

Bem, não vou te atrapalhar mais. Escreva contando suas novidades e me diga se posso ajudar em alguma coisa.

Atenciosamente,

Zachariah

NO ÚNICO SONHO QUE CONSEGUE LEMBRAR DA NOITE anterior, Sara está vestindo um *kaftan* azul-escuro, com bordados prateados, e entrando no saguão do Pershing Square Building, no centro da cidade. As sancas e os espelhos foram retocados aqui e ali, mas o prédio se parece muito com o que era havia mais de um século. É uma pena que o lobby seja pequeno demais para abrigar recepções, pois seria um ótimo local para sua exposição fotográfica.

O som das portas do elevador a lembra da tarefa em questão: um evento para doadores, no décimo andar. Quando está prestes a entrar no elevador, saem dois homens. Um é um jovem político cujo rosto lhe é familiar, mas cujo nome ela não consegue recordar, e o outro é Albert Finney. Albert Finney! Ninguém mais parece reconhecê-lo — nem a recepcionista sentada atrás da mesa com seu telefone, nem o casal que folheia a lista de inquilinos no registro do prédio. Sara fica impressionada, está tentada a apontar o ator para eles. Veja só, pessoal. É o grande Albert Finney! Mas isso nem é o mais estranho no encontro. O mais estranho é que Finney está usando um smoking amarelo, e o outro cara, um chapéu de caubói e um colete com franjas.

Aí está você, diz Finney para Sara. Venha, já vamos decolar.

Hmm, diz ela. Claro. (O que mais se pode dizer a um convite de Albert Finney?)

Eles saem para a escuridão. A rua está vazia, exceto por um punhado de cenouras gigantes pairando a meio metro do chão. O que é isso? Mas Finney e o jovem político montam cada um em uma, com a mesma naturalidade com que montariam um cavalo ou uma mula, então, Sara faz o mesmo, cética no início, mas depois eufórica quando sua cenoura lentamente levanta voo atrás das deles. Eles começam a sobrevoar Los Angeles, cujas luzes brilham como joias dispostas sobre veludo preto. Ela consegue distinguir a prefeitura, a U.S. Bank Tower e o Wilshire Grand. Nas rodovias, as filas vermelhas e brancas de carros se movendo em direções opostas parecem guirlandas. Ao se aproximarem das montanhas de San Gabriel, Finney levanta a mão em sinal de alerta.

Cuidado na curva, diz, com a voz quase inaudível acima do barulho dos motores.

Ele manobra seu veículo com maestria, afastando-o das montanhas e em direção ao Pacífico. O político o segue, soltando um grito de triunfo ao conseguir. Então é a vez de Sara. Ela ainda não sabe bem como dirigir a porcaria do legume, estava distraída demais admirando a paisagem. Os ventos de Santa Ana, que surgiram repentinamente, estão tornando a navegação ainda mais difícil. Ela pressiona diferentes calombos e puxa diferentes talos na cenoura, mesmo enquanto o paredão de granito se aproxima cada vez mais. Está com medo de bater, mas, no último segundo, consegue fazer a curva de alguma forma e, com o alívio a inundando, segue Finney em direção ao oceano.

Muito bem, diz ele com sua voz rouca.

Quando termina de anotar esse sonho, ela está sorrindo, de tão absurdo. Um smoking amarelo. Albert Finney. Cenouras gigantes. Espere, há algo de sexual naquilo? Ela sempre achou Finney sexy. Ainda assim, acha estranhamente reconfortante a palhaçada daquela sequência de voo. Faz muito tempo que ela não se sente tão livre quanto nesse sonho, livre do julgamento alheio, sem medo de tentar algo novo.

Mais tarde, diante do espelho, ela mal se reconhece. Quem é essa estranha com olhos assustados e rosto inexpressivo? Seu uniforme está impecável, o cabelo, preso em um coque severo. As câmeras a treinaram até a ficar de pé com os membros relaxados e as costas retas.

Sara tira o elástico do cabelo e bagunça os fios. Pronto, assim está melhor.

* * *

O JANTAR É CACHORRO-QUENTE DE SALSICHA SUÍNA, QUE SARA dá para Toya em troca do feijão enlatado em sua bandeja. Ela tenta comer o mais devagar possível, mas sabe que vai ficar com fome mais tarde. Mal consegue acreditar que houve um tempo em que podia pedir uma refeição de três pratos, todos feitos de acordo com suas preferências, e comê-la sentada em um terraço ensolarado, enquanto conversava com pessoas cuja companhia desejava. Que luxo parece agora ter reclamado do sabor picante do molho da salada ou do sal na sopa. Sara não é totalmente estranha à privação, mas, ao contrário da fome do Ramadã, quando sabia que poderia satisfazer seus desejos ao pôr do sol, a fome em Madison a atormenta o tempo todo. Uma das luzes do teto pisca, e Sara olha para cima.

— É por causa da obra?

— Eles não mexeram na parte elétrica — responde Emily.

— Ah. Você os viu trabalhando?

— Só uma vez. Eles fecharam praticamente toda a ala leste.

Duas vezes por semana, Emily é designada para um segundo turno com a equipe de zeladoria e, às vezes, ouve conversas sobre o que está acontecendo em Madison.

— Você sabe quando vão terminar?

— Williams disse que eles têm que sair até 15 de novembro.

Eisley ergue o olhar.

— Williams, o oficial da biblioteca?

— Ele mesmo.

A luz pisca de novo, seu reflexo nas janelas escuras dá a impressão de um raio na tempestade. Todas as mesas do refeitório estão cheias, o barulho das conversas no auge, o calor aumenta rapidamente. Na mesa perto da porta, Victoria se levanta de repente, jogando a cabeça para trás a fim de estancar um sangramento nasal, mas não há guardanapos para conter o fluxo de sangue. Ela sai para se lavar, e uma de suas colegas de mesa rouba um cachorro-quente de sua bandeja.

— Que lugar de merda — murmura Sara, balançando a cabeça.

Marcela se vira para Eisley.

— Você teve sua primeira audiência hoje, né? Como foi?

— Fui liberada — anuncia Eisley. — Saio amanhã cedo.

Um silêncio atônito cai sobre a mesa.

— Sério? — pergunta Marcela.

— Eu não brincaria com uma coisa dessas.

— Uau.

— Quem foi a última Turista? — pergunta Toya, olhando ao redor da mesa. — Alguém lembra?

Marcela mergulha o cachorro-quente no ketchup.

— A paramédica de Temecula, certo?

— Não, a paramédica teve a pena prolongada antes de ser solta — diz Sara. — A última foi Michelle Adams, a garçonete. Em maio.

— Vocês ficam acompanhando? — pergunta Eisley, encarando Sara com seu olhar enfadonho.

— É difícil não acompanhar.

— Mas e você? Como foi sua última audiência?

— Eu não tive nenhuma.

— Você nunca teve uma audiência? Como isso é possível?

— Eu não consegui porque havia medidas disciplinares de Classe A no meu arquivo. Depois, a audiência foi cancelada porque meu primeiro advogado se recusou a me defender. Aí, teve um acúmulo de audiências por causa da paralisação do governo. E no fim, quando começaram a colocar o trabalho em dia, perderam meu arquivo por causa de uma falha no sistema e tiveram que começar tudo de novo. Estou aqui há mais tempo que o exigido pela minha última prorrogação, mas continuo esperando na fila.

— Atrás de mim?

— As recém-chegadas têm prioridade.

— Que azar.

— Que burocracia.

A luz do teto parou de piscar, mas agora as lâmpadas da estação de serviço estão começando. A falha incomoda Hinton, que se aproxima para investigar.

— Por que o interrogatório? — pergunta Toya de repente, estreitando os olhos para Eisley. — Você não nos contou nada do seu caso, mas está perguntando a Sara sobre o dela.

— Não é um interrogatório — argumenta Eisley, engolindo o último pedaço do cachorro-quente com um grande gole de água. — Eu estava curiosa, só isso.

— Toya tem razão — diz Sara. — Você nunca contou muito sobre o seu caso. Tipo, não contou nem como foi retida.

— Não há muito o que contar. Eu estava voltando de um fim de semana em Cabo, com um amigo. Fomos passar o fim de semana, ficamos na praia, fomos a algumas boates. Então, na viagem de volta, fomos parados na fronteira porque meu amigo idiota tinha bebido. Enfim, eles verificaram nossos passaportes e disseram que meu score estava muito alto. Só isso.

— *Só* isso — repete Sara, incapaz de esconder o sarcasmo na voz. Ela olha ao redor da mesa. — Deve ter sido um *erro*.

Eisley parece ofendida.

— E foi.

Sara raspa os últimos grãos de feijão do prato. A inveja começa a dominá-la, mas não consegue evitar. Por outro lado, Eisley passou seu tempo em Madison tagarelando sobre fitness e trabalhando no Trailer D. Nunca foi advertida, jamais teve um atraso em seu caso. Talvez, se Sara tivesse se mantido ocupada e fora de encrencas como Eisley, já teria saído há muito tempo. Teria passado os últimos dez meses com a família, já teria deixado esse lugar para trás.

Toya inclina a cabeça.

— E aí, o que eles perguntaram?

— Coisas básicas sobre a minha vida. Perguntaram sobre meu trabalho, meu namorado, a viagem que fiz ao México, aonde fui, quem eu vi. Estavam tentando conciliar minhas respostas com os dados que têm. E aí me liberaram.

Ela faz parecer tão simples, pensa Sara. O sistema funcionou para ela; portanto, funciona para todos. Você só precisa dizer a verdade.

— Mas e se eles não acreditarem em você? — insiste Toya. — E se você responder às perguntas e descobrir que simplesmente não acreditam em você?

— Desculpe, não sei — diz Eisley, balançando a cabeça. Depois de um minuto, ela acrescenta, em tom mais conciliador: — Acho que, em alguns casos, eles levam mais tempo para reunir as provas de que precisam, mas não estão perseguindo ninguém. Estão só fazendo o trabalho deles.

# 3

JULIE DESPERTA COM O UIVO DO VENTO, O PORTÃO DA FRENTE batendo como se uma multidão estivesse tentando invadir a casa. O barulho deve ter acordado Peter, porque ainda não são nem seis horas e ele já está no chuveiro. Ela tateia em busca dos óculos de leitura na mesinha de cabeceira, e começa a percorrer as mensagens do dia no celular: um convite para a reunião da associação de pais e mães do futebol, duas ofertas de milhagem aérea, uma atualização sobre segurança contra incêndios em Brentwood, e uma compilação de notícias de tecnologia. Ela exclui tudo sem ler. Em seguida, abre a agenda e percebe que tem uma reunião às dez, um treinamento de segurança ao meio-dia e uma reunião de equipe às duas. É apenas seu primeiro dia de volta ao trabalho e sua agenda já está lotada. E ainda tem que organizar aquele jantar à noite. Adiciona um lembrete para sair mais cedo do trabalho, navega pelas notícias por um tempo e, em seguida, muda para o *Ocean & Broadway*.

Ela ainda está no site quando Peter volta para o quarto com uma toalha na cintura, passando por ela sem olhar. Gotas de água salpicam o espaço entre suas omoplatas; ele sempre esquece de secar esse ponto. Ele murmura algo enquanto procura roupas íntimas na cômoda.

— O que foi? — pergunta ela, tirando os óculos.

— Eu disse: o que há de novo?

— Ah. Lembra que James Wesley vai se casar? Pelo jeito, Jodie Franklin está grávida de quatro meses.

— Quem é Jodie Franklin?

— A nova âncora do *RotDotDot*, sabe? É aquele programa de realidade aumentada a que todos os jovens estão assistindo. Enfim, eles estavam mantendo o relacionamento em segredo, porque o divórcio dela ainda não tinha sido finalizado, mas a gravidez os forçou a fazer um anúncio.

— Talvez te convidem para o casamento.

— Haha. Muito engraçado.

— Por que você lê essas coisas, hein?

— Porque sim. É divertido.

— É divertido saber quem está transando com quem esta semana?

Pelo menos alguém está transando. Quando foi a última vez que ele olhou para ela? Ultimamente, ele tem usado suas lentes de realidade aumentada durante o sexo, e ela suspeita que as tenha configurado para Nicki Alfonso, por quem é obcecado desde que ela levou seu time à vitória, na Copa do Mundo. Quem diria que pernas cabeludas eram assim tão excitantes? Ela empurra os cobertores para o lado e sai da cama, mas seu impulso é frustrado pela dor que se espalha da parte inferior das costas, pelo quadril direito e pela coxa. Não devia ter feito vinte repetições de levantamento terra na véspera, não depois de três semanas sem treinar, e seu personal tentou avisá-la, mas era tão bom estar de volta à academia que ela não resistiu à tentação. Apoiando-se na cabeceira da cama, ela se levanta com cuidado.

— Qual é a da hipocrisia logo pela manhã? — diz ela, irritada. — Eu por acaso pego no seu pé quando você fica lendo notícias de futebol?

— Não é a mesma coisa. — Ele pega uma camisa social rosa-clara e uma gravata de seda cinza do armário. Deve ter reunião com algum cliente. — Eu acompanho os jogos, não estou interessado no que os jogadores fazem fora do campo.

— Ah, fala sério. — Ela calça as pantufas de coelho que Max lhe deu no mês passado, de aniversário. — Outro dia, você estava reclamando do quarterback do Seahawks que ficou bêbado em Las Vegas.

— Só reclamei porque esse lado festeiro está começando a afetar a temporada.

Ele se vira para o espelho e abotoa a camisa.

Peter é um homem atraente, com um charme natural e um ótimo senso de humor. Julie já o viu dominar uma sala enquanto ela ficava parada, sem jeito, encostada à parede, com o copo de drinque suando na mão. Às vezes ela se permite esquecer esse fato, mas, quando ele olha para ela como naquele exato momento — descansado, cheio de vida, pronto para provocar —, isso volta à sua mente com uma certeza assombrosa. Ela está prestes a mudar de assunto quando ele diz:

— O que será que os cientistas e engenheiros do seu trabalho pensariam se soubessem que você lê sites de fofoca logo pela manhã?

— Tudo bem, então. Você venceu. Você é melhor que eu.

— Não é uma competição. Eu só estava falando por falar.

— Você está sempre só falando por falar. — Ela manca até o banheiro. — Já te ocorreu que não dizer nada também é uma opção?

O frasco de Tylenol está no fundo do armário de remédios, atrás do suplemento probiótico e dos antieméticos de Peter. Ela toma dois comprimidos, engolindo-os com água da pia. Quando ergue o olhar, ele está observando-a pelo espelho, tentando decidir se deve insistir no assunto ou deixar para lá.

Ruby enfia a cabeça dentro do quarto. Ela já está com o uniforme da escola, o cabelo comprido em um elegante rabo de cavalo preso com uma fita branca.

— Você tem que bater primeiro, querida — diz Julie. E aí, menos gentilmente, porque Ruby a ignora: — Senão, um dia vai ver algo que não quer ver.

— Eca, que nojo. Quem vai me buscar depois do treino de futebol?

— Eu vou, querida — responde Peter. — Só não se esqueça de sair pelo portão dos Wilson, é mais fácil estacionar daquele lado. — Ele coloca o braço em volta dos ombros de Ruby, levando-a escada abaixo até a cozinha. — Pronta para a prova de cálculo de hoje? Quer que eu repasse alguma coisa com você?

É típico de Peter causar confusão, pensa Julie, e depois encontrar uma desculpa para se afastar.

Ela entra no chuveiro, se posicionando de modo que a água quente caia nas suas costas. Ao sair, se sente revigorada, mas, quando olha para o espelho, fica assustada com o quanto está pálida. Revira a penteadeira e encontra a base que Ruby escolheu para ela há alguns meses. Passa um pouco, mas deve estar fazendo algo errado, porque as rugas ao redor dos olhos parecem ainda mais visíveis depois que termina. É por isso que ela evita maquiagem, não tem talento para a coisa. Mas foi gentil de Ruby ajudar.

Ou será que foi por interesse próprio? Ruby não quis fazer compras nesse fim de semana, apesar de em geral implorar para Julie levá-la ao brechó do Exército da Salvação em El Sereno, que, segundo ela, tem uma seleção melhor de roupas vintage do que na unidade perto de casa, em Brentwood. E recusou quando Julie se ofereceu para levá-la ao cinema para assistir ao filme que ela quisesse. Quem diz não a um filme? Pensando bem, faz muito tempo que a filha não quer fazer nada com ela. Com Peter, não é assim, ela o acompanha sempre que ele convida, mesmo que seja só para resolver coisas pela cidade.

Minha filha não quer ser vista comigo, percebe Julie com tardia lucidez.

É só uma fase, diz a si mesma.

Mas ficar três semanas longe de casa piorou as coisas. Os olhos que a encaram no espelho parecem ainda mais cansados agora, e a perspectiva de sair lotada de maquiagem não ajuda. Ela lava o rosto e vai até o closet, onde pega uma blusa de estampa caxemira e uma calça larga de malha, a única que consegue vestir sem sentir pontadas de dor na lombar. Para dar um toque especial, amarra uma echarpe de seda verde no pescoço. É bom usar um pouco de cor, depois de tanto tempo de branco.

No café da manhã, Peter está no celular.

— Recebi quinze alertas da câmera da porta da frente — reclama ele, deslizando o dedo pela tela e excluindo um e-mail após o outro.

— Eu falei, você tem que tirar o boneco de Mike Myers — diz Julie. Quando Peter pegou o manequim com um macacão azul da garagem, ela sugeriu que o sentasse no banco da frente, mas ele achou que ficaria mais ameaçador se estivesse em pé, então o encostou em um pilar e o prendeu com cordas nas vigas. Desde então, ele fica balançando como um condenado na forca. Tudo para Peter tem que ser um espetáculo. — A previsão é de mais vento — avisa ela.

— A gente tem mesmo que tirar? — pergunta Ruby da mesa, onde está revisando suas anotações para a prova de cálculo. Tem uma torrada integral com pasta de amendoim e banana à sua frente. — Não dá para esperar até depois do Halloween?

Peter ainda está apagando alertas.

— Tudo bem.

Ele nunca consegue dizer não para Ruby.

Max está alheio a tudo; usa fone de ouvido. Está bebendo algum tipo de mistura sintética de frutas e vitaminas que seu treinador de karatê recomendou para aumentar a força muscular. De onde está, perto da ilha, Julie vê que ele colocou o liquidificador na pia, mas não se deu ao trabalho de abrir a torneira. O que já é melhor do que deixar na bancada. Um passo de cada vez.

Ruby desliga o tablet e enfia na mochila.

— Vocês sabem que Max tem prova de inglês hoje, né?

Peter levanta os olhos do celular.

— Tem?

— Ele tem onze anos — diz Julie, com um suspiro. Quando foi que a filha ficou tão dedo-duro? A nova escola a deixou obcecada por provas e notas, recompensas e punições. — Vai dar tudo certo.

Na tela acima da ilha, o Nimble confirma que as contas do dia já foram pagas e que seu carro tem revisão marcada para a semana seguinte. Também há uma sugestão de menu para o jantar da noite, com base nos perfis alimentares dos convidados, seus gostos e limites calóricos, bem como nos itens que Julie tem na geladeira: *aguachile* de camarão, salada de pepino e tomate, pimentão Anaheim recheado de frango, sorvete de morango. Ela só precisa comprar o camarão. Parece perfeito; Julie aprova o menu e envia o pedido para o mercado de peixes.

— Você pode comprar flores no caminho para casa? — pergunta ela.

— Que tipo de flores?

— Zínias, talvez? Ou rosas, se as tiverem em cores outonais. Mas não compre nada com hastes longas. Quero um arranjo que a gente possa deixar na mesa enquanto come. — Ela percebe que ele está prestes a fazer mais perguntas, então pega a bolsa e acena para as crianças. — Prontos? Vamos.

Ruby se dirige para a porta. Mas Julie precisa desligar a playlist de Max na tela do Nimble antes de conseguir sua atenção, ajudá-lo a encontrar seu projeto de arte, que ele deixou na sala ontem à noite, e depois o trombone e a garrafa de água. Quando enfim saem de casa, Ruby está esperando no carro, a cabeça encostada na janela do passageiro, o rosto iluminado com a tolerância de santos sofredores.

QUANDO JULIE CHEGA AO TRABALHO UMA HORA DEPOIS, manifestantes contidos por barricadas se aglomeram de cada lado do portão principal, agitando cartazes com os dizeres MEU CORPO, MEUS SONHOS e NÓS, O POVO, NÃO NÓS, OS PRODUTOS. Havia apenas um punhado deles quando o sistema de segurança de duas camadas da Dreamsaver Inc. foi revelado em um vazamento para a imprensa, mas, nas três semanas em que esteve fora, o número aumentou para algumas centenas. Ela não é totalmente indiferente a eles, lembra bem como é ser jovem e cheia de paixão, mas gostaria que fossem para casa. Se pensassem bem, perceberiam que o sistema foi criado por um bom motivo. Seria perigoso demais vender dados coletados de funcionários do governo, militares, líderes empresariais e pessoas com profissões sensíveis.

Um dos seguranças faz sinal para ela reduzir a velocidade a fim de que o LPR, o sistema de reconhecimento de placas, possa identificar seu carro. Ela pisa no freio e, nessa pausa, um dos manifestantes lança um cartaz que cai com um baque no para-brisa do carro, antes de deslizar para o lado. O LPR pisca em verde e ela solta o freio, passando pelos manifestantes sem fazer contato visual, exatamente como o manual de segurança da DI recomenda.

No entanto, uma vez dentro, ela vê que o campus está silencioso. Um funcionário de uniforme verde limpa as folhas das calçadas de cimento, afastando-se para dar espaço a um robô de entrega de correspondência a caminho do prédio sul. Dois seguranças estão agachados sobre um sensor de temperatura quebrado, falando ao telefone com alguém da manutenção. Uma rajada de vento repentina sopra o cabelo de Julie sobre o rosto. Segurando-o com uma das mãos, ela se vira para a câmera da entrada do prédio leste e diz seu nome:

— Julie Renstrom.

As portas se abrem.

A tela principal do saguão exibe o anúncio mais recente da Dreamsaver Inc., com depoimentos de clientes reais que implantaram a neuroprótese: uma auxiliar de saúde domiciliar que cuida de um casal de noventa e poucos anos em Omaha; um pai solteiro com três filhos em Seattle; um policial particular que faz o turno da noite em Denver; toda a tripulação de um voo de Nova York para Cingapura. "Oferecemos parcelamento", diz a atriz vencedora do Oscar que faz a narração, soando como se tentasse convencer uma criança relutante a pular na piscina.

Julie passa pela tela e vai até o refeitório no térreo, onde pega seu café da manhã e, em seguida, senta-se com cuidado em uma cadeira perto da janela. O Tylenol que tomou pela manhã mal aliviou a dor, e ainda faltam horas para a próxima dose. Há alguns anos, quando consultou um terapeuta da dor por causa de uma lesão diferente, ele sugeriu que ela usasse técnicas de distração, como ler um livro, fazer palavras cruzadas ou brincar com uma bola antiestresse.

— O objetivo é pensar em outra coisa, Julie — disse, com seu forte sotaque bósnio. — *Sentir* outra coisa. Um sabor, por exemplo.

Os ovos estão cremosos; a torrada, crocante; o abacaxi, doce demais; o café, divino.

Funciona por um ou dois minutos, depois a dor retorna.

Lá fora, o céu está nublado, atenuando os tons de verde dos rododendros que margeiam o pátio do prédio. Dois engenheiros de software passam a caminho do laboratório. São recém-contratados trazidos para programar um dos novos produtos que a DI está desenvolvendo, e têm a devoção de novos convertidos, usam até camisetas com o logo da empresa. Ainda absortos em sua discussão, param brevemente em frente ao café. Julie acena em saudação, mas uma mulher de meia-idade é invisível para eles. Ela poderia muito bem ser uma mesa ou um vaso de plantas, tamanha a indiferença com que a tratam.

— Posso levar os pratos, senhora?

— Sim, obrigada — responde ela.

Ela se levanta lentamente da cadeira e pega o elevador para o quinto andar. Está no banheiro escovando os dentes quando ouve um soluço abafado vindo do cubículo no fundo. Um minuto depois, a porta se abre e Souza, da Engenharia, sai. Seus olhos estão inchados, os lábios, marcados. É outra contratação recente, trazida poucas semanas antes de Julie partir para sua observação de campo, o que torna tudo ainda mais constrangedor. Elas se olham no espelho e Souza imediatamente desvia o olhar.

— Desculpe.

— Não precisa se desculpar — responde Julie, com a boca ainda cheia de pasta de dente.

Aquilo é algo que ela tentou ensinar à filha: parar de se desculpar quando não há motivos para isso. Às vezes ela acha que Ruby aprendeu a lição bem até demais. Julie cospe na pia, mas, como seus movimentos estão limitados, um pouco de pasta de dente cai na blusa. Que ótimo. Simplesmente ótimo. Ela pega uma toalha de papel do suporte e começa a limpar a mancha.

— O que aconteceu?

— Nada — diz Souza, balançando a cabeça.

Ela deve ter acabado de sair da revisão de código, conduzida por Gaspard, pensa Julie. Todos os engenheiros amontoados na sala de reuniões com paredes de vidro, apresentando seus projetos em uma tela enorme, enquanto Gaspard preside a reunião, com um controle remoto na mão, pronto para desligar a tela se não gostasse do que via. Era para as revisões de sexta-feira serem uma oportunidade de receber feedback, mas, na maioria das vezes, os programadores experientes usam o tempo para ridicularizar os mais jovens ou ser condescendentes com eles. É um ritual de trote que Gaspard instituiu há anos: os novos contratados chegam como estranhos e saem como "DIzinhos".

A toalha de papel está se desfazendo lentamente; Julie desiste de esfregar a mancha. Na verdade, agora está pior, com migalhas de papel por toda parte. Ela revira a bolsa e tira uma garrafa de água gelada que comprou no café.

— Está gelada. Vai ajudar com o inchaço.

— Eu estou bem — assegura Souza, com suavidade, antes de prender os cachos grossos em um rabo de cavalo displicente e jogar água gelada no rosto.

Sua pele tem um bonito tom marrom e nenhuma ruga. Ela não deve ter mais que 24 ou 25 anos, uma daquelas engenheiras recrutadas na pós-graduação com promessas de um bom salário e a chance de desenvolver tecnologia inovadora sem ter que se candidatar a bolsas do governo, nem se sujeitar a supervisões enfadonhas. E também é bonita, o que não ajuda em um lugar como aquele.

— Não se ofereça para se apresentar primeiro — aconselha Julie. — Espere uma das últimas vagas para defender seu projeto. Em geral eles já estão sem energia a essa altura, e vão te dar um feedback real, que vai ser útil.

— O quê? Eu... Não é isso.

— Então o que é?

Souza a encara, avaliando-a. Parece querer dizer algo, mas pensa melhor.

— Eu não trabalho para Gaspard — diz ela, depois de um minuto. — Não diretamente.

— Ah. Eu pensei... para quem você trabalha, então?

— Para McClure.

— McClure? — Só o nome já é suficiente para deixar Julie com os nervos à flor da pele. — O que ele fez?

— Nada.

Então por que ela está chorando no banheiro para deficientes físicos do quinto andar, às 8h30 da manhã? As mulheres costumavam deixar bilhetes anônimos umas para as outras nas paredes daquele cubículo. *Não vá almoçar com Reynolds. Cuidado com Ruiz. Walker é abusivo.* Aí o RH advertiu uma programadora que foi flagrada com uma caneta permanente, e sancionou uma política contra deixar recados no banheiro. Mas aquilo foi muito antes de Souza ser contratada e, apesar de todos os seus defeitos, McClure não parece ser um assediador.

Ou talvez seja — como Julie saberia? Souza não é a substituta da engenheira que empacotou todas as suas coisas em uma caixa, três meses antes, e saiu sem dizer uma palavra, para nunca mais ser vista? Sempre que alguém perguntava a McClure por que ela havia saído, ele dava de ombros e dizia um *Não aguentou o rojão.*

— Sério — insiste Julie. — O que ele fez?

No espelho, Souza franze a testa.

Julie se dá conta de que foi longe demais, rápido demais. Ela pega a bolsa.

— Eu só estava tentando ajudar.

Janelas do chão ao teto, uma dúzia de cubículos, uma salinha de estar. O escritório de P&D pode parecer decepcionante depois do vidro ornamental e dos painéis de nogueira do térreo, mas Julie sente uma onda de puro prazer por estar de volta. Aquele é seu lugar, é onde o futuro espera para ser explorado. Não apenas explorado, pensa, mas moldado, como um pote de argila em um torno. Um dia ela será capaz de olhar e dizer, "Veja, está vendo essa curva? Foi trabalho meu e da minha equipe na Dreamsaver Inc."

Alguns de seus colegas gostam de trabalhar ali porque ganham mais do que em outra empresa de tecnologia; outros porque acreditam nos benefícios vitais do dispositivo. Mas ela está ali porque quer explorar todo o seu potencial. As aulas de estatística que teve na faculdade há vinte anos a livraram da noção de que as pessoas são mistérios indescritíveis. Tudo o que diziam ou faziam podia ser quantificado de mil maneiras diferentes. Quanto mais ela via seus comportamentos dispostos em modelos de regressão linear, mais se convencia de que não passavam de combinações discretas de dados. Se o estudo que está conduzindo for bem-sucedido, não há como saber a amplitude das aplicações do Dreamsaver.

Em sua mesa, ela encontra um punhado de canetas e lápis, duas colheres sujas, uma pilha de livros oscilando perigosamente perto do monitor, um conjunto de faixas elásticas para exercício e um frasco de repelente pela metade. Normalmente, a bagunça a incomodaria, mas, depois de três semanas em Madison, a desordem em seu espaço de trabalho faz parecer que está se reencontrando. De qualquer forma, não há tempo para arrumar, ela precisa começar seu relatório. Senta-se diante do computador, espera o sistema reconhecê-la e começa a digitar.

> A enorme popularidade de seus dispositivos de auxílio ao sono permitiu à Dreamsaver Inc. lançar no mercado uma série de serviços interessantes, inclusive alertas médicos, ferramentas de diagnóstico psiquiátrico, assistência psicoterapêutica e corretagem de dados para clientes corporativos e governamentais.
>
> Mas, embora a publicidade direcionada continue sendo um objetivo estratégico central para a empresa, nossos testes experimentais não tiveram sucesso até o momento, em parte porque os participantes perceberam, ao acordar, que uma imagem havia sido inserida em seus sonhos, o que levou a sentimentos negativos em relação à neuroprótese e ao produto comercializado.
>
> Portanto, reduzir a percepção do anúncio é fundamental para cultivar atitudes positivas e aumentar o interesse na compra. Neste estudo, examinamos a viabilidade e a eficácia do posicionamento de produtos em sonhos.
>
> O estudo foi realizado durante um período de três semanas em Madison, uma unidade de retenção com 120 leitos de

propriedade e operação da Safe-X. A unidade está localizada em Ellis, 156 quilômetros a leste de Los Angeles, e foi escolhida para este estudo porque oferece um ambiente fechado, no qual o comportamento das usuárias pode ser observado, e as vendas dos produtos, monitoradas. Assim como em estudos anteriores, a Safe-X concordou com nosso acordo de confidencialidade de P&D e foi devidamente remunerada pelo serviço.

*Participantes:* Cinquenta e oito mulheres atualmente sob observação forense. As participantes foram selecionadas com base em idade, índice de massa corporal e acesso a fundos da lojinha. A idade variou de 23 a 52 anos, com uma média de 36 anos. O IMC variou de 17 a 34, com uma média de 25.

Todas as participantes concordaram com os termos de serviço da Dreamsaver Inc. no momento da implantação do dispositivo, constituindo consentimento informado para esta pesquisa. Nenhuma reclamação administrativa foi registrada junto ao oficial-chefe de retenção, nem relatos de emergência médica junto à enfermeira da instituição.

*Procedimento:* As participantes foram divididas em dois grupos, pareadas por idade e IMC. Para o grupo de intervenção, uma imagem de chips de cenoura da marca Katya foi incorporada organicamente em oito sonhos durante um período de três semanas. O grupo de controle não foi afetado. As compras de lanches foram monitoradas antes e depois da intervenção para detectar mudanças no comportamento.

Observa-se que um estudo semelhante foi realizado na unidade Fair View em agosto passado, com resultados mistos. Embora as compras de lanches tenham aumentado nas noites em que um filme foi exibido, a diferença nas vendas de produtos entre o grupo de intervenção e o grupo de controle não foi grande o suficiente para atingir significância estatística.

Por esse motivo, o presente estudo usa um novo código de posicionamento, escrito por Ethan Nordell, em que os cenários dos sonhos são analisados dinamicamente quanto à adequação antes da inserção da imagem.

Também realizamos observações de campo para determinar se as usuárias perceberam o posicionamento de produtos. As interações com as participantes foram registradas por meio de lentes de RA usadas durante a visita de campo.

*Resultados:* Analisamos os dados de compra de lanches fornecidos pela Safe-X, por meio de sua subcontratada MealSecure.

Lá vamos nós, pensa Julie. Ela clica para baixar os dados e começa a executar análises estatísticas. Enquanto espera, aperta uma bola antiestresse para se distrair da dor na lombar. Peter sempre fala que ela é propensa demais a acidentes, que deveria parar de fazer musculação e se limitar a caminhar algumas vezes por dia, o que a tiraria do escritório e clarearia sua mente. Mas é óbvio que ele diria isso, está igualzinho a quando se conheceram. Um alerta pisca na tela. A primeira tabela está pronta.

*Merda.*

Três semanas naquele pardieiro por aqueles números horríveis? Podia ter ficado em casa, e usado o tempo para trabalhar em um projeto diferente, que lhe daria uma chance melhor na promoção prometida a ela havia dois anos, antes de McClure aparecer, se achando o presente de Deus para a ciência comportamental. A ironia é que ele parecia interessado em posicionamento de produtos quando a ideia surgiu em uma reunião de equipe, mas, quando chegou a hora de liderar a pesquisa, não brigou com ela pela posição. Deve ter pressentido como seria difícil.

Ela arriscou muito nesse estudo, deixando de lado projetos mais convencionais para se dedicar totalmente a ele, e tudo o que ganhou pelo esforço foi perder o recital de outono de Max, sua competição de luta livre e a entrevista de admissão na escola particular View Prep. Aquele doce de menino não reclamou, foi Ruby quem fez um grande alarde sobre a ausência da mãe e, para completar, enumerou todo o resto que Julie iria perder enquanto estivesse fora. Ela teve que lembrar à pirralha que aquilo também não era divertido para ela, era trabalho.

A dor lhe dá um soco nas costas. Ela está apertando a bola antiestresse com tanta força que as unhas estão cortando as palmas das mãos.

Seu telefone vibra. *Dá pra você pegar a roupa na lavanderia*

*Você não pode?*

*Tenho que pegar a Ruby, lembra*

*Ok*

Ela coloca o celular de lado e pega mais dois comprimidos de Tylenol. A caminho da cozinha para pegar um pouco de água, passa pela sala de conferências, onde McClure está conversando com Gaspard. A maneira como McClure se recosta na cadeira, com as mãos entrelaçadas atrás da cabeça, dá a impressão de que está conversando com um amigo em um churrasco, e não falando com o chefe de P&D. De repente, ele se levanta da mesa e vai até o quadro branco para escrever algo, tão concentrado em sua apresentação que não a vê passar. Ocorre-lhe então que, seja qual for o motivo do choro de Souza no banheiro, não pode ter sido o código que ela está escrevendo para McClure, porque ele parece animado demais, feliz demais para ter encontrado algum problema em seu projeto.

Não entre em pânico, diz a si mesma ao voltar para a mesa. Não entre em pânico.

É só olhar os números outra vez. A diferença nas vendas unitárias entre os grupos de intervenção e controle não é significativa, mas pelo menos está indo na direção certa, com uma margem maior do que no estudo piloto. Além disso, ela ainda não considerou as vendas de produtos comparáveis, nem as vendas por data, idade, nível de escolaridade ou ciclo menstrual. Ainda há muitos dados a serem analisados, valores atípicos a serem descartados, tendências a serem identificadas e observações de campo a serem revisadas. Quem sabe o que ela poderá encontrar.

SNYDER, TREVINO E FAROOQI SÃO OS ÚNICOS DA EQUIPE NA sala de conferências quando Julie entra, às duas horas. Para dar tempo de McClure e Gaspard chegarem sem que precise perguntar onde estão, ela coloca o tablet na mesa e usa o controle remoto para ajustar as persianas. A luz da tarde é forte, mas as montanhas ao longe estão envoltas em uma névoa amarelada; deve ser o incêndio no condado de San Bernardino, sobre o qual ela ouviu no rádio pela manhã. O trânsito na rodovia está fluindo, porém, e se ela sair do escritório na hora certa, deve conseguir chegar à lavanderia e ao mercado de peixes antes que fechem.

— Bem-vinda de volta — diz Snyder, quando ela se senta à mesa, à sua frente.

Ele está usando uma camisa de time de futebol e jeans, e no pulso usa uma pulseira azul-claro em apoio a alguma causa beneficente.

— Obrigada. — Ela sorri. — É ótimo estar de volta.

— Imagino.

— Como foi? — pergunta Farooqi, com a voz grave e suave fazendo o ambiente parecer menor, mais íntimo.

— Foi bom. Meio assustador, mas, no geral, bom.

— Mas três semanas é muito tempo. — Trevino enrola uma mecha de cabelo no dedo enquanto fala, um tique persistente. — Para ficar de quarentena com gente assim.

— Tinha umas personagens e tanto lá, isso é verdade. Uma delas cumpriu pena na cadeia estadual por agressão e lesão corporal, e outra foi presa duas vezes por conduta desordeira. Algumas tinham medidas protetivas. — Ela balança a cabeça. — Mas, na maioria, eram pessoas esperando que seus casos fossem resolvidos. Havia muita, muita espera.

— Você não ficava entediada?

— De jeito nenhum. Eu tinha que trabalhar quando elas trabalhavam, e passava o resto do tempo registrando minhas observações, então, fiquei mais ocupada do que esperava.

Ainda nem sinal de McClure e Gaspard. Será que estavam se reunindo em algum lugar em particular? Não seria surpresa, considerando o quanto se tornaram próximos nos últimos meses. Toda aquela espera a está deixando ainda mais nervosa para apresentar os resultados de seu estudo.

Ela está pegando um cappuccino e um biscoito de aveia no aparador quando McClure entra. Não está com um tablet ou um notebook, um sinal de que o que os outros membros da equipe têm a discutir não é importante para ele. O cara só se interessa por ele mesmo.

— Como estão todos? — pergunta McClure, afundando-se pesadamente em uma cadeira.

— Muito bem — responde Snyder. — Animado para o fim de semana. Meg e eu vamos dirigir até Solvang para comemorar nosso aniversário.

— É aquela vila sueca, né? — pergunta Farooqi.

— Na verdade, é dinamarquesa.

Snyder explica que ouviu falar dela por outro engenheiro, também de Nova York. Farooqi é de Connecticut e ainda não teve a oportunidade de conhecer muito da Califórnia. Conversam sobre o que ver e fazer em Solvang: os moinhos de vento, a fazenda de avestruzes, os *kringles*.

— Vocês podem visitar a missão — sugere Trevino. — A Missão Santa Ynez. É um dos lugares onde os Chumash se revoltaram, na década de 1820. Tudo começou depois que um soldado espancou um menino Chumash que estava visitando um parente na Missão Santa Ynez, e se transformou em uma grande rebelião quando a notícia se espalhou para as outras missões. Os padres espanhóis tiveram que chamar o exército para reprimir a revolta.

— Interessante. — Snyder anota. — Como se escreve Chumash?

Julie toma um gole de café.

— E você, Renstrom? — pergunta Farooqi. — Algum plano?

— Nada muito emocionante.

Um fim de semana em Solvang parece incrível agora; faz anos que ela e Peter não viajam sem as crianças. Férias são responsabilidade do marido, mas ele nunca se esforça para organizar algo só para os dois.

Finalmente, Gaspard chega.

— Caramba, está congelando aqui.

Ele puxa o capuz do moletom marrom por cima da careca antes de se sentar à cabeceira da mesa. Agora está sorrindo, mas Julie acha impossível adivinhar qual é o seu humor hoje.

Ela está acostumada com o Gaspard Rabugento, que acha quase cativante, e uma ou duas vezes nos últimos sete anos na DI teve um vislumbre do Gaspard Cordial, mas é o Gaspard Cruel que a apavora.

— Vamos começar com algumas atualizações de projeto — diz ele. — Farooqi.

— Estou trabalhando muito no bloqueio de pesadelos. O departamento jurídico me enviou outra reclamação de alguém alegando que o implante dificulta acordar de sonhos recorrentes sobre uma agressão doméstica sofrida anos antes. Por enquanto, ainda estou registrando os dados e fazendo comparações, mas devo ter o suficiente em uma ou duas semanas para testar o bloqueio de conceitos selecionados pelo usuário.

— Você está nisso há quanto tempo, três meses?

Então é um dia de Gaspard Cruel.

O que não parece incomodar McClure, navegando no celular. Em seu pulso, há um relógio amarelo neon, e Julie leva um segundo para perceber que é seu monitor de glicose. Quando ele entrou na empresa, há alguns anos, comprou uma garrafa gigante na loja do térreo e a enchia de água ao longo do dia. Julie disse para ele testar o nível de açúcar no sangue, porque lembrava que boca seca era um dos sintomas da tia ao ser diagnosticada com diabetes. Ele ficou aliviado e grato por ter descoberto a doença precocemente. Na época, eram colegas recentes, prestes a se tornar amigos de trabalho, talvez até fora do expediente. Mas, depois que Gaspard anunciou que nomearia um gerente de programa até o final do ano, tudo mudou entre os dois. McClure começou a observá-la, apontar todos os erros que ela cometia, contestar todas as suas afirmações e rir de todas as suas sugestões.

Gaspard continua repreendendo Farooqi:

— Quanto mais cedo você apresentar um protótipo, melhor. Isso não é um problema acadêmico, cara, é o mundo real, certo?

Precisamos ter algum tipo de resposta se esse assunto ganhar força, e você não está me dando nada que eu possa usar. Então me entregue algo até a próxima semana, senão vou encontrar alguém que consiga. Ok. Trevino.

— Estou trabalhando para melhorar as taxas de precisão do algoritmo preditivo. Ainda não estamos indo muito bem em cenários que fundem imagens reais e representacionais. Por exemplo, tivemos uma sequência em que uma raposa corria por um buraco que tinha o formato de um útero, só que o útero era estilizado, tipo, como você veria em um desenho medieval europeu. Ou talvez renascentista? Não entendo muito de história da arte. Enfim, a IA não reconheceu o útero como um útero, pensou que fosse uma toca de raposa e atribuiu uma interpretação com base nisso.

— Isso está acontecendo com as sequências mais complexas, certo? Mais longas que cinco GFTs?

— Na maioria das vezes — responde Trevino, mas sua mão voa para o cabelo, e o movimento vigoroso mostra a Julie que ele está tentando parecer corajoso. — Tivemos alguns casos em que aconteceu com três GFTs. Basicamente, nossas interpretações pioram exponencialmente quando aparecem representações artísticas, em especial se entrelaçadas com objetos concretos.

— Mas imagens artísticas não são tão comuns, certo?

— Eu também achava que não. Mas elas aparecem com frequência suficiente para afetar as taxas de precisão no conjunto.

Gaspard balança a cabeça.

— Vou te dar outro conjunto. E da próxima vez, traga sua melhor sugestão sobre como resolver isso, ok? Não posso fazer tudo sozinho. McClure.

— Já conversamos pela manhã. — Em seguida, ele se vira para o restante da equipe, como se relutasse em se repetir para os plebeus. — Então, eu tenho trabalhado em um recurso de compartilhamento social que vai permitir que os usuários postem seus sonhos para um círculo de amigos, comentem, ofereçam interpretações etc. O recurso está pronto, mas a questão é como calibrar, certo? Como podemos ajudar os usuários a ver isso como uma forma de mostrar sua personalidade, mas com salvaguardas suficientes para não parecer uma violação de segurança? — Ele continua falando sobre a importância de ter a ferramenta certa. — Pedi para Souza desenvolver um aplicativo que me ajudasse a testar o recurso. Então praticamente terminei o projeto experimental. Estou fazendo uma parceria com meu antigo laboratório em Tulane para encontrar voluntários.

— É um negócio bem animador — diz Gaspard. O capuz do moletom escorrega, revelando uma careca cercada por uma franja rala de fios castanhos. — Eric me perguntou sobre isso quando conversamos. Ele está ansioso para lançar o novo recurso porque a retenção está prejudicando as vendas. As pessoas não querem que seus dados sejam vendidos para a AAR.

— Que idiotice — diz Snyder. — Elas vão largar os celulares também? As câmeras nas portas? Os carros?

Gaspard balança a cabeça.

— Isso vai passar quando o novo recurso for lançado.

Julie se remexe na cadeira e sente uma dor aguda nas costas.

O café está morno, o ar frio, a luz forte.

Ela deveria ter tirado mais alguns dias de descanso, antes de voltar ao escritório. Ainda não está pronta para tudo aquilo.

— Renstrom. Bem-vinda de volta.

— Obrigada. É bom estar de volta.

— Como foi?

Julie cruza os braços para esconder a mancha de pasta de dente na blusa.

— Muito bem. Eu estava meio apreensiva com o local do teste, mas a Safe-X foi uma excelente parceira no estudo, forneceu segurança e assistência, e tudo correu sem problemas. — Gaspard apoia o queixo na palma da mão. Ela precisa parar de tagarelar e passar para os resultados do estudo. — O posicionamento do produto foi bem-sucedido para o grupo de intervenção e, até agora, não vejo nenhuma evidência de detecção. O crédito por isso vai para Ethan Nordell, claro. — Ela afasta a xícara de cappuccino e desliza o dedo para desbloquear o tablet. — Agora, controlando a idade e o IMC, temos vendas mais altas do produto em destaque, apesar de os números ainda não serem grandes o suficiente para atingir significância estatística. Quando incluo o ciclo menstrual como fator, vejo números maiores, mas infelizmente a amostra é muito pequena. O que já está evidente é que a exposição tem...

McClure a interrompe.

— Qual é o seu nível de *p*?

Julie finge que não ouviu; ainda é cedo para relatar algo assim, ainda precisa analisar os dados, examinar mais detalhadamente, antes de se comprometer com um resultado *p* específico. Mas Gaspard levanta as sobrancelhas para ela, que não tem escolha a não ser responder.

Decepção se reflete em seu rosto.

Seria quase mais fácil se ele ficasse bravo, dissesse que ela estava desperdiçando seu tempo e os recursos da empresa. Mas a decepção significa que ele tinha grandes esperanças para o estudo, que, assim como Julie, via seu potencial. Uma opção de compartilhamento social é empolgante, com certeza, mas a inserção de imagens é o futuro. Ela sabe, Gaspard sabe. É hora de arriscar, pensa, seguir sua intuição.

— Mas notei uma coisa — diz ela depressa, antes de perder a coragem. — Inclusive, pode ser algo importante. Eu coletei três sonhos com cenouras, cenouras de verdade, não o produto embalado. E, para essa pessoa, estou vendo um pequeno aumento nas compras unitárias. Naturalmente, pode ser só coincidência, mas e se o cérebro traduziu o código de Ethan de uma forma mais idiossincrática e chegou à própria execução do que pedimos que fizesse?

E simples assim, ela chama a atenção de Gaspard.

Nas primeiras imagens, a participante parece magra, os cabelos crespos presos em um coque que realça o ângulo acentuado do queixo. Seu rosto está inexpressivo e os olhos permanecem baixos, mas logo fica evidente que ela está prestando muita atenção. Quando fala, é apenas para dar um conselho crucial — que Julie deve aceitar um trabalho — e depois volta a ficar em silêncio.

Seu desconforto parece desaparecer com o tempo. Nos vídeos posteriores, ela olha diretamente para as lentes de RA sempre que Julie fala, embora ainda não participe muito da conversa, seja sobre comida, fitness ou trabalho. É só quando surge o assunto da prorrogação de Toya Jones que ela se agita, exaltada em defesa da amiga.

No último vídeo, ela está agressiva, talvez desconfiada.

Querer saber mais é trapacear? Os perfis que a Safe-X deu a Julie incluem apenas os nomes, as fotos e os dados biométricos das 58 participantes do estudo, mas agora ela quer descobrir tudo o que puder sobre Sara T. Hussein — seus gostos, hábitos, predisposições, as conexões sinápticas que traduziram a imagem inserida em algo diferente e igualmente eficaz.

Se Julie pudesse conduzir uma entrevista pós-exposição com Sara, talvez conseguisse obter mais contexto para os sonhos em questão. Mas como fazer isso? O contato pós-estudo com as participantes não fazia parte do acordo, então, ela precisaria obter algum tipo de permissão do oficial-chefe de retenção. Pode demorar um pouco, especialmente se ela tiver que negociar um pagamento. Talvez devesse cortar a burocracia e encontrar uma maneira de falar com Sara sem revelar seus motivos.

Nesse momento, Ethan Nordell aparece na entrada de seu cubículo. Está usando jeans e camiseta, com um cordão de contas *japamala* em volta do pulso. Como ele consegue parecer tão relaxado com tamanha responsabilidade? Mas, pensando bem, ele sempre foi equilibrado; é o que ela mais gosta no colega. Julie se levanta para lhe dar um abraço.

— E aí, é isso? — pergunta ele, apontando para a tela de Julie.

Julie assente. Ela tira as coisas da cadeira de visitante e eles se sentam lado a lado enquanto ela mostra os três sonhos que selecionou.

Ele assobia.

— O que Gaspard disse?

— Ele estava definitivamente interessado, mas aí McClure sugeriu que talvez seu código...

— Não. — Nordell balança a cabeça. — Não, não. Não tem nada no que escrevi que modificaria a imagem assim. Pode reproduzir o último mais uma vez?

Julie aperta o botão de reiniciar.

— Isso pode ser importante.

Julie assente, sentindo-se grata. Nordell sempre foi uma referência para ela, desde os tempos em que estudavam em Stanford, muito antes de ela conhecer Peter. Às vezes, ela sente saudades da pós-graduação, quando passavam tanto tempo juntos no laboratório que conseguiam terminar as frases um do outro.

— Preciso ir — diz Nordell, levantando-se. — É para a gente levar alguma coisa hoje à noite?

— Só sua adorável presença.

— Beleza, então. — Ele acena para Julie ao sair. — Até mais tarde.

Melissa Ward-Nordell já está na terceira taça de vinho branco quando o jantar é servido. Julie também se sente um pouco zonza, embora tenha mais resistência ao álcool. Ela devia ter servido alguns aperitivos, percebe, talvez os bolinhos de cogumelo que estão no congelador desde o Dia do Trabalho, ou aquele molho de alcachofra orgânico que as crianças adoram, mas chegou tão tarde em casa que mal teve tempo de trocar de blusa. Precisou ligar para Ruby do carro para pedir que passasse a toalha de mesa de linho e arrumasse a mesa. E ainda por cima, Peter esqueceu de marinar o frango para o prato principal, então, levou mais uma hora para a comida ficar pronta. Todos estão famintos. Quando Melissa pega o pão, quase derruba os girassóis que Peter trouxe da floricultura.

— Deixe eu tirar isso da frente — diz Julie, levantando-se.

Uma dor aguda percorre sua perna; o longo trajeto para casa piorou seu estado. Ela coloca as flores no aparador e volta mancando para a mesa, sentando-se cuidadosamente. O pão está delicioso, a toalha de mesa bonita, o vinho gelado.

— Acho que você está ficando bêbada, querida — diz Nordell à esposa.

— Você gosta quando estou bêbada — responde ela.

Eles sorriem um para o outro, como adolescentes.

Julie pede licença e atravessa o corredor até a sala, onde deixou a bolsa quando chegou do trabalho. O Oxycontin está em um estojo verde esmaltado, decorado com uma serpente dourada, uma antiguidade que ela comprou anos antes, quando as crianças ainda usavam fralda. Eles estão jogados no sofá agora, assistindo a um filme de terror e comendo pizza com a filha de oito anos dos Nordell. Ao passar por eles novamente, Julie percebe que Ruby está olhando para ela.

— O que foi? — pergunta.

— Nada — responde Ruby, pegando um pedaço de pepperoni brilhante de gordura da fatia em seu prato e o colocando na boca.

— Como foi a prova de cálculo?

— Já contei para o papai.

Seus olhos voltam para a tela da televisão, onde uma jovem Drew Barrymore está ao telefone, gritando de medo, mas sem ousar desligar.

Foi Max quem escolheu assistir a um filme clássico naquela noite. Julie deveria ter sugerido algo menos assustador, pelo menos pela filha dos Nordell, mas estava cansada demais para pensar em uma alternativa. Os alto-falantes praticamente vibram quando Drew Barrymore grita.

— Nossa, como ela é burra — zomba Ruby.

— Foi boa? — pergunta Julie. — Sua prova?

— Foi ok.

Não sei por que me dou o trabalho, pensa Julie. Ela atravessa o corredor e volta para a sala de jantar. Está escuro como breu lá fora e, sem as luzes do quintal, toda a cena se reflete nas janelas, como se estivessem encenando uma peça em que são atores e público ao mesmo tempo. Peter está contando aos Nordell que preparou o *aguachile* de camarão com uma antiga receita que sua avó mexicana lhe deu.

— *Abuela* fazia para nós, sempre que a visitávamos em Guadalajara.

Julie dá uma garfada e, por um breve momento feliz, o sabor picante das pimentas consome toda a sua atenção. Quando ela chegou ao mercado de peixes depois do trabalho, já não havia mais camarões orgânicos da Louisiana Organic Farms e, embora o vendedor tenha dito que essa outra marca era igualmente boa, ela não tem tanta certeza. O camarão está um pouco borrachudo, na sua opinião, mas provavelmente ninguém mais percebeu, pois todos estão comendo. Depois de comer um pouco, Julie se sente levemente mais relaxada. Ela toma o resto do vinho e enche a taça outra vez.

— Vá com calma — diz Peter.

Ela o encara e toma um grande gole.

— Tive um dia longo.

Nordell enrola uma tortilha em torno do camarão no prato.

— Queria que não marcassem tantas reuniões às sextas. Fica corrido demais. Você soube que McClure foi afastado?

Julie faz que sim com a cabeça. Ela gira o vinho na taça, pensando se deve contar a Nordell que foi ela quem falou com o RH à tarde. Ele pode achar uma atitude dissimulada e pensar mal de Julie. Mas já era demais. Ela não podia mais ficar calada sobre McClure; precisou agir para proteger Souza.

Melissa ergue o olhar do prato.

— Qual deles é McClure?

— Você não se lembra dele? — pergunta Nordell. — Um cara alto, ruivo? Ele foi contratado pelo Gaspard um mês antes de você sair.

— Mas por que ele foi afastado? — pergunta Peter.

— Espere — diz Melissa, levantando um dedo. — Era ele que deixava potes de sorvete pela metade no freezer?

— Não, esse cara não trabalha mais na DI — diz Nordell à esposa. — Acho que ele foi para o Nabe. McClure é aquele que tinha uma garrafa de água de quatro litros.

— Ah, sei.

— Por que ele foi afastado? — pergunta Peter novamente, olhando para Julie.

Ela franze a testa. Por que ele está se importando de repente? Geralmente acha conversas de trabalho chatas.

— Bem — responde Nordell. — Só há duas razões para isso. E digamos que ele nunca lidou com nada financeiro.

Um grito de horror e alegria vem da sala, seguido pela trilha sonora do filme. Julie toca um botão no celular e abaixa o volume da televisão.

— Eu disse a Gaspard desde o início que McClure não seria uma boa escolha.

— Foi por isso que você chegou tarde em casa? — pergunta Peter.

— Não — diz Julie, pegando outra tortilha. — Cheguei tarde porque tive que pegar suas roupas na lavanderia.

— Não sinto saudade alguma de lidar com questões de RH — admite Melissa. — Não mesmo. Não acontecia com frequência, porque a maioria das pessoas não gosta de conflito, mas de vez em quando tinha alguém que ameaçava processar e me chamavam para resolver. Eu odiava.

— Bem, você não precisa mais fazer isso — diz Nordell.

Melissa enche a taça novamente.

— E graças a Deus por isso.

— Agradeça ao IPO — diz Nordell com uma risada. Ele olha com amor para a esposa.

O camarão está apimentado, a tortilha quente, o vinho doce.

— É uma pena para McClure — diz Peter. — Receber uma notícia dessas numa sexta-feira.

— Não existe dia bom para uma notícia assim — responde Julie, passando a mão sobre a toalha de mesa de linho. Continua lotada de vincos. — Alguém mais está sentindo cheiro de fumaça?

Melissa fareja o ar.

— Não, não sinto nada.

Julie toca no aplicativo NaarPro em seu celular e fica aliviada ao ver que ele já ativou o sistema de filtragem de ar da casa. Lá fora, o vento aumenta, sacudindo o portão da frente.

— McClure sempre foi meio babaca — continua Nordell. — Lembro que ele teve um problema com Liu, há alguns anos.

— Que tipo de problema? — pergunta Julie.

— Algo a ver com um memorando que ele enviou para toda a divisão, bem na época em que a gente teve aquele problema com os funcionários do armazém. Não me lembro dos detalhes, mas Liu reclamava dele o tempo todo. Acho que ele teve o que mereceu.

Ah, se mereceu, pensa Julie. Não é sua culpa se ele não sabe trabalhar em equipe. Talvez se tivesse ficado na dele, e parado de tentar ofuscar todo mundo, ainda estivesse na DI.

— Eu sempre gostei dele — comenta Peter. — Era uma das poucas pessoas que conversava comigo nas festas do escritório. E agora provavelmente vai ficar desempregado.

A preocupação em seu semblante parece genuína. McClure vem tentando há meses roubar a promoção com que ela contava. Se Peter prestasse atenção quando ela fala, saberia disso.

Peter olha ao redor da mesa.

— Alguém quer mais? Tem mais na cozinha.

— Aliás — diz Julie aos Nordell —, a avó de Peter não era mexicana. Ela morou no México durante os primeiros sete anos de vida, enquanto os pais trabalhavam na embaixada dos Estados Unidos lá. Depois, voltou para a Virgínia. Ela é tão mexicana quanto eu sou francesa. Ele pegou a receita no Nimble.

Peter olha para ela pela primeira vez.

— Julie.

— Que foi? Não precisa inventar uma história sobre a receita. A comida está ótima sem isso.

— Você não entende. A história *melhora* o sabor. Além disso, minha avó se considerava mexicana. — Ele olha ao redor da mesa. — E quem sou eu para contradizê-la?

— Bem, três vivas para o chef — diz Melissa, levantando a taça. — Estava delicioso.

— Porque usei a receita da *abuela*.

Melissa ri da piada idiota de Peter; ela tem muito tato. O que era útil quando trabalhava na DI, pensa Julie, especialmente quando um dos empresários falava sobre seus fins de semana de bebedeira e devassidão. Nordell percebe a deixa da esposa e também levanta a taça para o chef.

— Só que a história não é verdadeira — insiste Julie.

— Meu Deus. Você está agindo como se eu tivesse cometido um crime.

Não é um crime, ela quer dizer. Mas isso não significa que seja certo. Peter adora exagerar, não é? Distorcer suas palavras e fazê-la parecer louca. Ela toma um longo gole de vinho. O nó entre os ombros finalmente está se soltando. A voz do marido parece vir de longe.

— Eu só não entendo por que você inventa coisas.

— O quê? Você está falando enrolado.

— Eu disse que não entendo por que você inventa coisas — repete Julie, recostando-se na cadeira e esticando as pernas debaixo da mesa. Pela primeira vez no dia, a dor se foi. Ela fecha os olhos, deleitando-se com uma liberdade que não sente há muito tempo. A sala está quente. Seus lábios formigam. — Definitivamente estou sentindo cheiro de fumaça.

# 4

AS LUZES ACENDEM, A SIRENE DE INCÊNDIO TOCA. SARA senta-se, atordoada e assustada ao mesmo tempo. Espera por uma ordem de evacuação do oficial-chefe de retenção ou algum tipo de anúncio de segurança, mas nada acontece. É um alarme falso? Não, as luzes continuam acesas e, sob o cheiro de mofo que se agarra às paredes e o ranço de suor e sono, há um leve odor de fumaça. Os dois últimos incêndios florestais que assolaram aquela parte do estado não acionaram as sirenes, embora o céu tenha ficado escuro de cinzas e fumaça por dias. Esse deve estar perto. Sara empurra os cobertores para o lado.

Emily já está na janela, o rosto colado ao vidro e as mãos em concha ao redor dos olhos. Lá fora, o vento sopra com força, em um uivo prolongado.

— Está indo para oeste — diz ela. — Mas ainda está escuro, não consigo ver muita coisa.

Se Emily estiver certa sobre o vento, a fumaça vai chegar ao marido e aos filhos de Sara em breve, se é que já não chegou. Anos antes, Elias adquiriu o hábito enlouquecedor de silenciar seus aparelhos à noite, antes de colocá-los para carregar na cozinha, então, talvez não receba os alertas do celular até acordar pela manhã e, portanto, não cheque se todas as janelas da casa estão bem fechadas, não ligue os purificadores de ar e não prepare uma mochila de emergência.

Do corredor vem o burburinho de conversas — suposições descabidas sobre a direção do incêndio, misturadas com histórias sobre incêndios passados. Depois de um tempo, parece surgir um consenso: se esse incêndio realmente representasse uma ameaça séria, o OCR teria ordenado uma evacuação.

— O que você acha? — pergunta Sara à colega de quarto. — Estamos correndo perigo?

— Depende da velocidade do vento. — Emily estala a língua. — E também da temperatura, do nível de umidade, do tipo de equipe que está trabalhando, coisas assim. Mas, se a sirene disparou, não é bom sinal.

Elas ficam juntas na janela, observando o céu clarear de carvão para cinza.

Alguns minutos depois, o alarme de checagem de dispositivos toca. Hinton entra pelo portão, usando máscara. E não é uma máscara barata — é um respirador de alta qualidade que ele deve ter guardado em seu armário, no andar de baixo, para um dia como aquele. A máscara lhe aperta a parte inferior do rosto, o que faz seus olhos parecerem maiores, como se estivesse surpreso. Ele se apressa com a varredura de neuroprótese e acaba tendo que voltar e refazer a de uma das retidas do 204. Quando finalmente chega ao 208, Emily o bombardeia com perguntas.

— Então, onde começou o incêndio? É um incêndio rasteiro ou um incêndio nas copas? Qual a porcentagem contida? Eles estão chamando as equipes estaduais?

O scanner apita e Hinton passa para Sara.

— Vamos ser evacuados? — pergunta ela.

Ele fixa os olhos surpresos nela. Embora a máscara esconda a parte inferior do rosto, pelas rugas nas têmporas, parece que ele está sorrindo. O que há de tão engraçado nessa situação? Se estão presas ali, ele também está. Mas, antes que ela possa perguntar qualquer outra coisa, Hinton atravessa para o 209.

Sara volta para o quarto. Em todo o seu tempo em Madison, jamais viu Hinton se apressar tanto na verificação dos dispositivos. É sua parte favorita do trabalho: o momento em que as mulheres ficam em posição de sentido enquanto ele segura o scanner que lhes dá crédito por uma noite de conformidade. Talvez o que ela interpretou como um sorriso malicioso fosse apenas sua maneira de esconder o medo. Talvez tenha alguma verdade nas histórias sobre a cicatriz de queimadura em seu pescoço, a casa perdida, o pastor-alemão morto. Ela arruma a cama, puxando o cobertor cheio de bolinhas, enquanto, do outro lado do quarto, Emily espuma de raiva.

— Por que se dar ao trabalho de ligar a sirene? — questiona ela, com a voz cheia de indignação. — Qual é o sentido de uma sirene se não tem evacuação?

— É para os oficiais.

— Imaginei. Já ouviu falar em pergunta retórica?

Emily está irritada desde que foi retirada do serviço de café da manhã e colocada no serviço de zeladoria, que odeia. Naquela manhã, está especialmente furiosa, reclamando do treinamento de emergência deficiente e das simulações de incêndio que não foram feitas, falhas sobre as quais ela decidiu chamar a atenção do OCR em um e-mail, no início do verão. A resposta que recebeu segundos depois informava que a Safe-X está em conformidade com todos os protocolos de segurança e procedimentos de emergência do estado.

Quando Sara volta para a janela, Emily, em seu catre, levanta os olhos.

— Está vendo alguma coisa?

— Não muito.

O céu clareou e ficou alaranjado. As lebres que vivem na montanha parecem ter fugido, e o único movimento vem dos arbustos balançando ao vento quente. Além da colina, o horizonte é uma linha vermelha. Sara espera alguns minutos, mas o ônibus não está circulando naquela manhã. A senhora deve ter ligado para familiares ou amigos e feito planos para uma possível evacuação, mas ali em Madison as retidas estão totalmente à mercê da Safe-X. Os pensamentos de Sara voltam para a família. Ela precisa falar com Elias, descobrir se ele e os gêmeos estão bem.

Pontualmente às 6h30, ela caminha até as cabines de comunicação do PostPal no andar de baixo. Conta 37 mulheres na fila à sua frente; pode levar horas até chegar sua vez. Senta-se com as costas apoiadas na parede, abraça os joelhos e fecha os olhos. Alguns minutos depois, ela ouve o tilintar de chaves e Hinton aparece na ponta do corredor. Ele manda as mulheres se dispersarem, mas a máscara abafa sua voz e as retidas fingem não entender as ordens. Por um momento, ele examina a fila, depois entra no escritório do PostPal.

A notícia é transmitida de boca em boca até chegar a Sara: Hinton ordenou que as cabines fossem fechadas pelo restante do dia.

— O dia todo? — pergunta ela, incrédula, saindo da fila e esticando o pescoço para olhar.

E, de fato, as luzes do teto nas cabines de vidro estão sendo desligadas uma a uma. As mulheres cujas ligações foram interrompidas saem para o corredor.

— O dia todo — confirma Alice.

Ela estava cinco lugares à frente de Sara. Agora fechou o livro que estava lendo, e o segura contra o peito, como se fosse um conforto.

— Ele pode fazer isso? — pergunta Sara, a perna esquerda dormente. Ela a esfrega com uma das mãos, enquanto com a outra se apoia na parede. — Quero dizer, eles são uma empresa separada, não são? Ele não trabalha no PostPal.

— Não faço ideia do que acabou de acontecer.

— Ele já fechou as cabines do PostPal antes?

Alice morde o lábio inferior.

— Fechou uma vez no ano passado, acho que em novembro, mas foi só por uma ou duas horas, porque os funcionários do PostPal estavam aqui para consertar alguma coisa. Nunca fechou por um dia inteiro, e muito menos num dia como este.

Sara se aproxima da entrada do escritório do PostPal, onde algumas mulheres se reuniram para tentar descobrir o que aconteceu ou pedir o reembolso das chamadas interrompidas. Nenhuma regra foi quebrada, argumentam elas, então, por que as cabines estão fechadas hoje? Porque a comunicação é um privilégio, responde o oficial de plantão, e privilégios podem ser retirados a qualquer momento. As reclamações continuam até que Hinton sai do escritório. Do fundo da multidão, alguém grita:

— Valeu, babaca.

Hinton puxa a máscara até o queixo.

— Quem disse isso?

Ninguém responde. As mulheres se dispersam rapidamente, antes que ele sinta vontade de apontar seu Tekmerion para uma delas. Ele olha para uma das cúpulas no teto, como se à espera de que denunciasse o nome da mulher que o xingou, depois ajusta a máscara sobre o nariz. Vai ter que ir ao deque de observação para revisar as imagens.

— Preciso saber como estão meus filhos — diz Sara, quando ele passa por ela.

— Não é problema meu.

— Espere.

Um arrepio de desconforto percorre as costas de Sara quando ele se vira para encará-la. Há algo profundamente perturbador em seus olhos, que parecem nunca piscar ou vacilar, mas permanecem fixos em seu alvo, com precisão militar.

— Que foi?

— Eles vão saber que você está fechando as cabines.

— Isso é uma ameaça?

— Só estou dizendo que há um incêndio florestal. Eles provavelmente esperam um volume maior de chamadas em um dia assim. — Ela procura uma reação em seu rosto, mas, mesmo com a máscara, vê que ele não está preocupado. — Eu me pergunto o que vai acontecer quando perceberem que as cabines foram fechadas.

— Nada — diz ele, com uma risada. — Não vai acontecer nada. Você acha que alguém no PostPal se importa com o que acontece aqui? Eles têm centenas de unidades, a maioria maior e mais lucrativa que esta.

Ela tenta engolir, mas a saliva fica presa na garganta, como giz.

— Eles vão perceber o desligamento, é o que estou dizendo.

— Não é um desligamento, é uma falha. Falhas acontecem. — Ele se mexe. — Ouça — diz ele, com um tom repentinamente sério. — Não posso deixar os corredores lotados de gente. Não é seguro, não hoje.

Ela não quer implorar... mas implora.

— Por favor. Só quero ver como está minha família. Por favor.

— E eu quero estar em outro lugar. — Ele inclina a cabeça. — Mas nem sempre a gente consegue o que quer. É a vida.

Como se a situação de ambos fosse igual. Como se ele estivesse separado dos filhos, sem saber nada sobre o bem-estar da família, impedido de usar o telefone no meio de um incêndio florestal. Mas princípio moral ou justiça básica não importam: mesmo apelando puramente para o interesse próprio, ela não consegue convencê-lo a manter as cabines abertas. Sara aperta os lábios, segurando-se para não gritar todos os palavrões que lhe vêm à mente.

No café da manhã, Sara não consegue se obrigar a comer, embora seja sexta-feira e o cardápio tenha ovo mexido e batata frita. A luz que entra pelas janelas banha o refeitório em tons alaranjados, avermelhando o rosto de todo mundo ao seu redor. O calor é sufocante, parece que estão sentadas em um forno. Marcela tosse, cobrindo a boca com o antebraço, depois toma um longo gole de chá para conter um novo acesso.

Emily chega com sua bandeja.

— O incêndio começou ontem, perto do lago Perris. Mas se espalhou muito rápido por causa do vento.

— Lago Perris? — Pelo menos é longe de Elias e das crianças, pensa Sara. — Mas eles o estão controlando, certo?

— Não. Está a cinco quilômetros e meio daqui.

— Meu Deus.

Toya esfrega o nariz.

— É impressão minha ou o cheiro está mais forte agora?

Emily lança um olhar avaliador para o salão meio vazio.

— Eles deviam ter um plano de emergência, com líderes de equipe designados para executá-lo quando necessário. Deveriam pelo menos nos dar máscaras.

De repente, as luzes se apagam. O zumbido da estação de serviço, o chiado da geladeira, o barulho das câmeras — tudo para ao mesmo tempo. Sara não tem ideia se a interrupção é uma medida preventiva do estado ou um sinal de que o incêndio danificou a rede elétrica. Ela observa Hinton ir até a porta, enfiar a cabeça no corredor escuro e, depois de um momento, voltar ao telefone, dessa vez levantando-o para tentar encontrar um sinal.

— Fui pedir máscaras na enfermaria — diz Marcela após um minuto, antes de ser tomada por outro acesso de tosse. Flores administra a enfermaria, onde, em circunstâncias normais, as mulheres podem pegar absorventes comuns ou internos sem custo, se concordarem em ter seus ciclos menstruais monitorados. — Ela disse que não havia nenhuma para as retidas.

— Posso fazer máscaras para todas nós — sussurra Sara. — Posso usar meus lençóis.

O silêncio cai sobre a mesa. Uma seção inteira do manual da Safe-X é dedicada às proibições contra a destruição de propriedade da empresa e às punições correspondentes para cada infração. Na cozinha, uma retida ainda lava bandejas de refeições na pia, o barulho mais alto e agressivo à medida que a pilha ao seu lado cresce.

Marcela pergunta, tentando soar hipotética:

— Onde você conseguiria uma tesoura?

— Vou encontrar alguma coisa — diz Sara.

— Na lavanderia?

— A gente não tem ferramentas lá. Mas eu dou um jeito.

Naquele momento, Williams entra correndo no refeitório, os sapatos rangendo no piso de vinil. Ele traz alguma notícia para Hinton, que ouve com a cabeça inclinada para o lado e a mão em concha atrás da orelha. Os dois continuam sua conversa na janela, olhando preocupados para o céu alaranjado. Williams está prestes a sair quando Hinton o chama de volta e o faz ajustar a máscara bem em cima do nariz. É um gesto estranhamente protetor, vindo de Hinton.

E ainda nenhum anúncio do OCR.

— Estamos fodidas — diz Emily.

— Não. Vou fazer máscaras para todas nós — repete Sara.

Sentindo que as outras mulheres concordam, ou pelo menos não discordam, ela compartilha a ideia que lhe ocorreu quando se sentou e encontrou uma espessa camada de cinzas sobre a mesa. Estamos perdendo tempo esperando por ajuda, diz. Ela pode nunca chegar ou chegar tarde demais, o que dá no mesmo. Vocês perceberam que os operários não estão aqui hoje?, pergunta. Devem ter sido impedidos de trabalhar, o que significa que estamos tão perto do incêndio que não é seguro para eles. Se não é seguro para eles, como pode ser seguro para nós? Temos que fazer máscaras para nos proteger contra a exposição, assim como os oficiais. E aí, diz ela, baixando ainda mais a voz, precisamos descer até a recepção e tomar o controle de um dos caminhões de serviço. Temos que sair daqui.

— Me inclua fora dessa — diz Toya.

De todas as objeções à sua proposta, Sara não esperava que a primeira e mais rápida viesse de sua amiga mais próxima, em Madison. É um plano perigoso, sim, mas elas próprias estão correndo perigo. Se não forem evacuadas, vão morrer queimadas, e isso se o monóxido de carbono não matá-las primeiro.

— Mas por quê? Você quer ficar aqui sentada, esperando?

— Você sabe quantas regras estaria infringindo? O que os oficiais vão fazer quando for pega? "Quando", veja bem, não "se". Mesmo que você saia deste lugar sem ser pega, vai para a cidade sem documentos, sem comida, sem dinheiro. Quando estiver longe do fogo, vai se separar das outras. Vai querer ir para casa, para o seu marido e seus filhos, e vão estar te esperando lá. — Toya diz tudo isso sem emoção, como se estivesse explicando a um cliente todas as razões pelas quais o pedido de indenização do seguro foi negado. — Se sair de Madison, não vai para outro centro de retenção, você vai para a prisão.

— Isto *é* uma prisão.

— Não, não é. — Tecnicamente, as pessoas retidas têm mais direitos do que os prisioneiros. Podem votar nas eleições locais, estaduais e nacionais, ainda que a duração imprevisível do seu confinamento signifique que a maioria não se dá ao trabalho de alterar o registro eleitoral, isso as que estão registradas. Também podem realizar transações bancárias limitadas, um privilégio que se resume a cobrar itens da lojinha ou vários serviços do PostPal nos cartões de crédito dos familiares. As distinções mais sutis entre cadeias, prisões, centros de segurança pública, clínicas de internação e unidades de retenção parecem importar muito para Toya, de repente. — Não é uma prisão.

— Se você diz...

— Quem se importa com a diferença — acrescenta Emily —, se vamos todas ser queimadas vivas?

— Pois é. — Sara se vira para Alice. — E você? Consegue ajudar a gente a sair daqui? Aposto que sabe como dar partida em um dos caminhões do Recebimento.

Alice levanta as mãos.

— Eu nunca disse que roubei caminhões.

— Estou perguntando se *consegue*, não se você fez. Sabe dar partida em um ou não?

— O que está acontecendo com você? — pergunta Toya, preocupada, colocando a mão no braço de Sara.

Sara dá de ombros.

— Não é óbvio?

— Me escute — diz Toya. — Neste momento, nós somos um problema para eles. Se formos embora, eles viram um problema para nós.

— Faça o que você quiser. Mas eu não vou ficar aqui sentada, esperando para ser morta.

Marcela tem outro acesso, e Alice tem que lhe dar um pouco do próprio chá para ela engolir a tosse. Do outro lado do refeitório, uma mesa de retidas mais jovens explode em uma discussão barulhenta, que acaba com Victoria levantando-se irritada e mudando-se para outro lugar. Hinton percebe a confusão, mas, em vez de ir investigar, sai do refeitório.

— Posso conseguir uma lâmina — diz Emily. — Para as máscaras.

Outra surpresa. Emily é a única do grupo com antecedentes criminais, o que aumenta o tempo de prorrogação que ela recebe sempre que é punida. É a que tem mais a perder se fugir, mas é a única disposta a fazer alguma coisa.

— Seria ótimo — comenta Sara. — Alguém tem créditos na lojinha? Precisamos comprar água.

Toya, Alice e Marcela olham para a comida.

— Pelo jeito, somos só você e eu, então — diz Sara a Emily.

Ela pega a bandeja e se dirige para a estação de serviço. Nunca antes desejou tanto sair desse lugar, com sua indiferença esmagadora, suas regras mesquinhas em constante mutação.

A LOJINHA ESTÁ SEM COMIDA, ÁGUA MINERAL E PILHA. COM O crédito que ainda tem na conta, Sara compra os únicos líquidos que restam — um refrigerante em lata e um suco de maçã — e espera enquanto o funcionário calcula seu saldo com uma calculadora manual. Eu devia ter vindo antes do café da manhã, ela se repreende, não devia ter demorado. Ao sair com suas compras, percebe que algumas retidas estão reunidas em grupinhos, nas janelas do pátio. Do outro lado do vidro manchado, um agente da Safe-X está de pé, com a mão protegendo o rosto do brilho alaranjado do sol, olhando para o céu como se pudesse adivinhar o futuro.

De volta ao quarto, Sara encontra Emily usando suas pinças para mexer em uma lâmina descartável. A lâmina tem uma cabeça giratória, então ela precisa mantê-la firme contra o colchão enquanto puxa o grampo de metal que prende o cartucho no lugar, mas, depois de meia dúzia de tentativas, o grampo sai. Ela bate de leve no cabo e três lâminas brilhantes caem sobre o cobertor.

— Pronto — diz ela. — Pegue uma.

Com a lâmina, Sara corta um pedaço quadrado de tecido do lençol. Coloca uma tira de papel higiênico no meio, dobra o tecido por cima e prende as duas pontas com um elástico de cabelo.

— Que tal? — pergunta ela, enquanto ajusta a máscara em Emily. — Está boa? Consegue respirar?

— Mais ou menos.

— Está sentindo cheiro de fumaça?

— Não muito — admite Emily.

— Então está funcionando.

Sara rapidamente faz uma segunda máscara e a coloca, puxando as tiras até que fique bem justa. O reflexo que vê no espelho a lembra da pandemia de sua infância. Ao contrário de alguns de seus colegas de escola, ela nunca se importou em usar máscaras, que escondiam suas espinhas, a raiva que sentia quando um menino dizia que ela precisava sorrir mais, sua impaciência com estranhos que perguntavam: "E aí, o que você é?". Ela não tinha como saber que essa habilidade seria útil tantos anos depois.

Sara para na janela novamente. O céu está laranja brilhante e a nuvem de fumaça se aproximou — ela só consegue ver seis metros além do ponto de ônibus na rodovia.

— Veja — diz ela, apontando para fora. — Está piorando.

— Se não tirarem a gente daqui agora, não vamos conseguir. Não acredito que o OCR esteja ausente num dia assim. E Hinton também desapareceu.

— Você ainda quer fazer isso, certo?

Emily assente rapidamente. Seus quadrinhos e fotografias já estão arrumados na fronha do travesseiro.

— O portão de entrada não é uma boa ideia — diz ela a Sara. — Está cheio de oficiais. Melhor sair pela cozinha. Tem uma porta nos fundos que dá para o estacionamento onde eles param os carros.

— Tudo bem.

Sara enfia seu diário e as bebidas que comprou na fronha do travesseiro.

A caminhada até o andar de baixo é curta. Felizmente, os corredores estão movimentados, já que o corte de energia liberou as retidas de suas tarefas no trailer, e ninguém presta muita atenção às duas. Misturando-se ao tráfego, elas seguem para o refeitório, agora vazio.

— Por aqui — diz Emily, conduzindo Sara pela estação de serviço.

Ela digita um código na porta da cozinha e, um segundo depois, estão dentro, diante da porta mágica.

Que requer outro código.

E agora?

Emily tenta o mesmo código que usou um momento antes, mas a luz pisca em vermelho. Ela passa o dedo indicador pelo teclado e, embora seja evidente que os números 2, 5, 8 e 0 foram pressionados centenas de vezes, não há como adivinhar qual é a combinação correta.

Os olhos de Sara ardem; o cheiro de fumaça é mais forte perto da porta do que em qualquer outro lugar do prédio. Não é hora de códigos. Ela corre de volta à cozinha para procurar uma espátula de metal ou um abridor de latas, mas todas as gavetas estão trancadas. A bancada de aço inoxidável está vazia, a pia também. Será que tem uma caixa de ferramentas na câmara fria? Ela entra — e encontra Hinton curvado, junto de uma pilha de caixotes.

Seus olhos se encontram, embora ela não tenha certeza se ele percebeu sua presença, pois está com muita dificuldade de respirar. Um chiado doloroso escapa de sua garganta. Seu rosto está vermelho, o pescoço, encolhido entre os ombros.

Ele está tendo um ataque de pânico, percebe Sara.

Ela dá um passo em direção a ele. Seria mais fácil respirar se ele tirasse a máscara, mas ela não ousa tocá-lo e, de qualquer forma, Hinton já está desviando o olhar, como se estivesse envergonhado, encarando as caixas de ovos desidratados enquanto tenta inspirar o máximo de ar que seus pulmões permitem. O chiado cessa — ele parou de respirar completamente. Sua mão voa para o coldre, por instinto, ao que parece. Será que ele não percebe que o equipamento pesado em seu cinto é um perigo maior para ele no momento do que ela jamais será? A única coisa que ela quer é sair dali.

Ela corre de volta para a cozinha e pega o único item móvel que consegue encontrar: uma das bandejas de refeição da estação de serviço. Vai ter que servir. De volta à porta, começa a golpear o teclado com a bandeja, mas a fechadura simplesmente não quebra.

— Deixe isso pra lá — diz Emily, após um minuto. — Deixe. Vamos logo para a recepção.

Elas atravessam o refeitório vazio outra vez e saem para o corredor, onde as telas que exibem as tarefas de trabalho estão apagadas. Ao virar a esquina, esbarram em Yee, que carrega um galão de água em cada braço. Ele leva um segundo para recuperar o equilíbrio.

— Não vamos nos encontrar no refeitório — diz ele, com a voz distorcida pela máscara N95. Ele vestiu um colete amarelo neon por cima do uniforme e um apito laranja balança em seu pescoço. — Vão para o auditório.

— Agora? Vamos evacuar?

— Preciso que todas se reúnam na área de assembleia, prontas para sair. Se virem outras residentes, avisem para se encontrarem com a gente lá.

Virando a esquina, as duas seguem para o salão principal, onde encontram dezenas de retidas, algumas em grupos, outras sentadas no chão, esperando sob o mural de Arnautoff. Algumas estão usando máscaras feitas de papel-toalha ou absorventes. Mas ninguém parece saber quando os ônibus vão chegar.

O calor continua a aumentar à medida que mais retidas entram no salão. Sentindo tontura, Sara abre o refrigerante e toma um gole enquanto olha para o mural de Arnautoff. A alface verde parece exótica e exuberante naquela manhã, e a terra tem um tom marrom rico e úmido. É uma cena bucólica que sempre a faz sentir nostalgia por um passado que jamais conheceu, uma época que parece mais inocente do que o presente. Mas, enquanto os operários se ajoelham nos sulcos, são observados pelo capataz de macacão azul e, mais tarde, pelo artista em seu estúdio e, ainda mais tarde, por ela, o processo transformando-os de pessoas em objetos.

Talvez o passado e o presente não sejam tão diferentes assim, pensa. O estranho — o incrível, na verdade — é que conseguimos encontrar maneiras de contornar a vigilância: falamos em sussurros, procuramos os pontos cegos das câmeras, passamos contrabando pelos banheiros ou chuveiros, mesmo sabendo que quebrar as regras pode prolongar nosso confinamento.

E eu quebrei a maior regra de todas, ela percebe: tentar fugir desse lugar.

Enquanto isso, as retidas continuam a chegar ao salão principal. Victoria é a última; ela encontra um lugar ao lado de Alice. O ar está elétrico, carregado de impaciência. Quanto tempo mais terão que esperar? A evacuação vai acontecer ou não? Os oficiais correm de um lado para o outro, pois a falta de energia tornou seus Tekmerions inúteis. Um deles foi ao escritório pegar uma lista atualizada das retidas, outro procura um contador manual.

O zumbido distante de veículos faz com que as pessoas se levantem e, alguns minutos depois, Ortega aparece com um megafone.

— Vamos ser evacuados para Victorville — anuncia ele. — Vocês devem se apresentar no pátio, onde serão revistadas e conduzidas em grupos de quarenta e duas para os ônibus. Não levem nenhum item pessoal com vocês. Repito, não levem itens pessoais com vocês. Seus medicamentos devem ser embalados em sacos plásticos transparentes. Sigam em duas filas organizadas em direção ao pátio.

Um movimento frenético e imediato se segue ao anúncio. Sara caminha, meio carregada pela multidão, levando cotoveladas e chutes no percurso até o pátio. Cinzas brancas cobrem a grama como neve, e as portas dos trailers chacoalham com o vento quente. Além da cerca de arame, uma nuvem gigante de fumaça paira no horizonte.

Hinton e Williams esperam perto do primeiro ônibus, com braçadeiras penduradas nos cintos.

## DA SEÇÃO 7 DO MANUAL SAFE-X:

**7.1.** A perda, alteração ou destruição de propriedade da empresa é estritamente proibida e resultará em um relatório de incidente e uma prorrogação do período de retenção.
**7.2.** As prorrogações por perda, alteração ou destruição de propriedade da empresa podem variar de 21 a 84 dias.
**7.3.** Dependendo da gravidade dos danos, sanções adicionais podem ser impostas, incluindo a perda dos privilégios da lojinha.
**7.4.** As retidas são responsáveis por reembolsar a Safe-X por qualquer item perdido, danificado ou destruído, de acordo com a tabela abaixo:

Lençóis: até US$ 300
Fronhas: até US$ 50
Cobertores: até US$ 400
Toalhas: até US$ 75
Meias, sutiãs, roupas íntimas: até US$ 50 cada
Uniformes: até US$ 300
Sapatos: até US$ 200

SARA ACORDA COM O MOTORISTA XINGANDO O TRÂNSITO. Estão naquela estrada secundária há três horas, depois de encontrar a entrada da rodovia fechada. Ela limpa a saliva da boca e, pela janela gradeada, olha para uma paisagem de rochas e arbustos secos. O sol é um globo débil em um céu cor de tangerina, e a luz está fraca. A mulher sentada atrás dela se inclina para perto, a respiração quente contra o pescoço de Sara. Ela fala em um sussurro, porque falar no ônibus é contra as regras:

— Você tem um absorvente?

Sara balança a cabeça. Não trouxe nada, porque Hinton confiscou sua fronha no embarque. Só a perda de seu diário a deixa de novo com os olhos marejados. Ela vira o rosto para o vidro e chora baixinho, enxugando as lágrimas com a palma da mão. Tudo lhe foi tirado. Não apenas a vida que tinha antes, com um milhão de prazeres e luxos dos quais mal consegue se lembrar, mas também a corda que trançou pacientemente nos últimos meses e com a qual se içava das profundezas do desespero todas as manhãs. O que Hinton vai fazer com o diário dela? Ler para passar o tempo no intervalo do almoço? Jogar no lixo sem olhar? Entregar à AAR como prova material no seu caso de retenção? Cada alternativa parece tão intolerável quanto a outra. Aquele diário pertence a ela, somente a ela.

O ônibus para de forma brusca, com os freios chiando dolorosamente. O motorista buzina até que o carro à frente começa a se mover novamente. Sara sente a bexiga cheia e gostaria de poder se aliviar.

— Estamos longe de Victorville? — sussurra para Emily, sentada ao seu lado, com a fronha no colo. Foi Jackson quem a registrou para embarcar, e deixou todo mundo na fila ficar com seus pertences. Se Sara estivesse *naquela* fila, em vez da de Hinton, ainda teria o diário. — Você sabe?

— A placa lá atrás dizia Hesperia.

Então não está muito longe, pensa Sara, aliviada. Ela fecha os olhos de novo, na esperança de dormir, mas o motorista passa por um buraco e ela sente como se alguém tivesse lhe dado um soco na bexiga. Devia ter ido ao banheiro antes de saírem de Madison, mas nem pensou nisso, de tão ansiosa que estava para partir. Agora ela se encolhe no assento, tentando encontrar um ângulo que diminua a pressão. O dedão do pé lateja por ter sido pisado durante a correria para entrar no ônibus, e o braço dói onde alguém a puxou para trás.

O motorista permanece na estrada secundária por mais duas horas antes de voltar para a principal. Finalmente, a nuvem de fumaça fica para trás, e o céu está amarelo-claro. Pelo menos Elias e as crianças estão a salvo do incêndio, ela se consola, pelo menos estão seguros em casa. Será que o OCR enviou um aviso informando que ela estava sendo evacuada? Teriam sido informados de para onde Sara estava sendo levada? O OCR não hesita em usar o alto-falante para avisar sobre mudanças de turno ou canos quebrados, mas deixou os oficiais encarregados de lidar com a evacuação.

No final da noite, chegam a Victorville e dirigem mais oito quilômetros, passando por postos de gasolina, lanchonetes de fast food e uma reserva natural, até uma construção bege de estuque que ainda exibe, esculpidas acima das portas da frente, as palavras ESCOLA VICTORVILLE. No portão do estacionamento, há outra espera enquanto os agentes da Safe-X dão instruções ao motorista, gritando para que suas vozes sejam ouvidas acima do barulho do motor. Finalmente, o ônibus para em um prédio nos fundos do complexo de retenção.

Com armas apontadas para elas, as mulheres são desamarradas e levadas para um ginásio com catres dispostos em fileiras sob brilhantes luzes industriais. Não há lençóis nem cobertores. A fila para usar o único banheiro se estende por todo o corredor. É ESTRITAMENTE PROIBIDO SE AGLOMERAR NO BANHEIRO, diz uma placa — uma advertência que se repete em espanhol e chinês. Enquanto espera sua vez, Sara se mexe, cantarola baixinho, inclina-se para a frente com as mãos nos joelhos, mas, a três metros da porta do banheiro, não consegue mais se segurar e se suja. Um cheiro pungente sobe da poça laranja que se forma lentamente a seus pés.

— Ei — grita alguém atrás dela. — Cuidado.

Sara mantém os olhos desviados. Quando a porta do banheiro se abre novamente, a mulher à sua frente na fila cede o lugar. Lá dentro, Sara se limpa o melhor que pode. Nem quando estava grávida dos gêmeos sentiu tanta dor na bexiga assim. Pensa com saudade no comprimido de ibuprofeno embalado individualmente que tinha enfiado na fronha do travesseiro, um bem precioso em qualquer circunstância, ainda mais em um dia como aquele. Por que Hinton não a deixou ficar com suas coisas? Que diferença teria feito para ele? Ela enxágua a calça na pia, torce e sai do banheiro de calcinha.

Do fim da fila, alguém assobia.

O rosto de Sara fica quente. Ela cobre a poça com pedaços de papel que pegou no dispensador, aí move as folhas com o sapato, limpando a urina. As outras mulheres se afastam, com nojo.

Depois, ela tem que atravessar o ginásio com a calça molhada nos braços. Um guarda com um carrinho está distribuindo barrinhas de proteína, mas ela fica constrangida demais de parar seminua na sua frente. Procura um catre, mas todos já foram ocupados, então, encontra um lugar ao lado de Emily, estende as calças para secar e se enrosca ao lado delas para passar a noite.

Uma hora depois, as luzes são apagadas.

Sara abre os olhos e vê Hinton em pé diante dela, ladeado por dois guardas prisionais de uniforme marrom. Será que vieram para escoltar todas de volta a Madison? Ela se apressa em cobrir as pernas nuas com a calça, ainda molhada da noite anterior. Os joelhos machucados ficam à mostra, a unha do dedão do pé está quebrada. As luzes do teto são ofuscantes e o cheiro de corpos suados paira no ar. Ao redor do ginásio, as mulheres se levantam de seus catres, esfregando os olhos sonolentos, preparando-se para a checagem de dispositivos. Por que Hinton está assim, em cima dela? Em sua mão está seu diário de sonhos, com uma dúzia de post-its em cores neon se destacando das páginas.

Então ele o leu. E trouxe consigo naquela manhã para atormentá-la. Enfurecida, ela tenta pegar o caderno, mas ele o levanta fora do seu alcance com uma das mãos, enquanto com a outra coloca uma tira de couro no pulso de Sara. Ela solta um grito de surpresa. O que está acontecendo? Com um movimento rápido, Hinton aperta a tira em torno do seu pulso e desenrola o resto da coleira.

— O que você está fazendo? — Ela consegue perguntar. Seu peito está apertado, ela sente falta de ar. — O que você está fazendo?

Com a coleira, Hinton a puxa para que ela fique em pé e a conduz, com as pernas e os pés descalços, em direção à porta. Os dois guardas seguem atrás, com a mão no coldre. De suas camas, as outras mulheres observam.

— Para onde você está me levando?

— Para a jaula. Que é o seu lugar.

— Não!

Ela puxa a coleira violentamente... e acorda ao bater o cotovelo na parede.

O CHEIRO NÃO É TÃO FORTE NO INÍCIO. PODE SER SÓ O ODOR fétido do banheiro que não foi limpo ou o cheiro nauseante de 108 mulheres trancadas em um ginásio sem janelas há onze horas. Sara tenta encontrar uma posição confortável no chão de vinil para voltar a dormir. Mas, com o passar do tempo, o cheiro se torna mais distinto.

Fumaça.

Ela se senta, alarmada. Sob as luzes LED das câmeras montadas ao longo da parede, vê fios de fumaça saindo das aberturas de ventilação. Emily também acordou.

— Fogo! — grita com uma voz que ecoa por todo o ginásio. — Fogo!

Ela caminha pelo corredor, sacudindo as mulheres para acordá-las. Uma a uma, todas se levantam de seus catres.

Sara corre para a câmera mais próxima e agita os braços como uma louca, tentando desesperadamente chamar a atenção de quem quer que esteja assistindo do outro lado. Algumas mulheres vão até a porta e batem com os punhos.

— Fogo! — gritam. — Abram as portas!

A fumaça continua a sair pelas aberturas de ventilação. Sara está com dificuldade de respirar, sua máscara de pano é inútil. Ela se junta à multidão na porta, tentando empurrá-la para abrir. Então alguém a destranca do outro lado e Sara é esmagada pelo peso dos outros corpos. Leva uma pancada na cabeça... e acorda no chão do ginásio.

ZACH ESTÁ PARADO NA GARAGEM, SOB A SOMBRA DA MAGNÓLIA, com o inalador despontando do bolso da frente da calça jeans. É um dia ensolarado de junho, a escola acabou e as férias de verão começaram.

— É minha vez de ser o zumbi — diz ele.

— Não, é minha vez — responde Saïd. Ele acabou de cortar o cabelo e suas orelhas estão visíveis.

Zach e Sara protestam ao mesmo tempo. Saïd já foi duas vezes — e não foi ele quem ficou de zumbi quando brincaram de pega-pega? *Não é justo.* Dentro da casa, a chaleira apita no fogão. As mães devem estar fazendo chá de hortelã, se preparando para assistir juntas à série que adoram.

Mas Saïd ignora as reclamações. Ele contorce o rosto, inclina a cabeça e começa a mancar pela entrada da garagem. Seus olhos estão esbugalhados, os movimentos espasmódicos. Quer os outros gostem ou não, o jogo começou. Ele tenta pegar Zach primeiro, mas Zach é alto e ágil demais. Então Saïd vai atrás de Sara. Enquanto brigam, ela cai no chão e jorra sangue de seu joelho.

— Mãe — grita ela. — Me ajude!

Mas ninguém vem em seu auxílio e ela tem que chutar, beliscar e dar cotoveladas no irmão para se libertar. Enquanto tenta se soltar das mãos de Saïd, ela percebe que o rosto dele se transformou em uma caveira.

* * *

— Noite difícil? — pergunta Emily pela manhã. As luzes industriais se acendem, as câmeras zunem enquanto seguem os movimentos das mulheres despertando do sono. Marcela está fazendo saudações ao sol, Alice desenrolando o lenço da cabeça; Toya virou o rosto para a parede, tentando dormir um pouco mais. Em algum lugar lá fora, um caminhão apita ao dar ré. — Você está meio pálida.

— Não comi nada, só isso — responde Sara.

Sua calça ainda está úmida e fedida. E pensar que costumava ficar em frente ao armário pela manhã, indecisa sobre qual blusa combinar com qual saia ou qual joia ficaria melhor com o vestido que escolheu. Após um momento de hesitação, ela veste a calça e caminha até o banheiro. Dormir no chão deixou seu corpo dolorido, mas é um alívio não haver fumaça e o único cheiro no ar ser o das mulheres ao seu redor. Talvez o incêndio tenha sido controlado.

Felizmente, a fila está mais curta do que na noite anterior, mas, quando chega sua vez, não tem sabonete e o dispensador de papel está vazio. Ela lava o rosto e as mãos, preocupada com o cheiro de urina ainda em seu corpo. Ao sair do banheiro, esbarra em Toya, que carrega uma sacolinha plástica com seus medicamentos.

— Bom dia.

— Bom dia.

Toya coloca a mão no braço de Sara.

— Emily me contou o que aconteceu.

— A gente tinha que tentar alguma coisa.

— Você teve um dia ruim. Todo mundo tem, em algum momento. Você teve sorte de não ter sido pega.

Sara assente. Alguém empurra as duas para sair do banheiro; é a mulher que estava sentada atrás de Sara no ônibus, sua calça está molhada e manchada de vermelho. O ginásio onde estão alojadas não tem nenhum tipo de suprimento. Sara está prestes a perguntar a Toya se pode lhe emprestar um Advil para a unha quebrada do dedo do pé quando Victoria chega à porta.

— Vocês duas estão indo ou vindo? Não fiquem aí paradas. Estão bloqueando a passagem.

Toya entra, Sara sai.

Momentos depois, um alarme toca. Dois guardas da Safe-X percorrem a extensão do armazém, dizendo às mulheres para pegar suas coisas, arrumar seus catres e manter os corredores desobstruídos. Assim que a verificação de segurança é concluída, outro guarda ordena que as mulheres fiquem de pé. Mas, em vez do scanner neuroprostético de Madison, ele usa um simples dispositivo de contagem.

Pelo menos, é um consolo.

Durante cinco dias, as mulheres permanecem no ginásio. Separadas dos outros retidos em Victorville — a maioria homens sob investigação por futuros crimes com armas —, elas não podem usar a sala de televisão, o pátio para exercícios ou as cabines de comunicação. As refeições, que consistem em sanduíches velhos e salgadinhos, são trazidas em carrinhos por dois guardas, que são imediatamente atacados com perguntas cada vez que distribuem a comida. O incêndio foi controlado? Vocês notificaram nossas famílias? Podemos fazer ligações? Podemos pegar sabonete? E roupas para trocar? E a pergunta mais comum e urgente: quando vamos sair daqui?

Não há ar-condicionado, e a pouca ventilação vem das portas que se abrem para a entrada e saída dos guardas. A aglomeração em torno dos carrinhos de comida fica especialmente intensa no segundo dia.

— Para trás — grita um dos guardas para as mulheres. — Formem uma fila, porra.

Com um movimento rápido do pulso, ele solta o cassetete e o levanta, o que é suficiente para forçar as retidas a obedecerem, mas o calor e o cheiro forte das mulheres o deixaram pálido e, um minuto depois, ele se vira para a parede e vomita.

Dali em diante, as retidas recebem ordens para permanecer a dois metros dos carrinhos. Qualquer uma que se aproximar sem permissão verbal de um guarda não receberá comida.

Os boatos correm soltos. Os bombeiros estão lentamente controlando o incêndio. Não, eles estão perdendo a batalha, e toda a cidade em torno do lago Perris foi destruída. As estradas foram reabertas. Não, só a 10 e a 5 estão abertas, as outras ainda estão fechadas. O governador García vai conceder algumas liberações por motivos humanitários devido ao incêndio florestal. Não, você deve ter entendido errado. Os retidos evacuados de outra unidade da Safe-X foram colocados em uma sala de atividades apertada, temos sorte de estar no ginásio. Sua puta, você acha que isso é sorte?

E assim por diante.

A incerteza é agravada pelo tédio. Sara faria qualquer coisa por um livro. Depois de horas de insistência, Emily permite que ela leia a revista em quadrinhos inacabada, que afinal não é sobre a super-heroína piromaníaca, mas sobre a relação de Rina Campoia com a mãe, uma dançarina burlesca que viaja pelo país com membros de sua companhia. O trabalho é exaustivo e precário, então ela deixa Rina aos cuidados de um tio cujo emprego de carteira assinada, acredita ela, proporcionará um estilo de vida mais estável. O tio é um cientista com dificuldades financeiras que trabalha para uma empresa de armas sediada em Washington, D.C., e, quando precisa de voluntários para testar seu soro experimental, usa secretamente a sobrinha. À medida que Rina cresce e seus poderes se tornam evidentes, ela passa grande parte do tempo tentando se reconectar com a mãe.

— Em que parte você está? — pergunta Emily, depois de algumas páginas. A alergia em seu pescoço parece estar desaparecendo. — Está gostando?

— Não é nada do que eu esperava.

— No bom ou no mau sentido?

— Num ótimo sentido.

Se ao menos ela estivesse na mesma fila que Emily quando estavam sendo preparadas para embarcar, poderia ter ficado com seu diário. Podia estar escrevendo uma carta para Elias, ou registrando tudo o que viu nessa unidade, ou anotando os sonhos horrendos que tem tido desde que foi trazida para Victorville. O que o algoritmo da AAR fará com esses pesadelos?

No sexto dia, os guardas finalmente trazem notícias: as mulheres devem se preparar, pois serão levadas de volta ao centro de retenção naquela manhã. Dessa vez, o motorista do ônibus pega a estrada principal, passando em alta velocidade por prédios residenciais e shoppings em direção à rodovia. Sara encosta a testa na janela gradeada. O céu está cinza, as árvores se curvam sob o calor. Ao saírem da rodovia, passam por um conjunto de estruturas danificadas na cidadezinha de Ellis — um posto de gasolina, uma loja de pneus e duas lojas de conveniência adjacentes.

Ellis era conhecida por sua fábrica de ferramentas, que já forneceu equipamentos modernos para fazendas em toda a Califórnia; ainda há murais aqui e ali celebrando os trabalhadores que construíram a cidade, proclamando-a o lugar onde "a imaginação encontra a criação". Mas atualmente a fábrica virou lar de uma comunidade Vinte e Três — assunto de frequentes reclamações entre os oficiais da Safe-X, que a culpam pela deterioração geral da cidade.

Sem diminuir a velocidade, o ônibus atravessa os trilhos da antiga ferrovia até a parte leste de Ellis, onde todas as estruturas permaneceram intactas após o incêndio. Inclusive Madison.

## ANÚNCIO DO OCR — TRANSCRIÇÃO DA GRAVAÇÃO DE ÁUDIO — DATA E HORA: 06-11-13-30

Bem-vindas de volta, residentes. Aqui é o seu oficial-chefe de retenção. Foi uma semana difícil para todos nós, mas somos gratos aos nossos socorristas por nos manterem em segurança. Tenho o prazer de informar que nossas instalações não sofreram nenhum dano e que todas as residentes permaneceram seguras.

Infelizmente, a evacuação nos fez perder o prazo do contrato com a Vox-R, então aquelas de vocês designadas para os trailers A e B farão turnos de doze horas a partir de amanhã para compensar as horas perdidas. Lembrem que quem quiser fazer horas extras pode preencher um formulário em um dos quiosques na frente do escritório principal. O treinamento leva apenas vinte minutos.

Além disso, estamos enfrentando alguns problemas de pessoal devido ao impacto do incêndio florestal em nossos funcionários. O pátio e a sala de recreação permanecerão fechados até segunda ordem. Ainda estamos trabalhando para reabastecer a lojinha.

A PRIMEIRA COISA QUE ELA NOTA AO RETORNAR AO ANDAR residencial são as câmeras penduradas em seus cabos, sem vida, os olhos de vidro arrancados. Alguém deve ter aproveitado a falta de energia e o caos da evacuação para destruir o equipamento de vigilância no andar de cima. Quem quer que seja a vândala, pensa Sara, é uma heroína. Não ser vigiada, mesmo que só no segundo andar e até as câmeras serem consertadas, é para ela como um gole de liberdade. Não vai saciar sua sede, mas vai mantê-la viva. E mesmo que os banheiros cheirem mal e o chão esteja coberto de cinzas, ela tem um quarto, com cama e cobertor, a foto emoldurada das crianças, uma pequena janela.

É mais uma coisa que Madison está tentando lhe ensinar, percebe.

*Seja grata pelo pouco que tem,* diz uma voz dentro dela. Nunca se sabe quando podem lhe tirar até isso.

Ainda assim, o retorno ao centro de retenção é difícil. Uma estranha infecção intestinal, que algumas das retidas contraíram quando estavam em Victorville, parece estar se espalhando rapidamente. Já derrubou cinco mulheres, o que significa que seus turnos serão remanejados no dia seguinte, sem contar os turnos prolongados que o OCR acaba de anunciar. Não há uniformes limpos suficientes para todas, a enfermaria está sem absorventes e o cheiro de comida podre se espalhou do refeitório para o restante das instalações. O jantar foi adiado para as sete para dar tempo de limpar a cozinha.

Mas pelo menos há os chuveiros.

*Seja grata pelo pouco que tem.*

Durante duas horas, Sara espera sua vez. A água, ao tocar sua pele, é nada menos que um milagre. Ela se ensaboa, esfrega e enxágua por cinco luxuosos minutos. Então o alarme toca, e ela se enrola em uma toalha e sai para a luz pálida do vestiário. O hematoma em seu braço ficou roxo, a unha quebrada do dedão do pé caiu. Ela passa hidratante por todo o corpo, massageando as áreas que ainda estão doloridas das noites passadas no chão do ginásio. Escova os dentes e aplica creme no rosto, mas, não importa quanto tempo leve com os cuidados, tem que vestir de novo o uniforme imundo, cujo cheiro parece, por algum motivo, ainda mais repugnante que antes.

Mas pelo menos há as cabines de comunicação.

*Seja grata pelo pouco que tem.*

A caminho de ligar para Elias, ela passa pelo escritório de gestão de casos, onde Gardner está removendo as decorações de Halloween que ficaram penduradas no balcão de atendimento durante o último mês. Ele já tirou o esqueleto que brilha no escuro e a rede preta, e agora está desprendendo o cordão de lâmpadas laranjas. Tem um rolo de papel-toalha e um borrifador em cima do balcão.

— Hussein — diz Gardner ao passar por ela. — H-U-S-S-E-I-N.

É uma piada recorrente, ele faz isso sempre que a vê. Nas primeiras vezes, Sara perguntou por que ele estava soletrando seu nome. Havia alguma novidade em seu caso? Então, por muitas semanas, ela o ignorou, pensando que, ao negar-lhe atenção, ele pararia. Mas naquele dia algo se apodera de Sara, e ela ri com ele, jogando a cabeça para trás e batendo nas coxas. É uma risada de escárnio, uma risada que diz que nada é capaz de afetá-la depois do que passou nos últimos dias, nem mesmo as pequenas crueldades de funcionários insignificantes.

Gardner para o que está fazendo e a encara.

Sara devolve o olhar, os lábios ainda esticados em um sorriso.

— Continue andando, vai.

— Pode deixar.

Ela caminha pelo corredor, percebendo imediatamente como é bom mover os membros depois de cinco dias presa.

*Seja grata pelo pouco que tem.*

Mas algo mudou dentro de si, Sara percebe enquanto espera na fila. A sujeira e o mau cheiro de seu uniforme, que persistem mesmo depois de ela ter se lavado, lhe dão uma nova clareza sobre sua situação, suas falsas esperanças e teimosas concepções erradas. Ela esteve tão focada em seu caso, desde o início absurdo até os sucessivos atrasos, que, apesar de estar em Madison há dez meses, não conseguia ver o quanto tem em comum com as outras retidas. Não apenas a luta pela liberdade ou a raiva contra regras idiotas, mas a vulnerabilidade que o lugar expôs. Então percebe que enfrentar sua vulnerabilidade é a única maneira de remover o fingimento de suas interações com as outras e permitir que confie nas amizades que fez.

Finalmente chega sua vez. Ela disca, o coração acelerado ao imaginar Elias no trabalho, ouvindo o telefone tocar, mas o encontrando enterrado sob a bagunça habitual em sua mesa. Vai levar um ou dois segundos para ele localizá-lo, apertar o botão verde e afundar em uma cadeira para falar com ela. Mas, após alguns toques, a chamada vai para a caixa postal.

Sua decepção dura pouco. Ao voltar para o quarto, ela descobre que recebeu uma correspondência — um pacote expresso de Elias, datado de dois dias antes da evacuação. Contém máscaras respiratórias, garrafas de água, barras de proteína, álcool em gel, lenços desinfetantes e um mini-kit de primeiros socorros, cada item embrulhado em plástico. Talvez Elias não lhe escreva com a frequência que ela gostaria e, sim, os dois estão passando por um momento difícil, mas o marido está tentando mostrar que se importa. Se deu ao trabalho de, além de arcar com as despesas — para as quais atualmente quase não têm dinheiro —, encomendar esses itens no único site comercial aprovado pela Safe-X.

Mas, mesmo assim, Sara fica intrigada com a chegada do pacote. Se o marido estava atento ao incêndio em Perris, e teve tempo suficiente para enviar alguns suprimentos de emergência, por que o OCR não estava preparado? E, se não ele, alguém com um cargo mais alto na empresa? A Safe-X mantém centenas de unidades espalhadas por 22 estados americanos. Certamente tem os meios logísticos para lidar com uma emergência. É uma empresa de capital aberto, pelo amor de Deus. Por que só evacuaram as mulheres no último minuto possível, e para um centro de retenção superlotado a 145 quilômetros de distância? Ela não tem ideia se foi indiferença ou maldade.

Mas sabe que não pode ser grata por isso.

O REFEITÓRIO ESTÁ LOTADO, E AS JANELAS, JÁ EMBAÇADAS, quando Sara e Emily pegam suas bandejas e se juntam às outras na mesa de sempre. O zumbido das conversas é um fluxo perfeito, encobrindo as oscilações das vozes individuais. O jantar é espaguete à bolonhesa, servido com suco de maçã em miniatura e palito de queijo. Sara precisa de algumas tentativas para desembrulhar o palito; elas não comem nada desde que saíram de Victorville, e suas mãos tremem de fome.

— Nosso quarto foi revistado enquanto estávamos fora — diz Alice.

— As camas foram reviradas — interrompe Toya, ansiosa para contar a história ela mesma. — Travesseiros e lençóis espalhados por toda parte, uma bagunça total. Mas o estranho é que nossas fotos, documentos e outras coisas não foram tocados. Até meus pássaros de origami estão onde eu os deixei.

— O que será que estavam procurando? — pergunta Sara.

— Eles revistaram o 203 e o 209 também.

— Sumiu alguma coisa desses quartos?

— Não.

Sara dá uma mordida no queijo. O 203 é de Linh Nguyen e Claire Lopez, e o 209, de Ana Guerrero e Stephanie Michaels. Todas são residentes de longa data, com histórico de medidas disciplinares.

— Estão tentando identificar a sabotadora — diz ela.

— Quem? — pergunta Emily.

— A pessoa que quebrou as câmeras. Estão procurando o que ela pode ter usado para causar tanto dano. — Ela termina o palito de queijo em duas mordidas rápidas e pega o garfo de plástico. — Mas nem isso faz sentido, porque eles deviam ter revistado todo o andar, não só aqueles quartos.

Emily estala a língua em sinal de desaprovação.

— Dá para perceber que Hinton não está de plantão.

Os pensamentos de Sara voam para seu diário. Antes de descer para jantar, ela foi verificar as lixeiras perto do portão dos fundos, mas já haviam sido esvaziadas, o único lixo eram restos do almoço dos oficiais. Se ela quiser descobrir o que aconteceu com seu caderno, vai ter que perguntar a Hinton.

— Talvez ele esteja de folga.

Emily franze a testa.

— No meio da semana? Não é muito a cara dele. Enfim, talvez não tenham sido os oficiais que reviraram os quartos. Pode ter sido alguém procurando algo para roubar ou trocar.

— Se for outra retida — diz Alice, parecendo repentinamente melindrada —, teve tempo de sobra para vasculhar nossas coisas. Nosso ônibus foi o último a voltar, porque ficou preso atrás de um caminhão, na saída da rodovia.

— Bom, bem feito para ela. — Toya ri. — Não tenho nada que valha a pena roubar.

— Mas, mesmo assim, é errado — continua Alice.

— A gente acha que conhece as pessoas, mas na verdade não conhece. Veja o que aconteceu com Lucy Everett.

Marcela levanta os olhos da comida.

— Não menciona essa vaca de novo. Quero comer em paz.

— Nossa, *desculpe* — diz Alice, levantando as mãos. — Por falar nisso, vocês perceberam que as telas no corredor não foram atualizadas? Ainda estão mostrando as audiências da semana passada.

— Eles só não apertaram o botão. Você vai ter mais uma em breve?

— Em dezembro. Mas não sei o que vai acontecer com as pessoas que perderam as datas por causa do incêndio em Perris.

Sara toma um gole de suco de maçã.

— Vão para o fim da fila. Como aconteceu comigo quando o governo parou.

Madison funciona como uma fábrica, pensa Sara. As esteiras rolantes funcionam vinte e quatro horas por dia, sete dias por semana.

Não importa se houver uma tempestade de neve ou um tornado, uma eleição presidencial ou uma final de campeonato, se uma funcionária está doente, grávida ou ferida: as esteiras continuam rolando. Todas as retidas são processadas pelo software da Safe-X, que controla datas, infrações e prorrogações. Quando uma audiência com a AAR é marcada como PERDIDA, a retida volta para a fila e espera pela próxima data disponível — supondo que não seja punida por mau comportamento nesse meio-tempo.

— Meu Deus — diz Alice, limpando o molho de tomate do canto da boca —, só espero que não aconteça outro incêndio antes da minha audiência.

Marcela ri.

— Ou uma enchente repentina.

— Um deslizamento de terra.

— Uma nevasca.

— Um terremoto.

— Sério, gente. Não tem graça.

As mulheres comem seu espaguete pegajoso e gorduroso sem reclamar. É a primeira refeição quente que fazem desde que foram evacuadas, na semana anterior. Como estamos todas aliviadas por estar de volta aos nossos quartinhos apertados, pensa Sara, aos nossos chuveiros quentes, às nossas refeições substanciais. Mas em um ou dois dias vamos querer mais, e aí o que faremos?

— Temos que parar a esteira rolante — diz ela.

Marcela coloca a mão sobre o nariz. O cheiro do uniforme de Sara é pungente, e vasculhar as latas de lixo antes do jantar não ajudou.

— Do que você está falando?

— Temos que parar de trabalhar. Este lugar não funciona sem nós, e, quanto mais tempo nos deixam aqui, mais dinheiro eles ganham. É por isso que vivem nos multando, e, quando seguimos as regras, inventam outras para quebrarmos. — Ela olha para cada uma da mesa. — Mas, se a gente se recusar a trabalhar, os custos deles aumentam e a receita diminui. Eles podem decidir que esta unidade não é lucrativa o suficiente e fechá-la. E, mesmo que não a fechem, por que a gente deveria ajudá-los a nos manter presas aqui?

Por que contribuir para nossa própria detenção? Nós temos que fazer *eles* pagarem por nos manter aqui. Temos que parar de trabalhar.

Ela faz uma pausa para tomar outro gole, movendo o canudo pelo fundo do copo para não perder nenhuma gota.

— Para você é fácil falar — diz Marcela, cortando uma almôndega ao meio. — Aposto que tem dinheiro na sua conta da lojinha. E, quando acabar, seu marido pode enviar mais.

— Na verdade, não — responde Sara. Quando ela devolver o lençol danificado à lavanderia, vai ser multada por danos à propriedade da empresa, então, qualquer dinheiro que receber de Elias irá primeiro para pagar a Safe-X, antes de poder ser depositado na sua conta. De qualquer forma, ela não quer pedir mais dinheiro ao marido, porque ele já tem duas hipotecas para pagar, o empréstimo estudantil para quitar, fraldas e fórmula infantil para comprar, sem mencionar a manutenção do Volvo que comprou por impulso, antes de a vida dos dois tomar um rumo inesperado. Mesmo depois de aceitar um inquilino para ajudar a pagar o aluguel e usar todos os seus cartões de crédito, ele continua passando dificuldades. A verdade é que eles vão pagar a dívida daquela retenção por muitos anos. — Mas vocês entendem o que estou tentando dizer?

Os olhos de Alice se voltam para a estação de oficial, onde Ortega está sentado, olhando para seu Tekmerion. É um cara magro que em geral trabalha no portão principal, verificando as credenciais e os dados biométricos dos visitantes, mas naquela noite foi designado para vigiar o refeitório. Então Alice pergunta, baixando ainda mais a voz:

— Você quer fazer g-r-e-v-e?

Sara percebe que está correndo outro grande risco. É uma idiotice desafiar a sorte outra vez, depois de escapar milagrosamente de uma advertência, na semana passada. Mas de que outro jeito ela vai sobreviver naquele lugar? Tem que arriscar com as outras retidas, unindo sua vida à delas.

— Sim — responde ela, a admissão fazendo seu rosto corar.

— Vamos só comer em paz — implora Marcela. — Dá para a gente fazer isso? Dá para a gente comer em paz?

— Vou ter outra audiência em breve — diz Alice, séria, tão baixo que Sara precisa se debruçar sobre a mesa para ouvir. — Não quero confusão.

— A gente acabou de chegar hoje — acrescenta Marcela, com um tom entre o horror e a admiração — e você já está arranjando sarna para se coçar.

Algo na frase leva Sara de volta à infância, àqueles terríveis anos que passou se comportando, sem ousar pular, fazer bagunça, gritar, brigar ou mesmo levar uma nota ruim para casa, para que o pai não perdesse a paciência. Mesmo agora, a ideia de que ela pode ser culpada a silencia, a faz se sentir sozinha.

— Não é isso — rebate Toya. — Ela está falando sobre organização coletiva, que é um direito protegido.

Sara é tomada por uma onda de gratidão.

— Isso, exatamente.

— Menos aqui. Prisioneiras não têm direito a g-r-e-v-e.

— Achei que você tivesse dito que aqui não era uma prisão.

— Não é. — Toya inclina a cabeça. — Mas não *deixa de ser* uma prisão, sabe? Os tribunais não se pronunciaram sobre centros de retenção, então é meio que uma área cinzenta.

— Ah. — Sara se sente desanimada novamente.

— O único jeito de descobrir — acrescenta Toya, com um brilho malicioso nos olhos — é ir em frente e fazer. Ver o que acontece.

Marcela mergulha seu palito de queijo no molho do espaguete.

— Não dá para a gente só comer em paz?

— Ouça, não quero outra prorrogação — argumenta Alice. — Não aguento mais este lugar de merda, não aguento mesmo.

— A gente entende — diz Toya, dando um tapinha em seu braço. — Você foi bem clara.

De repente, Ortega se levanta da cadeira, com o Tekmerion na mão.

As mulheres ficam em silêncio, mas Ortega passa direto por elas e vai até uma mesa na qual cinco retidas mais jovens e barulhentas estão comendo. Ainda olhando para o Tekmerion, ele toca no ombro de Victoria.

— Você foi selecionada para exames de sangue e urina — avisa ele.

A bravata habitual de Victoria desaparece. Ela aponta para a bandeja e pergunta se pode terminar a refeição, por favor, já que ainda está na metade. Mas Ortega nem se mexe. Depois de um minuto, ela se levanta e o segue até a porta, onde outro oficial está esperando para acompanhá-la até a enfermaria. Um segundo depois, o barulho das conversas recomeça.

— E você? — Sara pergunta a Emily. — Está quieta demais.

Emily dá de ombros.

— Veja o que aconteceu na semana passada — insiste Sara. — Eles não estavam preparados para a evacuação, nem nos deram máscaras. Quase não conseguimos sair.

— Mas não estamos correndo perigo agora.

Emily perdeu o gosto pela aventura, evidentemente.

Sara se vira para Alice e Marcela novamente, mas elas exibem as mesmas expressões neutras que reservam para as câmeras. Sara e Toya vão ter que fazer aquilo sozinhas.

Na manhã seguinte, é Williams quem atravessa o portão às seis, arrastando os pés e deixando longas marcas escuras no chão cinza. Ele faz a checagem de dispositivos em um ritmo tranquilo, parando em um dado momento para falar com Victoria, embora ela não pareça particularmente interessada na conversa e volte para o quarto assim que a verificação é concluída. Mas não é a única coisa que parece fora do normal, e Sara leva mais um minuto para descobrir o que é: as câmeras que rastreiam os movimentos de todas estão desligadas. Ela pode ficar em cima da linha branca, conversar com a colega de quarto, rir ou chorar da situação, sem dar migalhas de informação a um algoritmo faminto.

— Cadê Hinton? — pergunta quando Williams aproxima o scanner de sua cabeça.

— Está doente.

— Quanto tempo ele vai ficar fora?

— Não sei.

— O que ele tem?

— O que te importa?

— Só curiosidade.

Onde está o caderno dela? Uma coisa é uma IA digerir dados de seus sonhos e cuspir previsões, outra é o oficial sênior de Madison, um homem que ela despreza, ou diz a si mesma que despreza, ler a narrativa de sua vida onírica, entretendo-se com as impressões, memórias e perguntas que ela registrou com tanto cuidado. Sara faria qualquer coisa para não ceder tal poder a ele.

Mas talvez ela esteja errada, diz a si mesma, em tom de consolo, e Hinton nem tenha se dado ao trabalho de olhar o caderno. Ele estava concentrado no incêndio, com certeza, ansioso para evacuar. Então jogou o diário fora, talvez na lata de lixo do vestiário dos oficiais, e agora está em algum lugar em um aterro sanitário, enterrado sob montanhas de lixo que as gaivotas vasculham em busca de algo comestível. Ela se detém nessa imagem, por mais perturbadora que seja, pela certeza de que seus segredos estão a salvo.

A ideia de que Hinton possa ter entregado seu diário dos sonhos como prova à AAR é tão deprimente que ela a arquiva em um canto distante da mente, para nunca mais ser trazida à tona.

Ela volta para o quarto e se enrola no cobertor. Madison não tem um bom isolamento térmico — ou está frio demais, ou quente demais. Emily a observa pelo espelho acima da pia, na qual está se lavando.

— Então você não vai trabalhar?

— Não. Foi o que eu disse ontem.

— Achei que você estivesse de conversa-fiada e acabou se empolgando. — Ela seca o rosto e encara Sara por um minuto. — Seu score vai subir se você não trabalhar.

— Estou trabalhando há oito meses e veja aonde isso me levou.

Depois que Emily sai para o turno da manhã, Sara se lava e vai até a janela. O céu está lentamente clareando, ficando prateado. Nuvens brancas pairam como bolas de algodão no horizonte. Os arbustos de creosoto que margeiam a estrada se agitam na brisa, mas parece que as lebres e os papa-léguas que normalmente vivem na montanha ainda não voltaram. O ponto de ônibus está vazio. Talvez a velha não tenha retornado a Ellis do local para onde foi evacuada. Ou, uma possibilidade mais trágica, sua casa foi danificada pelo incêndio, a palha que ela usa para fazer suas cestas alimentou as chamas e ela ainda não tem como voltar.

Como eu, pensa Sara. Sua casa parece tão distante para ela atualmente que se tornou menos um lugar e mais uma ideia, cuja extensão ela consegue manter na mente, mas não mais habitar. É em Madison que ela mora agora, onde, para a segurança dos outros, seus impulsos, sonhos e desejos estão contidos.

Um momento depois, o ônibus desce a rua, mas o motorista nem se dá ao trabalho de reduzir a velocidade no ponto. Sara se afasta da janela.

Ela quer saber mais sobre o incêndio, mas, quando vai à biblioteca, precisa esperar até que o alarme do café da manhã toque e as pessoas comecem a sair para que um lugar nos computadores fique livre. As fotos no *Los Angeles Times* parecem instantâneos do apocalipse: céu vermelho e laranja pairando sobre San Bernardino, evacuados parados em um engarrafamento, cavalos assustados sendo conduzidos para um reboque, árvores sem folhas e carbonizadas. Piores ainda são as fotos do lago Perris, onde a cidade inteira foi destruída pelo fogo.

Mesmo em Ellis, ela descobre que os danos são muito mais extensos do que vislumbrou pela janela obscurecida do ônibus da Safe-X. O incêndio destruiu cerca de cinquenta prédios na parte leste da cidade, inclusive um supermercado, uma farmácia e dois restaurantes de fast food, mas também um salão de bilhar histórico, construído no mesmo estilo arquitetônico de Madison, usado por uma organização comunitária local como espaço para prestar serviços a idosos. Pelo menos duas pessoas morreram e dezenas ficaram feridas e intoxicadas pela fumaça. Sara tenta descobrir mais, porém, Ellis é uma cidade pequena demais para receber muita cobertura do *Times*, e, depois de clicar e rolar a tela por um tempo sem sucesso, ela volta para o restante das notícias.

O deputado cujas acusações de corrupção dominaram as manchetes há algumas semanas desapareceu da primeira página, substituído por um ator de televisão que foi pego com uma menor de idade. A farmacêutica que fabrica o Cerephy mantém-se firme quanto ao custo do seu comprimido para o tratamento da demência, apesar da pressão crescente dos defensores e familiares dos doentes de Alzheimer, que a acusam de extorsão. As tensões continuam a aumentar entre as duas empresas privadas de água na Califórnia, e especula-se sobre uma aquisição hostil.

Infelizmente, não há notícias sobre a AAR. Em vez disso, o jornal publica um editorial sobre a reforma da justiça criminal, que considera a retenção uma ferramenta humana para reduzir a violência, pois poupa as comunidades americanas tanto do trauma do crime quanto do custo de seu julgamento. É hora de deixar para trás noções antiquadas de punição, conclui o editorial, e expandir nosso sistema de prevenção do crime, baseado na ciência e livre de preconceitos.

Sara tenta não pensar nesse sistema e se concentrar em Madison. Ela não quer mais contribuir para os lucros da Safe-X. É uma pena que Toya seja a única de seu grupo que concorda com ela sobre a necessidade da greve. Ela esperava encontrar mais apoio, pelo menos entre as amigas. Mas, mesmo que seus esforços sejam pequenos demais para serem significativos, ela precisa começar por algum lugar.

Tenho que fazer isso pela minha sanidade, pensa ela. Pelo meu respeito próprio.

Ela volta para sua cela e a encontra vazia. A solitude parece uma novidade maravilhosa depois da semana em Victorville. Sentada em seu catre, ela come uma das barras de proteína enviadas por Elias. Mastiga devagar, saboreando o gosto de nozes e caramelo, e com a unha pega todas as migalhas que caem sobre o cobertor. O toque de damasco que detecta sob o caramelo traz de volta lembranças de sua mãe, que fazia geleias e compotas todo verão. A casa ficava com cheiro de frutas e açúcar por dias, enquanto a prateleira de cima da despensa se enchia lentamente de potes de vidro rotulados com sua caligrafia caprichada. Até hoje, Sara associa aquele aroma frutado à felicidade, a uma época da vida em que sua família estava completa, mãe, pai, filha e filho, em uma casinha bagunçada não muito longe do campus, com uma magnólia na frente e um limoeiro nos fundos.

Mas, depois que Saïd morreu, as perguntas de Omar sobre o acidente ficaram pairando sobre a casa, como um cheiro ruim. Por que a mãe de Sara ficou em casa no dia da festa dos Miller? O pai vivia tendo dores de cabeça e ia trabalhar mesmo assim. Por que tia Hiba foi à loja comprar mais gelo? As crianças ficaram sozinhas por mais de uma hora. Por que tio James precisava colocar a música tão alta? Saïd deve ter gritado por socorro, se debatido na água, feito algum tipo de barulho. O que ele estava fazendo lá fora, afinal? As crianças tinham sido instruídas a ficar dentro de casa. Por que Zach desistiu de procurar Saïd? Era para os dois brincarem juntos. E a pior, a mais dolorosa de todas as perguntas: por que Sara não deixou o irmão se esconder no armário com ela?

Omar era bem versado no papel que o acaso desempenhava na formação do cosmos, mas tinha dificuldade de aceitar seu efeito minúsculo sobre a própria vida. Ele queria culpar alguém pelo acidente e, insatisfeito com as respostas que recebia, refugiava-se em um silêncio doloroso, passando o máximo de tempo possível em seu laboratório. Os Miller decidiram se mudar, colocando um continente inteiro entre eles e as acusações de Omar.

Mas a pobre mãe de Sara aceitou sua culpa sem reclamar ou protestar, e começou a tentar se redimir. Estava sempre atenta, com medo de que, em um momento de descuido, algo pudesse acontecer a sua única filha sobrevivente. Ela nunca deixava Sara voltar da escola a pé ou pegar o ônibus com as amigas, levando-a de carro para qualquer lugar a que precisasse ir. Marcava consultas regulares com o pediatra e tratava até mesmo o resfriado mais leve como se fosse um início de pneumonia. As amigas de Sara eram alvo de investigações secretas, mas minuciosas, para saber se usavam drogas ou álcool. Às vezes a atenção era sufocante e, para fugir dela, Sara tinha que mentir para a mãe.

Talvez "mentir" não seja a palavra certa, pensa Sara. Ela apenas aprendeu a ter cuidado com as informações que compartilhava e com quem as compartilhava. Na adolescência, criou duas contas nas redes sociais, uma para usar com os amigos e outra para a mãe, e se tornou tão hábil em mantê-las separadas que virou um hábito. Ela mostrava seu lado bem-comportado aos adultos de sua vida, para que seu lado mais problemático pudesse se soltar com os amigos em quem confiava. Ouvir a mãe estalar a língua em desaprovação toda vez que rolava a página do feed de Zach no Printastic confirmava a convicção de Sara em sua escolha.

— Esse garoto vai se meter em encrenca — dizia a mãe de Sara, tragando profundamente o cigarro.

Que ironia Sara agora estar em retenção, enquanto Zach lhe escreve com conselhos. Mas será verdade, como ele disse em seu e-mail, que foi Saïd quem lascou seu dente da frente quando estavam brincando de zumbi? Que depois o pai tentou manter a paz colocando-a com Zach durante a viagem de pesca? Não, não, não. Saïd tinha só seis ou sete anos na época, deve ter sido Zach quem a empurrou na entrada da garagem. De qualquer forma, Zach parece ter mudado de vida agora, chegando até a receber um prêmio da Câmara de Comércio de Orlando por seus serviços à comunidade.

O som de marteladas do outro lado do prédio interrompe seus pensamentos; os operários estão de volta essa manhã. Parece que há mais deles, porque o barulho está mais alto do que antes. Devem estar tentando recuperar os dias de trabalho perdidos. Não houve novas admissões naquela semana, Sara percebe. Talvez o OCR esteja esperando a construção ser concluída antes de aceitar novos casos. De acordo com Alice, que ouviu de alguém da zeladoria, a capacidade de leitos vai aumentar para 184. Sara não tem ideia de como o mesmo refeitório, chuveiros, biblioteca e enfermaria vão atender quase cinquenta por cento a mais de retidas.

Sara está jogando fora a embalagem da barra de proteína que comeu de café da manhã quando Jackson aparece à porta. Ela usa óculos novos, com armação tartaruga, que a fazem parecer uma diretora de colégio, impressão que de alguma forma é subvertida pelos vários brincos e pelo esmalte azul-elétrico.

— Hussein — diz ela —, vá trabalhar. Você está atrasada.

— Eu pedi demissão.

— O quê? Ninguém me contou. — Jackson percorre a programação de trabalho em seu tablet. — Você ainda está aqui, veja.

O olhar de Sara cai sobre o tablet, onde uma grade codificada por cores mostra uma lista de retidas, suas atribuições de trabalho, localizações atuais e métricas de desempenho, os números rolando a uma velocidade surpreendente. Mais uma vez, ela se lembra dos censos coloniais, das pilhas de livros contábeis mantidos por funcionários sem importância em todo o império, o que tornava a exploração de mão de obra mais eficiente. Toda a empreitada dependia de anotações cuidadosas, de contabilizar cada nativo com o mais alto grau de precisão.

— Mas que estranho — diz ela, a voz se elevando para indicar surpresa. — Preenchi o formulário no dia em que evacuamos. Será que se perdeu quando a energia caiu?

— Ah, que ótimo. Minha agenda já está uma bagunça depois da semana passada, e agora você está pedindo demissão. — Com um dedo, Jackson digita o nome de Sara em seu dispositivo, espera o perfil carregar e insere a data. Em seguida, lendo o prompt, pergunta: — Qual é o motivo para renunciar a seu posto?

— Acabei de dizer, eu pedi demissão.

— Não tem isso na lista. — Ela percorre o menu suspenso novamente. — Vou selecionar RECUSA-SE A TRABALHAR.

Que distinção, pensa Sara. Demitir-se é o que fazem as pessoas inocentes, lá fora, no mundo livre, mas aqui ela é uma retida, o que significa que esse impulso só pode vir da preguiça, da incompetência ou da insubordinação. Assim pode ser usado para aplicar uma penalidade adicional sempre que ela infringir uma regra em Madison.

— Se você não gosta do Trailer D — continua Jackson, alternando entre as guias —, posso te transferir para a zeladoria em tempo integral. Preciso de mais gente lá.

— Não, estou de boa.

— E os seus turnos de segunda e quarta-feira na lavanderia? Não me diga que também vai se demitir deles.

— Vou.

— Deus tenha piedade — sussurra ela, balançando a cabeça. Jackson segue as instruções até a tela final e marca que Sara recusou as tarefas alternativas que lhe foram oferecidas. Em seguida, guarda o dispositivo e abana a mão na frente do nariz. — Garota, um banho não vai te matar.

— Eu tomei banho. Só não consegui um uniforme limpo ainda.

— Bem, agora vai demorar mais ainda. Tenho que encontrar alguém para te substituir — diz Jackson, indo embora. Assim que Sara se senta novamente em seu catre, ela volta. — Quase esqueci. Você tem uma visita hoje, às duas da tarde.

— Sério?

— Estou com cara de quem está brincando? Esteja lá embaixo às 13h45, ok?

Com seu uniforme sujo, ela vai ao escritório do PostPal. Passa por um detector de metais, faz uma varredura da neuroprótese e se submete a uma revista, em seguida o oficial a conduz até a área de espera. Placas afixadas na entrada informam que TODAS AS CONVERSAS SÃO MONITORADAS e que VISITAS SÃO UM PRIVILÉGIO. Rachel Cosgrove, da zeladoria, já está à espera, sentada com as mãos cruzadas sobre a barriga e a cabeça encostada na parede. Seu cabelo castanho está repartido ao meio, revelando cinco centímetros de raízes grisalhas que a fazem parecer mais velha do que realmente é. No relógio acima da porta, o ponteiro vermelho se move lentamente pelo mostrador.

— Quem você está esperando? — pergunta Rachel.

— Meu marido.

— Eu estou esperando minha filha. A mais velha. Ela está vindo de carro de Fresno.

— É bem longe daqui. — É tudo o que Sara consegue dizer.

— Era mais fácil para ela quando eu estava em Fair View, porque fica no condado de Tulare. Agora ela tem que acordar às cinco da manhã para conseguir ir e voltar no mesmo dia. Ela é enfermeira de cuidados paliativos e só tem um dia de folga por semana.

— Fair View?

— Onde eu fiquei da primeira vez. Passei três meses lá.

Sara não quer ouvir mais nada; cruza os braços e volta o olhar para a parede. Rachel entende a indireta e um silêncio expectante se instala entre elas. Uma barata surge por trás da lata de lixo, corre pelo chão e se esconde atrás do banco. O tempo passa. Uma placa abaixo da janela de observação lembra MÃOS À VISTA O TEMPO TODO e outra diz VISITAS LIMITADAS A TRINTA MINUTOS, SEM EXCEÇÕES.

Sara começa a contar as placas: são dezesseis, alertando, instruindo, proibindo ou ordenando. Ela não ousa se mover.

Então, alguns minutos depois das duas, outra oficial aparece. Ela leva as duas retidas por um corredor cinza até a sala de visitas, onde Elias está conversando com uma loira bonita de saia jeans e botas de plataforma. O perfume da mulher é familiar; é um perfume que Sara usava quando estava no ensino médio, mas teve que abandonar quando suas alergias ficaram mais pronunciadas. Mohsin brinca com a borla pendurada na bolsa da loira, enquanto Mona fica sentada no colo de Elias, brincando com o chaveiro do carro.

Ao som da porta se abrindo, os quatro olham para a entrada. Elias se levanta, depositando Mona cuidadosamente no chão, e segue em direção a Sara.

O arrependimento a invade — devia ter ido trabalhar na lavanderia, teria tido a chance de usar um uniforme limpo essa tarde, poderia ter ficado mais apresentável. Tem que segurar a vontade de correr de volta para o quarto, a fim de esconder a sujeira do marido.

— Graças a Deus — diz ele, enquanto os dois se abraçam. — Eu estava tão preocupado. Você está bem?

— Estou bem, estou bem — responde ela. — Desculpe pelo mau cheiro.

— Não se preocupe com isso. — Ele esfrega os braços da esposa, como se quisesse se certificar de que está realmente ali, na frente dele. — Que bom que trouxeram você de volta. Disseram que todas foram transferidas para outra unidade, mas não nos disseram para onde nem deram muitas informações. Angie e eu estávamos falando sobre isso.

— Quem é Angie?

Elias inclina a cabeça em direção à filha de Rachel Cosgrove, que está levando a mãe até uma mesa do outro lado da sala. Elas se sentam e imediatamente ficam absortas na própria conversa.

— Vocês também tiveram que ser evacuados? — pergunta Sara.

— Ah, não. Mas a clínica foi fechada durante a semana por causa da fumaça. Fiquei em casa com as crianças. Elas ficaram um pouco malucas. Ontem foi o primeiro dia que consegui levar os dois ao parque. Acho que é por isso que não sentiram tanto a viagem até aqui.

Sara pega Mona no colo. Seu cabelo está cheio de cachos, mais espesso e mais escuro do que da última vez que Sara a viu, mais de seis semanas atrás. Mas Mohsin, atraído pela borla que balança na bolsa de Angie, seguiu a loira até a outra mesa.

— Ei, carinha. — Elias o chama. — Deixe isso, por favor. Venha dar oi para a mamãe. Vem.

Depois de alguma hesitação, Mohsin volta.

— O que aconteceu aqui? — pergunta Sara preocupada, passando o dedo pelo enorme arranhão na bochecha do filho.

— A Mona aconteceu. Eles ficaram presos em casa por tempo demais e começaram a brigar.

— Vamos para lá.

Carregando Mona, Sara escolhe a mesa mais distante das Cosgrove. Ela se senta, com Elias à sua frente e a sacola plástica transparente exigida pela Safe-X entre eles. Nela estão as fraldas dos gêmeos, um trocador, alguns carrinhos de brinquedo e um papagaio de pelúcia.

— Seu pai queria vir — diz Elias. — Mas o exoesqueleto está em manutenção e eu não quis esperar. Já foi difícil conseguir uma visita pelo sistema para hoje, não queria remarcar.

— Ele pode vir sozinho, sabe. Não o vejo desde agosto.

— Bem, não é tão fácil para ele — argumenta Elias, revirando o saco transparente em busca dos carrinhos de brinquedo.

Seus dedos são longos, a pele, impecável. Tufinhos de pelo brotam sob os nós dos dedos.

— Ele teve que ser evacuado?

— Não, ele estava bem. Só não podia sair para passear como sempre faz.

— Então ele poderia ter vindo.

Embora Elias tenha colocado carrinhos de brinquedo na mesa para ele, Mohsin pega o chaveiro do Volvo e o coloca na boca; Elias tira. É um pequeno gesto, provavelmente repetido uma dúzia de vezes por dia com uma criança pequena, mas contém, em sua normalidade, tudo o que Sara perdeu no último ano.

— Vem cá, carinha. — Ela chama o filho, indicando o outro joelho, mas Mohsin não presta atenção, está ocupado demais tentando pegar o chaveiro novamente. — Quer um chocolate da máquina? — pergunta ela. Um suborno descarado.

— Não, não, eles não podem comer chocolate — diz Elias, com uma careta. — Só depois de completarem dois anos.

— Certo — diz ela, o rosto queimando de vergonha. — É mesmo. Desculpe.

Ela alisa o vestido de bolinhas de Mona, separa o cabelo com um dedo e, sem desfazer os cachos, enrola cada lado em um coque enquanto faz carinho na menina. O cheiro de sua filhinha é inebriante. Ela enterra o nariz no seu pescoço e inspira fundo.

Por um tempo, ela conta a Elias sobre Victorville: o banheiro sujo, o pão mofado, as mulheres que tinham que andar com a calça ensanguentada, a cruel omissão de notícias sobre o que estava acontecendo fora da unidade. Então a porta se abre e entra um funcionário da Safe-X. Ele fica em frente à primeira máquina de venda automática, que vende copos de salada de frutas e sucos, comparando o estoque com os números em seu tablet. Começa a assobiar uma melodia que Sara reconhece como uma canção de ninar, embora não consiga lembrar o nome.

— Então... conversei com Adam Abdo — diz Elias.

Aquele é o momento que ela espera em todas as visitas, mas também teme, porque, embora os detalhes jurídicos relatados pelo marido variem, a mensagem permanece a mesma.

Elias diz a ela que, só no último mês, o advogado lidou com dois casos semelhantes ao de Sara e conseguiu a liberação de ambos os clientes após 21 dias. Diz que é fundamental que ela mantenha seu histórico limpo, que fique longe de confusão, que siga todas as regras, porque, uma vez que o caso for a julgamento, Abdo está confiante de que vai conseguir libertá-la. Ele diz que não há motivo para que o caso dela não prossiga como os outros.

— Mas é essencial — conclui — que você não cause problemas. Só siga as regras.

Ela percebe que não pode contar a ele sobre sua tentativa de fuga durante o incêndio. Mesmo que tenha escapado da punição, algo de que não está totalmente convencida, ainda violou o manual por ter rasgado o lençol. Elias está se matando de trabalhar para pagar as contas e agora ela o sobrecarregou com uma multa de trezentos dólares. Ela parou de prender o cabelo, seu uniforme está sujo. Não tem mantido os padrões de higiene e aparência exigidos pela Safe-X. E, o pior de tudo, se demitiu dos trabalhos e está tentando convencer as outras a fazerem o mesmo.

Sara beija a bochecha da filha.

— Sentiu saudades da mamãe?

Mona examina o cabelo de Sara, coloca uma mecha na boca, depois se cansa e a deixa cair. Enfia a mão no decote da blusa de Sara, procurando um colar para brincar. Um momento depois, quer descer do colo.

— Não vá, bebê. Não vá.

— Você me ouviu? — pergunta Elias, com um tom de impaciência na voz.

— Sim, ouvi. — Ela pega o papagaio de pelúcia da sacola de fraldas para Mona. — Seu papagaio tem nome?

— Papagaio — responde Mona, como se fosse a coisa mais óbvia do mundo.

Ela aperta um botão no bicho de pelúcia, e as asas vermelhas fazem um som de batida. Outro botão, e ele chilreia.

— Adam disse que você vai ter uma audiência este mês. Em dezembro, no máximo. Falou que eles não vão querer levar o acúmulo de casos da paralisação para o ano que vem, porque James Wesley está de olho em uma vaga no Senado, e não quer que ninguém analise seus números horríveis. Que foi, você não acredita?

— Não é isso. — Ela balança a cabeça. — É que o jeito como as coisas parecem ser lá fora não tem nada a ver com como elas realmente funcionam aqui.

— Eu entendo. Mas aguente firme. Adam disse que agora não vai demorar muito.

O funcionário parou de assobiar. Apoiou os óculos na testa e está digitando algo no tablet. Do outro lado da sala, Angie solta um soluço alto. Ela descansa a cabeça no ombro da mãe e chora, sem pudor. Rachel sussurra algumas palavras de conforto, mas o choro só fica mais alto. Os gêmeos se viram para olhar, espantados.

— Por que ela está chorando? — pergunta Mohsin.

— Porque ela está chateada, filho — responde Elias. — Ela está triste.

— Por quê?

— Ela sente saudade da mãe.

— É a mamãe dela?

— É, sim.

Mohsin se dirige para a outra mesa, mas Sara o impede com a mão no ombro do filho.

— Acho que elas preferem ficar sozinhas, meu amor.

Com um grito, Mohsin se solta e Elias tem que correr atrás dele.

— Desculpe — diz ele às Cosgrove.

— Tudo bem, Elias — responde Angie. Ela limpa o rosto bonito com um lenço e sorri para Mohsin. A alça da blusa com estampa de onça caiu do ombro, mas ela não a endireita. Sara não é uma pessoa especialmente ciumenta, mas agora está quase tomada pela inveja das roupas limpas de Angie, do pingente que balança em seu colar, dos sapatos de couro sintético que lhe dão cinco centímetros a mais.

É claro que Elias e Mohsin gostam dela. — Não tem problema. Ele não me incomoda.

— Vamos, carinha — diz Elias, levando Mohsin de volta para a mesa e sentando-se em frente a Sara.

Ele conta, sussurrando, que o casamento de Angie está marcado para dezembro, mas aparentemente a mãe brigou com a colega de quarto e não vai comparecer. Deve ser por isso que Angie está chorando.

— Como você sabe?

— Estávamos conversando antes de você chegar.

— Ah. — Sara puxa o filho para o colo. — Você é um menino tão querido — diz ela, dando-lhe um beijo na bochecha. Ela alisa a camisa dele, onde hibiscos amarelos e plumérias flutuam em um mar azul. — Eu queria ter ido ao Havaí — diz ela, após um momento.

— A gente vai algum dia — diz Elias. — Depois que você sair.

— Eu perdi minha chance.

A sensação de que a vida está passando a atinge com tanta força que ela quase se dobra de dor. O que aconteceu com ela? Em menos de um ano, virou alguém que mal consegue reconhecer, assustada, suja e presa em uma instituição. Tentou seguir as regras, tentou mesmo, mas a suspeita ainda paira. Ela não consegue se livrar. Como será que é vista sob as lentes das câmeras na parede? Deste lado, ela é apenas uma esposa e mãe tentando passar tempo com a família, mas, para os comerciantes de dados do outro lado, é uma QUESTIONÁVEL tentando se passar por LIBERADA.

O funcionário termina o inventário, coloca o tablet no bolso de trás e sai, assobiando sua melodia outra vez. Mohsin pega um caminhãozinho de brinquedo, acelera na palma da mão e o coloca sobre a mesa. Mona está apertando os botões de seu papagaio de pelúcia, um após o outro. O bicho assobia, chilreia e faz cliques — uma cacofonia que parece absorver a menina por completo.

Quando Sara volta a olhar para Elias, ele a está encarando fixamente. Será que percebe que está lhe escondendo algo? Ele só quer falar sobre manter seu histórico limpo, ser dócil, fazer tudo o que lhe mandam para conquistar sua liberdade. Por que brigar e arruinar a visita? Ele logo vai descobrir a natureza sombria e obstinada da esposa, que nem mesmo dez meses em retenção foram capazes de corrigir.

— O que foi? — sussurra Elias, segurando a mão dela. — Me conte.

— Ah, nada — responde Sara, entrelaçando os dedos nos dele. Ele tem mãos lindas, pensa, mãos que nunca trabalharam com ferramentas ou produtos químicos agressivos. Ela nunca havia pensado muito sobre elas antes, mas agora sua beleza é evidente. As coisas que aquelas mãos eram capazes de fazer com ela entre os lençóis farfalhantes. As coisas que elas fizeram. Sara sente falta delas todos os dias. — Me desculpe.

— Por quê?

— Por isto — diz ela, o peito se enchendo de uma nova tristeza. Ela tentou obedecer, tentou mesmo, mas a verdade é que não consegue seguir as regras. Nem quer. — Por tudo.

Então outro oficial entra na sala, trava a porta na posição aberta e fica parado, mãos na cintura. Uma voz feminina soa no alto-falante.

— A visita terminou. Por favor, recolham seus pertences e sigam para a saída.

Elias coloca os brinquedos na sacola plástica e pega Mona.

— Acho que é isso.

— Quando você volta? — pergunta Sara, ainda com Mohsin no colo.

— Não sei bem. Tenho que remarcar as consultas perdidas, então vai demorar um pouco. — Com um olhar para as Cosgrove, ele acrescenta: — Por favor, se lembre do que o advogado disse, tá?

— Não vou esquecer.

Sara coloca Mohsin no chão, mas agora ele agarra seu joelho e se recusa a soltar.

— Dê a mão, carinha — diz Elias.

Sara se abaixa até a altura do filho.

— Eu te amo — sussurra em seu ouvido.

Rapidamente, ela solta as mãozinhas do menino de sua perna enquanto o oficial observa da porta.

Elias e Sara se abraçam, então ele se vira e sai atrás de Angie Cosgrove.

O relógio marca que trinta minutos se passaram, mas parece mentira.

Na volta, o quarto de Sara está abafado. Ela joga água no rosto e vai ao banheiro. Há manchas em sua calcinha. A menstruação está dois dias adiantada; deve ser o estresse. Ela vai à enfermaria para informar que está menstruada e pedir um absorvente, depois leva a roupa suja para a lavanderia, onde, para seu alívio, não há fila. Mas, quando se aproxima da janela de atendimento, encontra Victoria relaxada em uma cadeira, com uma revista em quadrinhos nas mãos.

— Estamos sem uniformes limpos de novo — diz Victoria, sem levantar os olhos. — Tente de novo amanhã.

# SAFE-X, INC.

Divisão de Unidades para Observação Forense de Curta Duração
Unidade: Madison
Local: Ellis, Califórnia
Data e hora: 08-11-09-02

Minutas compiladas por: MeetingPro

A reunião de equipe da Safe-X foi iniciada às 9h02.

*Presentes:* Oficial-Chefe de Retenção █████. Oficial Sênior Jackson. Oficiais Yee e Ortega. Oficial Júnior Williams. Gerente de caso Gardner. Assistente administrativo Doyle. Enfermeira Flores.
*Ausente:* Oficial Sênior Hinton.
*Convidados:* Nenhum.

OCR █████ perguntou como todo mundo estava e se alguém teve que evacuar.

Oficiais Williams, Jackson e Ortega levantaram as mãos. Oficial Ortega disse que sua família continua com a irmã da esposa no norte, porque o mais novo tem asma e a qualidade do ar em Ellis continua muito ruim.

OCR █████ disse que foi mesmo uma semana difícil. Queria agradecer pessoalmente à equipe o profissionalismo durante a evacuação da unidade e deu boas-vindas de volta a todos.

## APROVAÇÃO DAS MINUTAS DA REUNIÃO DE OUTUBRO

Em moção do OCR █████, com apoio da Oficial Sênior Jackson, as minutas da reunião de 8 de outubro foram aprovadas unanimemente.

## RELATÓRIO DO OCR

OCR █████ conseguiu adquirir algumas medicações para diabetes e problemas cardíacos por meio de um contrato de curto prazo com Fair View, mas suprimentos regulares só devem chegar daqui a mais quatro semanas.

O trabalho na expansão da ala foi retomado. OCR █████ havia amarrado previamente o pagamento à finalização pontual do projeto, de modo que a empreiteira está enviando uma equipe maior para recuperar o tempo perdido. Ele está satisfeito em informar que o projeto segue no cronograma.

OCR █████ relatou que a pesquisa de residentes que foi contratada no mês passado foi finalizada com sucesso. Não há pesquisa planejada para este mês, mas ele espera que outra se inicie já na primeira semana de dezembro.

## RELATÓRIO DOS OFICIAIS

Oficial Jackson relatou que os contratos de trabalho estão atrasados por causa da evacuação. Os turnos estendidos ainda não serão suficientes para cumprir os prazos.

OCR █████ perguntou quantos turnos estão vagos no momento.

Oficial Jackson respondeu que são 23.

OCR █████ perguntou por que os números estão tão altos, já que os turnos foram estendidos.

Oficial Jackson respondeu que há cinco residentes na enfermaria com virose.

OCR █████ perguntou à enfermeira Flores se estão realmente doentes ou usando isso como desculpa para não trabalhar. Pediu que ela lembrasse com quem está lidando.

Enfermeira Flores respondeu que está tentando limitar a disseminação do vírus.

OCR █████ perguntou quanto tempo leva para se curar desse vírus idiota.

Enfermeira Flores respondeu que em geral são três dias.

OCR █████ lembrou a enfermeira Flores que ele dirige uma unidade de retenção, não um hospital. Pediu que a enfermeira Flores tivesse um julgamento cuidadoso antes de internar alguém na enfermaria.

Oficial Yee relatou que todas as câmeras do segundo andar estão quebradas.

OCR ████ disse que estava ciente, mas o que você fez para resolver isso.

Oficial Yee respondeu que não tem autoridade para compras no sistema.

OCR ████ perguntou onde estava o Oficial Sênior Hinton.

Oficial Yee respondeu que ele está de licença médica desde a evacuação.

OCR ████ expressou surpresa com o fato de Oficial Sênior Hinton ter tantos dias de licença ainda disponíveis, mas de certa forma faz sentido. OCR ████ disse que falaria ao telefone com Oficial Sênior Hinton ainda hoje.

OCR ████ perguntou se Oficial Yee tinha descoberto quem cometeu o vandalismo.

Oficial Yee respondeu que havia conduzido uma investigação, mas que até agora não tinha nenhuma pista.

OCR ████ repreendeu Oficial Yee pela forma como está lidando com toda essa situação. Disse que encomendaria as câmeras de substituição imediatamente e pediu que todos usassem absolutamente qualquer meio disponível para identificar a vândala. É prioridade máxima, disse ele.

## ENCERRAMENTO

Sem haver mais assuntos a discutir, OCR ████ propôs que a reunião fosse encerrada. A moção foi apoiada pela Oficial Jackson e aprovada unanimemente. A reunião foi encerrada às 09h46.

ELA ESTÁ NA FRENTE DA CASA EM QUE PASSOU A INFÂNcia. A magnólia está sem folhas, a pintura das vigas da frente descascando. É uma tarde ensolarada de junho, mas todas as luzes da sala estão acesas. Lá está sua mãe, sentada perto da janela, lendo o jornal com uma lupa, o tanque de oxigênio recomendado pelo oncologista apoiado na mesa de centro. Do outro lado, Saïd joga no celular, deslizando furiosamente o dedo pela tela enquanto persegue um alvo em movimento. Suas bochechas estão inchadas e cinzentas, e aos seus pés a água forma uma poça. O som de um sino de vento faz Sara se virar. Do outro lado da rua, em uma casa que parece uma réplica da sua, Elias está sentado na varanda com os gêmeos, lendo um livro para eles. As flores *naquela* magnólia são grandes como pires.

— Que saudade da mãe de vocês — diz às crianças.

No momento seguinte, ela está em sua mesa no Getty. Ao seu redor, as baias estão lentamente se esvaziando; ela é a última no escritório. Sara clica em uma apresentação de slides na tela, verificando se a ordem das fotos em sua exposição está correta e revisando cada legenda. Aparece uma de suas fotos favoritas — B386, mostrando três meninas encostadas em um muro de pedra, na vila de Chauen, com um olhar desconfiado voltado para o fotógrafo espanhol que lhes apontou a câmera. Com uma onda de horror, Sara percebe que a legenda está errada. Diz que a foto foi tirada em Martil, em 1929, quando deveria dizer Chauen, em 1921. Ainda bem que ela percebeu o erro agora, a exposição será inaugurada em apenas duas semanas. Ela faz login na biblioteca, onde encontra a legenda correta no catálogo, mas, independentemente dos termos de pesquisa que usa ou do tempo que passa navegando pelo arquivo, não consegue localizar o original. Pega o telefone para ligar a um colega e pedir ajuda.

A linha toca e toca e se transforma no alarme da manhã.

Sara se senta, exausta da busca frenética no sonho. Sua imaginação mais uma vez a levou de volta ao momento em que foi retida: ela está ansiosa para corrigir qualquer erro que a tenha levado a Madison, mas não consegue encontrar os dados necessários para provar sua inocência. Odeia esses sonhos, que acha estressantes. Por outro lado, o sonho anterior foi igualmente mórbido, colocando-a em algum lugar entre a casa dos mortos e a casa dos vivos. Normalmente, quando a mãe a visita em um sonho, é um conforto. Dessa vez, parece um aviso.

Ela sai para o corredor iluminado, onde as outras mulheres já estão alinhadas.

O portão se abre com um zumbido alto, e Hinton aparece.

Sara jamais pensou que fosse possível sentir alívio ao ver aquele homem, mas é exatamente o que sente quando o vê caminhando pelo corredor, as chaves tilintando a cada passo. Ele segue em frente, verificando os dispositivos sem pressa.

Ela deveria ficar parada, olhos fixos à frente, mas, em vez disso, encosta-se no batente da porta e o observa. Não é o homem magro e atlético que viu pela primeira vez em dezembro; há um início de robustez em seu corpo, o primeiro sinal da meia-idade. Um rastro de tinta laranja atravessa o bolso da jaqueta de lã que ele usa sobre o uniforme. Ela continua a encarar Hinton abertamente enquanto ele aponta o scanner para a neuroprótese de Emily. Seus olhos estão inchados, e a pele ao longo da linha do queixo, descamada. E aquilo são raízes grisalhas nas costeletas? Sara não sabia que ele tingia o cabelo!

O scanner apita, Emily volta para o quarto.

No pescoço de Hinton há uma tatuagem recente de um pequeno urso-pardo, com um desenho idêntico ao da bandeira do estado. O urso deveria representar força e coragem, duas qualidades que ela não associa particularmente a Hinton. Como de costume, ele cheira a miojo, mas, por baixo do odor de comida, ela parece detectar um toque de álcool.

Hinton coloca o scanner no implante de Sara.

— Caramba, você está fedendo — diz ele, franzindo o nariz. — Não sei como aguenta, é nojento.

— Pelo menos não estou com cheiro de bebida barata.

Seus olhos se encontram.

— O que você fez com minhas coisas? — pergunta ela.

Ele assobia.

— Não sabia que você era escritora.

Ela não tem ideia se é um sinal de admiração ou desprezo, mas parece óbvio que ele leu seu diário. Ela passou a última semana pensando na possibilidade, então, esperava estar preparada, mas, ainda assim, sente como se tivesse levado um chute no estômago. Todas aquelas páginas que escreveu sobre as memórias que seus sonhos trouxeram à tona, as esperanças que nutria, seus desejos e frustrações com Madison — ele leu tudo. Ela fica zonza e precisa se apoiar no batente.

— Então você ainda está com ele — consegue dizer. — Por favor, me devolva. Por favor.

A palavra *por favor* provoca um sorriso divertido em Hinton.

— Se você sonha em transar comigo, basta pedir.

Embora esteja de costas para o quarto, Sara sabe que Emily está ouvindo. Do outro lado do corredor, na porta do 209, Ana e Stephanie riem.

Elas vão contar para as outras e, como nenhuma fofoca resiste a exageros quando se espalha, no final do dia vão estar dizendo que ela transou com todos os oficiais. Mais uma humilhação infligida por Hinton.

Ela conheceu muitos Hintons na vida, especialmente no universo dos museus. Seu próprio departamento, um grupo formado apenas por mulheres, incluindo várias arquivistas com pós-graduação e vinte anos de experiência, é administrado como um feudo por um homem que foi trazido de fora da instituição há três anos. Jim Klass tinha o hábito de fazer mudanças radicais e, sempre que era questionado, marginalizava as mulheres que discordavam dele, deixando-as de fora das reuniões ou repreendendo-as por detalhes insignificantes quando elas participavam. Sara demorou um tempo para entender que o chefe adorava exercer controle no trabalho porque quase não detinha nenhum em sua vida privada: durante anos, esteve envolvido em um processo contra um fabricante de comida de bebê que acusava de ter causado o autismo do filho mais novo. Talvez como resultado desse processo prolongado e caro, tendia a ver toda discussão como uma disputa que precisava ser vencida de forma decisiva por um dos lados. Ele apenas recuava de suas iniciativas estrambólicas quando uma das mulheres sob seu comando tinha uma vantagem estratégica.

Hinton se levanta para sair, mas Sara coloca a mão em seu braço.

— Espere — diz. — Por que você estava se escondendo na câmara fria?

Ele afasta a mão de Sara, mas seu sorriso desapareceu.

Agora, sim.

Com a varredura concluída, ela corre escada abaixo com Emily. Já tem três pessoas à espera do lado de fora do escritório de vestuário, embora sejam só 6h15. Elas entram na fila, Emily já a provocando, perguntando há quanto tempo ela tem uma queda por Hinton, e Sara balançando a cabeça, dizendo:

— Nem vem.

Mas tudo bem. Tudo bem. Ela sabe que tem sorte com a colega de quarto e, depois de tanto tempo juntas, passou a confiar nela. Emily poderia ter preenchido vários formulários 10-Básicos se quisesse, mas até agora guardou para si tudo o que viu ou ouviu.

A fila está no fim do corredor quando Victoria chega para o turno. Seu cabelo está preso, mas, em vez do coque baixo padrão, ela fez tranças e as juntou em um penteado mais elaborado, aparentemente sem medo de que um oficial a repreenda por aparência inadequada. Nos lábios, usa batom vermelho, um dos itens mais caros da lojinha. Sara não se lembra de tê-la visto usando a cor antes; o tom quase vinho combina com ela, embora também a faça parecer mais velha do que os 22 anos que comemorou há pouco tempo.

Com um rugido estrondoso, Victoria abre a janela de atendimento.

Sara pega sua sacola de roupa suja, ansiosa para que a fila ande. É uma manhã fria, mas de alguma forma alegre pelo som da chuva, a primeira da estação, que cai com grande intensidade no mundo lá fora. O barulho é revigorante, como se ela mesma fosse uma planta delicada, com as folhas queimadas, agora se abrindo para receber sustento.

Chega a vez de Emily. Com os olhos fixos em Victoria, ela estende a sacola.

— Bom dia.

— Pode colocar aqui — diz Victoria, apontando para o balcão. — Preencha o formulário.

— Certo. Claro. — Emily olha para a tela, digita seu pedido e gira o tablet de volta. — Gostei do seu batom.

Victoria assente com a cabeça, distraída. Cataloga os itens que Emily entregou e pega os substitutos.

— Próxima.

Sara coloca sua sacola de malha no balcão e preenche rapidamente o formulário no tablet, antes de virá-lo para inspeção. As pilhas de roupa suja alinhadas na parede do fundo estão baixas, mas ela fica aliviada ao ver que ainda há uniformes disponíveis. Naquela manhã, vai conseguir um.

Victoria anota que um dos lençóis está rasgado.

— Putz. Isso vai custar caro.

— É, eu sei.

Ela olha para Sara com novo interesse, mas, depois de um momento, traz lençóis limpos, uma blusa, uma calça, roupa íntima e meias.

— Que bom que você chegou cedo — comenta ela. — Acho que não vai ter outra entrega de uniformes hoje.

Sara aperta as roupas limpas contra o peito.

— O serviço de lavanderia fica mais lento quando você está fora — continua Victoria. — E agora Toya. O que está acontecendo com vocês duas? Pegaram a doença da demissão ao mesmo tempo?

Victoria está em Madison há quanto tempo, cinco ou seis meses? Não é veterana, mas também não é novata. Àquela altura, já sabe que só há três coisas que pode fazer: obedecer, resistir ou se retrair. Todo mundo tenta obedecer às regras no começo. Mas, inevitavelmente, mesmo sem querer, acaba quebrando alguma. A Safe-X obtém a maior parte de seus lucros não do período de observação de 21 dias exigido pela AAR, mas das prorrogações que gera por meio de seu complicado sistema disciplinar. Resistir intencionalmente às regras tem o mesmo resultado que as infringir sem querer: scores de risco mais altos. Mas recusar-se a cooperar pelo menos permite que exerçam o poder que têm e revidem contra a empresa que as mantém ali. Victoria está ali há tempo suficiente para entender isso.

— Eu não diria que é uma doença — explica Sara, inclinando a cabeça. — É mais como uma febre do bem. Tipo, quando o sistema imunológico do seu corpo está lutando contra um vírus. — Ela sorri. — Não há nada a temer.

Mas a atenção de Victoria parece já ter se desviado.

— Próxima.

Sara vai direto para o vestiário, onde tira o uniforme sujo e entra no chuveiro. Roupas limpas nunca foram uma preocupação antes, mas ficar sem elas por tanto tempo abriu seus olhos para o quanto se afastou da sua vida em Los Angeles. Está começando a pensar naquela vida com a nostalgia que sente pelos anos que passou em Berkeley, durante a faculdade, ou em Londres, no seu ano no exterior, lugares nos quais ela não mora mais, mas que deixaram uma marca em sua personalidade. Assim como aquele lugar deixará. Ela sempre será uma retida, mesmo que saia de Madison no dia seguinte. Isso também é algo que tem em comum com as outras mulheres dali.

Ao sair do chuveiro, encontra Ana arrumando o cabelo na pia. Gotas do produto pegajoso que ela usa caíram em sua barriga cada vez maior, manchando a blusa limpa que acabou de pegar no escritório de vestuário.

— Merda — sussurra ela, e se move para o lado, encostando-se na pia.

Emily fica de frente para o espelho só de sutiã, cuidadosamente aplicando creme na base do pescoço, nas dobras das axilas e na parte interna dos cotovelos. As protuberâncias vermelhas por todo o tronco parecem marcas em um mapa.

— Está ficando cada vez pior — reclama. — Não sei mais o que fazer.

— Pode ser o sabonete que está usando — sugere Sara.

— Parei de usar sabonete.

— Então é a água.

— Isso eu não posso mudar.

Sara veste a calcinha, a blusa e a calça, parando em cada peça para curtir a sensação de limpeza.

— Pode ser um desses produtos — diz ela, apontando para o carrinho de limpeza que Marcela deixou no corredor.

— Já estava ruim antes de eu começar a trabalhar na zeladoria.

Ana lava as mãos na pia.

— Bem, então você é alérgica à retenção.

— Parece que sim. — Emily veste a blusa e arregaça a manga para mostrar a tatuagem no braço. Olhando para o espelho, ela flexiona o bíceps direito e a figura do bombeiro com o capacete treme. Uma expressão de satisfação passa pelo seu rosto. — Pelo menos estou gata, né?

— Sim — concorda Sara, com um sorriso.

Marcela entra no vestiário naquele momento e coloca o spray de limpa-vidros em seu lugar, no carrinho.

— Jackson está te esperando lá fora — avisa ela a Emily. — Diz que precisa que você vá imediatamente à lavanderia. É uma emergência.

Com a alegria se apagando do semblante, Emily olha para Sara como se fosse culpa da outra e sai.

— Como você está se sentindo? — Sara pergunta a Ana. Quando estavam em Victorville, a coitada precisou ficar na frente do banheiro para facilitar o acesso ao vaso sanitário. — Ainda com enjoo matinal?

Ana acena com a cabeça e coloca a mão sobre a barriga, num gesto protetor.

— Parece que está piorando.

— Deve ser o estresse — argumenta Sara. — E a comida aqui não ajuda. Sabe, seria mais fácil se você não trabalhasse. Se pudesse descansar direito.

Ana ri.

— Quem sabe um dia?

— É sério. — Sara leva um tempo para juntar suas roupas sujas em uma sacola de malha. — Por que você não deveria descansar? Está no terceiro trimestre, certo? Se eles dizem que você é um perigo para o seu bebê, o mínimo que podiam fazer é te deixar descansar para ele ficar seguro. Você tem que pensar na sua saúde, sabe, porque eles não se importam. Deixe que paguem para manter este lugar, eles têm todo o dinheiro necessário. Não é preciso contribuir para a sua própria detenção.

Mas, quando Sara tenta captar o olhar de Ana no espelho, ela desvia os olhos.

Outra funcionária do serviço de alimentação foi derrubada pela virose estomacal, então Alice foi transferida do Trailer C para o refeitório. Ela trabalha na estação de serviço na hora do almoço, cuidando sozinha dos pratos quentes e frios. O suor escorre pelas bordas do lenço que cobre sua cabeça, escurecendo o verde-claro para uma cor esmeralda ao redor da linha do cabelo. Sara pergunta como está o dia, se o macarrão com queijo tem carne de porco, se aquela coisa verde é creme de espinafre, mas Alice não a encara. Está assim desde que Sara mencionou a greve. Alice enche rapidamente a bandeja, com a atenção voltada para os réchauds, determinada a provar que é uma funcionária exemplar.

Sara leva a comida para o refeitório e encontra Toya comendo sozinha, em uma mesa perto da parede oposta. Ela arrumou o cabelo à la gamine, de lado, e renovou a cor para carvão.

— Você está ótima — elogia Sara ao se sentar.

Independentemente do que o manual diga, o corpo lhes pertence, e cada ato de autoexpressão, por menor que seja, é uma recusa em ceder o domínio sobre ele. Seu olhar percorre o refeitório, meio vazio naquele dia.

— Jackson escalonou os intervalos de almoço dos trailers — explica Toya.

— Ainda tentando cumprir o novo prazo para a Vox-R?

— E pode ser que consiga. Trouxe duas novatas pela manhã e já as colocou para trabalhar.

O dia está escuro, propício para reflexões sombrias, mas Sara está falante, e aparentemente Toya também — ela conta um boato de que Hinton e Yee tiveram uma discussão acalorada na frente da biblioteca, algo que ambas consideram totalmente incomum, pois Hinton jamais perde a paciência. Sempre mantém uma atitude aristocrática com os oficiais juniores, dando-lhes orientações ou conselhos. Ele está estranho desde a evacuação.

— Espero que vocês duas estejam contentes — diz Emily, sentando-se com sua bandeja. Ela começa a comer, cutucando com raiva seu macarrão com queijo. — Está um calor bizarro na lavanderia, e o termostato não está funcionando hoje.

— Nunca funcionou.

— Vocês podiam pelo menos ter esperado até a agenda ficar mais tranquila. Aquela virose chata ainda está circulando. — Ela se levanta da cadeira para dar uma olhada no refeitório. — Cadê a Marcela?

— Ela está bem — responde Toya. — Eu a vi sair quando estava chegando. Foi chamada para limpar vômito na enfermaria.

— Que nojo. — Emily balança a cabeça. — Vocês sabem quanta roupa suja tem agora? Claire e eu não conseguimos dar conta.

— Essa é a questão — diz Sara. — Este lugar não funciona sem a gente.

— Ouça, eu entendo o que vocês estão tentando fazer, entendo mesmo. Mas é simplesmente uma idiotice. Vocês não vão mudar nada aqui. Só estão deixando tudo mais difícil para o resto.

— Não é o que a gente quer — argumenta Sara.

— Vocês são livres para trabalhar — diz Toya, com uma careta — e nós somos livres para não trabalhar.

— Bem, o fato de *vocês* não trabalharem afeta o *meu* trabalho. Vocês pararam para pensar nisso?

Sara coloca a mão no braço de Emily para tentar convencê-la, mas de repente Victoria aparece.

— Este lugar está ocupado?

O rosto de Emily se ilumina.

— Agora está.

Victoria se senta e, enquanto as outras três observam, limpa a bandeja e o garfo com um lenço umedecido que tira de um pacote novo. Ela é meticulosa, leva alguns minutos para concluir o processo. Só então começa a comer. Seus dedos são longos e delicados, embora as unhas estejam roídas até o sabugo.

— Tanto amido está me matando — reclama. — Estou toda inchada.

— Do que você está falando? — rebate Emily. — Você é supermagra.

— É, eu era — fala Victoria, num tom que sugere que está acostumada a receber elogios sobre sua aparência. Ela pega uma colherada de macarrão com queijo e mastiga devagar. Aí, apontando o talher para Toya, diz: — Gostei do seu cabelo assim. Te deixa bem mais nova.

Toya toca as pontas do cabelo.

— Você acha? Não está muito curto?

— De jeito algum. Minha mãe usa assim.

— Ah, bom — responde Toya, com a voz aguda de irritação —, então acho que sua mãe tem bom gosto.

— Ah, tem mesmo. Ela tem um gosto excelente em tudo, menos em homens.

Emily ri.

— E você?

— Eu me viro bem. — Victoria sorri. — Não só com homens.

Ela volta o olhar para Emily. *Você me intriga*, seus olhos parecem dizer, *como não reparei em você antes?*

Ela sabe flertar, pensa Sara, com alguma admiração. Em sua mente, forma-se uma imagem de Victoria em uma festa num jardim, com um vestido de alcinha e o cabelo finalmente solto, cercada por um grupo de pretendentes ansiosos para impressioná-la.

— Ouvi dizer que você foi transferida para a lavanderia? — pergunta Victoria.

De repente, Emily perde as palavras.

— Colocaram você com Claire Lopez, certo?

Outro aceno de cabeça.

— E você gosta de trabalhar na lavanderia?

— Ah. — Emily engole a comida. — Bom, é trabalho. Não tem muito o que gostar. Mas está tudo bem.

— É mesmo? — pergunta Toya, com uma risada. — Não é calor demais lá dentro para você, com aquele termostato quebrado?

Emily cora e lança para Toya um olhar que diz: *Por favor, por favor, cale a boca.*

Ao ouvir a provocação, Sara fica curiosa sobre Victoria Aguilar.

— Você é nova no escritório de roupas — diz, dando uma mordida na carne misteriosa que está ao lado do macarrão com queijo e se preparando para o gosto. — Você não trabalhava na manutenção? Por que mudou?

— Eu não queria ficar o dia todo no sol — responde Victoria.

— Entendo.

— Mas, sabe — acrescenta Victoria —, o que você disse de manhã me fez pensar. Tem tanta gente com virose agora que só precisaria de umas dez ou quinze de nós para fechar este lugar.

Sara sempre considerou Victoria uma artista, com suas mímicas e o baralho que gosta de jogar no pátio, mas, se prestar atenção, fica óbvio que tem mais substância. Enquanto as outras evitam falar sobre a greve ou simplesmente a ignoram, ela parece não ter medo. Não apenas não tem medo como está francamente animada.

— Por que eles te obrigaram a fazer aquele teste de urina? — pergunta Sara.

— Acho que alguém preencheu um 10-Básico sobre mim.

— Mas por que você acha que te denunciaram? Fez alguma inimiga aqui ou o quê?

Victoria dá de ombros.

— Provavelmente.

— Tem gente que não precisa de um motivo para delatar — acrescenta Emily, com a voz subitamente séria. — Elas fazem por diversão, só isso. Curtem ver outra pessoa sendo punida.

— Exatamente. Mas não adiantou de nada. Meu teste deu negativo.

— Viu?

— Enfim, acho que vocês estão no caminho certo — continua Victoria. — Eu jamais quis trabalhar para essa gente mesmo. Disseram que eu ficaria aqui três semanas, que acabaram se transformando em cinco meses. Estou de saco cheio. Eles que se virem para administrar este lugar sem a nossa ajuda.

— Você tem razão — diz Emily.

— É incrível, né? — pergunta Toya, olhando para Sara. — Os caminhos que as pessoas precisam percorrer antes de ver a luz.

O OUTONO DEVE ESTAR CHEGANDO, PENSA SARA ENQUANTO caminha pela pista. O sol está forte e quente a ponto de queimar os olhos, mas uma brisa cortante sopra pelo pátio. As mulheres levantam pesos, jogam cartas, lancham, todas vestidas com uniformes brancos que, por mais sujos que fiquem, se destacam contra o asfalto.

Enquanto isso, Jackson está sentada sob a passagem coberta, fumando um cigarro, perdida em pensamentos. Está esperando a troca de turno às 13h30, quando Walsh vai sair para substituí-la e ela voltará para o escritório, onde vai poder se preocupar com o prazo que se aproxima. Também não se deu ao trabalho de colocar brincos, e o esmalte está lascado.

Os oficiais passam tanto tempo nos vigiando, pensa Sara, que nunca lhes ocorre que também os vigiamos. Aprendemos seus horários, gostos, hábitos e peculiaridades. Às vezes até seus medos. Sara continua caminhando pela pista, mas, um minuto antes da troca de turno, entra no escritório administrativo.

Sua pele fica arrepiada; o escritório tem ar-condicionado, então está uns bons cinco graus mais frio que o restante do prédio. Uma parede é pintada de um amarelo alegre, com o único adorno sendo a lâmpada estilizada no formato do logotipo da Safe-X. Outra exibe várias placas e menções honrosas, muitas delas para Hinton, cujos olhos a seguem de seis retratos emoldurados ao mesmo tempo.

O medo queima em seu estômago, mas é um medo bom, aquele que se sente quando está prestes a fazer algo que deveria ter feito há muito tempo.

Hinton acaba de chegar para substituir Williams. Ainda está se acomodando na mesa, procurando um lugar para sua garrafa de água e seu casaco de lã. Doyle, a assistente administrativa, está conversando ao telefone, de costas para a janela de atendimento.

— Com licença — diz Sara.

Doyle gira na cadeira. É uma mulher bonita, na casa dos quarenta, com sardas espalhadas pelo rosto e um piercing de prata no septo nasal.

— Espere um pouco — diz ela para quem está do outro lado da linha. — Que foi?

— Quero registrar uma reclamação.

A voz de Sara é clara, cada sílaba bem pronunciada.

— Material ou administrativa? Eu só lido com reclamações materiais.

— De um dos oficiais. Acho que seria administrativa.

Doyle aponta para o quiosque a três metros da janela de atendimento.

— Não está vendo a placa que diz Reclamação Administrativa? Ou não sabe ler?

— Obrigada — agradece Sara alegremente.

Ela se dirige a um dos quiosques, espera o sistema reconhecer seu rosto e segue as instruções na tela. O QUE VOCÊ GOSTARIA DE RELATAR? *Conduta imprópria.* DATA DO INCIDENTE. *30 de outubro.* TIPO DE INCIDENTE. *Negligência no cumprimento do dever.*

Antes que ela possa clicar na próxima guia, Hinton está ao seu lado.

— O que você está fazendo?

— Preenchendo uma reclamação.

— Pare com isso — sussurra ele.

— Então me dê meu diário.

— Não estou com ele.

— Você o jogou fora?

O choque quase a deixa sem fôlego. Ela volta para o tablet e clica na próxima tela, digitando rapidamente no teclado digital. NOME DO INFRATOR. *Hinton.* DESCRIÇÃO DO INCIDENTE. *Enquanto Madison estava em alerta para o incêndio em Perris e os oficiais se preparavam para a evacuação, o oficial sênior Hinton abandonou seu posto e foi se esconder na...*

— Pare — diz ele novamente, afastando-a da tela para impedi-la de digitar. — Pare e me escute um segundo. Eu não joguei fora.

— Então onde está?

— Eu estava com ele na evacuação. Guardei no porta-malas do meu carro. Mas não pude ir para casa por causa do incêndio. Tive que passar algumas noites na casa do meu primo em Upland, antes de poder voltar para minha casa. — Sua voz fica irritada. — Meu telhado foi danificado, tá bom? E não consigo ninguém para ir dar uma olhada por mais três semanas, então tenho estado um pouco ocupado lidando com isso. Não estou nem aí para o seu amado caderninho, vou te devolver.

— Quando?

Doyle parou de falar ao telefone. Está curvada sobre o teclado, fingindo trabalhar enquanto escuta a conversa dos dois. Em algum lugar no fim do corredor, uma porta se abre e se fecha.

— Quando eu tiver um dia de folga. É uma viagem e tanto até Upland, caso você não saiba.

— Você acabou de dizer que estava no porta-malas do seu carro.

Ele suspira.

— Deixei na casa do meu primo. Como eu disse, estava com muita coisa na cabeça com o incêndio e tudo mais. Vou pegar para você no próximo domingo.

— Não posso esperar tanto tempo.

— Eu disse que vou pegar para você, e vou.

Sara hesita e, nesse momento de indecisão, Hinton toca no botão CANCELAR do formulário.

— É sempre melhor resolver queixas informalmente. É o que diz bem aqui, no manual. Seção 8.4. Dê uma olhada.

## ANÚNCIO DO OCR — TRANSCRIÇÃO DA GRAVAÇÃO DE ÁUDIO —DATA E HORA: 14-11-07-00

Bom dia, residentes. Aqui é o oficial-chefe de retenção. Até esta manhã, vinte e duas residentes e três funcionários contraíram o norovírus, elevando o número total de casos para trinta e um. Estou colocando esta unidade em estado de emergência de saúde pública. [Tosse.] Perdão. Se você tiver sintomas gastrointestinais, deve relatar imediatamente seu caso à oficial sênior Jackson. Ela fará remanejamentos de turnos em toda a unidade para garantir que possamos cumprir nossos compromissos.

Por favor, tente se isolar das outras pessoas se estiver doente e certifique-se de beber bastante líquido. Todas as residentes devem lavar as mãos com sabão, evitar compartilhar utensílios ou produtos de higiene pessoal e manter uma boa higiene. Há spray desinfetante disponível na lojinha para aquelas que desejarem limpar seu quarto.

Pode não haver roupa de cama limpa disponível no momento. As residentes que precisarem devem lavar as próprias roupas nas pias do pátio de exercícios. Há uma quantidade limitada de sabão disponível para esse fim, que será distribuído por ordem de chegada.

Mais uma vez, esta unidade está sob uma emergência de saúde pública. Precisamos que todos trabalhem juntos se quisermos impedir a propagação. *Por favor,* faça sua parte.

FÁCIL PARA ELE DIZER, PENSA SARA. O OCR GERENCIA esta unidade e outras quatro de casa, onde pode trabalhar sem distrações na busca de novos contratos para a Safe-X, na negociação de termos e condições, e na garantia do aumento contínuo dos lucros. O tom suave de sua voz pode ser familiar para Sara, mas ela nunca falou com ele nem o viu de perto — ele não interage com as retidas individualmente.

Quinze minutos após o anúncio, esgota-se o estoque de Pepto-Bismol e bebidas eletrolíticas da lojinha. O frasquinho de álcool em gel que Elias enviou a Sara antes do incêndio se torna um produto de alto valor: ela recebe ofertas de protetor labial, miojo, carne seca, chips de cenoura e uma cópia surrada de *A metamorfose*.

É impossível resistir ao livro.

Ela fica satisfeita com a troca, mas, ao voltar para o quarto, passa por Linh vomitando no 203 e se preocupa que talvez tenha cometido um erro. De repente devia ter ficado com o álcool. Ficar doente é a última coisa de que precisa. Mas sabão e água não são melhores para evitar contaminação? Ela só precisa ter mais cuidado ao lavar as mãos. Vai ficar tudo bem.

Sara passa a manhã lendo, sentindo um prazer especial em poder sublinhar uma passagem de que gosta ou circular uma palavra ou frase que a surpreende. Na vida anterior, ela tinha centenas de livros, tantos que ficavam empilhados em pirâmides inclinadas ao longo da parede do seu quarto. Passava por eles todos os dias, mas só agora compreende o luxo que é ter um livro.

Se Sara está doente, é de saudade do lar. Lar é uma meia de bebê debaixo da mesa de café, flores silvestres no papel de parede do corredor, uma janela que se abre para deixar entrar ar fresco. Lar é o balbuciar doce que vem dos berços duplos depois que ela apaga a luz, e o latido do cachorro do vizinho tarde da noite. Lá vem ele de novo, reclama Elias, vai acordar as crianças. Lar é o calor do corpo do marido contra o seu sempre que ela se mexe à noite. A música de Miles Davis em uma manhã de domingo. Uma tigela de damascos, ainda úmidos após serem lavados. O grasnar das gaivotas no drive-thru da rua. Elias dizendo: "Quer dar uma volta? Estou me sentindo confinado de repente". Quartos que não são escaldantes, quartos que não são gelados. Água em um copo alto e transparente.

Ela lê até a atenção ser atraída por uma conversa no corredor, não muito longe de seu quarto. Jackson e Ortega estão ajudando um civil que está em uma escada, apontando uma lanterna em miniatura para uma das câmeras Guardião quebradas. Deve ser um técnico da empresa de vigilância por vídeo, enviado para avaliar a extensão da sabotagem. Ele cutuca uma câmera com uma minichave de fenda e assobia, admirado. Quem fez isso sabia o que estava fazendo, diz. Era só ter arrancado os cabos, mas a pessoa também quebrou as lentes e cortou as baterias de emergência. Tem vinte e duas câmeras no corredor do andar residencial; todas vão ter que ser substituídas.

— Droga — diz Ortega. — Quanto tempo isso vai levar?

O técnico consulta seu tablet e dá o veredito: duas semanas.

— Tanto tempo?

— Foi mal, cara. Estamos com atrasos nas entregas no momento.

Sara sorri ao voltar para o catre. Se estivesse trabalhando em seu turno normal no Trailer D, nunca teria ouvido essa informação valiosa. Duas semanas lhe darão tempo para conversar com todas do andar sobre a greve.

Até agora, porém, seus esforços não ganharam muito impulso. Toya, Emily e Victoria são as únicas retidas que pediram demissão. As outras têm medo de se meter em encrenca, estão doentes com o norovírus, precisam do salário ou estão tão cansadas dos turnos prolongados que Jackson programou para cumprir o novo prazo da Vox-R que a única coisa que querem é um momento de paz e silêncio antes do apagar das luzes.

No refeitório, ela almoça com as outras grevistas, logo percebendo que Alice decidiu sentar-se na direção oposta. Marcela está trabalhando durante o almoço; pediram a ela que limpasse a enfermaria outra vez. Mas muitas das mesas estão vazias, observa Sara, o que facilita para as câmeras gravarem as conversas, mesmo que as retidas sejam experientes em manter a voz baixa. Por enquanto, o silêncio é a única proteção.

Ela tenta comer o mais devagar possível; a porção de ensopado de peru do dia parece ainda mais escassa que o normal. Termina o copinho de pudim de tapioca em sua bandeja, passando o polegar na borda para pegar os últimos pedacinhos. Só depois de lamber o dedo é que percebe o que fez. Vai saber onde o copinho andou. A estação de serviço, a bandeja, o assento, a mesa — todos esses lugares são vetores potenciais de doenças. A refeição se torna estressante, um exercício prolongado para se lembrar de tudo mais que ela pode ter tocado.

Enquanto as amigas se levantam, ela vai ao banheiro para se lavar, mas não há sabonete e o dispensador de papel-toalha está vazio. Sara enxágua as mãos com água escaldante, contando até trinta antes de fechar a torneira, e as seca na blusa.

Depois, ao atravessar o salão principal, ela passa por um grupo de retidas conversando sob o mural de Arnautoff, com um carrinho de limpeza ao lado. Uma delas se afasta repentinamente do grupo, coloca a mão sobre a boca, mas não consegue se impedir de vomitar um jato espesso de bile verde, que cai no chão e respinga nos uniformes das outras.

— Desculpe — diz ela, impotente.

Tudo aconteceu tão rápido que ninguém do grupo teve tempo de se afastar. Sara acelera o passo, tomando uma boa distância ao sair do salão principal.

Fica aliviada quando enfim chega ao pátio. Há espaço suficiente ali para evitar contato desnecessário com outras pessoas. É uma tarde ensolarada de novembro, e o ar cheira levemente ao alcatrão quente que uma equipe da prefeitura espalhou pela rodovia, na véspera.

Jackson saiu da sombra de seu posto sob a passagem coberta. Está caminhando pelo perímetro na direção oposta à de Sara, parando de vez em quando para conversar com uma ou outra retida. Quando Sara termina sua terceira volta, Jackson está falando com Victoria, que ficou em uma mesa com seu baralho de cartas, depois que Toya e Emily foram embora. Sara vai até o poste de luz próximo e se apoia ali para se equilibrar enquanto faz alongamentos, ouvindo a conversa das duas.

— Então, por que você largou o emprego? — pergunta Jackson.

— Não estava mais a fim.

Victoria pega o baralho com a mão direita e tira as cartas uma a uma com o polegar esquerdo. Seus movimentos são lentos, mas hábeis. Tem uma lata de Coca-Cola à sua frente, suando devido ao calor.

— Eu sempre posso te colocar em outro lugar. Talvez na zeladoria?

— Não, valeu.

— Se você está preocupada com o vírus, encontro outro trabalho para você. Não precisa ser na zeladoria.

Victoria empilha as cartas à sua frente e faz menção de se levantar. Mas Jackson senta-se à mesa.

— Quer um cigarro?

Victoria hesita. Depois:

— Não, estou de boa.

Jackson acende o cigarro, soltando uma enorme baforada de fumaça.

— Então, quem te colocou nessa tramoia? — pergunta ela, cruzando as pernas e segurando o cigarro no ar.

Ela se esforça para parecer relaxada, mas, em vez disso, parece afetada.

— Não estou tramando nada. Não sei do que você está falando.

— Não sabe? Porque você e Emily Robbins pediram demissão com poucos minutos de diferença. Aquela garota não presta, você já devia saber disso, mesmo se não souber mais nada.

Victoria divide o baralho em dois e embaralha as cartas. Em seguida, com movimentos rápidos e precisos, cria uma ponte e as empilha novamente. Estilo cassino.

— Ninguém me colocou em tramoia nenhuma, chefe — diz ela, com uma risada. — E com certeza muito menos aquela vaca velha.

— Sei.

Victoria espalha o baralho sobre a mesa.

— Escolha uma carta.

Jackson pega uma, olha e depois a coloca de volta.

— Se você não quiser fazer um turno completo, posso conseguir um meio turno duas ou três vezes por semana. Fácil e tranquilo.

Victoria embaralha e depois espalha as cartas novamente. Ela pega um ás de espadas.

— Esta é a sua carta?

Jackson faz que sim com a cabeça.

— E aí, o que me diz? Meio turno três vezes por semana?

— Não, estou bem assim.

— Certo, então. Mas, só para você saber, seu score vai subir de novo. O que é uma pena. — Ela se levanta, limpando o joelho. — Achei que você fosse uma das espertas.

Jackson volta para o posto de guarda sob a passagem coberta, de onde observa as retidas espalhadas pelo pátio, duas ou três se exercitando, mas as outras apenas descansando ou tomando sol, antes de voltar ao trabalho. Em seguida, pega seu Tekmerion.

Sara vai sentar-se à mesa.

— Me mostra como faz esse truque?

Victoria toma um longo gole do refrigerante. Ela embaralha as cartas novamente e as espalha em um arco largo na frente de Sara.

— Fique de olhos abertos — diz, com um sorriso.

Sara escolhe uma carta e a coloca de volta no baralho.

— Está vendo onde está meu polegar? — pergunta Victoria. — É assim que eu marco a carta que você escolheu. Depois, é só embaralhar assim, está vendo, espalhar e *voilà*. É a sua carta, certo?

— É, sim. Muito bem.

Victoria demonstra mais alguns truques, que se tornam mais elaborados e difíceis de perceber à medida que o tempo passa. Quando o sol chega à mesa, ela protege o rosto com a mão, mas logo volta para o edifício principal, deixando Sara sozinha.

Do outro lado do pátio, um enorme caminhão branco apita ao dar ré em direção à entrada de serviço. Dois operários de uniformes empoeirados aparecem no portão, guiando o motorista até o local onde o veículo deve parar. Eles carregam os materiais e equipamentos na carroceria e partem, deixando para trás uma nuvem de fumaça.

O pátio volta a ficar silencioso.

Pelo que parece, a construção está quase concluída. Vinte novos quartos serão abertos, cada um abrigando duas retidas, ou às vezes três. Jackson só precisa esperar, pensa Sara. Vai ter um novo grupo de trabalhadoras para alocar em algumas semanas ou quem sabe em apenas alguns dias. Mesmo assim, está determinada a preencher todos os lugares em sua agenda, mesmo no meio de um surto. Jackson parece preocupada — até mesmo ansiosa — com a possibilidade de uma greve, apesar de também ser uma simples trabalhadora, substituível no momento em que deixar de ser útil para a empresa.

## RELATÓRIO DE TEKMERION

Relatório: A765-4920
Data e hora: 14-11-03-29
Oficial: Jackson
Assunto: Sara Hussein, Victoria Aguilar

Aproximadamente às 15h30 desta tarde, observei as retidas Aguilar e Hussein conversando no pátio. A Retida Aguilar mostrou à Retida Hussein um de seus truques com cartas que chamam de encontre a dama. A Retida Aguilar demonstrou o truque três vezes, e depois disso a Retida Hussein tentou e conseguiu.

EJ

MEMORANDO

De: Eugenia Jackson
Para: OCR
Data: 15-11-08-05

Segue em anexo a programação desta semana. As vagas devido à emergência de saúde pública estão destacadas em amarelo, as devido a liberações em verde e as devido a demissões em vermelho. Os trailers estão operando com 72% da capacidade, com a conclusão do contrato com a Vox-R prevista para 15 de dezembro e com a NovusFilm, para 8 de janeiro. As áreas que se tornaram críticas (abaixo de 50% da capacidade) são zeladoria e lavanderia, que as retidas têm evitado devido ao norovírus. Para melhorar as operações de trabalho, solicito a aprovação dos incentivos abaixo:

- Acesso prioritário à fila do serviço de alimentação.
- Tempo de visita prolongado (15 minutos extras, resgatáveis na próxima visita familiar).
- Processamento acelerado de petições pendentes.
- Serviço médico preferencial (acesso a AINEs, quando solicitado).
- Transferência para quarto com janela (dependendo da disponibilidade).

Por favor, me informe o mais rápido possível quais dessas medidas o senhor estaria disposto a aprovar.

Atenciosamente,
Eugenia Jackson
cc: Andrew Hinton

UMA HORA DEPOIS DO CAFÉ DA MANHÃ, SEU ESTÔMAGO começa a doer. Talvez eu esteja só reagindo ao pânico ambiente, pensa ela, talvez sejam gases ou indigestão. Ela toma água do bebedouro, mas com cuidado para que os lábios não toquem no bico, mas, alguns minutos depois, a boca se enche de bile e ela tem que vomitar, mal conseguindo chegar à privada a tempo. Os ovos e as batatas que comeu pela manhã saem em erupções que a surpreendem pela violência. Um jato de vômito alaranjado escorre pelo vaso até o chão.

— Putz — diz Emily de seu catre, onde está desenhando sua história em quadrinhos desde que largou o trabalho.

Ela pegou emprestado o travesseiro de Victoria, que está usando para apoiar seu bloco de desenho, e observa Sara por cima dessa nova estrutura. Com o pé calçado com meia, empurra para a beira do colchão o pacote de lenços desinfetantes que Elias enviou e que elas têm compartilhado desde o início do surto. Sara limpa o vaso e o chão da melhor maneira possível, lava as mãos e deita-se no catre.

Logo ela está tremendo debaixo do cobertor. A última vez que ficou doente foi um resfriado que pegou no casamento de uma amiga, na primavera anterior a sua retenção. Passou dois dias em casa, aconchegada debaixo do edredom, vendo filmes, e, quando Elias trouxe os gêmeos da creche, também trouxe aquela canja de galinha de que ela gosta, da delicatéssen da rua, e umas flores para animá-la. Naquela época, ela sentiu pena de si mesma, presa na cama quando poderia estar brincando com as crianças ou saindo para passear. Mas a retenção apagou esse tipo de autopiedade inútil. Ela tem que suportar as dores e os incômodos no corpo.

* * *

Ela entra no salão principal, parando como sempre para admirar o mural de Arnautoff. Está com um livro grosso debaixo do braço, uma biografia de Sayyida al-Hurra que precisa devolver à biblioteca, antes que feche. Hinton sai do posto de guarda naquele momento, vestindo um macacão azul, mas sem camisa. Seus braços estão enfaixados do ombro ao pulso, e seu rosto, inchado — talvez um efeito colateral da medicação que está tomando para tratar os ferimentos.

— Huxein! — Ele a chama. Sua fala está distorcida, os sons sibilantes confusos por falta de dentes. O que aconteceu com ele? — Fique aí — diz. — Espere.

— O que foi?

Três retidas que voltavam do refeitório param para assistir.

— O que eu fiz? — pergunta Sara. — Estou indo para a biblioteca, só isso.

— Eu já dixe, espere.

Hinton entra na cabine do porteiro e aperta um botão, e dois investigadores da polícia aparecem instantaneamente na entrada do hall principal. Um é alto e magro, o outro, baixo e gordo, exatamente como nos filmes. Isto não é real, pensa Sara, não está acontecendo de verdade.

Quando um deles tira um cigarro da boca e o apaga pisando nele antes de se aproximar, ela quase ri.

Mas, à medida que o investigador se aproxima, uma sensação de mal-estar toma conta de Sara. Ela olha para as mãos e percebe que, em vez de um livro, está segurando uma lata de combustível.

Uma lata grande e vermelha, com capacidade para vinte litros, suficiente para incendiar o lugar todo.

Como aquilo veio parar ali? Apenas um minuto atrás, ela tinha um livro. Agora tem a gasolina, a prova material de que é a criminosa que eles alegam que ela é o tempo todo.

As três retidas observam e cochicham entre si.

— Sara Hussein — diz o policial baixo, puxando as algemas —, você tem o direito de permanecer em silêncio.

* * *

Ela está navegando pelo Nabe, no parque, enquanto os gêmeos brincam na caixa de areia. Elias foi comprar café na barraca do outro lado da rua, deixando-a com as crianças. Ela percebe que ele está demorando. É um dia de inverno, mas o sol já está forte.

— Crianças, aqui! — Ela chama os filhos depois de um tempo. — Vou passar mais protetor solar em vocês.

Ela revira a bolsa que está ao seu lado. Nela há fraldas, lenços umedecidos, um frasquinho de loção hidratante, uma lata vazia de Altoids, alguns lenços de papel, salgadinhos de queijo, uma garrafa de água, grampos de cabelo, absolutamente qualquer coisa, menos protetor solar. Ela esqueceu em casa — de novo.

E o prêmio de pior mãe do ano vai par...

Deus do céu, como ela precisa de café. Pelo menos, está com os chapéus de abas largas das crianças, não se esqueceu deles.

— Saiam daí, carinhas — diz ela. — Me deixem colocar isso em vocês. — Mohsin balança a cabeça em negativa. Com uma pá de plástico amarelo-brilhante, cava um buraco na areia, joga o sapato dentro e começa a cobri-lo com areia. Mona ajuda, jogando água com seu regador. Lá se vai outro par de sapatos, pensa Sara. Ela precisa mesmo de café. Por que Elias está demorando tanto? — Saiam um segundo, por favor. Me deixem colocar estes chapéus em vocês.

Mona usa seu ancinho em outra parte da areia, enquanto Mohsin rasteja para um novo local, diretamente sob o sol.

— Saiam daí, por favor.

É como se eles não conseguissem ouvi-la.

— Não vou repetir — diz ela, entre os dentes.

Entrando na caixa de areia, ela pega o filho e, apesar dos gritos de protesto, enfia o chapéu na cabeça do menino. Quando está prestes a colocá-lo no chão, percebe que está vestida de branco da cabeça aos pés... branco de viúva.

O parque se transforma em seu apartamento, e a caixa de areia, no tapete da sala. O imã chegou com um pedaço de papel para ela assinar, de modo a poder prosseguir com os preparativos do velório. Ao seu redor, amigos e vizinhos vieram oferecer condolências pela morte repentina do marido. É inacreditável, dizem eles, balançando a cabeça. Ele era um bom nadador, poderia ter conseguido sair do rio se não estivesse carregando duas mochilas.

No canto, a mãe de Elias chora, aponta o dedo para Sara — que acorda assustada, os olhos grudados de lágrimas secas, e tem que vomitar outra vez.

Durante dois dias, ela fica deitada na cama. O mundo fora do seu quarto deixa de existir e as únicas notícias que ela recebe são de segunda mão, através de Emily. A ampliação das instalações está concluída, os operários foram embora. O namorado de Ana a pediu em casamento na visita daquela manhã. Parece que se ajoelhou e deu um anel de chocolate, comprado numa máquina de venda automática. É meio fofo, né? Outro incêndio começou, dessa vez em Klamath, onde já queimou mais de trinta mil hectares. Por que o governador García não ativa a Aliança de Combate a Incêndios dos Estados do Oeste? É exatamente para situações assim que o tratado existe — quanto mais ele espera, mais difícil se torna a contenção do incêndio. Aquele idiota do Williams continua tentando paquerar Victoria, não se toca. Outras trinta e cinco pessoas pegaram o vírus, e uma vomitou no teclado no trailer C. Não conseguiu correr até os banheiros do prédio principal, e não tem lixeiras no trailer.

No terceiro dia, Sara se sente melhor. Depois da verificação matinal dos dispositivos, tem energia suficiente para se lavar e arrumar a cama. É uma manhã fria de novembro; ela treme enquanto espera pela senhora na janela. Em vez disso, aparece no ponto de ônibus um adolescente magro, arrastando um carrinho de metal cheio de produtos de palha. Tem cabelo preto comprido, preso em duas tranças bem-feitas, e ombros estreitos que desaparecem sob a jaqueta larga. Talvez a senhora tenha se ferido no incêndio e agora o neto, ou o sobrinho, ou um menino da vizinhança esteja encarregado de vender a mercadoria na sua ausência. Parado no ponto, ele fica mexendo no celular, sem tirar os olhos do aparelho, não importa quanto tempo Sara aguarde na janela. Então o ônibus chega e o leva embora.

Todo dia é uma luta, pensa Sara. Precisamos de amigos se quisermos sobreviver.

Do outro lado da sala, Emily está juntando suas coisas para tomar banho. Até agora, conseguiu escapar do vírus: brinca que a comida da mãe lhe deu um estômago de aço, que aguenta qualquer coisa. Depois que ela desce para tomar o café da manhã, Sara lê algumas páginas de *A metamorfose*, depois guarda o livro, empilhando-o cuidadosamente sobre suas cartas. Com sorte, talvez receba alguma correspondência hoje. Passa o dedo pela foto emoldurada dos gêmeos, depois boceja e estica os braços acima da cabeça. Está realmente se sentindo melhor naquela manhã, talvez até consiga comer.

Mas, no refeitório, o cheiro de aveia a deixa enjoada, e o ronco do estômago soa como um protesto preventivo. Mas, mesmo sem conseguir comer, é bom sair do quarto e seguir com a rotina de um dia normal. Ela leva a bandeja até uma das mesas perto da janela, onde Emily e Victoria conversam alegremente.

— Cadê todo mundo? — Sara pergunta ao sentar-se.

— Toya e Alice estão doentes — responde Victoria. — Da Marcela eu não sei.

Elas retomam a conversa. Parece que estão falando sobre Reno, uma cidade que Sara associa à letra de uma música country, mas que Emily conhece muito bem, pois cresceu a poucos quilômetros da fronteira com Nevada.

— Eu trabalhava como caixa em uma estação de esqui em Reno, na época que ainda nevava por lá, mas o que eu queria mesmo era trabalhar nos cassinos, porque o salário era melhor.

— Na verdade, não paga muito bem, não — responde Victoria. — Eu ganhava a maior parte do meu dinheiro com gorjetas. Tirei a licença para poder trabalhar em San Manuel e, em um dia bom, conseguia ganhar mil e duzentos, mil e trezentos em dinheiro.

— Onde fica San Manuel?

— Lá no Mojave, sabe?

Emily balança a cabeça.

— Nunca fui. Quando você trabalhou lá?

Enquanto as duas conversam, Sara observa o jardim, onde um dos jardineiros está mostrando ao outro como espalhar fertilizante no gramado. O ritual é uma das constantes de sua infância: todo mês de novembro, os jardins da rua de seus pais ficavam cobertos por uma mistura marrom e pungente, cujo cheiro permanecia por dias. Vai ser desagradável sentar ao ar livre, mesmo quando tudo o que ela quer é sentir o sol no rosto. Está desesperada por um pouco de ar fresco, depois de três dias no quarto.

O barulho dos sapatos de borracha no piso de vinil a faz se afastar da janela. Com passos rápidos e decididos, Hinton e Williams se aproximam de sua mesa. O que eles vão inventar dessa vez? Ela tem se surpreendido, nos últimos meses, com a criatividade dos oficiais na interpretação do manual. Se você fica vagando por aí, é preguiçosa. Se você se apressa, deve estar tramando algo. Num dia, seu cabelo está despenteado, no outro, suas unhas estão muito compridas. Hinton é melhor nesse jogo do que todos os outros juntos e, agora que não está trabalhando, Sara sabe que é mais visada do que nunca.

Mas os oficiais nem a olham. Williams está apontando o Tekmerion para Victoria.

— O que você está fazendo? — pergunta Victoria, achando graça.

Em pé ao lado de Williams, Hinton espera enquanto o sistema abre o arquivo de Victoria.

— Coloque como Classe A — ordena Hinton. — E quando chegar à próxima tela, eu te mostro a caixa para vandalismo. Depois que o software atualizou, não ficou muito fácil de achar.

— Beleza — responde Williams.

Ele começa a digitar, movendo os lábios silenciosamente, como uma criança resolvendo um problema de matemática.

— Espere, como é? — diz Victoria, levantando-se de um salto. A luz do sol incide sobre seu rosto, realçando os olhos amendoados e as maçãs do rosto perfeitas. Mas é a ferocidade de sua expressão que a destaca. — Que vandalismo? — pergunta, ignorando Williams e dirigindo-se ao oficial sênior. — Do que você está falando? Eu não fiz nada.

— Você quebrou as câmeras lá em cima — informa Hinton, sem tirar os olhos do Tekmerion de Williams. — Isso vai custar cento e oitenta dias.

— Cento e oitenta? Você está falando sério? Nem toquei nas suas câmeras. Eu estava lá embaixo naquela manhã, pode perguntar para qualquer um.

— Ela estava lá embaixo mesmo — interrompe Emily. — Eu vi.

— Robbins, não se meta — sussurra Hinton. — Vamos falar com você outra hora.

Victoria volta sua atenção para Williams.

— Sério, Cary. — Seu tom sugere que ela está decepcionada, mas que ele ainda pode consertar seu erro se mudar de atitude. — Você *sabe* que eu não fiz isso. Eu estava lá embaixo o tempo todo. Como você pode me acusar? Não tem nenhuma prova.

— Tenho o depoimento de uma testemunha — diz Williams, com o queixo inclinado em protesto.

Mas ele desvia o olhar, como se não confiasse em si mesmo para encarar Victoria. A confiança desaparece de seu rosto. Seus polegares estão posicionados de forma incerta sobre a tela.

Hinton intervém:

— Está vendo o botão que diz MAIS? Clique. Vai lá, clique. Agora role e clique em PRÓXIMO para passar para a página seguinte. Aqui, está vendo onde diz VANDALISMO?

— Entendi. Valeu, chefe.

— De que testemunha você está falando? — pergunta Victoria. — Me dê um nome. Me dê o maldito nome e vamos ver o que ela tem a dizer. — Ela olha ao redor do refeitório, desafiando a informante a se apresentar. Um longo minuto se passa, e o único som é o barulho da torneira da cozinha. — Viu? Tem alguém inventando coisas sobre mim e você está me punindo sem nenhuma prova.

— Ela estava lá embaixo — diz Sara a Williams, lembrando-se do dia da evacuação. — Nós duas vimos. Estava jogando cartas com Alice, pode perguntar a ela se não acredita na gente.

— Alice Carter está fora de combate — diz Hinton. — Foi levada para o pronto-socorro.

— Pronto-socorro? Ela está bem?

Victoria dá um passo em direção a Williams.

— Alguém deve ter mentido sobre mim.

— E você sabe tudo sobre mentira, certo?

— Eu não sou X9 — diz Victoria, entre os dentes. — Chega das suas acusações.

Ela parece prestes a lhe dar um soco, mas repensa. Leva sua bandeja para a estação de serviço, onde a larga, e sai do refeitório.

— Ufa — diz Williams, com o rosto corado. Parece satisfeito com o desfecho da situação. — Essa aí tem um temperamento forte.

Hinton assente.

— Me avise se tiver mais problemas com o sistema.

— Pode deixar, chefe.

Williams sai e Hinton volta para sua estação, parecendo decepcionado porque a agitação já acabou. Por todo o refeitório, as mulheres voltam lentamente às suas refeições e conversa-fiada.

Sara respira fundo. O cheiro repugnante da aveia a atinge novamente, e ela tem que empurrar a bandeja para longe. Cento e oitenta dias! Deve ser a maior prorrogação que ela já viu desde que chegou ali. Ela espera que as conversas ao seu redor fiquem altas o suficiente para poder falar.

— Isso é vingança. Porque ela fica ignorando as investidas de Williams.

— Ele está de olho em Victoria há um tempo — diz Emily, raspando o resto da aveia da bandeja. O som faz Sara sentir arrepios, e ela mal consegue se conter para não arrancar o garfo da mão da outra. Emily termina de comer, lambendo os últimos restos do talher. — Mas, por outro lado, foi ela.

— Como assim? Como você sabe?

— Simplesmente sei — responde Emily, com um sorriso. — Vai levar algumas semanas para substituir todas as câmeras, é por isso que estão tão irritados.

— Mas eu a *vi* com Alice. Nós duas vimos.

— Isso foi muito depois, quando estava todo mundo esperando os ônibus. Ela já tinha cuidado das câmeras naquela hora.

— Que coisa incrível. — É a Victoria Aguilar que elas precisam agradecer pelas conversas particulares que têm podido manter no andar residencial, desde que voltaram de Victorville. Também têm desfrutado de outros pequenos prazeres: ficar de calcinha quando os quartos estão quentes demais, trocar entre si itens de que precisam ou ficar acordadas quando as luzes se apagam. — *Ela* é incrível.

— Não é? Gosto muito dela.

Sara ri.

— É mesmo? E quanto a Clara?

— Ah, você entendeu tudo errado — responde Emily, embora pareça estar tentando se convencer. — Não é nada disso. A gente é só amiga.

— Sei.

Ela volta para o andar de cima depois do café da manhã. O chão ainda está úmido da limpeza da manhã, o ar está pesado com o cheiro de pinho sintético, mas mesmo assim ela consegue sentir o cheiro azedo de doença. Muitas pessoas passaram a noite inteira vomitando. Ela para na porta do 234. O lençol e o cobertor do catre de Alice foram retirados, e o travesseiro, levado embora. Do outro lado do quarto, Toya está deitada de lado, protegendo os olhos com a mão. A luz da janela é fraca, os raios de um sol suave em um dia comum.

— Ei — sussurra Sara ao entrar —, está acordada?

Toya tira a mão do rosto. Seus olhos parecem amarelados, os lábios estão pálidos.

— Como você está se sentindo?

— Como se estivesse no inferno.

— É seu primeiro dia?

— Segundo. — Toya se levanta lentamente, apoiada em um cotovelo, até conseguir sentar-se. Na prateleira acima da cama, há um par de livros da biblioteca, alguns pássaros de origami e uma foto dela com o marido e Monty, seu bichon frisé de oito anos, entre os dois. — Acho que devia agradecer por não estar no pronto-socorro.

Duas retidas passam pelo 234, discutindo sobre algo, seguidas um minuto depois por Marcela empurrando o carrinho de limpeza, no qual o balde com água suja balança. Ela parece exausta, talvez esteja ficando doente também.

Sara se apoia no batente da porta, cansada demais para continuar em pé, mas com receio da cama de Alice.

— O que aconteceu com ela?

— Estava muito mal, nem conseguia se levantar quando precisava vomitar. Eu avisei, mas, quando vieram verificar, Alice já tinha desmaiado. Ela me disse uma vez que fez uma cirurgia de hérnia há um tempo, mas não sei se tem alguma relação.

— E é norovírus, só?

— Até onde eu sei.

— Bem, pelo menos ela vai ficar fora deste lugar por alguns dias.

— A gente sempre tem que ver o lado bom da vida.

Sara ri e aponta com o polegar para a foto do bichon frisé.

— Todo esse tempo eu pensei que você tinha batizado o seu cachorro em homenagem a Monty Clift.

Passos atraem sua atenção de volta ao corredor. Tem um visitante de máscara facial e luvas cirúrgicas, ladeado por Hinton, Jackson e Yee. Caminhando pelo corredor, ele para em quase todos os quartos, às vezes fazendo perguntas que os oficiais se revezam para responder. Será algum tipo de médico? Não, ele parou para examinar as câmeras quebradas, balançando a cabeça lentamente enquanto Hinton explica que vai levar mais alguns dias para as peças de reposição chegarem.

— O fornecedor teve uma situação de *força maior* — explica ele, balançando um pouco na ponta dos calcanhares.

— Que situação?

— Teve um furacão de categoria 5 na Malásia, senhor. A enchente afetou a fábrica onde as câmeras são fabricadas, daí o atraso no envio.

Mas o homem está irritado.

— Pelo que estão nos cobrando, deveriam ter entregado por correio expresso de um dia para o outro.

Talvez seja um contador, pensa Sara.

O grupo se dirige para o 222, onde as duas ocupantes estão com o vírus e dormem em lençóis sujos. Agora, é a vez de Jackson explicar que ainda há carência de roupa limpa, um problema agravado pelo fato de que ela não consegue cobrir todos os turnos.

— Enviei um memorando sobre isso, senhor — diz ela. — Consigo dar conta do trabalho nos trailers, mas não consigo organizar turnos extras na lavanderia nem na limpeza. As residentes têm medo de manusear material contaminado.

A informação não parece satisfazer o visitante.

— Não vamos conseguir fazer este lugar voltar a funcionar direito se não conseguirmos controlar o vírus.

— É o oficial-chefe de retenção — sussurra Sara, reconhecendo de repente a voz de barítono.

A curiosidade sobre o homem que só ouviram através dos ocasionais anúncios de áudio é suficiente para Toya se postar ao lado de Sara, à porta do quarto. O OCR é um homem baixo, na casa dos quarenta, vestido de jeans e camisa social azul com as mangas arregaçadas. Seus braços são cobertos de pelos escuros e grossos. Mas, embora agora ela possa associar um corpo à voz no alto-falante, ainda não sabe como ele é, pois seu rosto está protegido por uma máscara cirúrgica. Ainda assim, vê-lo repreender os oficiais dá a Sara um sentimento de satisfação.

— Posso conseguir mais lençóis para vocês — diz o OCR. — Estou fazendo um pedido para a nova ala. Onde está Ortega?

— Ausente por licença médica.

— Ele também está ausente? — Agora o OCR parece irritado. — Ele estava comendo no refeitório?

Isso é contra as regras, todos sabem. Os oficiais trocam olhares antes de Hinton responder por eles.

— Acho que não, senhor. Ele pode ter pegado em qualquer lugar da unidade.

— Certo — diz o OCR, em um tom que sugere que já ouviu o suficiente, que tem todas as informações necessárias para tomar uma decisão.

O grupo chega ao 231, na diagonal de onde Sara e Toya estão.

— Parece maior do que na transmissão da câmera — diz o OCR, com surpresa na voz. Ele pega o celular para tirar uma foto. — Acho que dá para colocar mais um catre aqui.

Sara se segura no batente da porta. Deve ter ouvido mal o homem, ele não pode estar pensando em adicionar mais retidas àquela ala, sendo que há uma ala inteira vazia e estão no meio de um surto. Toya solta um suspiro; ficar em pé perto da porta a cansou. Ela volta para o catre, mas quase imediatamente precisa correr para a privada. O som de seus vômitos faz o OCR se virar, percebendo o 234 e seu catre sem roupa de cama.

— A 234A é a que foi enviada para o pronto-socorro, certo? — pergunta ele.

— Sim, senhor — responde Hinton.

— Então, quem é essa?

— Meu nome é Sara — diz ela, com o coração acelerado. Há tanta coisa que deseja dizer: ela é inocente de qualquer crime, não deveria estar em retenção, já está em Madison há muito mais tempo do que o necessário para decidirem seu caso. E ela não é a única: quase todas ali estão no limbo há meses, e em alguns casos, anos. — Sara Tilila Hussein.

— A residente do 208 — acrescenta Hinton.

— O que ela está fazendo aqui? — pergunta o OCR.

— Eu queria ver como está minha amiga.

— Ela não deveria estar trabalhando?

— Eu pedi demissão.

O OCR nem olha para Sara. Agora está esperando uma resposta de Jackson.

— Senhor, como eu expliquei no meu...

— Eu sei o que você colocou no seu memorando. E, como eu disse no *meu* memorando, você precisa mostrar um pouco de iniciativa. Resolva. Ou será que eu tenho que fazer tudo sozinho?

Enquanto isso, Toya terminou de lavar as mãos. Ela se senta em seu catre, inclinando-se para a frente a fim de conseguir ver pela porta.

— Quero dizer, olhe só essas duas — diz o OCR. — Veja como estão fracas e sujas. Como você espera resolver essa situação se não conseguem manter a higiene mais básica?

— Nós não temos nem sabonete — diz Toya da porta.

Os oficiais olham para ela com raiva. *Cale a boca se sabe o que é bom para você.*

Se o OCR a ouviu, não dá sinal, passando para o quarto seguinte, onde pergunta sobre os canos quebrados. Os oficiais o seguem, dando atualizações ou explicações.

O encontro foi breve, mas deixou Sara sem fôlego. Ela precisa se sentar na cama de Alice, com os cotovelos nos joelhos e a cabeça entre as mãos. O que acabou de acontecer? O OCR é o funcionário mais poderoso de Madison, o único com o arbítrio e a autoridade para decidir como o centro deve ser administrado. Mas nem pareceu vê-la. Ela nem tem certeza se ele ouviu seu nome.

De: EisleyRichardson@me.com
Para: SaraTHussein@PostPal.com
Número do CR: M-7493002
Unidade: Madison
Data e hora: 14-11-09-12
Alertas: NENHUM
Status: liberado

Querida Sara,
Ouvi no rádio na semana passada que Madison teve que ser evacuada durante o incêndio em Perris, então pensei em entrar em contato para saber como você está. Os danos causados pelo incêndio são muito maiores do que qualquer um poderia imaginar. Espero que ninguém tenha se ferido!
Por aqui, está tudo bem. Já voltei para casa e estou retomando minha rotina, embora esteja cozinhando muito mais do que antes. Eu achava que preparar refeições era uma tarefa chata, mas percebi o quanto gosto de comer a comida que faço.
Enfim, me escreva e me conte como estão todas.
Eisley

* * *

De: EisleyRichardson@me.com
Para: SaraTHussein@PostPal.com
Número CR: M-7493002
Unidade: Madison
Data e hora: 16-11-10-32
Alertas: TRANSAÇÃO FINANCEIRA
Status: liberado

Querida Sara,
Não tive notícias suas e só esta manhã percebi que talvez você não tenha mais dinheiro na sua conta do PostPal. Queria que permitissem que as pessoas que foram liberadas doassem o que sobrou dos seus fundos. Parece um desperdício, não? Enfim, adicionei um dinheiro à sua conta. Me escreva contando as novidades.
Eisley

* * *

De: EisleyRichardson@me.com
Para: SaraTHussein@PostPal.com
Número CR: M-7493002
Unidade: Madison
Data e hora: 17-11-21-27
Alertas: TRANSAÇÃO FINANCEIRA
Status: liberado

Querida Sara,
Qeria saber se o sistema teve algum problema e você não tá recebendo minhas mensagens. Pode me dizer se recebeu?
Julie

* * *

De: EisleyRichardson@me.com
Para: SaraTHussein@PostPal.com
Número CR: M-7493002
Unidade: Madison
Data e hora: 19-11-09-45
Alertas: NENHUM
Status: liberado

Querida Sara,
Espero não a ter ofendido por colocar um pouco de dinheiro na sua conta PostPal. Eu só estava tentando ajudar.
Eisley

MAS NÓS NÃO ÉRAMOS AMIGAS, PENSA SARA. ALIÁS, Eisley Richardson foi ficando cada vez mais hostil à medida que seu período de retenção chegava ao fim, encontrando maneiras de justificar as repetidas prorrogações de todas as outras. A conversa durante sua última noite em Madison foi especialmente polêmica: ela ia embora no dia seguinte e estava confiante no sistema. Que estranho ela estar escrevendo para Sara agora. E não apenas uma mensagem, mas quatro. O que explica o interesse repentino, a despesa desnecessária?

Talvez seja culpa de sobrevivente. Agora que está segura em casa, cercada pela família e pelos amigos, está começando a lidar com a angústia e o isolamento que sua retenção lhe impôs, e percebendo a sorte que teve em sair. Está tentando compensar seu comportamento passado. Tudo bem, pensa Sara. E ela vai aceitar o dinheiro da lojinha, não é orgulhosa demais para isso. Precisa de toda a ajuda possível com suas dívidas e talvez dali a algumas semanas possa voltar a comprar xampu. Ela escreve um rápido comentário de agradecimento e, de olho no relógio, sai do computador antes que o PostPal cobre mais trinta minutos de uso.

Sara pondera tudo isso enquanto se dirige ao escritório de roupas (sem uniformes limpos, volte amanhã) e de lá, para a biblioteca, onde perambula entre as estantes. A associação de caridade que fornece livros para Madison enviou um novo lote de guias de estudo para supletivo, uma série de romances de terror que eram populares há três décadas e um conjunto completo da Penguin Classics, reciclados de uma faculdade fechada em Vermont. Sara pega *Jane Eyre* da prateleira e lê até surgir uma vaga em um dos computadores.

O *Los Angeles Times* ainda está cobrindo os danos causados em dois condados no sul da Califórnia pelo incêndio de Perris, embora a notícia tenha sido relegada à parte inferior da página, já que a maior parte da página inicial está ocupada por um problema no suprimento de carne de aves que começou quando duas fábricas em Minnesota fecharam por preocupações com a segurança da carne no verão, o que se transformou em uma escassez de perus que vai afetar os californianos nas próximas festas de fim de ano.

Ela clica na editoria nacional, cuja página carrega com notícias sobre James Wesley, que formou um comitê exploratório para decidir se deve concorrer a uma vaga no Senado dos Estados Unidos. Na foto que acompanha a matéria, Wesley aparece descendo de um avião particular, o braço em volta da noiva, conduzindo-a em direção a uma limusine preta que os aguarda. Ele sorri para o fotógrafo, os olhos vagamente visíveis por trás dos óculos escuros, tentando projetar a confiança que o cargo almejado exige. Ela odeia tudo naquele homem, em especial o fato de pertencer à classe privilegiada: independente de qualquer crime ou injustiça que venham a ser revelados sob sua supervisão, não sofrerá nenhuma consequência.

Seus pensamentos voltam para as mensagens que recebeu pela manhã. Eisley é uma pessoa muito melhor que eu, pensa ela. Se eu tivesse saído em 21 dias, teria deixado este lugar para trás e seguido minha vida. E não estaria escrevendo para gente que mal conheço. Será que ela estava bêbada? Isso explicaria os erros de digitação, o tom de amiguinha, o nome com que assinou.

Sara abre uma nova janela. Uma pesquisa por "Eisley Richardson" retorna dois milhões de resultados, um número notavelmente pequeno nos dias atuais, mas grande demais para ser útil. Ela restringe a pesquisa à Califórnia e obtém cem mil resultados. Melhor, pensa. Tem uma audiologista em Sacramento chamada Eisley Richardson, além de uma professora de matemática em Torrance e uma criadora de cavalos no Vale Central.

Quando ela adiciona o nome "Julie", a pesquisa se restringe a apenas trezentos resultados, todos de uma adolescente que morreu em um acidente de barco, há vinte e cinco anos. Tem uma foto em um dos jornais, mas ela é ruiva de olhos verdes, não se parece em nada com a Eisley Richardson que Sara conhece. Ela percorre o artigo sem prestar muita atenção, lendo sobre essa jovem cujo espírito competitivo a levou a correr enormes riscos de vida. Tem outra foto mais para o fim do artigo, dessa vez com a melhor amiga, que a legenda identifica como Julie Renstrom. Deve haver algum engano, porque essa Julie Renstrom é idêntica à retida que foi liberada algumas semanas antes.

Sara digita o nome "Julie Renstrom" na busca.

De repente, tem a curiosa sensação de estar de volta à casa da sua infância, brincando de cabra-cega debaixo da magnólia com Zach e Saïd. Mesmo quando ela escuta a risada de Zach, não importa o quão depressa se vire naquela direção, jamais consegue pegá-lo, ele é rápido demais. Saïd, porém, não tem astúcia, e, no momento em que emite um som, ela lhe agarra o pulso.

— Tá com você! — diz ela, a alegria elevando a voz quase a um grito. Agora ela pode tirar a venda.

Por um momento, o mundo fica embaçado e então se revela com uma clareza chocante.

É assim que ela se sente agora, ao sair correndo, sem fôlego, da biblioteca. Tantos detalhes ganham outro significado: a chegada de Julie Renstrom fora do horário; sua designação para o quarto 258, ao lado da saída de emergência nos fundos; a rapidez com que ela se adaptou à rotina geral; sua ânsia em fazer perguntas sobre a vida das outras retidas.

Mas por que a DI enviou Julie para o centro de retenção? Não pode ter nada a ver com o hardware; os dispositivos são verificados todas as manhãs, e ela não precisaria assumir uma identidade falsa se estivesse só investigando um problema com o implante. Deve ser um problema de software, pensa Sara enquanto sobe as escadas.

Mas a empresa já tem os sonhos delas, então, o que eles querem?

A única coisa que ela consegue imaginar é que eles querem mais — mais do que coletar, armazenar, pesar e interpretar os sonhos de toda pessoa que já usou um Dreamsaver. A única maneira de aumentar o lucro continuamente é extrair mais dos mesmos recursos.

Toya ainda está encolhida no catre quando Sara chega ao quarto.

— Preciso falar com você — diz ela.

# 5

NOITE SEGUINTE. SARA E TOYA ESTÃO PERTO DOS armários no vestiário, sob a placa que diz LOCAL SUJEITO A INSPEÇÃO SEM AVISO PRÉVIO. O ar está abafado, e o cheiro fica mais forte a cada peça de roupa que Alice tira. Seu suéter, suas calças e o lenço estão amontoados aos seus pés. Ela acabou de voltar do hospital, onde trataram as complicações do vírus e a orientaram a descansar, mas, ansiosa para manter seu bom score, trabalhou um turno de doze horas. Elas a encurralaram ali, onde podem conversar sem serem incomodadas.

— Você está dizendo que ela era uma informante? — pergunta Alice.

— Não informante — responde Sara, com um olhar para Toya. A revelação sobre Julie Renstrom lhes deu uma vantagem inesperada, e elas pretendem usá-la. Passaram o dia traçando estratégias, debatendo quem abordar, como e quando. Alice Carter foi a primeira que lhes ocorreu; está em Madison há mais de um ano e, nesse tempo, mostrou uma afinidade grande com as duas. — Ou não exatamente. Ela é uma cientista que trabalhava para a DI. Ainda trabalha, segundo seu perfil.

— Então ela estava, tipo, nos observando? — pergunta Alice.

Não é o que o implante faz?, sugere seu tom, e as câmeras Guardião, e os sensores de temperatura, e os oficiais. Que diferença faz se tem mais uma pessoa olhando?

— Mas ela estava fazendo isso em segredo — insiste Toya. — Não havia motivo para nos observar em segredo, certo? Não com todos os dados que já coletam. Meu palpite é que ela estava testando algo em nós. Como se fôssemos umas malditas cobaias.

Sara ainda está brava consigo mesma por não ter percebido antes. Ela acompanhou os movimentos de Julie Renstrom por três semanas e, mesmo assim, não a enxergou de verdade. Ou viu apenas as partes que devia ver. Se não fosse por um deslize no e-mail, talvez nunca tivesse tirado a venda dos olhos.

— E se a mandaram para cá — diz Sara, com um pensamento se cristalizando —, provavelmente mandaram outras antes dela. Pelo que sabemos, pode ter uma agora mesmo.

Alice verifica se o xampu está no nécessaire e fecha o zíper.

— Isso é loucura.

Não é loucura, pensa Sara. Aliás, é o oposto de loucura: é a lógica parasitária do lucro, que se infiltrou tão fundo na mente coletiva que desafiá-la é marcar-se como radical, criminoso ou lunático. Gerações inteiras nunca conheceram uma vida sem vigilância. Observadas desde o útero até o túmulo, aceitam a propriedade corporativa de seus dados pessoais como um fato da vida, tão natural quanto as folhas que crescem nas árvores. Prender alguém por causa de seus sonhos não chega a incomodar os americanos; a maioria acha que os métodos da AAR são necessários. Denunciar o comportamento ilegal da Dreamsaver Inc. pode virar manchete, pode até causar escândalo, mas não significa que vai mudar alguma coisa para as retidas, ou pelo menos não para as que estão no vestiário agora. Elas não podem se dar ao luxo de esperar que outras pessoas as salvem.

— É por isso que temos que fazer alguma coisa — continua Sara.

— Já chega.

Alice se enrola na toalha e segue para os chuveiros.

Sara coloca a mão no seu braço.

— E aí? — pergunta, esperando por um sinal, por menor que seja, de que estão conseguindo convencer Alice. Ela tenta bajular: — Muita gente te admira e, se você se juntar a nós, talvez as outras também o façam.

— Vocês não estão entendendo — responde Alice, balançando a cabeça. — Meu score caiu para 515 agora. Não posso estragar tudo. Não posso.

* * *

— Pode levantar um pouquinho o joelho esquerdo? — pergunta Emily. — Isso. Ótimo.

Passam-se vários minutos durante os quais o único som é o do lápis no caderno de desenho. Sara fica olhando para o teto, ruminando sua derrota. Alice já teve a retenção prorrogada uma dúzia de vezes, então Sara achava que ela fosse indiferente à isca da liberação, mas obviamente calculou mal. Precisa trabalhar com quem está há muito tempo no programa, sim, mas devia ter começado com as que receberam uma prorrogação recentemente. As punidas talvez sejam mais receptivas do que as esperançosas. Uma nota musical interrompe seus pensamentos.

— Você ouviu isso? — pergunta ela, levantando-se da cama.

— Ouvi o quê? — diz Emily. — Não se mexa, você estava perfeita daquele jeito.

Um segundo depois, acontece novamente. Parece uma nota Lá. Ela fica de pé.

— Ah, cara — reclama Emily, batendo o lápis no bloco. — Eu estava quase terminando e você se mexeu.

Outra nota. Dessa vez, parece um Ré. Sara sai do quarto e caminha na direção da música. Ouve um Sol, tocado repetidamente. Um minuto depois, ela está na porta do 202, onde Marcela está curvada sobre uma guitarra Gibson de madeira marrom-avermelhada. É um instrumento lindo e bastante usado, com arranhões que atestam muitos anos de uso. O estojo da guitarra está sobre o catre oposto, sem dono desde que Lucy foi liberada, e ao lado dele há um enorme adesivo de um tijolo rosa — o logotipo da Sharp Jello. Marcela está tão concentrada em afinar a guitarra que não percebe Sara parada na porta da cela.

— Marcela — chama Sara, depois de um momento.

Marcela levanta os olhos. A alegria em seu rosto a transformou, parece dez anos mais jovem, seus olhos brilham de prazer.

— Minha petição foi aprovada.

Na quinta tentativa, pensa Sara. Como vai convencê-la a se juntar à greve agora? É mais uma complicação que não previu, percebe. Quando ela faz uma jogada, a Safe-X contra-ataca com outra.

* * *

Não há tempo a perder. Ela precisa se organizar mais depressa e melhor, senão seus esforços vão fracassar antes mesmo de começarem. Trabalhando com Toya, Sara elabora uma lista de retidas de longa data que se meteram em sérios problemas nas últimas semanas, algumas por contrabando e outras por uma briga feia na sala de recreação. Há doze nomes na lista, mas, depois que Sara remove as que estão internadas na enfermaria, sobram nove, que divide com Toya.

Ela começa com Elaine Coleman e Jeannie Kowalski, no fim do corredor, quarto 257. Já é tarde da noite, a hora em que todas estão se preparando para dormir. Elaine está montando um quebra-cabeça, com os óculos de leitura no nariz, enquanto Jeannie trança o cabelo comprido.

— Toc, toc — diz Sara e, quando Elaine acena com a cabeça, ela entra.

O quarto 257 não tem janela, mas, por ser de canto, é um pouco maior que os outros. O ar cheira levemente ao antisséptico que Jeannie conseguiu, em circunstâncias misteriosas, logo quando a epidemia começou. Sara para no espaço entre as camas e tenta defender sua causa. Fala sobre as longas horas que trabalham, o lucro que já deram à Safe-X, o estado do refeitório, dos chuveiros, da lavanderia, as regras ridículas que as mantêm ali, trabalhando ainda mais horas, proporcionando ainda mais lucro. A única saída é recusar-se a trabalhar. Deixar os oficiais fazerem o trabalho, conclui ela.

Elaine solta um bufo. Sentada de pernas cruzadas, com o quebra-cabeça pela metade espalhado sobre um pedaço de papelão, está olhando para a imagem na caixa — uma cena de outono, as folhas vermelhas e amarelas dominando a composição.

Sara insiste:

— Você dava aulas de matemática, né?

Elaine está em Madison há 13 meses e, antes disso, trabalhou por 22 anos como professora do Distrito Escolar Unificado de Los Angeles, então já viu uma ou duas greves na vida.

— Reforço de álgebra — responde Elaine, tentando encaixar uma peça no quebra-cabeça. Não se encaixa direito, e ela a retira. — Eu era melhor em ensinar Cálculo A e B, mas o diretor gostava de me dar as turmas maiores e deixava as menores para a namorada. E bem feito, porque ela acabou o traindo com um dos professores de música. Na verdade, os dois estavam traindo, o professor de música era casado com uma mulher que trabalhava na prefei...

— O que estou querendo dizer — interrompe Sara — é que só vamos chegar a algum lugar se prejudicarmos as margens de lucro deles.

— Talvez a gente possa conseguir uma porcaria de um ar-condicionado aqui — diz Jeannie, virando-se para encarar Sara pela primeira vez. Jeannie sofre com ondas de calor que nada parece aliviar. Mesmo agora, seu rosto está corado, e as mangas da blusa, úmidas nas axilas. — Às vezes acho que vou morrer.

— Ar-condicionado, claro — concorda Sara.

— E banhos mais longos. — Levantando-se para olhar no espelhinho acima da pia, Jeannie prende um elástico na ponta da trança. — E mais tempo no pátio.

Melhores condições de retenção não são exatamente o que Sara tem em mente — ela quer que Madison feche de vez —, mas é preciso começar por algum lugar e, depois de ouvir Jeannie tagarelar sobre tudo o que precisa melhorar, menciona o que descobriu sobre Julie Renstrom.

— Espere aí, você está falando sério? — Elaine se senta.

— Lembra como ficamos surpresas por ela só ter ficado aqui três semanas? Agora você sabe o motivo. Ela estava testando alguma coisa.

— Eles podem fazer isso? — pergunta Jeannie.

— Não importa se podem — responde Elaine. — A questão é que eles já fizeram.

— Ela não estava no 258? — pergunta Sara, apontando para a parede à esquerda. — Do lado do quarto de vocês.

Jeannie balança a cabeça.

— Ela vivia vindo aqui.

* * *

STEPHANIE MICHAELS É O PRÓXIMO NOME DA LISTA. ELA É atendente de parque temático e está em Madison desde fevereiro, tendo trabalhado em diferentes funções: lavadora de pratos, atendente, bibliotecária, faxineira e funcionária da manutenção. Essa tarde, Toya a convidou para o pôquer que está jogando com Victoria e Emily em uma das mesas, um jogo que não envolve apostas financeiras, mas parece competitivo mesmo assim. Quando Sara se senta, Jackson sai de baixo da passagem coberta para dar uma volta pelo perímetro.

— Jackson está encrencada — começa Sara.

— Aham — concorda Stephanie.

Ela olha para as cartas no meio da mesa, tentando lembrar quais Victoria e Emily já jogaram. Um nove de copas, um valete de espadas e um três de ouros estão no topo da pilha. As cartas estão gastas de tanto uso, mas ninguém tem dinheiro para comprar outro baralho.

— O surto bagunçou a programação dela — continua Sara —, e agora seis de nós não estamos trabalhando.

— Imagine se mais gente entrasse em greve — acrescenta Toya.

— Vocês querem deixar eu me concentrar? — pede Stephanie. — Estou tentando jogar.

Um momento depois, Victoria desiste da mão. As outras continuam por mais algumas rodadas e, quando colocam as cartas na mesa, Stephanie tem três noves, Toya tem dois pares, mas Emily tem um *full house*.

— Você está melhorando — diz Sara à companheira de cela.

Emily fica modesta.

— Tive sorte.

Da rua, ouve-se a buzina prolongada de um motorista irritado, abafada um momento depois pelo som de pneus cantando no asfalto. Jackson passa pela mesa, olhando para as jogadoras, e volta para a passagem coberta. Sara estica os braços, o ar fresco é revigorante.

Enquanto Victoria embaralha, Sara defende seu caso para Stephanie. Temos que parar de trabalhar, diz ela. É a única maneira.

— E aí? — diz Toya. — Quer se juntar a nós?

— Quem já está dentro?

— Nós quatro — responde Toya, apontando para as pessoas ao redor da mesa. — Mais Jeannie Kowalski e Elaine Coleman.

A lista pequena de nomes não impressiona Stephanie.

— Não, não estou interessada — diz ela. — É arriscado demais.

Victoria se debruça sobre a mesa.

— Sabe o que mais é arriscado? A vida. A vida é arriscada. Vai lá, Sara. Conte a ela sobre Eisley.

Sara conta o que descobriu, mas Stephanie não acredita que a DI enviaria uma cientista disfarçada.

— Deve ter outra explicação — argumenta ela.

E, quando Victoria começa a distribuir cartas para um novo jogo, ela inventa uma desculpa e sai.

CONTROLE SEU ENTUSIASMO, SE REPREENDE SARA. VOCÊ ESTÁ pressionando demais e muito rápido. Era algo que a mãe sempre lhe dizia: tudo o que vale a pena requer paciência. No entanto, quando ela volta para o quarto após o tempo no pátio, a visão das câmeras quebradas a lembra do quanto Victoria já sacrificou. Ela precisa aproveitar ao máximo a oportunidade que a jovem amiga criou para todas elas. Decide tentar os próximos nomes da lista, Rita Mason e Carol Warren, no 248.

Rita era funcionária de uma empresa de transporte, enquanto Carol fazia a contabilidade de uma rede de restaurantes. Alguns meses depois de serem retidas, começaram um pequeno comércio de pimenta, que algumas retidas usam para dar sabor à comida insípida do refeitório, trocando pacotes de tamanhos diferentes por qualquer item de que precisem ou desejem. O quarto delas tem um miniventilador, que gira na prateleira, e uma luz de leitura a pilha.

— Como vocês duas estão se sentindo? — pergunta ela. — Ouvi dizer que pegaram o vírus.

— Foi ela que me passou — diz Carol, apontando para a companheira de cela sem a olhar.

— Você não tem como saber.

— Eu sei que você não lava as mãos depois de usar o banheiro.

— Não é verdade. — Rita olha para Sara. — *Não* é verdade, tá? Ela só está brava porque ficou doente depois de aguentar dez dias, e agora está procurando alguém para culpar.

— Bem — diz Sara, entre as camas. — Na minha opinião, isso não teria se espalhado tão rápido se não estivéssemos enjauladas. E não só aqui, mas na outra prisão também.

— É. Foi assim que começou. — Rita se vira para Carol. — Então, se você está procurando alguém para culpar, culpe a Michelle. Ela pegou lá em Victorville e trouxe para cá.

— Não foi isso que eu quis dizer — diz Sara, balançando a cabeça. — Estou falando de responsabilidade, não de culpa.

Ela percebe que está divagando de novo. A última coisa de que precisa é um debate filosófico, tem que mudar o rumo da conversa antes que saia do controle. Então conta a elas sobre o nome falso de Julie Renstrom, seu verdadeiro trabalho e seus objetivos secretos.

— Viu o que eu disse? — fala Carol, virando-se para Rita.

— Você sabia? — pergunta Sara.

— Bem, eu não sabia exatamente disso. Mas sabia que tinha algo estranho nela. Achei esquisito que ela nunca olhava para os oficiais. Normalmente, as novatas tentam conversar com eles, fazem perguntas sobre como as coisas funcionam, veem se conseguem ajuda nos casos, mas ela nunca fez isso. Só falava com a gente.

— Bom, você sacou ela direitinho — admite Rita.

Sua pele ficou pálida, a veia na testa está azul-esverdeada. Ela parece estar se segurando para não vomitar.

— Essa é uma das razões pelas quais a gente está se organizando — explica Sara.

Ela fala sobre a importância de fazer isso agora, enquanto a virose estomacal ainda está causando estragos na agenda de trabalho. Se só mais algumas pessoas se juntarem à greve, eles vão sentir o impacto.

— Beleza — concorda Carol. — Ok.

— É mesmo?

Sara sente um alívio. Com Toya trazendo Maggie Rivera e Yolanda Brown, elas somam dez, o suficiente para atrair a atenção de qualquer retida que tenha uma reclamação ou queixa sobre Madison.

Ou seja, todas.

## ERIC HOLLINS ANUNCIA DREAMSOCIAL, PRODUTO A SER LANÇADO NO INÍCIO DO PRÓXIMO ANO

ESTA É UMA TRANSCRIÇÃO RÁPIDA.
ESTA CÓPIA NÃO É DEFINITIVA E PODE SER ATUALIZADA.

De vez em quando, surge uma inovação tão revolucionária que nos faz questionar como conseguimos viver tanto tempo sem ela.

Há dez anos, quando lançamos o Dreamsaver em um escritório entre um estúdio de tatuagem e uma loja de cannabis, minha mãe me ligou em pânico, preocupada com como eu pagaria todo o dinheiro que ela e meu pai haviam me emprestado. Eu disse para ela não se preocupar, que ia dar tudo certo.

Mas como é que você sabe?, perguntou minha mãe.

É um pressentimento, respondi.

Eu sabia, no fundo do meu coração, como seria transformador para tantos insones como eu conseguir dormir uma noite inteira. Se sentir descansado e revigorado em apenas cinco horas. Eu entendia a liberdade que viria da capacidade de controlar o sono.

O resto, como costumam dizer, é história. Nosso produto salvou inúmeras vidas, e são nossos clientes que nos dizem isso. No meu escritório, guardo dezenas de depoimentos, alguns escritos à mão, como o que recebi da enfermeira obstetra que temia estar colocando pacientes em risco porque não conseguia se concentrar no trabalho. "Você me devolveu a vida", disse ela.

Se ajudar as pessoas a descansar fosse a única coisa que a DI tivesse conseguido, eu já me consideraria sortudo. Mas tenho muita sorte também de poder dizer que estamos lançando um produto que vai revolucionar o sono mais uma vez.

E hoje posso dizer que tenho a mesma intuição que tive anos atrás.

Nosso mais novo Dreamsaver não só vai reduzir a proporção entre sono e descanso, como também vai permitir que você obtenha os benefícios físicos e mentais de uma noite inteira de sono em apenas três horas e meia, além de deixar que compartilhe seus sonhos com sua família e amigos.

Permitam-me demonstrar.

[A tela do vídeo acende e um sonho começa a ser exibido. O sonhador está montando um cavalo, segurando-o pela crina em vez de pelas rédeas. A trilha é acidentada e mal demarcada, mas, no fim, o cavaleiro chega a um prado verde com uma cachoeira à direita.]

Esta é uma transmissão do meu próprio Dreamsaver. Decidi compartilhar este sonho com minha esposa e meus filhos, além dos meus amigos Angela e David. Vou rolar a tela para vocês poderem ver os comentários. "É a Nova Escócia?", pergunta minha esposa. Foi lá que passamos nossa lua de mel, há vinte e dois anos. Pelo jeito é, mas na minha memória parece um lugar onde nunca estive antes.

Minha amiga Angela oferece uma interpretação. "Você está passando por um momento difícil. Mas a maneira como está lidando com o cavalo e a falta de rédeas sugerem que você está fazendo isso sem esforço." Muito perspicaz.

"Posso fazer tirolesa lá?" Esse é do meu filho adolescente. [Risos da plateia.]

Como podem ver, os usuários têm controle total sobre o quanto de seus sonhos pode ser mostrado e para quem.

Você também pode assinar feeds. Dos seus amigos ou de uma figura pública, como seu ator favorito ou um jogador de futebol de que gosta. Nesta tela, é possível ver que estou assinando o feed do Therm X. Sou seu fã há anos e é legal ver como ele é criativo, até nos sonhos.

[A tela de vídeo é desligada.]

Em um mundo que tantas vezes nos divide, nossos sonhos podem nos conectar.

Ao compartilhar nossos sonhos, podemos nos relacionar de forma mais íntima do que nunca. Podemos nos entender em um nível que antes era inacessível à humanidade. E é por isso que sei que este é um produto diferente de qualquer outro, um produto que mudará para sempre a forma como interagimos com aqueles ao nosso redor e nos permitirá viver a vida com mais graça e empatia.

[Voz feminina começa.]

DreamSocial. Compartilhe um sonho. Ajude um sonhador.

ELA PASSA POR UMA FILEIRA DE TELAS NO CORREDOR DO térreo. Naquela tarde, estão cheias de mensagens de saúde pública e pedidos de voluntárias para assumir turnos extras. Ela para e lê os nomes das sortudas que receberão visitas: Claire Lopez, Ana Guerrero, Stephanie Michaels, Toya Jones. Todas estão marcadas como CONFIRMADAS, exceto a de Toya, listada como CANCELADA.

Que estranho. O marido de Toya é tão pontual quanto ela: agenda suas visitas com um mês de antecedência, sempre tirando meio dia de folga do trabalho, na Administração de Veteranos, para dirigir até ali e vê-la. Seria uma retaliação por ela ter entrado na greve?

Emily avisou que isso poderia acontecer. Contou que, quando era adolescente e estava presa no condado de Lassen, os guardas tiravam o direito de visita de qualquer uma que causasse confusão.

— Mas nós não estamos causando confusão — ressaltou Sara. — Temos o direito de não trabalhar.

Agora Sara encara a tela, as letras e os números ficando embaçados diante de si. Será que está preparada para abrir mão das raras visitas que recebe de Elias e dos gêmeos? Talvez não aguente muito tempo se a escolha for trabalhar para a Safe-X ou ver a família.

Talvez algo tenha acontecido com o marido de Toya, diz a si mesma. Ele teve algum problema com o carro ou um imprevisto no trabalho. Pode ser que ele tenha precisado levar Monty ao veterinário. Toya comentou que o cachorro tinha catorze anos e estava com problemas no quadril.

Depois de se tranquilizar, ela vai à biblioteca para devolver os livros. O dia de outono está dando lugar a um crepúsculo precoce, a luz que entra pelas janelas é fraca. Ela coloca os livros na prateleira de devoluções ao lado de Ana, que está conferindo um catálogo de títulos doados com a lista de materiais censurados.

Àquela hora, não há fila para os computadores. Sara abre o *Los Angeles Times* e descobre que a maior parte da primeira página está ocupada com a cobertura de um furacão no norte da Califórnia. San Francisco foi afetada, assim como Fremont, onde mora o cunhado.

Antes que ela possa terminar o artigo, Williams está ao seu lado.

— Já deu.

— Como assim?

Segundo seus cálculos, ela ainda tem mais 28 minutos.

— Estou dizendo que já deu. Você perdeu o direito de frequentar a biblioteca.

— Mas por quê?

Ele segura seu Tekmerion.

— Você não tem permissão para estar aqui. Ande. Vá embora.

Com as pernas fracas, ela se levanta. A biblioteca é sua única conexão com o mundo livre, perdê-la remove qualquer ilusão sobre sua situação. Ela não tem direitos em Madison, apesar do que o manual possa dizer; tem apenas privilégios, que podem ser revogados ao menor sinal de desobediência.

Mais tarde, ela lamenta as perdas do dia com Toya. Elas estão na frente do refeitório, esperando o início do serviço de jantar.

— É só coincidência — diz ela, numa débil tentativa de animar Toya. O PostPal é notoriamente propenso a erros e falhas, então, o cancelamento da visita pode ser só mais um exemplo do mau funcionamento crônico que caracteriza todo o sistema de retenção. — Lembra que eles me marcaram como indisponível em fevereiro?

— Mas nenhuma outra visita foi cancelada.

— O PostPal não é a Safe-X — continua Sara. — Eles não fazem ideia de quem está em greve.

— Então como você explica o corte do seu acesso à biblioteca?

Sara não tem resposta para isso. A fila não é longa, pois a virose levou mais uma dúzia de retidas nas últimas vinte e quatro horas. Ao chegar à estação de serviço, ficam surpresas de encontrar Jackson servindo macarrão com queijo. Ela coloca a mistura alaranjada em uma bandeja e, com um suspiro cansado, põe um suco miniatura em um compartimento. Atrás dela, no fundo da cozinha, outro atendente de touca está abrindo uma embalagem da MealSecure com um estilete, retirando os copinhos de salada de frutas e colocando-os sobre a mesa industrial.

Quando o atendente sai, Sara vê que é Hinton.

## ANÚNCIO DO OCR — TRANSCRIÇÃO DA GRAVAÇÃO DE ÁUDIO — DATA E HORA: 13-11-07-00

Bom dia, residentes. Aqui fala o seu oficial-chefe de retenção. Tenho o prazer de informar que temos roupa de cama e uniformes limpos disponíveis no escritório de roupas. Os dispensadores de sabonete foram reabastecidos em toda a unidade.

Hoje, às 16h, a enfermeira Flores realizará uma inspeção para garantir que todas as residentes estejam em conformidade com as regras de higiene descritas na Seção 2.1 do seu manual. Qualquer uma que violar as regras estará sujeita a uma advertência por escrito e/ou prorrogação.

A partir de hoje, as residentes que se recuperaram do norovírus serão temporariamente transferidas para a lavanderia e a zeladoria, com turnos das 7h às 22h. A oficial sênior Jackson continuará fazendo os ajustes necessários.

O número de casos nesta unidade está começando a se estabilizar, e estou confiante de que o pior da crise já passou.

O tempo hoje está parcialmente nublado, com temperatura mínima de 16 °C e máxima de 22 °C.

AS NOVAS CÂMERAS SÃO INSTALADAS EM UMA MANHÃ fria de novembro, 22 cúpulas translúcidas com microfones embutidos, software de rastreamento de emoções e zoom óptico. Mas o OCR não deve estar totalmente satisfeito com as imagens que são transmitidas para a sala de controle, pois implementou uma série de novas medidas. O número de rondas dobra em toda a unidade. Um armário de limpeza, conhecido por ser um ponto cego, é trancado com chave. O limite de lugares nas mesas do refeitório é reduzido pela metade, quatro residentes por mesa, provavelmente para permitir uma captação de som mais clara. E tudo isso, pensa Sara, com apenas 12 grevistas no total.

— Talvez ele esteja sentindo a pressão — diz a Toya.

Elas estão no chuveiro, tremendo enquanto se lavam com água morna, com uma das lâmpadas piscando no teto. Falam com urgência e sem preâmbulos, cientes de como é precioso o tempo que passam longe das câmeras. No entanto, essa restrição também confere às suas reuniões uma intimidade rara.

— Quantas pessoas estão doentes? — pergunta Toya. — Contei trinta e duas.

— Trinta e três, eu acho. Uma das novatas pegou.

— Tá, então vamos dizer trinta e três. E, com as nossas doze, são quarenta e cinco. Não vejo como eles vão conseguir cumprir o prazo da Vox-R. Vão ter que adiar pela terceira vez.

— Se a gente continuar assim — diz Sara, quando a água é desligada —, o OCR vai ter que pagar uma multa por quebra de contrato.

Enquanto se secam com toalhas que pegam nos armários, Marcela entra com um recipiente de sabonete industrial e começa a reabastecer os dispensadores na pia. Nas poucas vezes que a abordaram para falar da greve, Marcela não demonstrou abertura, com medo de perder a guitarra que levou semanas para conseguir. Mas a história sobre Eisley Richardson tem circulado, sem dúvida com detalhes sensacionalistas, e, quando elas voltam a mencionar a greve, ela parece menos inflexível.

— Vou pensar — diz.

Progresso, pensa Sara.

Então, uma após a outra, as grevistas perdem o acesso à lojinha. Não importa quantas vezes apresentem o rosto ao scanner nem o ângulo que usem, o sistema responde com "usuário não reconhecido". Victoria dá de ombros, só tinha alguns centavos na conta. Mas Emily ficou sem dinheiro para comprar materiais de arte, e Toya, para cigarros. Então elas têm que trocar as coisas de que precisam usando os poucos luxos que conseguiram adquirir durante a retenção — um grampo de cabelo, um lápis, uma máscara facial.

É proibido fazer escambos, anuncia o OCR certa manhã.

Os oficiais ficam de olho especialmente em Sara. Sempre que ela entra na cela de outra retida, Hinton chega em poucos minutos para uma inspeção surpresa. Se ela vai para o pátio, Jackson sai de baixo da passagem coberta para observá-la. Se ela toma banho, encontra Yee esperando na frente do vestiário, perguntando por que ela está demorando.

A pressão em cima de Sara é tanta que ela tem medo de usar palavras como *greve* ou *boicote* e precisa recorrer a códigos como *palavras cruzadas* ou *críquete*. Estar perdendo a capacidade de se comunicar em linguagem comum parece-lhe apenas o mais recente absurdo de uma longa série que começou quase um ano atrás. Ou talvez tenha começado antes, mas, satisfeita com os pequenos prazeres e as liberdades limitadas de sua vida, ela não havia percebido.

Ela está colocando um lençol limpo em seu catre quando Hinton aparece à porta. Seu primeiro pensamento é na companheira de cela, que nos últimos dias tem se preocupado com o aumento das retaliações, mas parece que sua vez chegou primeiro.

Que acusação falsa o oficial sênior vai tentar impingir a ela para lhe dar uma punição? Que violação obscura vai revelar? Sem perceber, ela recua e se vê em cima dos lençóis sujos que foram jogados no chão. Se afasta novamente, dessa vez para mais perto da outra cama, e bate o joelho no metal, a dor irradiando perna abaixo.

— Merda.

Hinton observa da porta, sem tirar os olhos dela.

— Que foi? — pergunta ela, com voz monótona. — O que você quer?

Do bolso com zíper do moletom, ele tira o caderno.

— Eu dirigi até Upland para buscar para você.

É um caderno comum, mas tem o nome de Sara na capa e aquela mancha de tinta azul na lateral, onde sua caneta vazou uma vez. O coração salta de alegria, é como se uma amiga querida que ela não via há meses tivesse aparecido de repente à sua porta.

Quando ela dá um passo à frente para pegá-lo, ele o tira do seu alcance.

— Com uma condição.

— Qual?

— Que você volte ao trabalho.

— Não.

— Não?

— Não foi esse o nosso acordo.

— Bem — diz ele —, pode considerar nosso acordo alterado unilateralmente devido ao não cumprimento das obrigações de uma das partes.

Esse merdinha. Sempre tentando parecer sofisticado e sempre no pior momento.

— Nunca prometi que ia trabalhar — argumenta ela. — E, aliás, não existe nenhuma regra que diga que eu *tenho* que trabalhar. Aqui não é uma prisão, lembra? Não fui condenada por nenhum crime e não posso ser obrigada a trabalhar por nenhuma entidade correcional, seja pública ou privada. Você deveria saber disso, está no manual.

— Sabe, eu também perdi minha mãe para o câncer. — Ele folheia o diário, como se procurasse uma passagem específica que deseja reler. Mais da metade das páginas estão cobertas com sua caligrafia caprichada, e o frequente manuseio deixou o caderno mais grosso. — Câncer de mama, no caso dela. Aconteceu rápido, já estava no estágio 4 quando foi diagnosticada. Eu ainda era criança, fiquei abalado por um tempo.

Ele está mesmo pedindo sua compaixão, depois de tudo o que fez? Ela o encara com ar questionador. O rosto de Hinton está solene, os olhos, baixos. Em todo o tempo em que o conhece, ele nunca revelou nada sobre sua vida privada. Perder a mãe deixou Sara à deriva por anos; a dor a teria afundado se tivesse acontecido quando ela era criança. Mas será que ele está mesmo dizendo a verdade? Talvez esteja mentindo de novo, tentando criar a ilusão de que os dois têm algo em comum. É sua maneira de dizer: *Eu te entendo, já passei pela mesma coisa, agora é a sua vez de se colocar no meu lugar.*

Quando ele levanta os olhos outra vez, ela o encara com uma expressão impassível.

Um longo minuto se passa.

— Eu vejo o que você anda fazendo aqui — diz Hinton, mudando de tática. — Você está coletando provas. Apresentando suas próprias histórias, suas próprias interpretações. Vai fazer uma grande diferença no seu caso quando chegar a hora. — Ele faz questão de folhear o diário e, em seguida, o fecha com um estalo. — E aí, você quer?

É claro que ela quer.

— Nós combinamos que você o traria — diz ela com cuidado — e, em troca, eu não preencheria uma reclamação. Foi o que combinamos. Esse era o acordo.

— Esse era o acordo há três semanas. Agora as coisas estão diferentes. O OCR não está nem aí para o caos da evacuação, posso garantir. Ele tem outras prioridades no momento.

Sara engole em seco. A vantagem que tinha desapareceu, e agora ela sente uma onda de arrependimento por não ter preenchido uma reclamação imediatamente ao voltar de Victorville. Que idiotice fazer um acordo com Hinton. O que ela estava pensando? O que a fez acreditar que ele cumpriria sua parte da barganha?

— Se você voltar ao trabalho — continua Hinton, alisando uma orelha dobrada de uma página com a unha do polegar —, mais cedo ou mais tarde as outras residentes também vão voltar.

— Se as outras não querem trabalhar, é escolha delas.

— Você está subestimando seu poder de persuasão. Se você voltar, acho que vai ver que as outras vão acabar voltando também. Aí eu devolvo seu caderno e você pode continuar a escrever suas historinhas. Este lugar retorna ao funcionamento normal. Todo mundo sai ganhando.

Em outras palavras, cuide dos seus próprios interesses. É o que diz o advogado dela, o que diz o marido, o que diz o primo. É o que ela tentou fazer durante meses — cuidar da própria vida, seguir todas as regras, tentar parecer mais obediente, mais merecedora da liberdade do que as outras presas daquele lugar. Mas de que adiantou, no final? Ela continua presa ali, continua marcada como QUESTIONÁVEL. E, enquanto isso, foi privada de sua dignidade. Só nas últimas semanas conseguiu recuperar um pouco de autoestima. Desistir agora colocaria sua sobrevivência em risco.

— Aqui. — Hinton estende seu diário.

É o único registro que tem dos últimos 340 dias, a única maneira de contestar qualquer história que a AAR tenha inventado sobre ela.

— A única coisa que você precisa fazer é voltar ao trabalho.

A prisão é um lugar em que não existe espaço para vergonha. Ela usa o banheiro na frente da companheira de cela, toma banho em cabines abertas, recebe correspondência que os oficiais já revistaram em busca de qualquer coisa valiosa ou proibida. Abandonar as outras mulheres que aderiram à greve significaria não apenas aceitar essa vergonha como algo normal, mas também validá-la.

— Não. Pode ficar com ele.

Ela se vira e continua arrumando seu catre.

— Você é um puta pé no saco, sabia?

SARA ESTÁ SENTADA DE UNIFORME NO REFEITÓRIO MEIO VAZIO, tremendo, esperando que a luz fraca de uma manhã de novembro chegue à sua mesa. Tendo sido relegada ao fim da fila, ela não recebeu ovos, apenas uma pequena porção de batata e um pão tostado. Toya conseguiu pegar a última xícara de chá de ervas, que segura por um momento entre as mãos para tentar aquecê-las. Enquanto comem, conversam sobre a suspensão da biblioteca, da lojinha, da sala de televisão e, em breve, temem, do pátio de exercícios.

A greve lhes deu um propósito nos últimos dias. Alimentou suas esperanças, protegeu-as da tristeza. Mas, sem acesso à sala de recreação ou à biblioteca, como elas vão se ocupar durante as dezoito horas entre o acender e o apagar das luzes? O tédio é perigoso. Se querem que a greve tenha alguma chance de sucesso, precisam encontrar formas de se manter ocupadas e de manter as outras ocupadas também.

— Podíamos começar uma revista — sugere Sara.

— Não recusaram uma petição para isso? — responde Toya. — No mês passado, lembra?

— É verdade. Mas acho que a petição era para distribuir materiais impressos dentro da unidade, não era? A gente pode ignorar isso. Afinal, não temos dinheiro para imprimir e distribuir cento e vinte cópias. Podemos escrever o zine à mão, uma cópia só, e passar adiante. Não podem nos impedir de fazer isso.

— Talvez.

Por um tempo, elas discutem as contribuições que poderiam fazer ou pedir a outras pessoas, textos que não apenas entretivessem a elas e suas colegas grevistas, mas também as sustentassem de alguma forma, dando-lhes o alívio de saber que não estão sozinhas. Quanto mais conversam, mais Sara fica animada com a ideia de uma zine colaborativa.

Emily e Victoria chegam, absortas em uma conversa sobre fotografia, Victoria dizendo que era um hobby que começou quando o cassino em que trabalhava fechou por duas semanas após um ataque cibernético aos sistemas de computador, e como sente falta disso.

— Sei como é — responde Emily.

Ela antes tirava fotos de pessoas e objetos que queria desenhar em seus quadrinhos e guardava como referência, mas, ali em Madison, não pode ter uma câmera, o que torna o trabalho menos preciso, mais complicado.

— Mas você tem muitas modelos — brinca Sara, pensando em como a colega de quarto não tem lhe pedido para posar ultimamente, agora que ficou íntima de Victoria. — Que tal desenhar uma nova história? Uma tira de uma página sobre este lugar?

A ideia parece agradar a Emily, embora ela se preocupe com o papel, que vem racionando desde que perdeu acesso à lojinha. Elas conversam sobre outros aspectos práticos, como usar tinta ou lapiseira, grampear ou costurar com fio. Desde que a greve começou, tiveram que se adaptar aos recursos limitados, uma restrição que, paradoxalmente, as tornou mais criativas.

Hinton entra no refeitório naquele momento, acompanhado por Williams, que passou os polegares pelos passadores do cinto, como se fosse apenas um observador enviado para acompanhar o oficial sênior em suas rondas. Juntos, eles se dirigem à estação dos oficiais, na parede oposta, onde conversam em voz baixa com Yee. Um quarto oficial aparece, juntando-se ao grupo.

As conversas sobre a revista cessam, e todas na mesa observam e esperam. Do outro lado do refeitório, o ar fica elétrico de expectativa.

Então Hinton se aproxima da mesa delas, seguido por seus assistentes.

— Você e você — diz ele, apontando para Sara e Toya. — Levantem e venham comigo.

Toya e Sara trocam um olhar. Do que ele vai acusá-las dessa vez? Elas acordaram mal faz duas horas, não tiveram tempo de infringir nenhuma das novas regras impostas pelo OCR.

— Por quê? — Sara consegue perguntar.

— Ande, Hussein. De pé, de pé. Não tenho o dia todo. Levantem e venham comigo.

O pânico toma conta de Sara. Ela percebe que não se trata de uma advertência, que ele poderia preencher ali mesmo no Tekmerion; ele quer levá-la para outro lugar, levar as duas para outro lugar, e trouxe reforços.

— Para onde vai nos levar?

Hinton toca nas abraçadeiras penduradas em seu cinto.

— Não me obrigue a te algemar. Você não ia gostar nada disso. — E então, com uma piscadela para seus assistentes, ele acrescenta: — Ou talvez gostasse, não sei.

Williams ri.

Mas Emily se debruça sobre a mesa e toca o braço de Sara. Vai ficar tudo bem, diz o gesto. Não tenha medo, estamos todas juntas nisso. Aconteça o que acontecer, não tenha medo.

Sara e Toya se levantam, uma após a outra. Os oficiais juniores seguram seus braços, como se elas fossem tentar fugir, e as conduzem atrás de Hinton para fora do refeitório.

RELATÓRIO DISCIPLINAR DE RETIDA

Nome: Sara T. Husseyn

Detida: M-7493002

| Data e hora | Status | Infração | Oficial |
|---|---|---|---|
| 24-12-09-05 | desempregada | Recusar-se a seguir instruções do gerente de caso | Hinton |
| 24-12-09-06 | desempregada | Perambular no corredor A-2 | Hinton |
| 24-12-09-06 | desempregada | Penteado não autorizado | Hinton |
| 29-12-06-10 | desempregada | Recusar-se a ficar na fila durante checagem de dispositivos | Hinton |
| 29-12-06-10 | desempregada | Usar linguagem profana com oficial | Hinton |
| 15-01-12-34 | desempregada | Entrada não autorizada na sala ecumênica | Hinton |
| 21-01-07-13 | desempregada | Tentativa de acessar material de leitura não autorizado | Williams |
| 28-01-11-44 | desempregada | Usar linguagem profana com oficial | Hinton |
| 01-02-07-31 | empregada | Atraso – Trailer D | Jackson |
| 14-02-19-45 | empregada | Perambular no vestiário com Residente Jones | Hinton |

| 18-10-16-55 | EMPREGADA | Briga no corredor B-1 | Hinton |
|---|---|---|---|
| 29-10-12-31 | EMPREGADA | Penteado não autorizado | Hinton |
| 12-11-07-02 | DESEMPREGADA | Propriedade danificada (lençol) | Jackson |

# 6

Os dois agentes estão sentados lado a lado à mesa. Um deles é um homem de cabelos grisalhos, vestindo um blazer de linho e jeans, com dois tablets e um telefone à sua frente. O outro é uma jovem vestida toda de preto: vestido, meias e sapatos. Até o colar de pérolas em volta do pescoço é preto. A escolha parece deliberada, um estilo capaz de transmitir, mesmo aos vinte e poucos anos, que ela ocupa uma posição de poder. Seu perfume é leve e cítrico, mas, depois de tanto tempo em retenção, Sara o acha forte demais. Ela espirra.

— Sra. Hussein — diz o homem, com uma voz que soa como lixa. — Sente-se.

Sara ocupa a única cadeira à frente deles.

— Sou o agente Bradley — continua o homem. — Comigo nesta bela manhã está a agente Mendoza. Vamos conduzir sua avaliação e enviar uma recomendação para a AAR. Alguma pergunta antes de começarmos?

— Meu advogado não está aqui.

Bradley coloca os óculos de leitura que traz pendurados em um cordão preto ao redor do pescoço.

— Sr. Abdo, correto? Mas é uma avaliação rápida.

— Não estou entendendo.

— Você não precisa de um advogado para isto. Só queremos fazer algumas perguntas.

— Tenho direito a um advogado.

— Claro que tem. Mas é uma avaliação rápida.

— Não sei o que quer dizer. — Olhando para a porta, Sara pergunta: — É por isso que não fui avisada sobre esta audiência? Hinton nos tirou do refeitório no meio do café da manhã e trouxe aqui. Não tive tempo de ligar para meu advogado.

— Vou voltar um pouco atrás — diz o agente Bradley. — A AAR tomou conhecimento do acúmulo de casos nesta unidade e encarregou a Themis Serviços Jurídicos de fornecer avaliações rápidas para retidas selecionadas. Essas avaliações não levam mais de noventa minutos. É claro que você tem o direito de recusar e esperar por uma audiência regular, assim que houver uma vaga na agenda da AAR. É o que você gostaria de fazer, Sra. Hussein? — pergunta Bradley, olhando para Sara por cima dos óculos de leitura.

Então é por isso que a reunião é na sala de música do anexo, a meio quarteirão, em vez de na sala de aula do primeiro andar de Madison, onde todas as outras tiveram suas audiências. A mesa está montada no palco no qual os professores antigamente regiam os alunos no coral ou no violino, com a cadeira de Sara tão perto da borda que ela precisa tomar cuidado para não se mover e cair para trás. Assim como na construção principal, as paredes dessa sala, inclusive arandelas e lambris, foram pintadas de um branco frio, trocando o charme histórico pela pureza vazia.

Bradley e Mendoza ainda estão esperando a decisão de Sara. Ou ela responde às perguntas e tem a chance de finalmente ir para casa, ou volta a esperar, sabe-se lá por quanto tempo, até que sua audiência seja marcada.

— A decisão é toda sua — diz Mendoza. — Você está aqui há muito tempo.

— Trezentos e quarenta e três dias — responde Sara.

Os olhos de Bradley se voltam para o relógio na parede, depois retornam para ela.

Ela deveria concordar com a audiência acelerada ou esperar pela normal? Nada no comportamento dos agentes lhe diz qual alternativa é melhor para o seu caso.

— E, fora as infrações Classe A em dezembro e janeiro — continua Mendoza —, você teve um histórico bem limpo no restante do ano. — Ela rola a tela do tablet e então para. — Bom, tem aquela infração de classe B em 18 de outubro, mas essa é um pouco forçada.

— Hinton? — pergunta Bradley.

Mendoza assente.

— As imagens mostram que a briga foi entre as retidas Marcela DeLeón e Lucy Everett. Você e Toya Jones eram espectadoras, pelo que eu pude perceber.

— Eu tentei *impedir a* briga.

— Você estava sendo uma boa samaritana — continua Mendoza.

Por que estão sendo tão razoáveis de repente? A dor de cabeça começa como uma batida lenta e constante na têmpora direita de Sara. Ela pressiona o local com um dedo, sentindo a dor incipiente, desejando poder tomar um copo de água, mas, exceto pelos tablets e telefones dos agentes, a mesa está vazia.

— E você também não tem antecedentes criminais.

— Não.

Mendoza levanta os olhos do tablet.

— Como eu disse, seu arquivo é bem limpo.

— Então por que ainda estou aqui?

Com isso, os dois agentes voltam a estudar os tablets, e Sara percebe que interpretaram sua pergunta como consentimento. A avaliação começou.

— O algoritmo é holístico — explica Mendoza. — Considera duzentas fontes. Jurídicas e financeiras, claro, mas também familiares, educacionais, reputacionais...

— Você tem um R-785 — interrompe Bradley, sem levar em conta a tentativa da colega de fazer a introdução que obviamente ensaiou. Ele percorre a declaração de retenção em seu tablet. — A polícia do Heathrow recebeu uma queixa de assédio contra você feita por um passageiro em um voo de 22 de dezembro, de Londres para Los Angeles. Mais tarde naquele mesmo dia, você recebeu um R-97 por fazer uma declaração falsa a um oficial da AAR.

— Mas eu já expliquei o que aconteceu no Heathrow. Chamei a comissária de bordo porque o homem do meu lado estava sufocando, não o assediei. Foi a tripulação que decidiu tirá-lo do voo, não eu. Meu advogado entrou com uma contraqueixa na polícia britânica sobre isso. — Se ao menos ela pudesse passar a informação para

Adam Abdo. Ela olha para a porta, antes de voltar-se para Bradley.

— E quanto ao agente da AAR, eu não menti. Expliquei a ele que a empresa estava pagando minha viagem, o que ia acontecer assim que eu entregasse os recibos. Ele simplesmente entendeu mal.

— Os dados não mentem.

— Também não dizem a verdade.

— Eu não terminei, Sra. Hussein. Você também tem um R-471 por causa de sonhos perturbadores. Foi isso que causou a preocupação do agente da AAR.

— Que sonhos?

— Por exemplo — diz ele, consultando seu tablet —, em 12 de maio do ano passado, você sonhou que, enquanto ele estava no banho, você colocou Frontal na xícara de chá de seu marido.

Ela não se lembra desse sonho. Faria mais sentido se, no sonho, ela tivesse colocado o comprimido na própria xícara de chá, em vez de na de Elias, mas a lógica dos sonhos não é a lógica real. Ela quer apontar o detalhe para Bradley, mas ele está ocupado recitando seus sonhos suspeitos.

— Depois, em 9 de outubro, você sonhou que o empurrou para dentro do rio.

— Foi um pesadelo — responde ela.

Que foi desencadeado pelas acusações da AAR, que viraram sua vida de cabeça para baixo e a atormentaram por onze meses, adicionando um fardo psíquico que ela não conseguia suportar. Foi por isso que seu cérebro começou a elaborar diferentes simulações nos sonhos, mas jamais chegando a nada mais condenatório que um acidente no rio.

— Algumas semanas depois, você sonhou que envenenava a sopa.

Ela engole em seco.

— Eu nunca faria nada contra Elias. Foi só um sonho.

— Todo assassinato começa com uma fantasia — argumenta Bradley, com o maxilar cerrado.

Você deveria ter aceitado a oferta de Hinton, diz uma voz dentro dela, e pegado o diário. Poderia procurar todos os sonhos que ele mencionou e contar a própria versão para cada um deles. Ela fecha os ouvidos à sugestão. Sara quer ser livre, e o que é a liberdade senão se libertar do olhar dos outros, e também do próprio? A vida deve ser vivida, aproveitada em toda a sua beleza e alegria, não contida e inventariada por uma questão de segurança.

— E, só para deixar claro, não são só os seus sonhos — acrescenta Mendoza. — O algoritmo está considerando seus sonhos em conjunto com seus outros comportamentos.

No segundo antes de Sara responder, os caminhos labirínticos de dados que levaram àquele momento de repente se iluminam: dezenas de mensagens que enviou para a amiga Myra, reclamando dos gastos desenfreados de Elias; imagens daquela discussão, na frente da concessionária da Volvo; suas tentativas de cancelar um dos cartões de crédito do marido; pesquisas tarde da noite por um terapeuta de casais.

Montanhas de dados que atestam suas frustrações mais íntimas, seus ressentimentos mais vergonhosos. Como um vidente lendo folhas de chá, o algoritmo inventou histórias à medida que avançava, até encontrar uma que fosse plausível o suficiente para agradar seu público. Sara pressiona os dedos nas têmporas, tentando parar a dor latejante.

— Não sei quantas vezes posso dizer isso. Eu *nunca* machucaria meu marido.

— A AAR leva a sério os riscos de violência doméstica — diz Bradley.

Mendoza puxa um dos longos grampos que prendem seu cabelo em um coque sério na nuca. Com a unha, coça um ponto sensível no couro cabeludo, e uma expressão de alívio surge em seu rosto.

— Como você interpretaria esses sonhos, então, Sra. Hussein? Conte para nós.

— Eu não interpretaria *literalmente*, para começar. Meu marido e eu temos nossos problemas, como qualquer outro casal. Isso não significa que eu deseje a morte dele, muito menos que tenha planos de assassiná-lo. — Ela balança a cabeça. — Tenho um medo mortal de água. Com certeza é por isso que ela aparece com tanta frequência nos meus sonhos.

— Você está dizendo que precisamos interpretar esses sonhos dentro do contexto.

— Exatamente. — Sara se recosta, mas o movimento desestabiliza a cadeira e ela quase cai para trás. Tateando o ar, ela recupera o equilíbrio. — E o contexto — diz ela, enquanto muda a posição da cadeira — é que meu marido e eu estávamos tentando nos adaptar à vida de pais. Nunca esperávamos ter gêmeos. Foi uma mudança radical na nossa vida e exigiu muito de nós. Meus sonhos, bem... devem ter refletido minha ansiedade em ser mãe e minha frustração com ele, só isso.

— Mas e se você já foi suspeita de algo assim antes? — pergunta Mendoza. Sua voz é suave, como a de uma terapeuta tentando extrair alguma compreensão ou revelação de uma paciente teimosa. — Não seria um contexto relevante, como você diz? Você foi interrogada em relação à morte do seu irmão, não é verdade?

Sara leva um minuto para entender o que Mendoza está insinuando. Memórias daquela festa de verão, há trinta anos em Pasadena, voltam à sua mente, ainda mais confusas do que o normal, devido à gravidade das acusações dos agentes. O calor insuportável daquela tarde. O cheiro dos casacos no armário do corredor onde ela se abrigou quando começaram a brincar de esconde-esconde. O dólar que ela encontrou quando começou a vasculhar o bolso de um dos casacos. E depois a luz ofuscante quando saiu. Todos os adultos em volta da piscina. Seu tio ajoelhado sobre o corpo de Saïd, tentando reanimá-lo. Por meses, ela teve sonhos em que Saïd ainda estava vivo e tinha apenas ido para um acampamento de verão ou dormido na casa de um amigo. Agora os agentes estão vasculhando aquele momento doloroso para construir um caso.

— Meu irmão se afogou em uma piscina quando éramos crianças.

Ela percebe que a voz está trêmula, tanto pela lembrança quanto pela constatação de que o algoritmo talvez tenha detectado o que se esforçou tanto para manter enterrado por três décadas: sua culpa.

O algoritmo já sabe tanto sobre ela, chegando até os ácidos nucleicos que se entrelaçam em uma hélice dentro de suas células. Seria tão estranho que tivesse identificado sua verdadeira natureza?

— Foi um acidente — diz ela.

— Mas a polícia a interrogou — insiste Bradley.

— Eu tinha nove anos. — Sua cabeça está latejando. Ela só quer fechar os olhos, bloquear aquela sala, e todos que estão nela, mas precisa permanecer alerta, escolher cuidadosamente suas palavras se quiser convencê-los a libertá-la. — E eu não vi nada, estava escondida em um armário. Acho que os policiais falaram comigo naquele dia para descobrir o que aconteceu, estabelecer uma linha do tempo, esse tipo de coisa. Mas eu não... — Ela balança a cabeça. Como pode convencê-los de sua inocência, se ela mesma não tem certeza de que não é responsável? — Eles disseram que meu irmão estava tentando se esconder em uma boia e caiu na piscina. O médico-legista concluiu que a morte foi acidental.

— Você entende por que precisamos levar isso a sério, Sra. Hussein. Não é apenas a vida do seu marido que pode estar em risco aqui. Há crianças na casa.

Aquele sujeito faz Sara lembrar do seu antigo médico. Ele começava a digitar anotações clínicas assim que entrava na sala de exames, mal a encarava enquanto ela descrevia os sintomas que a tinham levado a consultá-lo. Eu sei o que é, dizia ele. Tinha tanta certeza de que seu diagnóstico estava correto que fazia um encaminhamento ou prescrevia um remédio antes mesmo de ela terminar de falar sobre a doença. É assim que Bradley a está ouvindo no momento: prestando atenção apenas a palavras específicas.

— Se vocês planejam deter todas as mulheres que brigaram com o marido — ela diz —, vão ter muito trabalho.

— Você não é todas as mulheres.

Que coisa estranha de se dizer. Para não levantar suspeitas, ela teria que se comportar exatamente como todas as outras mulheres do banco de dados? Ela é Sara Tilila Hussein. Nunca fingiu nem quis ser outra pessoa.

Mas esse é o problema. Os comerciantes de dados que passaram décadas construindo uma taxonomia do comportamento humano consideram os casos atípicos problemáticos. Por definição, esses casos não são previsíveis, o que também significa que não são lucrativos. Logo, suas ações se tornam aberrantes, suas ideias, peculiares, suas vidas, transgressivas: eles são delinquentes.

— É isso? — pergunta ela.

— É isso o quê?

— É essa a essência da acusação? — questiona ela. A raiva tomou conta de sua voz, mas Sara não está nem aí. Esses agentes sabem que ela está em Madison só por causa de uma briguinha no aeroporto de Londres, uma declaração mal formulada, alguns sonhos, uma conexão com algo que aconteceu há trinta anos. Como podem admitir, nessa fase do processo, que ela foi detida não porque seus sonhos revelavam que planejava cometer um crime, mas porque um agente da AAR, determinado a colocá-la no seu lugar, se agarrou aos seus pesadelos? Agora, é preciso identificar um crime. E, se não for possível, inventar um. É por isso que estão investigando seu passado, desde a infância. Não têm mais nada. — Vocês estão dizendo que sou um perigo para meu marido, mesmo que ele mesmo tenha negado?

— Bem — diz Bradley, voltando a rolar a tela do tablet. — Tem a questão do seu primo. — Uma inclinação sutil de cabeça sugere que Mendoza acha essa linha de investigação inútil, embora relute em contradizer Bradley. Ele continua, alegremente alheio ao sinal. — Vejo aqui que ele tem entrado em contato, mas na sua entrevista com a AAR você disse que não o via há anos.

— Não vejo. Não posso impedir que ele me escreva.

— E, de qualquer forma, o score dele caiu consideravelmente — diz Mendoza, antes de trocar para outra guia na tela. — Então você afirma que não é um perigo para o seu marido? Que é uma cidadã cumpridora da lei?

— Sim. Não. Quero dizer, eu *não* sou um perigo para o meu marido, e eu *obedeço* à lei.

— Porque o seu histórico nesta unidade indica o contrário.

Mas não disseram antes que seu arquivo estava limpo? Ou era mentira? A dúvida a corrói, esgotando a confiança que tentou projetar. Ela não sabe como responder. Tudo o que sai da sua boca parece questionável para esses agentes, mais uma razão para mantê-la em retenção. Ela não faz ideia de quando aquilo vai acabar. Talvez nunca. Talvez Sara jamais volte a recuperar seu lugar entre os vivos.

A porta se abre naquele momento, e um homem com uma camisa estampada e jeans azul entra. A facilidade com que ele atravessa a sala mostra que está familiarizado com o procedimento; estava observando do outro lado da câmera montada na parede.

— Posso falar sobre o histórico da residente nesta unidade — diz ele, com uma voz que Sara reconhece como a do OCR.

Bradley parece nervoso.

— Ah, oi.

Mendoza se levanta para cumprimentá-lo, e Bradley faz o mesmo.

— Que surpresa agradável.

— Obrigado — diz o OCR. — Sentem-se, sentem-se. Fiquem à vontade.

— Estávamos nos preparando para avaliar o histórico residencial da Sra. Hussein — diz Mendoza.

— Certo. — O OCR acena com a cabeça. — Hinton e eu discutimos este caso longamente ontem. Ficamos satisfeitos em constatar que o período de retenção obrigatório foi cumprido e todas as prorrogações de Classe A foram cumpridas. É um arquivo bem limpo.

— Minha preocupação é o aumento recente da indisciplina, especificamente a Classe B no mês passado.

— Bem, acho que Hinton pode ser meio, digamos, entusiasmado às vezes. Ele seria o primeiro a admitir.

O OCR faz uma pausa, esperando por uma risada de Bradley.

Mendoza franze a testa.

— Mas isso mostra...

— Minha opinião profissional — diz o OCR — é que não há necessidade de retenção adicional.

Sara observa, sem fôlego. Se essa era a opinião do OCR, por que não disse nada antes? Só depois que ela se tornou um obstáculo para o bom funcionamento de suas instalações é que ele se interessou pelo caso de Sara. Ela fica chocada por ele saber seu nome, certamente é a primeira vez que o pronuncia. Sara olha outra vez para a porta, do outro lado da qual Toya aguarda a própria audiência agilizada com a Themis Serviços Jurídicos.

— Mas como a gente pode protocolar isso? — pergunta Mendoza.

— Faça um TLS-78 — sugere Bradley, a voz assumindo a condescendência de um especialista em relação à sua jovem subordinada. — Liberação recomendada devido a dados inconclusivos.

— Parece adequado — responde o OCR. — Obrigado a ambos por nos atenderem em tão curto prazo.

Bradley assente com a cabeça em reconhecimento. Digita rapidamente em sua tela, preenchendo os documentos de liberação de Sara, e envia a papelada com um toque decisivo. Em seguida, levanta os olhos para o relógio, pensando na audiência seguinte.

Isso está mesmo acontecendo?, Sara se pergunta, com o coração batendo forte de ansiedade. Ela esperou meses por aquele momento, mas, agora que chegou, está surpresa com a forma como tudo aconteceu. O OCR conseguiu retê-la e às outras o máximo possível, mas, agora que ela está perturbando a paz em Madison, está tentando tirá-la dali. Parece tão mecânico e cruel que ela tem dificuldade de entender. Mas o que a mente não consegue compreender o coração tem sensatez suficiente para sentir. A raiva que Sara reprimiu vem à tona e, antes que perceba o que está fazendo, ela xinga o OCR — um palavrão tão feio que instantaneamente faz as bochechas de Mendoza corarem.

Se o OCR fica surpreso, não demonstra. Está abrindo um documento em seu próprio tablet, que agora entrega a Sara. O documento tem apenas um parágrafo: diz que ela isenta a Safe-X de qualquer responsabilidade legal, médica e financeira pelo tempo que passou em Madison. Também concorda em não difamar a empresa ou seus líderes em qualquer forma de comunicação nem tomar qualquer medida que possa prejudicar sua reputação.

Uma escolha impossível, se é que se pode chamar de escolha. Não importa o que ela decida, terá que deixar pessoas para trás, sua família ou suas amigas, e carregar a culpa da decisão para sempre. O que deve fazer? O OCR coloca o tablet em suas mãos, dizendo:

— Aqui, assine aqui.

Bradley se levanta, sacudindo a poeira do paletó, pronto para seguir para a audiência de Toya.

Apenas Mendoza está à espera, algo como pena brilhando nos olhos.

É isso, pensa Sara.

Ela toca a tela com o dedo... e está livre.

Ao se dirigir para a saída, encontra Hinton a aguardando na porta, com uma sacola plástica na mão. Todos os itens pessoais que Sara guardava no quarto estão ali dentro, até mesmo seu diário.

— Vão processar sua saída na sala B — diz Hinton, apontando para o fim do corredor.

Ela pega a sacola e dá meia-volta.

— Espero que tenha tido uma estadia agradável conosco — diz ele às suas costas.

# 7

SARA CHEGA EM CASA E ENCONTRA UM APARTAMENTO diferente. Os tetos são altos demais, as janelas, grandes demais, as paredes, abarrotadas. E as cores! Tudo é brilhante: o tapete de Taznakht no corredor, os desenhos das crianças na geladeira, o buquê de balões com uma estrela roxa inflável que diz BEM-VINDA de um lado e BIENVENIDA do outro. Depois de apenas alguns minutos na sala, ela fica zonza e precisa se sentar. Elias pergunta se ela está bem, mas a voz é abafada pelo zumbido nos ouvidos de Sara. Ele traz um copo alto com água e fica ao lado da mesa de centro para vê-la beber. A água tem um gosto tão puro que ela bebe tudo de um só gole.

— Posso tomar outro?

— Oi? — pergunta ele, inclinando-se para mais perto.

— Posso tomar outro?

— Pode tomar quantos quiser.

Que abundância. Ela havia esquecido como era essa sensação. Do outro lado da mesa de centro, Mohsin a observa. Está acostumado a vê-la na sala de visitas cinzenta de Madison; ela deve lhe parecer estranha ali. Também não parece a mesma sem o uniforme. No início do dia, no estacionamento da Union Station, ele se permitiu ser abraçado, acariciado e beijado, mas, depois de um tempo, arranhou o rosto da mãe e a empurrou. Com medo de como ela poderia parecer diante das câmeras, Sara não insistiu, embora seu corpo doesse de desejo. Agora, seu filho toma leite morno de um copo verde, cantarolando para se acalmar, enquanto a observa com a curiosidade nervosa de um civil diante de um invasor armado.

— Assistir Kiki? — pergunta Mona.

— Agora? Por que você não senta um pouco do lado da mamãe? Ela sentiu saudade de você.

— Não, Kiki.

— Você já viu um milhão de vezes.

Imediatamente, os olhos da menina se enchem de lágrimas. É impressionante de se ver.

— Kiki?

Com um suspiro, Elias coloca um desenho animado na tela da sala. Antes que os créditos terminem, Mohsin já está sentado em sua cadeirinha infantil no tapete. Mona pega seu copo de leite da mesa. Os dois estão sonolentos de cansaço, pois a viagem da estação demorou mais que o necessário, devido a um derramamento de combustível na rodovia.

A televisão está alta. Por que as vozes dos desenhos animados são tão agudas? Mona ri quando um pinguim de camisa havaiana mergulha de um glaciar no mar, espirrando água gelada em seus amigos. Carregando sua caneca, ela sobe no sofá. O filme é tão familiar que ela repete os diálogos dos pinguins enquanto toma o leite. Em seguida, sonolenta, aninha a cabeça no colo de Sara.

— Acho mesmo que você devia consultar um médico — diz Elias. Após ouvir sobre a cientista disfarçada da DI, ficou ansioso para descobrir o que exatamente foi feito a ela, várias vezes perguntou a Sara se chegou a ter febre, se sentiu dores nas últimas semanas. — Podemos tentar o neurologista que meu pai consultou no ano passado. Só por precaução, sabe.

— Não — diz ela, acariciando suavemente as costas de Mona. A perspectiva de vestir uma bata branca, sentar-se em uma maca coberta de papel e se submeter a um exame parece uma extensão de tudo o que ela deseja deixar para trás para sempre. Além do mais, ela não está doente. — Estou bem, juro.

Elias tira um moletom da poltrona e se senta. A peça pertence ao seu colega de apartamento, um estudante de pós-graduação da UCLA, que se ofereceu para passar o fim de semana na casa de amigos quando soube da volta de Sara. O apartamento ficou apertado, com sua bicicleta ocupando espaço no corredor e os livros empilhados contra a parede.

— Você está com fome? — pergunta Elias, depois de um momento. — Quer comer alguma coisa?

— Quero, por favor.

Ela desliza Mona para o sofá, usando almofadas como grades de proteção, e segue Elias até a cozinha. Na bancada, está a tela do Nimble, com todos os seus dispositivos listados — os celulares, a televisão, a geladeira, o forno, o carro, os tablets das crianças — e a localização precisa de cada um. Como ela poderia se libertar de uma teia tão elaborada? Está livre agora, lembra a si mesma, pode fazer o que quiser. Pode cortar os fios pegajosos que ainda a prendem, não importa quanto tempo leve.

O micro-ondas apita. Elias coloca um prato de *picadillo* com arroz e um copo de água fresca na mesa. Ela começa a comer, dando garfadas pequenas para que a comida dure mais.

— Como está? — pergunta ele, sentando-se à sua frente. — A carne não está muito seca?

— De jeito algum.

Ela acha a carne suculenta, os pimentões verdes saborosos, as cebolas praticamente exóticas. A faca e o guardanapo estão ao lado do prato, sem uso.

Um uivo angustiado a faz pular da cadeira.

— É só o cano de água quente da vizinha. Ela está com problemas no encanamento.

— Ah.

Ela volta a comer e, depois de um minuto, percebe que o marido a observa de esguelha. Sara sabe que não é mais ela mesma. Ou, pelo menos, não é mais a mesma de antes.

Conforme o tempo passa, ela fica inquieta, esperando a checagem de dispositivos.

Mas não há alarme — um silêncio que agora parece misericórdia.

NA CAMA, ELA SE VIRA PARA O LADO, O MARIDO ACONCHEGADO contra seu corpo nos lençóis quentes que cheiram a sabão de lavanda. Ele passa o braço ao redor da cintura de Sara e beija sua nuca. Faz quase um ano que ela não é beijada assim, e é uma sensação maravilhosa — mas também estranha, especialmente depois que a mão de Elias se enfia avidamente sob a sua blusa.

Ela não sabe o que fazer, se deve dizer alguma coisa ou ficar quieta, virar-se ou permanecer onde está. Sua pele fica arrepiada. Do nada, a imagem de seu quartinho apertado volta à sua mente, a fome de contato humano que sentia todos os dias, especialmente de manhã cedo ou tarde da noite. Um nó se forma em seu peito. Elias a puxa ainda mais para perto, sussurra o nome dela em seu ouvido. Sara consegue sentir sua ereção através do pijama.

— Espere — pede ela, afastando-se.

— Desculpe. — Ele pigarreia. — É que faz tanto tempo.

Ela se vira para encará-lo. O aroma da pele dele é familiar, tem cheiro de lar. No entanto, há um toque de perigo entre eles que Sara acha difícil de expressar em palavras. Por quase um ano, ela lutou contra a suspeita de que era uma ameaça para o marido. Agora, quase tem medo de tocá-lo.

Mas eles estão sozinhos, diz a si mesma. As cortinas estão fechadas, seus dispositivos na outra sala. Ninguém pode vê-los. Por fim, ela pega a mão dele na sua e passa o polegar pelos nós dos dedos. Ficam assim por um tempo, frente a frente no escuro, antes que ela aproxime os lábios dos dele, provocando uma onda quente de reconhecimento, seguida por uma corrente de prazer.

Que coisa maravilhosa é o corpo, guardando dentro de si memórias ternas que só podem ser despertadas pelo toque de outra pessoa. Ao se libertar, seus membros relaxam, ganhando vida, no início timidamente, depois com uma força que a surpreende, e ela redescobre a sensação da pele do marido contra a sua, o sabor doce daquela língua, o jeito que as pernas dos dois se entrelaçam sob os lençóis. Ela lembra como é se entregar ao momento, saborear não apenas a alegria que está recebendo, mas também a alegria que pode dar.

— Você deve ter sonhado — diz Hinton, enquanto examina sua neuroprótese.

A primeira onda de frio da estação deixou o rosto do agente corado, restaurando sua beleza, e na manga do uniforme há uma nova faixa dourada. Ele pega seu Tekmerion para registrar o atraso de Sara na checagem de dispositivos.

— Eu não sonhei.

Ele não ficou sabendo da sua liberação? Sara olha para o fim do corredor. Talvez consiga que uma das outras retidas a apoie. Mas a ala está vazia, todas já foram trabalhar.

— Está tudo bem — diz Hinton, agora em tom conciliador. — Acontece muito por aqui. Passe na enfermaria, eles vão querer fazer um exame psiquiátrico. Descobrir por que você está imaginando coisas.

— Eu não estou imaginando coisas. O OCR disse que eu estava livre. Assinei toda a papelada.

— Aham.

— Ele disse, sim — insiste ela. — Pode checar com ele, se quiser.

— Por que eu faria isso? Você está bem aqui na minha tela.

Ele termina seu relatório e coloca o Tekmerion de volta no bolso.

— Estou falando, ele assinou os papéis. Eu devia ser liberada.

Seu olhar se volta para o portão. Será que ela deveria simplesmente correr? Ele não pode impedi-la de sair, ela está livre. Não apenas livre sob observação, mas livre de verdade.

— Não, devia, não — diz ele, com uma risada. — Não depois disto.

Com um grito angustiado, ela acorda em sua cama, com Elias sacudindo seu ombro.

— Amor — sussurra ele — amor, amor, você está tendo um pesadelo.

Antes de conseguir voltar a dormir, ela precisa esperar o coração desacelerar. Precisa abrir mão do controle, aprender a confiar em seu corpo novamente, sabendo que ele a levará de volta para a segurança da própria cama. Sara aninha a cabeça no ombro de Elias, que acaricia seu braço para confortá-la enquanto ela adormece.

O TEMPO NÃO É MAIS DIVIDIDO EM PEQUENOS BLOCOS, CUJO uso preciso é ditado pela Safe-X, mas em bocados sem forma que ela pode consumir como quiser. Não há pressa, ela precisa se lembrar enquanto se lava pela manhã. Leve o tempo que precisar. Ela desvia o olhar do relógio e encontra prazer em tarefas mundanas, como escolher uma camiseta e uma calça jeans, abrir as janelas e alisar a colcha florida sobre a cama.

O pai está esperando na sala quando ela sai.

— Bem-vinda ao lar — diz ele, ativando o exoesqueleto das pernas para chegar até ela.

Ele veste uma camiseta surrada com o logotipo da NASA e um boné de beisebol que há muito perdeu a cor, mas, por baixo de sua aparência desleixada, há um vigor que ela jamais notou nas visitas do pai a Madison. Ele a envolve em um abraço, a ternura do gesto a pegando de surpresa, e agora um soluço fica preso na garganta do homem.

Ela se vê acariciando as costas do pai, oferecendo consolo.

Durante toda a vida, ele ponderou cada decisão que tomava, mantendo-se como um modelo, mas, apesar de todos os seus cuidadosos cálculos, é uma das pessoas mais infelizes que ela já conheceu. Ele enterrou um filho e uma esposa e, no último ano, viu a filha lutar para provar que merecia ser livre. O alívio que agora o consome tão nitidamente é uma expressão de amor, ela percebe, por mais tardio ou imperfeito que seja. Seu retorno seguro é um raro momento de graça.

A televisão está ligada — outro desenho animado, embora dessa vez Mohsin o esteja ignorando em favor dos blocos de montar que Elias espalhou no tapete de brincar. Mona foi até o buquê murcho perto da janela e está tentando pegar uma flor inflável, ameaçando derrubar toda a decoração.

— Babão — grita ela.

As presilhas de veludo em suas tranças estão se soltando.

Sara corre para ajudar.

— Balão — corrige ela, enquanto tenta soltar um cordão do resto. — Balão. De que cor é, meu amor?

— Amarelo.

— Isso mesmo. — Sara amarra a fita do balão no pulso da filha. — Para não voar.

Seu pai volta para a mesa de centro.

— Trouxe isso para você — diz ele, apontando para os crisântemos cor-de-rosa em um jarro alto —, do meu quintal.

— São lindas — diz ela, inclinando-se para cheirá-las. Ela sentia falta desses pequenos toques de beleza e agora percebe como são necessários para a vida. — Obrigada.

Enquanto ela toma seu chá, ele conta sobre seus projetos de jardinagem, os canteiros que preparou para rabanetes e ervilhas, as lâmpadas de cultivo que está pensando em comprar por recomendação da Sra. Ma, sua nova vizinha, e o filme a que assistiram na semana anterior. A conversa é estranha. Ocorre a Sara que talvez ele esteja reunindo coragem para lhe contar algo e, quando ele menciona a Sra. Ma pela terceira vez, ela percebe que essa é a razão, ou pelo menos uma das razões, para suas visitas cada vez mais raras no outono.

A manhã passa assim, em companheirismo e longas conversas que tocam em tudo, exceto sua retenção, como se o pai e o marido tivessem medo de que falar sobre o assunto pudesse prolongar o domínio daquele período sobre a vida dela, sobre a vida de todos eles, sendo que tudo o que querem é deixar essa história para trás e seguir em frente. No final, é Sara quem aborda o assunto, porque o silêncio a incomoda, faz com que ela sinta que tem algo de que se envergonhar, quando na verdade não tem, e ela diz:

— Tenho que ligar para Toya.

Após as audiências em Themis, as duas foram processadas juntas e depois liberadas no ponto de ônibus em frente a Madison, Toya com a roupa esportiva que estava usando no cassino onde foi detida, Sara com a camisa de flanela e o jeans que usou no voo de Londres. Nenhuma das duas pôde fazer uma ligação, seus celulares estavam sem bateria.

Zonza de liberdade, Sara sentou-se no banco de metal, pressionando os sapatos contra o chão, maravilhada com a visão dos próprios cadarços. Quando o choque finalmente deu lugar à expectativa, ela foi olhar a programação afixada no poste e começou a observar a estrada, esperando o ônibus.

Era o que a velha vendedora de cestas fazia todas as manhãs, antes de desaparecer. Sara voltou o olhar para o prédio, procurando instintivamente a própria janela, a quarta da direita. A alegria de estar livre estava manchada pela dor de deixar Emily, Victoria e as outras para trás, bem como pela urgência esmagadora de tirá-las de lá.

Toya fechou o zíper do suéter para se proteger da brisa e foi para perto de Sara, ao lado do poste. As duas estavam livres porque conseguiram perturbar o que era considerado normal em Madison. A única maneira de tirar as outras era continuar fazendo aquilo. Mesmo que não fosse óbvio para elas naquele momento, precisavam trabalhar juntas para encontrar uma maneira.

— Tenho que ligar para Toya — repete Sara —, ver como ela está.

O marido e o pai a encaram. Ela não pode estar falando sério, dizem seus olhos, não depois do que passou, do que todos passaram, devia pensar em seu score de risco, ficar longe de qualquer QUESTIONÁVEL para manter sua boa reputação. Mas o que eles não veem, o que nunca poderão ver a menos que tivessem passado pelo mesmo que ela, sendo confinados e controlados, é que o isolamento é o oposto da salvação, que ela deve sua liberação às mulheres que se uniram para dizer não.

A liberdade não é uma tela em branco, Sara quer dizer a eles. A liberdade é abundante, complicada e, sim, arriscada, e só pode ser escrita na companhia de outras pessoas. O trabalho que ela começou em Madison não está concluído. Ela pretende levá-lo até o fim.

O pai e o marido ainda a estão encarando, sem saber como lidar com a delinquente que acabou de voltar para casa. Contradizê-la e começar outra discussão? Ou não falar nada e deixar que ela aumente seu score de risco novamente?

Mas então algo curioso acontece. O pai pega seu dispositivo inteligente.

— Se você vai ligar — diz ele —, use meu telefone.

Aos 81 anos, o risco dele é extremamente baixo e continua a diminuir mês após mês. Ao oferecer seu telefone, ele está assumindo parte do impacto que manter contato regular com uma QUESTIONÁVEL pode causar a Sara. É um gesto protetor, um gesto paternal, talvez o primeiro que ela vê, ou se permite ver, em décadas.

Isso também é algo que Madison lhe deu, mesmo tendo lhe tirado tanto — a certeza de que não está sozinha, de que não precisa estar.

O caminho à frente ainda é desconhecido. Ela quer ver os filhos soprarem as três velinhas do bolo de aniversário. Quer ajudar as amigas a sair de Madison. Quer cortar seus laços com a OmniCloud. Não sabe como navegar essa nova estrada, mas sabe que precisa tentar e que só pode fazê-lo ao lado de outras pessoas.

Ela pega o aparelho do pai, digita o nome de Toya e aperta CONECTAR.

# Agradecimentos

Ao escrever este romance, meu olhar estava voltado para o futuro, mas minha pesquisa foi sobre o passado. As seguintes fontes foram particularmente úteis: *Sonhos no Terceiro Reich*, de Charlotte Beradt; *O livro da interpretação dos sonhos*, de Muhammad ibn Sirin; *Eu, Pierre Rivière*, de Michel Foucault; *Discurso sobre a servidão voluntária*, de Etienne de la Boétie; *A era do capitalismo de vigilância*, de Shoshana Zuboff; e *Acres of Skin: Human Experiments at Holmesburg Prison* [Hectares de pele: experimentos humanos na prisão de Holmesburg], de Allen M. Hornblum. A expressão "precaução, não punição" foi inspirada pela conclusão do caso *Wong Wing v. Estados Unidos*, que determinou que a detenção de imigrantes "não é prisão no sentido jurídico". Os termos de serviço que aparecem no final da Parte 1 são uma mistura de acordos padrão usados por várias empresas de tecnologia. A cidade de Ellis é fictícia; o pré-crime não é.

Comecei a trabalhar em *O hotel dos sonhos* em 2014, mas tive que deixá-lo de lado para terminar outro romance. O isolamento da pandemia de covid-19 e o sofrimento extraordinário daquele momento me levaram a retomá-lo. Sou grata ao Radcliffe Institute da Universidade de Harvard pela bolsa Catherine e Mary Gellert, que foi fundamental para a conclusão do manuscrito. Agradeço especialmente aos meus colegas bolsistas, estudiosos de diversas disciplinas, cujas palestras foram o destaque de todas as semanas.

Agradeço à minha agente, Ellen Levine, pelo apoio incondicional nos últimos dezoito anos; à minha editora, Naomi Gibbs, pelos comentários perspicazes sobre o manuscrito; e à minha *publisher*, Lisa Lucas, pelo incentivo incansável. Agradeço aos meus assessores de imprensa, Michiko Clark e Kimberly Burns, por cuidarem tão bem do meu trabalho. Agradeço a Bobby Degeratu pela assistência na pesquisa, especialmente em casos jurídicos envolvendo sonhos. Agradeço a Aaron Bady, Souad Lalami, Tochi Onyebuchi e Scott Martelle pelos comentários sobre um rascunho inicial. E, acima de tudo, obrigada a Alexander Yera, cujo amor e incentivo tornam meu trabalho possível.

Este livro foi composto na tipografia Minion Pro,
em corpo 12/15,2 pt, e impresso em papel off-white
no Sistema Cameron da Divisão Gráfica
da Distribuidora Record.